CHARLOTTE McGREGOR

HIGHLAND Hope

**EINE BÄCKEREI
FÜR KIRKBY**

ROMAN

WILHELM HEYNE VERLAG
MÜNCHEN

Penguin Random House Verlagsgruppe FSC® N001967

2. Auflage
Originalausgabe 01/2022
Copyright © 2022 by Charlotte McGregor.
Dieses Werk wurde vermittelt durch die
literarische Agentur Michael Gaeb
Copyright © 2022 dieser Ausgabe
by Wilhelm Heyne Verlag, München,
in der Penguin Random House Verlagsgruppe GmbH,
Neumarkter Str. 28, 81673 München,
Redaktion: Julia Funcke
Printed in Germany
Umschlaggestaltung: ZeroMedia GmbH, München,
unter Verwendung von © FinePic®, München;
Getty Images/Andy Stark
Satz: KCFG – Medienagentur, Neuss
Druck und Bindung: GGP Media GmbH, Pößneck
ISBN: 978-3-453-42512-5

www.heyne.de

Für Katharina
»Ein Klang von Liebe«

Und für meinen Seelenhund Toni
(2008–2021)

INHALT

WAS TU ICH HIER BLOSS?

»ELVIS, RUNTER VON DER Vitrine!«

Kristies energische Stimme riss Anna Campbell aus ihren Gedanken. Sie stand wie jeden Morgen geduldig in der Schlange in *Kristie's Old Bakery*, um sich ihr Frühstück zu besorgen. Nun sah sie erschrocken hoch und erspähte ihren riesigen, grau getigerten Maine-Coon-Kater, der in äußerst lässiger Pose auf der gläsernen Tortenvitrine herumlungerte und gelangweilt auf die Schar der Zweibeiner zu seinen Pfoten blickte. »Elvis, runter!«, rief sie streng, doch er starrte mit seinen Bernsteinaugen knapp an ihr vorbei. Ihre Katze eigensinnig zu nennen wäre die Untertreibung des Jahrhunderts gewesen. Seit drei Jahren teilte sie ihr Leben mit dem stattlichen Tier, und Elvis hatte sie bestens erzogen.

Die Kundin vor ihr war versorgt, und nun stand Anna selbst am Tresen. »Hast du eine Leiter? Dann hol ich ihn runter«, bat sie resigniert. Normalerweise setzte sich der Kater nur aufs Fensterbrett oder auf einen Stuhl im Café-bereich der Bäckerei. Doch offensichtlich war ihm diesmal nach mehr Aufmerksamkeit – vermutlich weil sie seinen Bedürfnissen heute noch nicht angemessen nachgekommen war.

»Nicht nötig«, mischte sich Betty Murray ein, die aus der Backstube kam und das freche Tier leicht am buschigen Schwanz zupfte, um seine Aufmerksamkeit auf sich zu lenken. »Komm, mein Hübscher, ich hab was für dich!« Sie raschelte verführerisch mit einer Tüte seiner Lieblingsleckerlis, und prompt sprang der Verräter mit einem mächtigen Satz erst auf den Tresen und dann auf den Boden, um seiner Wohltäterin zu folgen.

»O Mann«, murmelte Anna leicht verlegen.

»Mach dir nichts draus«, tröstete Kristie mit einem breiten Lächeln. »Es gibt solche Tage. Entscheidend ist doch aber, dass heute Nachmittag alles läuft.«

»Das hoffe ich sehr. Wäre ja schlimm, wenn das Benehmen meines dreisten Katers schon ein schlechtes Omen wäre.« Anna schloss kurz die Augen, um diesen negativen Gedanken gleich wieder aus ihrem Bewusstsein zu vertreiben. Sie wollte voller Zuversicht und positiv an ihr neues Projekt herangehen und sich nicht selbst sabotieren.

»Es wird nichts passieren!«, entgegnete Kristie im Brustton der Überzeugung. »Dafür bist du viel zu gut vorbereitet. Echt schade, dass ich nicht mitmachen kann.«

»Finde ich auch. Ich hätte gerne ein bekanntes und mir wohlgesinntes Gesicht dabei.« Sie seufzte. Dieser Workshop war die totale Schnapsidee, und sie hätte sich nie darauf einlassen sollen. Warum nur hatte sie sich dazu beschwatzen lassen? Nicht umsonst gab es doch diesen Spruch: »Schuster, bleib bei deinen Leisten.« In ihrem Fall wäre das zwar eher ein Stethoskop gewesen, aber das Bild passte trotzdem. Seit neun Monaten war sie als neue

Ärztin in Kirkby und mit ihrem Praxisalltag eigentlich gut ausgelastet. Im Vergleich zu ihrer früheren Kliniktätigkeit in Edinburgh fühlte sich der Job hier zwar wie ein Wellnessaufenthalt an, aber trotzdem: Hätte sie es nicht einfach bei den beiden Yogakursen bewenden lassen können, die sie seit dem Sommer in der alten Schule anbot? »Was tu ich hier bloß?«, entfuhr es ihr leise.

»So niedergeschlagen kenne ich dich gar nicht. Hast du Lampenfieber?«, unterbrach Kristie ihre Gedanken.

»Wahrscheinlich«, gab Anna zu und zwang sich zu einem Lächeln. Jetzt gab es ohnehin kein Zurück mehr.

»Dazu besteht kein Anlass!«, beharrte die hübsche Bäckerin erneut. »Was magst du zum Frühstück? Normale Croissants? Oder lieber etwas Üppigeres?«

»Definitiv etwas Üppigeres! Einen großen Cappuccino mit einem Espresso-Shot extra und zwei Schokoladen-Croissants, bitte«, bestellte Anna. Sie brauchte heute Morgen einfach jede Form der Stärkung, die sie kriegen konnte. »Sind meine Kekse schon fertig?«

»Natürlich. Ich bring sie dir gleich an den Tisch.« Kristie legte zwei knusprige Gebäckstücke auf einen Teller und schob ihn über den Tresen.

Anna bezahlte und ging mit der süßen Beute zu ihrem Lieblingsplatz in der Ecke, von dem aus sie nicht nur den schnuckeligen kleinen Laden im Blick hatte, sondern auch die Straße, wo der übliche Morgentrubel herrschte. Der Oktobertag hatte sich zu dieser frühen Stunde noch nicht entschieden, welches Wetter er heute bieten wollte, und schickte gerade etwas unentschlossen aussehende graue

Wolken über den Himmel. Schüler jeder Altersklasse versammelten sich, mit bunten Regenjacken auf alle Eventualitäten vorbereitet, an der zentralen Haltestelle, wo sie auf ihren Schulbus warteten. Etliche Autos fuhren vorbei – Bewohner von Kirkby, die zu ihrem Arbeitsplatz in Inverness oder an einem noch weiter entfernten Ort unterwegs waren.

Aus dem Dorfpub *The Wise Pelican* trat gerade Isla Fraser, um mit ihrer Neufundländer-Hündin Polly die übliche Morgenrunde zu drehen, ehe sie zu ihrem Restaurant ging. Anna winkte ihrer Freundin zu, doch Isla wirkte ebenso geistesabwesend, wie sie selbst es vorhin gewesen war. Kein Wunder, denn an diesem Freitag würden die neuen Auszeichnungen des Guide Michelin für Großbritannien bekannt gegeben werden, und Anna wusste, dass Isla heimlich auf einen zweiten Stern hoffte. Das war eine wirklich große Sache und bot deutlich mehr Grund für Grübeleien als Annas kleiner Workshop. Wenn der nämlich nicht lief, würde exakt gar nichts passieren, außer dass ihre Ehre ein wenig angekratzt wäre. Doch damit würde sie leben können.

»Hier kommt dein Cappuccino«, sagte Kristie und servierte ihr die große Tasse. Auf dem perfekten Milchschaum prangte ein vierblättriges Kleeblatt aus gesiebtem Kakao.

»Wie lieb von dir«, freute sich Anna und strahlte Kristie gerührt an.

»Warte erst mal, bis du hier reingeschaut hast.« Kristie stellte eine weiße Keksdose auf den Tisch und sah Anna erwartungsvoll an.

»O mein Gott, sind die zauberhaft!«, rief Anna verblüfft und betrachtete andächtig das bestellte Shortbread, dem Kristie die Form perfekter Glückskleeblätter verliehen hatte.

»Ich dachte, so passen sie besser zum Motto deines Workshops.«

»Du bist unglaublich!« Anna stand auf und umarmte Kristie kurz. »Selbst wenn alle Stricke reißen, diese Kekse werden meine Teilnehmer garantiert glücklich machen. Tausend Dank.«

»Gern geschehen. Aber ich bin mir sicher, dass das Shortbread maximal das Sahnehäubchen sein wird. Zweifellos werden in den nächsten Tagen einige sehr beseelte Menschen durch Kirkby wandeln.« Kristie lächelte ihr aufmunternd zu und verabschiedete sich dann, um wieder an die Arbeit zu gehen.

Anna lehnte sich zurück, trank einen Schluck Kaffee und biss ein Stück vom ersten Croissant ab. Es war perfekt — knusprig, fluffig, schokoladig —, und es gab ihr aus irgendeinem irrationalen Grund das Gefühl, dass alles gut werden würde. Als sei es gar nicht möglich, in Gegenwart dieser Köstlichkeit Pech zu haben.

»Mau«, meldete sich Elvis zu Wort, der seinen Snack offensichtlich verspeist hatte und sich nun auch wieder seiner Mitbewohnerin zeigte. Er rieb kurz den mächtigen Kopf an Annas Bein, als Zeichen dafür, dass er ihr verziehen hatte, und sprang dann auf das Fensterbrett.

Sie wusste wirklich nicht, warum sie derart nervös war. Sie hatte schließlich nichts zu verlieren, sondern nur etwas

zu gewinnen. Die Idee zu ihrem »Glücks-Yoga-Seminar«
war ihr vor einiger Zeit gekommen, als zwei verschiedene
Hörer ihres Podcasts sie angeschrieben und sich erkundigt hatten, ob sie in den Highlands auch Yoga anbieten
könnte. Allein die Tatsache, dass ihr Podcast von mehr
Menschen gehört wurde als nur von ihren Freunden in
Edinburgh, für die sie ursprünglich damit angefangen hatte, fand Anna schon unglaublich. Und dass sich nun auch
noch Fans direkt an sie wandten, war sensationell.

Mit »Highland Happiness«, wie ihre kleine wöchent-
liche Audioshow hieß, schien sie einen Nerv getroffen zu
haben. Zwei ihrer Freunde, die ebenfalls einen Podcast
betrieben, hatten sie mit ihrer Begeisterung für das Hör-
format angesteckt, und nun war sie seit ein paar Monaten
voller Elan dabei. Außerdem war es eine schöne Möglichkeit, von ihren Erlebnissen im schottischen Hochland zu
erzählen, die für ihre früheren Kollegen und Bekannten in
Edinburgh regelrecht exotisch klangen. Anna selbst hatte,
bevor sie Anfang des Jahres nach Kirkby gezogen war, nie
außerhalb von Edinburgh gelebt. Sie liebte ihre bunte,
trubelige Heimatstadt immer noch sehr, aber ihren kräfte-
zehrenden Alltag als Klinikärztin mit Endlosschichten
vermisste sie kein bisschen.

Seit sie in Kirkby wohnte, fühlte sie sich viel ausgeglichener und viel mehr bei sich als je zuvor. Ihre beste
Freundin Linda äußerte regelmäßig die Sorge, dass die
viele ungewohnte Freizeit, die gute Luft und die zwangs-
läufige Langeweile auf Dauer nicht gut für Annas Seelenheil sein konnten, doch das Gegenteil war der Fall. Mal

abgesehen davon, dass sie sich noch keine Sekunde gelangweilt hatte, seit sie hier lebte. Man konnte Kirkby sicher eine Menge Dinge unterstellen, aber nicht, dass hier nichts los war. Nur konnte Linda das nicht wissen, weil sie sich seit Monaten beharrlich weigerte, ihre urbane Komfortzone zu verlassen und ihre Freundin zu besuchen.

Sie war allerdings eine treue Hörerin des Podcasts – wie etliche völlig fremde Menschen offenbar auch – und hatte Anna in der zunächst noch sehr vagen Idee bestärkt, einen »Glücks-Yoga-Workshop« anzubieten. Colleen, die örtliche Event-Koordinatorin, und Bürgermeister Collum McDonald waren ebenfalls Feuer und Flamme für das Projekt gewesen, das ihrer Meinung nach auch in der Nebensaison neue Gäste nach Kirkby locken könnte. Ehe Anna sichs versah, hatten die beiden flugs ein Paket geschnürt – mit Übernachtungsangeboten entweder im Pub oder im örtlichen Edel-Bed-&-Breakfast *The Cosy Thistle*, das von Colleens Verlobtem Alexander Fraser betrieben wurde. Anna selbst hatte »nur« noch ihr Seminarprogramm entwickeln müssen – eine Mischung aus Yoga, Atem- und Achtsamkeitsübungen sowie einer kleinen Wandertour zu den Kraftplätzen der Umgebung.

Dagegen wäre grundsätzlich nichts einzuwenden gewesen, doch von der ersten Idee bis zum heutigen Start des ersten Workshop-Wochenendes waren gerade mal vier Wochen vergangen. Nach Annas Geschmack viel zu wenig Zeit dafür, gründlich an einem sinnvollen Konzept zu arbeiten. In ihrer vorletzten Podcast-Folge hatte sie das Seminar erwähnt, und nun lagen tatsächlich fünf Anmeldungen vor. Fünf Menschen, die sie nicht kannte, waren bereit, für ihren Kurs in die Highlands zu fahren und vierhundertfünfzig Pfund zu bezahlen – ohne Übernachtung. Zwei Frauen hatten sich ein Zimmer im Pub gemietet, ein Ehepaar ein Cottage im Bed & Breakfast, und jemand, der sich nur »Len« nannte, hatte gar keine Übernachtungsoption gewählt. Wo er oder sie nächtigen würde, wusste sie also nicht.

Seufzend griff sie nach ihrer Kaffeetasse, doch die war inzwischen leer. Dafür war ihr himmelblauer Pulli voller Croissantbrösel. »Mehr Achtsamkeit beim Frühstücken«, schimpfte sie leise mit sich selbst und schüttelte sich möglichst diskret die Blätterteigflocken vom Pullover. »Komm, Elvis, Zeit für die Sprechstunde.« Der Workshop begann erst um drei Uhr nachmittags. Vorher musste sie sich noch um deutlich Handfesteres kümmern – um die Gesundheit von Kirkbys Einwohnern.

Es waren nur wenige Schritte von der Bäckerei bis zum hübsch renovierten alten Arzthaus, in dem sie den ersten Stock bewohnte und in dessen Erdgeschoss ihre Praxis untergebracht war. Als sie vor einer halben Stunde zum Frühstücken aufgebrochen war, war dort alles noch ruhig und dunkel gewesen, doch nun saß ihre Helferin Maggie mit einem breiten Lächeln am Empfangstresen, und alle Räume waren hell erleuchtet. Anna scheuchte Elvis die Treppe zu ihrer Wohnung hinauf – auch wenn das ein etwas halbherziger und vor allem sinnloser Versuch war, den Kater von seinen Extratouren abzuhalten. Elvis nutzte seine Katzenklappe weidlich aus, war aber nicht darauf angewiesen. Im Notfall öffnete er auch Fenster und Türen, und Anna war sich ziemlich sicher, dass er früher oder später ihre Patienten im Wartezimmer besuchen oder zu einer seiner ausgedehnten Dorfrunden aufbrechen würde.

»Guten Morgen«, begrüßte sie Maggie, eine ehemalige Krankenschwester Mitte fünfzig, die froh war, einen Job in ihrem Heimatort ergattert zu haben. »Schon Kundschaft da?«

»Dein regulärer Acht-Uhr-Termin und zwei unangekündigte Erkältungsopfer«, entgegnete Maggie fröhlich und reichte ihrer Chefin die drei Patientenakten. »Scheint ein betriebsamer Tag zu werden.«

»Dann lass uns mal loslegen«, sagte Anna und ging in ihr Sprechzimmer, um sich die Hände zu waschen und ihren Kittel anzuziehen. Je mehr Patienten kamen, desto weniger musste sie über den Nachmittag und das Wochenende nachdenken.

● ● ●

»Was tu ich hier bloß?« Die Worte, die sich Lennox fast lautlos selbst zuraunte, dröhnten umso hallender in seinem Kopf. Was tat er hier? Wie war er auf die wahnwitzige Idee gekommen, nach Kirkby zu fahren? Das war natürlich eine rhetorische Frage, und er kannte die Antwort: Schuld hatte dieser verdammte Podcast, den er seit ein paar Monaten mit wachsender Begeisterung hörte. »Highland Happiness« hieß die Sendung. Der dämliche Titel wäre an sich schon Grund genug gewesen, überhaupt nicht reinzuhören, und doch hatte ihn die Stimme der Moderatorin von der ersten Minute an in ihren Bann gezogen. Er war im Frühjahr in Spanien gewesen, als er in einem Anfall von Heimweh über diesen Podcast gestolpert war.

Heimweh. Beim bloßen Gedanken daran schüttelte er jetzt den Kopf. Hatte er unter der spanischen Sonne, in einer hellen, bunten Stadt wirklich Heimweh nach diesen grünen Hügeln verspürt, den torfig-öden Weiten, den tief hängenden dunkelgrauen Wolken und den geheimnisvollen Seen? Auf jeden Fall war ihm der Podcast aufgefallen, und seitdem war Anna Teil seines Lebens. Obwohl oder vielleicht sogar weil sie ausgerechnet aus seinem Heimatdorf Kirkby sendete.

Er wusste kaum etwas über diese Anna. Sie sprach nicht viel von sich selbst, sondern erwähnte immer nur, dass sie noch nicht allzu lange in den Highlands lebte und dass für sie alles noch ein großes Abenteuer und ein noch viel größerer Glücksspender war. Die Art und Weise, wie sie die Landschaft beschrieb, ließ diese so reizvoll erscheinen, wie er selbst die Highlands nie wahrgenommen hatte, und er hatte sich dabei ertappt, dass er von Woche zu Woche mehr Lust bekam, die Region mit neuen Augen, mit *ihren* Augen wahrzunehmen. Außerdem hatte Anna regelmäßig Interviewpartner in ihrer Show. Sie hatte schon seine halbe Familie am Mikro gehabt, aber vor allem das Gespräch mit seiner Lieblingsschwester Isla hatte die lang ignorierte Sehnsucht in ihm weiter angefacht. Wie lang war es her, dass er sie das letzte Mal gesehen hatte? Bestimmt schon mehr als drei Jahre. Von seiner restlichen Familie ganz zu schweigen, die vermisste er aber längst nicht so sehr wie

Isla. Redete er sich zumindest einigermaßen erfolgreich ein. Na ja, mittelerfolgreich wenigstens. Also ehrlich gesagt, gar nicht erfolgreich.

Es reichte ihm nicht mehr, nur übers Telefon oder in Text-Chats auf dem Laufenden gehalten zu werden. Sein ältester Bruder Alex würde bald erneut Vater werden, und Lennox kannte noch nicht einmal Colleen, die Mutter des Kindes. Auch die spröde Isla hatte ihr Herz verschenkt – was einem mittleren Weltwunder gleichkam. Dieser Jon musste ein wirklich außergewöhnlicher Mann sein, wenn er es mit Isla aufnehmen konnte. Selbst Shona, das Küken der Familie, hatte ausgerechnet in Kirkby ihr Glück gefunden, dabei hätte er sofort mehrere Gliedmaßen darauf verwettet, dass seine jüngere Schwester sich genauso auf ewige Zeiten von Kirkby fernhalten würde wie er selbst. Falsch gedacht.

Tja, und dann war es wieder Anna gewesen, die ihn mit ihrer Stimme, die ihn an sonnenwarmen Honig auf nackter Haut erinnerte, buchstäblich dazu gezwungen hatte, nach Kirkby zu fahren. Vor anderthalb Wochen hatte sie einen Workshop angekündigt, den sie geben wollte. Ein zweieinhalbtägiges Glücksseminar, in dem die Teilnehmer lernen sollten, jederzeit ihren »inneren Glücksbrunnen anzuzapfen«, und dadurch angeblich zu mehr Gelassenheit, Ausgeglichenheit, Kreativität und Lebensfreude finden würden. Das klang wie größter esoterischer Bullshit, und jeder, der bei klarem Verstand war, müsste sie des Betrugs bezichtigen. Allein – er war nicht bei klarem Verstand. Er war einsam, leer und so voll unspezifischer Sehnsucht, dass manchmal fast schon das Atmen wehtat. Also hatte er auf der Stelle einen Slot für diesen Workshop gebucht und kurz darauf in einem Anfall von Selbstüberlistung auch noch Shona angerufen und sein Kommen angekündigt. So als wollte er unbedingt sicherstellen, dass er keinen Rückzieher machen konnte. Er hatte ihr aber noch eindringlich eingeschärft, niemanden sonst aus der Familie zu informieren.

Das ergab alles keinen Sinn, nicht mal in seinem eigenen Kopf. Er starrte aus dem Fenster des Busses, der von Inverness aus in Richtung Kirkby zockelte und auf der Strecke schon einiges an Verspätung angesammelt hatte. Lennox sah auf die Uhr. Wenn es so weiterging, würde er es mit viel Glück einigermaßen pünktlich zum Workshop schaffen, hätte aber keine Chance, vorher noch bei seiner Familie vorstellig zu werden und bei irgendjemandem um Unterschlupf zu bitten. Irgendwie hatte er das alles nicht wirklich durchdacht. Und irgendwie würde er am liebsten auf der Stelle umdrehen und den ganzen bescheuerten Besuch abblasen. Was hatte ihn nur geritten? Lennox Fraser zurück in Kirkby – das war eine Katastrophe mit Ansage. Doch nun war es zu spät.

In Drumnadrochit, dem letzten Halt vor Kirkby, waren zwei Frauen ausgestiegen, die sich die ganze Fahrt über lautstark über ihre Teenager-Kinder beklagt hatten. Ohne diese Soundkulisse war es beinahe gespenstisch ruhig. Der Bus tuckerte nun einen Hügel hinauf, und gleich würde vom mächtigen Loch Ness nichts mehr zu sehen sein. Danach kamen ein Waldstück, eine weitere Senke, und dann würde er den Kirchturm von Kirkby vor sich haben. Lennox konnte nicht verhindern, dass sein Herz schneller schlug. Gelassenheit, Ausgeglichenheit, Kreativität und Lebensfreude – seinetwegen müsste es nicht einmal alles sein. Eine der vier Zutaten zu einem glücklichen Leben würde ihm schon reichen.

Nun erspähte er die ersten Pferdekoppeln von Onkel Ruperts Reitanlage. Einige der mächtigen Clydesdale-Pferde standen auf den Wiesen und grasten. Kurz darauf fuhren sie an einem Gebäude vorbei, das er bislang nur von Fotos kannte: Islas Restaurant *The Scottish Thistle*. Auf dem Parkplatz standen etliche Fahrzeuge, von denen eines aussah, als würde es zu einem Fernsehsender gehören. Ob es wohl eine weitere Aufzeichnung für die Kochshow gab? Lennox war ziemlich erstaunt gewesen, dass seine Schwester bei einer Netflix-Produktion mitgemacht hatte, bei der es um das beste Restaurant Großbritanniens und Irlands gegangen war. Nicht, dass er es ihr nicht zugetraut hätte, er war vielmehr verwundert, dass sie so ein Mainstream-Format in Erwägung gezogen hatte. Doch die Show, die er natürlich atemlos verfolgt und von der er sich speziell die Wettbewerbsepisoden mehrfach angesehen hatte, war wirklich gut gemacht gewesen.

Und sie hatte gewonnen! Sie war letzte Woche bei einer Liveshow gekürt worden, bei der auch einige Familienmitglieder dabei gewesen waren. Ihr Vater Marlin, Alex, Colleen, Jon, Tante Alice, Tante Heather und Onkel Rupert. Isla hatte ihn gefragt, ob er dabei sein wollte, hatte sich sehnlichst gewünscht, dass er auch kam – doch er hatte abgesagt. Warum? Darauf hatte er keine Antwort. Offiziell war er in Italien gewesen. So dreist hatte er seine Schwester bis dahin noch nie angelogen, tatsächlich war er in London gewesen, wo auch die Show stattgefunden hatte. Vermutlich war er einfach zu feige gewesen. Nein, ganz sicher sogar. Aber er schätzte, dass ihn diese Tatsache mehr belastete als Isla, die ihm seine Flunkerei geglaubt hatte. Zumindest hoffte er das. Nun schien sie wieder im Rampenlicht zu stehen, aber vielleicht würde sie nachher einen Augenblick Zeit für ihn haben?

Zwei Minuten später war es endgültig nicht mehr zu leugnen: Lennox Fraser war wieder zu Hause! Er stand etwas verloren auf dem Dorfplatz von Kirkby, und das schottische Wetter entschloss sich just in diesem Moment dazu, ein paar Sonnenstrahlen durch die dicken grauen Wolken zu schicken. Wie im Spotlight stand er da – mit seinem riesigen Rucksack und seiner Gitarre auf dem Rücken. Vor dreizehn Jahren war er mit kaum mehr Gepäck nach London gegangen. Und nun war er wieder zurück.

Er schloss kurz die Augen und schluckte ein paarmal gegen das unsichere Gefühl an, das sich in seinem Hals gebildet hatte und das er nicht wirklich einordnen konnte. Er öffnete die Augen wieder und schaute sich um – alles wirkte viel lebendiger als früher. Der Pub war nicht mehr vernagelt, sondern strahlte frisch renoviert. Das Kneipenschild des *Wise Pelican* glänzte in der Sonne. Unwillkürlich musste Lennox grinsen. Islas Freund schien Humor zu haben. Überhaupt war alles in Kirkby proper herausgeputzt. Bei seinem letzten Besuch war das Rathaus eingerüstet gewesen, heute sah es aus, als sei es erst kürzlich erbaut worden. Auf sämtlichen Fensterbrettern blühte es – wie bei fast allen anderen Häusern hier in der Ortsmitte –, und vor der geöffneten Eingangstür standen drei Frauen und plauderten angeregt. Er kannte sie nicht, doch er spürte, dass sie ihn heimlich musterten. Das hatte sich offensichtlich noch nicht geändert: Neuankömmlinge waren immer einen zweiten Blick wert.

In der Ferne machte er die *Old Bakery* aus, jene Bäckerei, an die er nur ganz verschwommene Kindheitserinnerungen hatte, weil sie dichtgemacht hatte, als er ungefähr fünf Jahre alt gewesen war. Vor Kurzem hatte ihr seine Cousine Kristie neues Leben eingehaucht. Er unterdrückte den Impuls, hinzulaufen. Soweit er wusste, hatte sie ohnehin nur vormittags geöffnet, und außerdem musste er sich beeilen. Ein Blick auf sein Handydisplay verriet, dass es schon kurz nach drei war und der Workshop wohl gerade anfing.

Entschlossen wandte er sich um und ging über die Straße in Richtung der ehemaligen Schule. Das war in seiner frühen Kindheit sein vertrauter Schulweg gewesen. Zwei Jahre lang hatte er dort Unterricht gehabt, ehe alle Dorfkinder der umliegenden Gemeinden täglich mit dem Bus zu einer neuen, großen Schule in Drumnadrochit gefahren worden waren.

Als er durch die frisch lackierte mächtige Holztür trat, war er fast ein bisschen enttäuscht, dass von dem feuchten Mief, den er insgeheim erwartet hatte, nichts mehr wahrzunehmen war. Auch dieses alte Gemäuer war inzwischen wunderschön saniert worden und strotzte vor neuem Leben. Es sah auch ganz anders aus, als er es in Erinnerung hatte. Statt Düsternis empfing ihn eine offene, lichtdurchflutete Aula mit zusammengeschobenen Faltwänden. An einer Schmalseite gab es sogar eine Bühne. Isla hatte erwähnt, dass das Erdgeschoss zu einem Veranstaltungsraum umgebaut worden war, in dem seit dem Sommer schon mehrere öffentliche Partys und private Feste stattgefunden hatten. Eine rollbare alte Tafel stand in der Mitte, und mit Kreide waren aktuelle Events in den Seminarräumen und die Öffnungszeiten des »Tauschladens« daraufgeschrieben worden, was auch immer das war. So erfuhr er, dass sein »Glücks-Yoga-Seminar« in Klassenraum drei stattfand, und langsam stieg er die Steintreppe zur oberen Etage hinauf.

Wenigstens die von vielen Kinderfüßen glatt polierten Stufen fühlten sich unter seinen Sohlen noch etwas vertraut an. Oben angekommen sah er als Erstes, dass sein ehemaliges Klassenzimmer zu einem Trödelladen umfunktioniert worden war – der ominöse Tauschladen? Zwei Kisten schleppende Jugendliche drängelten sich an ihm vorbei und steuerten zielstrebig auf den hell erleuchteten Shop zu, in dem Lennox zwei Frauen erspähte, die Waren sortierten. Wieder trafen ihn neugierige Blicke und ein freundliches Lächeln, doch weder die Frauen noch die beiden Jungs kamen ihm irgendwie bekannt vor. Schon seltsam, dass er in diesem Kaff, in dem er früher jeden Grashalm, jedes Schaf und mit Sicherheit jeden Bewohner gekannt hatte, noch keinem vertrauten Gesicht begegnet war. Aber vielleicht war es auch gut so. Da konnte er womöglich einfach unbemerkt wieder abhauen, falls …

Lennox führte diesen Gedanken nicht zu Ende, denn sein Blick war auf die nächste Tafel gefallen, die den Weg zu seinem Workshop anzeigte. Er würde sich nicht von den Gefühlen, die seine alte Heimat in ihm auslöste, davon abbringen lassen, Anna kennenzulernen und sich von ihr in die Geheimnisse des Glücks einführen zu lassen. Die Tür zum angezeigten Klassenzimmer war natürlich schon geschlossen, was ihn nicht wunderte, denn es war inzwischen Viertel nach drei, und vermutlich befand man sich schon in der ersten Meditation oder so. Er zögerte kurz, klopfte dann aber sachte an und schlüpfte, ohne auf eine Reaktion zu warten, in den Raum.

»Tut mir leid, ich bin zu spät dran«, sagte er zur Begrüßung, als er sich fünf Augenpaaren gegenüberfand. Immerhin standen alle noch und lagen nicht etwa schon tiefenentspannt auf ihren Yoga-Matten.

»Du musst Len sein«, erklang die Stimme, die ihm seit vielen Monaten so vertraut war, als sei sie eine enge Freundin. Allerdings sah Anna vollkommen anders aus, als er sie sich vorgestellt hatte. Wobei er sich nie ein konkretes Bild von ihr gemacht hatte, aber irgendwie hatte er eine dunkelhaarige, mysteriöse Frau erwartet. Die Anna, die ihn nun freundlich anlächelte, hatte jedoch gar nichts Geheimnisvolles an sich. Stattdessen wirkte sie mit ihren langen honigblonden Locken und den strahlenden blauen Augen fast engelhaft.

»Ja, der bin ich«, antwortete er und wunderte sich, dass seine Stimme plötzlich so brüchig klang. Er räusperte sich. »Der Bus hatte Verspätung. Sorry.«

»Kein Problem. Wir haben gerade erst angefangen. Nebenan ist die Garderobe. Da kannst du deine Sachen deponieren und dich rasch umziehen. Wir warten auf dich.«

Täuschte er sich, oder war sie irgendwie erleichtert über die Unterbrechung? Gerade wandte er sich schon wieder zur Tür, als er ihre Stimme noch einmal hörte. »Hast du eine eigene Yoga-Matte dabei? Falls nicht, findest du nebenan im Regal noch welche. Nimm dir eine, die dir gefällt, und auch eine Decke.« Er nickte kurz und verließ den Raum.

Das angrenzende Zimmer, das Anna als Garderobe bezeichnet hatte, schien vor allem ein Materialspeicher für die diversen angebotenen Aktivitäten zu sein. Ein Regal war voller Tonfiguren, in einem weiteren stapelten sich Farbkästen und Papierblöcke. Auf der Tafel unten hatte er irgendwas von Töpfer- und Malkursen gelesen. Erstaunlich, was in Kirkby neuerdings alles angeboten wurde ... Lennox wuchtete seinen schweren Rucksack auf eine schmale Bank, die an der Längsseite des Raums an der Wand stand und ihn an alte Turnhallen erinnerte. Seinen Gitarrenkoffer schob er darunter. Dann schlüpfte er aus seinen schweren Schnürboots und seiner Jacke und hielt kurz inne. An ein angemessenes Outfit für das Seminar hatte er nicht gedacht. Er war davon ausgegangen, dass man für Yoga einfach normale Sportklamotten anziehen konnte, doch Anna trug eine hell gemusterte weite Hose, die ihn an Hippies erinnerte, und dazu einen weichen himmelblauen Pullover. Auch die anderen Teilnehmer waren in merkwürdige Gewänder gehüllt.

Mit derartiger Spezialkleidung konnte er jedenfalls nicht dienen. Seufzend öffnete er seinen Rucksack, verwarf die knappen Laufshorts, die er eigentlich hatte anziehen wollen, kramte tiefer und zog seine alte, ausgebeulte graue Lieblingsjogginghose und ein verwaschenes Langarmshirt hervor. Ja, das würde gehen. Rasch zog er sich um, griff sich eine der aufgerollten Yoga-Matten und eine gelbe Fleecedecke aus einem Regal und kehrte auf Strümpfen in den Seminarraum zurück.

»Schön, dass du wieder hier bist«, begrüßte ihn Anna freundlich. »Magst du dir auch noch einen Tee nehmen?« Sie deutete auf ein Sideboard an der Wand, auf dem eine große Thermoskanne und einige Tassen standen.

Die anderen Teilnehmer – drei Frauen und ein Mann – saßen inzwischen auf ihren Matten und hatten allesamt Tassen in den Händen. Lennox nickte nur, rollte seine Matte im hinteren Bereich des ehemaligen Klassenzimmers aus – alte Gewohnheit, in der Schule hatte er auch immer am liebsten in der letzten Reihe gesessen – und trat dann zum Sideboard. Er spürte die Blicke in seinem Rücken. Abschätzig, wertend. Zumindest die der anderen Teilnehmer. Nur Anna wirkte wirklich warmherzig.

»Tut mir echt leid, wenn ich den Ablauf durcheinandergebracht habe«, hörte er sich murmeln. Irgendwie fühlte er sich in Erklärungsnot.

»Schon gut. Wir waren gerade dabei, uns ein bisschen kennenzulernen.« Anna lächelte, doch er meinte in ihrem Blick ein nervöses Flackern auszumachen. Richtig tiefenentspannt kam sie ihm nicht vor.

Mit seinem Tee – leider keinem schwarzen, sondern einer exotisch duftenden Kräutermischung – ging Lennox zu seiner Matte zurück und nahm dort im Schneidersitz Platz.

»Jetzt, wo wir vollständig sind, noch einmal offiziell: Herzlich willkommen zum Highland-Happiness-Glücks-Yoga-Seminar«, begann Anna. »Ich freue mich wirklich sehr, dass ihr hierhergekommen seid, um euch mit mir auf die Suche nach dem Glück zu machen.« Sie trank einen Schluck aus ihrer Tasse, und Lennox konnte sich des Eindrucks nicht erwehren, dass sie darin Kräftigung und Halt suchte. »Wollen wir mit einer kleinen Fragerunde anfangen? Was ist Glück für euch?« Sie sah erwartungsvoll in die Runde, doch keiner schien den Anfang machen zu wollen.

Lennox ganz sicher auch nicht. Er hatte keine Antwort auf diese Frage. Was war Glück für ihn? War er nicht hierhergekommen, um das herauszufinden? Um seinen »inneren Glücksbrunnen anzuzapfen«, wie sie es in ihrem Podcast so vollmundig angekündigt hatte? Und überhaupt – war das nicht ein merkwürdiger Beginn? Sollten sich die Teilnehmer nicht erst mal vorstellen? Oder noch viel besser, die Gastgeberin? Gut, vermutlich war das alles schon passiert, als er noch nicht da gewesen war, und wenn er ehrlich war, interessierte es ihn auch nicht, ob sich unter den bunten Batikshirts und -hosen Hobbyerleuchtete oder Investmentbanker verbargen.

Mit einem Mal fühlte er den starken Impuls, abzuhauen. Er passte nicht hierher. Das war nicht seine Welt. Er wusste nicht, was Glück war, er wollte kein Yoga machen, und ganz besonders wollte er nicht hier sein. Nicht hier in diesem Raum und schon gar nicht in Kirkby.

»Das ist eine sehr große Frage für den Einstieg«, meldete sich eine Frau und lächelte etwas verlegen in die Runde. »Ich fühle mich noch nicht sicher genug, um darauf zu antworten.« Die Frau neben ihr nickte bestätigend, und das Paar im Batik-Partnerlook murmelte etwas. Anna dagegen wirkte einen Moment lang ziemlich getroffen.

»O«, sagte sie und machte dann eine kleine Pause. »Vermutlich habt ihr recht.« Sie fuhr sich mit einer etwas hilflosen Geste durch die blonden Locken, und so unbehaglich Lennox sich auch fühlte, in diesem Moment tat sie ihm wahnsinnig leid. Ganz offensichtlich hatte sie sich den Einstieg in ihren Workshop anders vorgestellt.

»Ihr habt wirklich recht«, betonte sie noch einmal. »Vermutlich ist diese Frage tatsächlich zu intim und zu groß, um sie offen zu beantworten, aber es schadet sicher nichts, darüber nachzudenken. Vielleicht wollen wir zum Abschluss am Sonntagnachmittag noch einmal darüber sprechen?« Sie lächelte nun ganz offen und schien ihre Fassung wiedererlangt zu haben. »Beginnen wir stattdessen mit einer ersten Yogarunde und Atemübungen, um erst einmal hier anzukommen. Len, du hast unsere Vorstellungsrunde vorhin versäumt. Wir können das in der Pause gerne wiederholen, aber nun legen wir los, wenn es allen recht ist.«

»Guter Plan«, sagte der andere Mann und stand auf. Er nahm seiner Frau die Tasse ab und positionierte sich dann wie ein sprungbereiter Tiger auf seiner Matte.

Auch die anderen rappelten sich auf und stellten sich auf ihre Matten. Lennox ebenfalls. Er hatte es selbst noch nie mit Yoga versucht, aber er wollte der Sache nun doch eine Chance geben.

GLÜCK IST EINE ENTSCHEIDUNG

DAS LIEF GAR NICHT gut, dachte Anna und versuchte, sich nichts anmerken zu lassen. Sie war normalerweise so stolz auf ihre Fähigkeit, sich in Menschen hineinzuspüren und ihre Bedürfnisse zu erahnen. Doch offensichtlich war sie bei der Planung dieses Workshops viel zu verkopft vorgegangen. Die Frage nach dem Glück war tatsächlich ein richtig blöder Einstieg gewesen.

Überhaupt verlief der Nachmittag überhaupt nicht wie geplant, und sie befand sich gerade weit, sehr weit außerhalb ihrer Komfortzone. Das Yuppie-Paar Maya und Kieran hatte sie schon eine halbe Stunde vor Kursbeginn überfallen, als sie noch dabei gewesen war, alles herzurichten. In ihren albernen, aber mutmaßlich sündteuren Designer-Yoga-Klamotten hatten die beiden sie nonstop zugetextet und ganz genau wissen wollen, nach welcher Methodik sie arbeitete. Sie selbst seien ja schon bei X, Y und Z gewesen und hätten echt viel Erfahrung. Aber ein Glücksseminar praktisch vor der Haustür sei ja auch mal ein nettes Erlebnis. Wobei »vor der Haustür« wohl ein eher relativer Begriff war, denn die beiden kamen aus London, schienen für ihre »Retreats« ansonsten aber um die halbe Welt zu jetten. »Bei unserem letzten Indienaufenthalt haben wir im Ashram …« – so war es die ganze Zeit gegangen, doch irgendwann war Anna mental ausgestiegen und hatte versucht, sich auf ihre Aufgaben zu konzentrieren.

Die beiden anderen Frauen – Abby und Celeste – wirkten dagegen etwas asynchron. Anna hatte das eindeutige Gefühl, dass bei ihnen irgendwas schwer im Argen lag, konnte es aber nicht wirklich fassen oder einordnen. Nun ja, das würde sich wohl noch offenbaren. Und dann war da dieser Nachzügler namens Len, der in voller Straßenmontur, mit Gitarre und Gepäck, zerzaust und mitgenommen aufgeschlagen war und völlig verloren aussah. Dabei kam er ihr auf seltsame Weise bekannt vor, so als hätte sie den intensiven Blick aus seinen grauen Augen schon oft auf ihrer Haut gespürt. Was nicht sein konnte, denn gleichzeitig war sie sich sicher, dass sie ihn noch nie in ihrem Leben getroffen hatte – daran würde sie sich erinnern.

Okay – die Herrschaften wollten nicht mit ihr über Glück sprechen. Dann würde sie es mit einem anderen Ansatz versuchen. Glück war ohnehin etwas, das man nicht intellektuell erfassen konnte, sondern nur emotional. Und der beste Weg zu den eigenen verborgenen Gefühlen war Yoga! Zumindest war es das, was das Leben sie gelehrt hatte. Sie beobachtete, wie sich ihre Teilnehmer aufstellten: Kieran dynamisch und sprungbereit, seine Frau Maya betont gelassen. Abby und Celeste wirkten abwartend und schienen möglichst viel Abstand zu suchen. Zueinander und zum Rest der Gruppe. Bei Len hatte Anna den Eindruck, dass er überhaupt nicht wusste, was er tun sollte und was von ihm erwartet wurde.

»Hat jemand von euch keine Erfahrung mit Yoga?«, fragte sie, obwohl sie sich der Antwort ziemlich sicher war. Aus Kierans Richtung vernahm sie ein leises Schnauben und einen unterdrückten Kommentar.

»Ich habe noch nie Yoga gemacht«, sagte Len erwartungsgemäß und klang dabei ziemlich defensiv. »In den Teilnahmebedingungen hieß es aber auch, dass Vorerfahrung nicht nötig sei.«

»Richtig«, entgegnete sie. »Wir starten zunächst mal mit einem simplen Ablauf, der sich Sonnengruß nennt. Damit bereiten wir Körper, Geist und Seele auf die weiteren Übungen vor. Manche meinen sogar, dass der Sonnengruß die Essenz der Yoga-Lehre schlechthin ist, und ich tendiere ebenfalls dazu. Kräftigung, Dehnung, Öffnung sind die wesentlichen Elemente, die man dynamisch oder auch ganz langsam und behutsam absolvieren kann. Der Sonnengruß besteht aus zwölf Asanas, so nennen wir die unterschiedlichen Yoga-Positionen, und dient der Aktivierung und zum Aufwärmen. Ich werde jede Pose ansagen und kurz erklären. Wer Schwierigkeiten oder Fragen hat, meldet sich bitte.« Sie schenkte Len, der mit einem misstrauisch umwölkten Ausdruck dastand, ein hoffentlich aufmunterndes Lächeln. »Es ist wirklich ganz einfach und hat doch erstaunliche Wirkungen.«

Langsam führte sie ihre Teilnehmer durch die einzelnen Phasen des Sonnengrußes und beobachtete dabei aus den Augenwinkeln, wie sie sich anstellten. Kieran und Maya waren offenbar tatsächlich sehr erfahren und glitten mühelos durch die Abfolge. Auch Abby und Celeste hatten augenscheinlich einiges an Vorerfahrung, wirkten jedoch etwas gebremst. Vielleicht waren sie aber auch einfach nur ein bisschen eingerostet. Len dagegen hatte beim ersten Zyklus nur zugeschaut und sich die Abläufe eingeprägt. Bei der zweiten Runde war er nun dabei und absolvierte die Asanas mit geschlossenen Augen und sehr konzentriert. Seine Bewegungen waren zwar ein wenig ungelenk, denn sein Körper schien sich an die neuen Übungen erst einmal gewöhnen zu müssen, aber trotzdem strahlte er eine Kraft und Energie aus, wie sie sie bei Yoga-Anfängern noch nie erlebt hatte. Erstaunlich, wirklich ganz erstaunlich.

Von Durchgang zu Durchgang wurde er sicherer, und seine Bewegungen wurden flüssiger. Anna hätte schwören können, dass er sich zudem merklich entspannte. Nach dem sechsten Durchgang – die letzten beiden in etwas flotterem Tempo – keuchten Abby und Celeste hörbar, und auch bei Kieran und Maya hatten sich Schweißperlen auf der Stirn gebildet. Len, der den ersten Sonnengruß nur beobachtet hatte, machte einen letzten Durchgang allein. Ganz offensichtlich hatte er instinktiv erfasst, dass Symmetrie beim Yoga ein entscheidendes Element war.

»Das wirkt aber nicht so, als hättest du noch nie Yoga gemacht«, sagte Celeste und musterte ihn mit zusammengekniffenen Augen.

Er zuckte nur mit den Schultern und fühlte sich offenbar nicht zu einer Erklärung verpflichtet.

»Gibt es Yoga-Übungen, die ihr besonders liebt oder bei denen ihr euch besonders wohlfühlt?«, wollte Anna nun wissen. »Es sollten Positionen sein, in denen ihr auch ein paar Minuten verharren könnt.«

»Ein paar Minuten?« Kieran sah sie mit gerunzelter Stirn an. »Wir sind eher Anhänger der dynamischen Yoga-Lehre. Uns erschließt sich der Sinn davon nicht, endlos eine Position zu halten.«

Anna konnte es nicht leiden, wenn ein Teil eines Paares immer für beide sprach. So als hätte Maya keine eigene Meinung und keinen freien Willen. Noch weniger mochte sie es, wenn Menschen engstirnig waren und ihre Vorurteile pflegten. Dabei hatten die beiden, nach allem, was sie vorhin erzählt hatten, reichlich Erfahrung mit allen möglichen Yoga-Schulen, doch offenbar stand ihnen der Sinn mehr nach Work-out und weniger nach Erkenntnis. Nun ja, solche Menschen hatte sie in Edinburgh oft genug erlebt: zum einen als Patienten im Krankenhaus, die nach eigener Auffassung besser über die unterschiedlichen Behandlungsansätze Bescheid wussten als sie; zum anderen in der Yoga-Schule, die ihr Freund Finlay betrieb. Dort hatte sie auch ihre Ausbildung zur Yoga-Lehrerin gemacht.

»Dynamisches Yoga ist toll«, entgegnete sie lächelnd. »Ich liebe es sehr, wenn ich meinen Körper in kurzer Zeit intensiv fordern und mich richtig verausgaben will. Allerdings ist das nicht das Ziel des Workshops. Wir wollen nicht bis zur körperlichen Erschöpfung trainieren, sondern durch Achtsamkeit unser ganzes Sein erfassen. Körper, Geist und Seele. Das klappt nicht, wenn der Körper allein arbeitet.« Sie wusste, dass das ziemlich esoterisch klang – gleichzeitig war es aber auch die Wahrheit. Und sie ahnte, warum Kieran so sehr auf die anstrengende Variante stand. Dabei musste man nicht denken, und ab einem gewissen Punkt waren die Empfindungen nur noch rein körperlicher Natur. Und die waren weit weniger schmerzhaft als manche seelische Verwundung.

Sie wünschte, sie hätte früher an diese doch ziemlich wahrscheinliche und offensichtliche Komplikation gedacht – dann hätte sie den Workshop gar nicht erst angeboten. Denn um sein inneres Glücksreservoir freizulegen, musste man sich zwangsläufig durch eine üppige Gerölllawine aus unterdrückten Gefühlen arbeiten – und irgendwie war sie sich plötzlich ganz sicher, dass keiner ihrer fünf Teilnehmer dazu bereit war. Mist. Aber nicht zu ändern. Trotzdem oder genau deswegen wollte sie ihr Bestes geben und Blockaden abbauen.

»Aus diesem Grund ist es wichtig, dass wir uns Übungen suchen, bei denen wir zur Ruhe kommen und tief in uns hineinspüren können«, fuhr sie fort. »Glück ist eine Entscheidung, das habe ich ganz früh in meinem Leben gelernt, auch wenn sich das für euch merkwürdig anhören mag. Glück passiert nicht einfach, es ist immer in uns, und wir können es jederzeit einladen, damit wir es auch wahrnehmen. Das funktioniert am besten, wenn wir uns dafür bereit machen. Vielleicht hat jemand schon von ›Yin-Yoga‹ gehört? Das geht in diese Richtung. Lasst uns einfach mal mit Uttanasana, der simplen Rumpfbeuge im Stehen, beginnen.« Sie machte die Übung vor, beugte dabei ihren Oberkörper nach vorn und unten. »Ihr könnt eure Arme entweder an den Ellbogen fassen und hängen lassen, eure

Beine umschlingen oder die Hände entspannt am Boden ablegen. Entscheidend ist, dass alles passiv passiert und ihr nicht aktiv und aggressiv in die Dehnung geht. Konzentriert euch auf euren Atem, und spürt, wie sich die Muskeln in den hinteren Oberschenkeln, im Gesäß und auch im Rücken immer weiter dehnen. Es kann sein, dass eure Beine zu kribbeln anfangen oder ihr andere ungewohnte körperliche Reaktionen spürt. Lasst das zu, atmet und fühlt tief in euch hinein. Ihr haltet diese Position jetzt drei Minuten lang. Und erschreckt bitte nicht, ich werde zu jedem von euch kommen und eventuell kleine Korrekturen vornehmen.«

Als sich alle fünf Teilnehmer in diese so simple und doch so effektive Übung versenkten, ging sie zuerst zu Abby. Sie wollte keine Korrekturen vornehmen, das war Unsinn, sie wollte Kontakt zu den Menschen herstellen. Ihre Freunde hatten schon immer gewitzelt, dass es ihre Superkraft war, empathisch zu sein und die Befindlichkeiten ihres Gegenübers einfach erspüren zu können. Für sie selbst war daran nichts Magisches, vielmehr war es schon immer ein Überlebensreflex für sie gewesen, die Stimmungslagen der Menschen in ihrer Umgebung zu erkennen. Richtig intensiv wurde es aber erst bei physischem Kontakt. Wenn sie jemanden berührte, erfuhr sie so viel mehr. Das war in ihrem Job als Ärztin außerordentlich praktisch, denn viele Patienten erzählten nicht, wie es ihnen wirklich ging. Jetzt wollte sie wissen, wo die Problemfelder bei ihren Teilnehmern lagen, um besser auf deren Bedürfnisse eingehen zu können. Doch aus Erfahrung wusste sie auch, dass sie das besser nicht so klar aussprach. »Handauflegen« klang für die meisten Leute viel zu durchgeknallt.

Doch genau das tat sie nun. Sie legte Abby eine Hand auf den unteren Rücken, die andere an ihre Hüfte, und ihr Eindruck bestätigte sich. Die Mittvierzigerin war in mehr als einem Wortsinn verkrampft. Ihre Muskulatur war verspannt, und sie schien tief in sich etwas zu verbergen, das aber machtvoll nach draußen drängte. Bei ihrer Freundin Celeste sah es nicht viel besser aus. Auch hier gab es Verkrampfungen, die aber eher durch große Enttäuschung genährt wurden, die Anna ebenfalls wahrnahm. Sie hoffte nur, dass die Enttäuschung nicht ihrem Workshop galt.

Kieran war voller schwer zu zähmender Energie, doch die floss nur an der Oberfläche. Tiefer im Inneren lag ein großes Bedürfnis nach Ruhe. Anna lächelte leise in sich hinein. Wenn Kieran sich auf die folgenden Übungen einließ, war er einer der Kandidaten, die von ihrem Konzept am meisten profitieren konnten. Maya überraschte sie. Sie hatte sich völlig in die Übung fallen lassen können und wirkte vollkommen entspannt.

Ihren letzten Kandidaten betrachtete sie einen Moment lang mit etwas Abstand. Sie konnte keine Auren sehen und glaubte auch nicht daran, dass irgendjemand das vermochte – ganz so metaphysisch war sie dann doch nicht gepolt –, aber irgendwas ließ sie zögern. Er stand reglos in der Pose, ließ die Arme locker hängen und hatte die Fingerrücken auf dem Boden abgelegt. Er wirkte konzentriert, atmete aber ruhig und gleichmäßig. Trotzdem umgab ihn eine merkwürdige, kaum zu erklärende Barriere. Sie trat näher und berührte ihn ganz sacht am Rücken – und dabei traf sie fast der Schlag. Als hätte sie auf eine heiße Herdplatte gefasst, riss sie erschrocken ihre Hand weg und konnte sich nur mit Mühe einen Schmerzenslaut verkneifen, so sehr drohte sie die Flut der Empfindungen zu überwältigen. Das Echo seiner unbeschreiblichen Sehnsucht, seiner Trauer und seiner tiefen Erschöpfung hallte in ihr wider. Und offenbar fühlte er es auch. Abrupt richtete er sich auf und starrte sie mit seinen sturmgrauen Augen an, aus denen wortloses Entsetzen sprach. Dann drehte er sich um und ergriff die Flucht.

Kurz überlegte sie, ob sie ihm hinterherlaufen sollte – doch vielleicht musste er einfach nur auf die Toilette und würde gleich wiederkommen? Natürlich war das eine ziemlich naive Annahme, das wusste sie selbst und wurde gleich darauf durch Türengepolter und hektische Schritte von nebenan bestätigt. Der geheimnisvolle Len hatte das Weite gesucht, und er würde nicht zurückkehren. Doch sie hatte hier noch vier andere Teilnehmer, und auf die würde sie jetzt mit aller Macht ihre Konzentration richten.

● ● ●

Es war ein Fehler gewesen, hierherzukommen! Ein Fehler mit Ansage! Lennox spürte, wie sein Herz schlug. Regelmäßig zwar, aber so schnell und heftig wie nach einem Sprint. In seinen Ohren rauschte es, und einen Moment lang hatte er Angst, ohnmächtig zu werden oder alternativ den Verstand zu verlieren. Annas kurze und ganz zarte

Berührung hatte sich wie ein Axthieb angefühlt. Der Schmerz war kein körperlicher, doch das machte ihn nicht weniger schlimm. Es fühlte sich an, als wäre ein Fass voll negativer Gefühle in ihm explodiert. Er kannte sie alle. Es waren nämlich seine eigenen, bei denen er sehr viel Mühe darauf verwandt hatte, sie sorgfältig wegzusperren und zu verdrängen. Doch nun waren sie alle wieder da – roh und zerstörerisch wie immer. Anna hatte sie auch gespürt, da war er sich ganz sicher, denn kurz bevor seine innere Atombombe detoniert war, hatte er ihre vorsichtig forschende, fragende Annäherung wahrgenommen. Das war für einen Augenblick sehr angenehm gewesen, fast verführerisch und tröstend – und vermutlich war das der Moment gewesen, der seine Barrieren zum Einsturz gebracht hatte.

Er hatte keine Ahnung, wie er aus dem Schulhaus gekommen war, doch nun stand er schwer atmend auf der Straße, den Rucksack in der einen Hand, den Gitarrenkoffer in der anderen. Er blickte an sich hinunter. Umgezogen hatte er sich nicht. Er trug immer noch seine Schlabberjogginghose, aber seine Füße steckten wieder in den Boots, und seine Lederjacke hatte er auch an. Langsam beruhigte er sich wieder. Er bückte sich und schnürte die Stiefel zu, dann schwang er sich den Rucksack auf den Rücken. Er brauchte einen Plan dafür, wie es jetzt weitergehen sollte.

»Bist du Lennox?«

»Ähm?«, murmelte er irritiert und musterte die Frau, die diese überraschende Frage gestellt hatte. Sie hatte schulterlange kastanienbraune Haare, ein Lächeln, das von Sekunde zu Sekunde breiter wurde, und war außerdem ziemlich schwanger. Er hatte sie noch nie gesehen – zumindest nicht persönlich, aber …

»Ist das so eine schwierige Frage?«, fuhr sie amüsiert fort. »Du bist eindeutig Lennox. Du könntest eine Mischung aus Isla und Marlin sein und hast die gleichen schwarzen Haare und grauen Augen wie Shona. Außerdem kenne ich dich von zahllosen Fotos, auf denen du allerdings nicht so abgerissen rüberkommst. Ich bin Colleen. Deine zukünftige Schwägerin.« Sie breitete die Arme aus, und ehe Lennox sichs versah, hatte sie ihn an sich gezogen.

Er war vollkommen überrumpelt und spürte plötzlich einen deutlichen Tritt an seinem Bauch. »Kann es sein, dass dein Baby mich gerade geboxt hat?«, fragte er verblüfft.

»Deine Nichte oder dein Neffe freut sich eben«, erklärte Colleen lachend. »Genau wie ich. Ich fass es nicht, dass du endlich mal hier bist! Ich habe dich schon fast für ein Phantom gehalten. Seit wann bist du da? Wo wirst du schlafen?«

»Ähm …« Zurück zur dämlichen Einsilbigkeit, aber diesem Redeschwall war er gerade nicht gewachsen.

»Entschuldige bitte, dass ich dich so überfahren habe, aber ich freu mich einfach so, dich kennenzulernen.« Colleen strahlte ihn warmherzig an, dann runzelte sie die Stirn. »Warst du etwa bei Annas Workshop?«

Kein gutes Thema. »Hm«, versuchte er es zur Abwechslung mal mit einer anderen Silbe, aber er fürchtete, dass er nicht mehr lange damit durchkommen würde, denn ihr Stirnrunzeln verstärkte sich sichtlich.

»Ich hatte mich dafür angemeldet, habe aber schnell festgestellt, dass es nicht das Richtige für mich ist.«

»O? Aber der Kurs läuft doch noch nicht mal eine Stunde. Wie kann man da so schnell ein Urteil fällen? Wahrscheinlich ist Anna jetzt am Boden zerstört. Sie hat sich so viel Mühe gegeben, das alles auf die Schnelle zu organisieren, und war verdammt nervös deswegen. Soll ich mal mit ihr reden? Also, falls es ein Missverständnis gegeben hat, kann man das ganz bestimmt rasch klären.« Sie machte Anstalten, zum Schulhaus zu laufen, doch Lennox hielt sie zurück.

»Nein, schon gut. Es liegt garantiert nicht an Anna, sondern an mir. Ich bin einfach nicht bereit für … ähm … Glück. Oder Yoga. Oder Glücks-Yoga. Sie macht das sicher total toll.« Er räusperte sich. »Es war ein ziemlich spontaner Entschluss von mir und eine echte Schnapsidee. Eigentlich bin ich hauptsächlich da, um euch zu besuchen – auch um dich kennenzulernen.« Er versuchte es mit einem Lächeln und horchte in sich hinein, ob diese Notlüge irgendwas bewirkte. Doch seltsamerweise fühlte es sich gar nicht nach Lüge an. War sein Unterbewusstsein am Ende tatsächlich der Meinung, dass er wegen seiner Familie hier in Kirkby war? Verstörender Gedanke irgendwie.

»Wie süß von dir, aber warum hast du dann nicht Bescheid gegeben?«

»Hab ich doch. Ich hab letzte Woche Shona angerufen.«

»Echt? Sie hat gar nichts gesagt.« Colleen schüttelte den Kopf. »Aber es geht hier zurzeit auch drunter und drüber. Seit Isla letzte Woche den Kochwettbewerb gewonnen hat, ist die Familie – ach was, der ganze Ort! – im Ausnahmezustand. Heute Vormittag hat sie dann auch noch die Nachricht bekommen, dass ihr der Guide Michelin einen zweiten Stern verliehen hat. Kannst du dir das vorstellen?« Colleen schlug sich die Hand vor den Mund. »Ich plappere schon wieder. Das mach ich sonst nie, aber das liegt an den Hormonen. Ehrlich, die haben mich vollkommen im Griff.«

Darauf wusste Lennox nicht viel zu sagen, aber die Tatsache, dass Isla endlich den heiß ersehnten zweiten Stern ergattert hatte, erklärte auch die vielen Autos auf ihrem Parkplatz. Er freute sich von Herzen für seine Schwester und wollte am liebsten sofort zu ihr, doch vermutlich war sie gerade ziemlich beschäftigt.

»Shona ist dieses Wochenende übrigens gar nicht da«, sprach Colleen weiter. »Sie ist mit eurem Dad zu einer Whisky-Messe in Edinburgh gefahren. Die beiden sind erst am Sonntagabend wieder zurück. Da bist du doch hoffentlich noch da? Oder wie sehen deine Pläne aus?«

Seine Pläne? Das war eine verdammt gute Frage. »Ich hab ehrlich gesagt keine Pläne«, gab er zu. »Ich wollte einfach mal wieder vorbeikommen und …«

»Und?«

»Und … na ja … Zeit mit euch verbringen. Dich kennenlernen. Islas und Shonas neue Männer kennenlernen …« Wieder hörte er in sich hinein. Wieder keine Lügen. Zumindest keine vollständigen. Bewusst gemacht hatte er sich das alles nicht, aber er schien ja im Moment von einer höheren Macht getrieben zu sein.

»Verstehe«, entgegnete Colleen nickend, offensichtlich zufrieden mit seiner eher nichtssagenden Erklärung. »Und bei wem von deiner zahlreichen Verwandtschaft wirst du schlafen? Bitte bei uns! Dein altes Kinderzimmer gibt es immer noch. Aber du kannst auch in eines der Cottages gehen. Ach, ich freu mich so.« Sie hakte sich bei ihm unter und lotste ihn in Richtung Harriswood House – der Stammsitz der Familie Fraser und ein Ort, mit dem er nicht nur schöne Kindheitserinnerungen verband.

Als sie sich dem Haus näherten – Colleen plapperte ohne Unterlass –, fiel sein Blick wieder auf das Restaurant seiner Schwester. Der Parkplatz war nun fast leer, die meisten Autos, auch das vom Fernsehsender, waren verschwunden.

»Colleen, sei mir nicht böse«, unterbrach er ihren Redefluss. »Aber ich würde gerne erst bei Isla vorbeischauen und ihr gratulieren.«

»Versteh ich«, sagte sie. »Ich weiß doch, wie nahe ihr euch steht.« Sie drückte kurz seinen Arm und ließ ihn dann los. »Bis später.«

»Bis später«, versprach er und lief zielstrebig auf das Restaurant zu. Er schämte sich dafür, dass er es noch nie betreten hatte, weil Isla insgeheim dafür verachtet hatte, dass sie nach Kirkby zurückgekehrt war. Ihre Ankündigung hatte ihm damals einen ziemlichen Stich versetzt. Er hatte einfach nicht begreifen können, was seine hochtalentierte, heiß geliebte Schwester in diesem piefigen Kaff wollte, wo sie doch überall auf der Welt ein Restaurant hätte eröffnen können. Jahrelang war sie herumgereist und hatte an den unterschiedlichsten Orten gearbeitet – und er hatte sie immer besucht. Manchmal nur für ein paar Tage, manchmal wochenlang. Die gemeinsame Zeit in Italien, in Thailand und Dänemark hatte ihm viel bedeutet. In ihrer Nähe fühlte er sich immer besonders kreativ. Und nicht ganz so allein und verloren wie sonst. Doch seit ihrer Rückkehr nach Kirkby hatte er sie mit Nichtachtung gestraft. Wobei ihm langsam dämmerte, dass er damit vor allem sich selbst wehgetan hatte.

Er holte tief Luft und sammelte sich, als er vor der Eingangstür des Restaurants stand, dann drückte er die Klinke und fand die Tür abgeschlossen vor. Merkwürdig. Er trat ein paar Schritte zurück. Er wusste, dass Isla eine Wohnung über dem Restaurant hatte, und nahm an, dass es irgendwo noch einen weiteren Eingang geben musste. Langsam ging er an dem Gebäude vorbei, dessen Front wie die eines typischen alten schottischen Bauernhauses wirkte, obwohl es in Wahrheit erst ein paar Jahre alt war. Als er auf einen rosenumrankten Rundbogen stieß, der zu einem geschützten Garten führte, wusste er, dass er am Ziel angekommen war. Isla hatte ihm häufig von ihrem heiß geliebten Küchengarten vorgeschwärmt. Er trat durch den Bogen und wurde gleich darauf schwanzwedelnd von einem schwarzen Neufundländer begrüßt.

»Du bist wohl Polly«, sagte er zu dem Tier und ließ es an seiner ausgestreckten Hand schnuppern, ehe er es an den Ohren kraulte. Isla hatte viele Fotos von der jungen, aber schon reichlich imposanten Hündin geschickt.

»Lennox?«, hörte er Islas Stimme schrill aufkreischen.

»Lenny? Ich fass es nicht!« Seine Schwester kam wie eine Furie aus ihrer Küche geschossen, schubste den Hund unsanft zur Seite und umarmte Lennox so stürmisch, dass er fast das Gleichgewicht verlor.

»Ich bin so froh, dich zu sehen«, murmelte er in ihren Nacken und merkte, wie ihm Tränen in die Augen schossen. Gott, wie sehr hatte er seine Schwester vermisst!

Sie ließ ihn los und schaute ihn voller Verwunderung und Zuneigung an. Auch in ihren Augen schimmerte es verdächtig. »Du siehst ziemlich fertig aus«, stellte sie fest.

Er winkte ab. Über seine Befindlichkeiten mussten sie jetzt nun wirklich nicht sprechen. Wenn überhaupt jemals. Aktuell gab es jedenfalls wichtigere Themen. »Herzlichen Glückwunsch zum zweiten Stern!«, sagte er stattdessen.

»Danke, aber woher weißt du das? Die Pressemitteilung vom Guide Michelin ist doch erst heute Mittag rausgegangen. Es kann also noch gar nicht in den Nachrichten gewesen sein.« Sie blickte betreten zur Seite.

»Nicht von dir jedenfalls.« Diese Erkenntnis traf ihn fast so hart wie Annas Berührung vorhin. Früher hatten Isla und er sich so nahe gestanden wie Zwillinge. Es hatte nichts gegeben, was er nicht mit ihr geteilt hätte – und umgekehrt. Doch irgendwie hatte sich das in den letzten Jahren schleichend geändert.

»Ich …«, setzte Isla zu einer Erklärung an, schüttelte dann aber den Kopf. »Ich werde mich nicht dafür entschuldigen. Du hast deine Poleposition bei mir schon vor einem Weilchen verloren. Genau wie ich meine bei dir. Warum weiß ich nicht, dass du in Kirkby bist?« Sie verschränkte die Arme vor der Brust und funkelte ihn herausfordernd an.

»Du hast ja recht. Vollkommen recht«, gab er mit einem Seufzer zu. »Ich habe es von Colleen erfahren, die ich vorhin zufällig vor der Schule getroffen habe.«

Isla musterte ihn ein paar Sekunden lang schweigend und schien die vielen verwirrenden Informationen irgendwie verarbeiten zu wollen, dann gab sie auf. »Okay, mir fehlen für den Moment zu viele Bausteine, als dass ich einen Sinn in alldem erkennen könnte. Ich hab allerdings auch keine Zeit, mich jetzt damit zu beschäftigen. In gut zwei Stunden startet bei mir das Abendgeschäft, und wir hängen mit den Vorbereitungen ein bisschen hinterher, weil ich so viele Interviews geben musste. Brauchst du ein Quartier?« Er nickte. »Dann komm mit. Du kannst meine Wohnung haben. Ich nutze die sowieso nicht mehr, seit ich bei Jon eingezogen bin.« Sie lotste ihn durch die Küche, in der drei weitere Köche herumwuselten. »Leute, das ist mein Bruder Lennox. Lenny, das sind mein Souschef Tom, meine Jungköchin Grace und unser Praktikant Karim.«

»Hi«, sagte er lahm in die Runde und hob kurz die Hand.

»Hi«, grüßte es vielstimmig zurück, doch richtig viel Beachtung schenkte ihm niemand, weil sie alle mit ihrer Arbeit beschäftigt waren.

Isla öffnete eine Tür, die zu einem schmalen Treppenhaus führte, und ging voran in ihre Wohnung, wo sie mitten im Wohnzimmer landeten. »Klein, aber dein, solange du willst«, verkündete sie und drehte sich einmal um die eigene Achse. »Wohnzimmer, Schlafzimmer, Bad. Das Bett ist frisch bezogen, und Handtücher findest du im Badezimmer. Hier ist ein Extraschlüssel.« Sie deutete auf eine flache Schale auf dem Fensterbrett, in der ein Schlüssel mit Distelanhänger lag. »Am besten, du nutzt den Eingang durch die Garage, dann springst du uns nicht auf die Füße, wenn wir arbeiten. Wenn du Hunger hast, sag Bescheid. Wir sehen uns später.« Damit drückte sie ihm einen kurzen Kuss auf die Wange und verschwand rasch wieder in ihr Küchenreich.

»Wow«, murmelte er und stellte erst mal den Gitarrenkoffer ab. Dann betrat er das Schlafzimmer und deponierte seinen Rucksack im angrenzenden Ankleidezimmer, in dem bis auf zwei Kochuniformen gähnende Leere herrschte. Isla war jahrelang eine Nomadin gewesen, und wie er selbst hatte sie sich nie viel aus Besitz und Mobiliar gemacht. Nun lebte sie nach eigener Aussage bei ihrem Freund Jon über dem Pub – und trotzdem fühlte sich alles in dieser kleinen Wohnung nach seiner Schwester an, was erstaunlich tröstlich war. Lennox nahm in dem gemütlichen Ohrensessel Platz, der in der Fensternische im Wohnzimmer stand, und blickte nach draußen auf die vertraute Landschaft und den nahen Ort. Er war tatsächlich wieder zu Hause. Für den Moment jedenfalls.

NATURGEISTER

»VIELEN DANK, DAS WAR wirklich ein wundervolles Erlebnis«, sagte Celeste am frühen Sonntagnachmittag bei der Verabschiedung und umarmte Anna mit einem seligen Lächeln im Gesicht.

Auch Abby, Kieran und Maya waren entspannt, fröhlich und vielleicht sogar ein wenig glücklich. Der Workshop war überstanden, und er war nach den Anfangsschwierigkeiten ausgesprochen gut gelaufen. Trotzdem verspürte Anna nicht etwa Stolz auf sich, sondern vor allem tiefe Erleichterung, weil es endlich vorbei war.

Sie bereute die Entscheidung nicht, den Kurs anzubieten und durchzuziehen, aber sie hatte auch nicht das Bedürfnis, das Experiment so rasch zu wiederholen. Das Seminar hatte sie nicht nur mehrfach an ihre persönlichen Grenzen gebracht, sondern diese auch überschritten. Auch wenn sie den Teilnehmern laufend gepredigt hatte, dass man die eigenen Grenzen manchmal ausdehnen musste, um sich weiterzuentwickeln, blieb es doch eine sehr anstrengende Angelegenheit.

Ihre Gedanken kehrten wieder zu ihrem Kurzzeitgast Len zurück, von dem sie inzwischen wusste, dass er mit vollem Namen Lennox hieß und der einzige Fraser-

Sprössling aus Kirkby war, den sie noch nicht kannte. Sie war überrascht gewesen, dass niemand davon gewusst hatte, dass Lennox nach Kirkby zurückgekehrt war, um an ihrem Kurs teilzunehmen. Nun ja, streng genommen konnte man auch gar nicht sagen, dass er am Workshop teilgenommen hatte, nachdem er kaum eine halbe Stunde nach seiner verspäteten Ankunft panisch geflohen war. Dieser Moment ging ihr nicht aus dem Kopf. Es war unfassbar intim und noch viel erschreckender gewesen. Es hatte sich für sie angefühlt, als hätte sie versehentlich seinen Schutzschild zerschmettert und ihn der Wucht des darauf folgenden Gefühlssturms ausgeliefert. Wenn es schon für sie so intensiv gewesen war, wollte sie sich gar nicht ausmalen, was er empfunden haben musste. Was er womöglich immer noch empfand. Sie wollte ihn gern um Verzeihung bitten, gleichzeitig wusste sie nicht, wofür genau – denn eigentlich hatte sie nichts Falsches gemacht.

Am Freitagabend hatte sie kurz mit Colleen telefoniert, die sich erkundigt hatte, was im Workshop vorgefallen war. Lennox hatte seiner Schwägerin gegenüber wohl nur erwähnt, dass es »nicht das Richtige« für ihn gewesen sei, und Anna selbst hatte auch nicht wesentlich mehr dazu beitragen können. Immerhin wusste sie, dass er in Islas Wohnung untergeschlüpft war und wohl noch ein Weilchen in Kirkby bleiben wollte. Vielleicht ergab sich ja die Gelegenheit, mit ihm zu reden. Morgen wollte sie auf jeden Fall mit Isla quatschen, denn die wusste mit Sicherheit mehr zu sagen, war aber wegen des Trubels um ihren zweiten Michelin-Stern und des üblichen harten Wochen-endgeschäfts gerade nicht ansprechbar.

Sie räumte den Seminarraum auf und entfernte die letzten Spuren des Workshops. Am Dienstag würde hier wieder ihr üblicher Yogakurs stattfinden. Mutmaßlich ohne Dramen, Tränen und Offenbarungen, wie es sie in den letzten beiden Tagen gegeben hatte. Hoffentlich jedenfalls. Sie seufzte. Dafür, dass sie so viel Yoga gemacht hatte, fühlte sie sich gerade ziemlich verspannt. Spontan fielen ihr ein paar Übungen ein, mit denen das in den Griff kriegen könnte, aber im Moment zog sie nichts mehr auf die Matte. Stattdessen wollte sie das erstaunlich schöne Herbstwetter ausnutzen und eine kleine Wanderung machen. Das hatte gestern auch der Gruppe gutgetan. Sie war mit den vieren auf einen der Berge in der Nähe gestiegen, auf dessen Gipfel es einige große Steine gab. Historiker waren sich nicht sicher, ob dies eine antike Opferstätte oder eine Art Andachtsort war, auf jeden Fall boten die moosbewachsenen Findlinge reichlich Raum für blühende Fantasie. Bei diesen Steinen hatte Abby ihrer Freundin Celeste ihre Liebe gestanden.

Anna musste lächeln, als sie daran dachte – und auch daran, wie glücklich die beiden Frauen vorhin abgereist waren. Sie waren als alte Freundinnen angekommen und als brandneues Liebespaar weggefahren. Diese über Jahre verborgene, nicht eingestandene Liebe und Leidenschaft hatten wohl für die enorme Verkrampfung bei den beiden gesorgt, die Anna am Freitag wahrgenommen hatte. Kein Wunder, wenn man so lange gegen seine Natur ankämpfte.

Das war eine wundervolle Auflösung gewesen. Auch Kieran hatte sich auf ihr Konzept einlassen können und hatte beim Abschied ebenfalls viel lockerer gewirkt, auch wenn er weiterhin für seine Frau gesprochen hatte: »Wir haben das Wunder der Passivität für uns entdeckt!«

Auweia. Da lag noch einiges im Argen bei der persönlichen Entwicklung, doch Anna hatte sich jeden Kommentar verbissen. Weder war Passivität der zentrale Kern ihrer Übungen, noch ging es um Wunder, aber Maya hatte ihr wissend zugezwinkert. Manche Beziehungen waren wohl ein wenig seltsam, Menschen waren es sowieso. Ihre persönliche Lektion lautete wie so oft, das Andersartige zu akzeptieren. Das schien überhaupt die Lernaufgabe ihres Lebens zu sein, und sie war dankbar, dass es ihr immer besser gelang.

Sie ging in den Materialraum, um die Yoga-Matten und die Decken zu verstauen. Da entdeckte sie unter der Sitzbank einen grau gemusterten dünnen Baumwollschal. Sie hob ihn auf, und ihr Herz machte einen irrationalen Stolperer. Dieser Schal gehörte ohne den geringsten Zweifel Len. Er hatte ihn bei seiner Ankunft nicht getragen, aber womöglich war er ihm beim Umziehen oder bei seinem überstürzten Aufbruch aus dem Rucksack gefallen. Sie drückte ihre Wange gegen das weiche Gewebe und schnupperte daran. Der Schal war offensichtlich frisch gewaschen, aber ganz diffus meinte sie seinen Geruch wahrzunehmen. »Campbell, jetzt drehst du langsam durch!«, schimpfte sie mit sich selbst. Ernsthaft – sein Geruch? Der war ihr während der kurzen Begegnung überhaupt nicht aufgefallen, aber anscheinend flippten ihre überreizten Sinne jetzt völlig aus.

Entschlossen steckte sie den Schal in ihre Umhängetasche und war schon drauf und dran, den Raum zu verlassen, als ihr Blick an etwas Rotem hängen blieb. Sie bückte sich und hob einen kleinen runden Button mit dem Logo des Fringe-Festivals auf. Sie liebte das alljährliche Kulturfestival in ihrer Heimatstadt Edinburgh, bei dem in jedem Sommer Hunderte Künstler – Theatergruppen und Musiker – auftraten. Dieses Jahr war sie zum ersten Mal, seit sie denken konnte, nicht dabei gewesen, was ihr in der Rückschau einen gehörigen Stich versetzte. Lennox schien es jedoch erlebt zu haben, vielleicht sogar als Musiker? Sie erinnerte sich an seinen abgewetzten Gitarrenkoffer und daran, dass Isla erzählt hatte, ihr Bruder verdinge sich als Straßenmusiker. Anna wusste nicht, was sie von all diesen neuen Erkenntnissen halten sollte, aber es war eine nicht zu leugnende Tatsache, dass der junge Mann mit dem markanten Gesicht und den düster umwölkten Augen sie in seinen Bann gezogen hatte.

Noch ein Grund mehr, schleunigst und ausführlich ihren Kopf zu lüften. Sie steckte den Button ebenfalls ein, verließ die Schule und ging die paar Schritte zu ihrem Haus. Als sie die Wohnung betrat, wurde sie von ihrem Kater regelrecht enthusiastisch begrüßt.

»Warum bist du nicht draußen, wenn es dir hier drin zu langweilig ist?«, fragte sie das Tier tadelnd, als ihr die umarrangierten und zum Teil attackierten Sofakissen auffielen. Eigentlich machte Elvis schon lange nichts mehr kaputt – es sei denn, er war sauer auf sie oder bekam nicht genügend Aufmerksamkeit von ihr. Beides traf auf die vergangenen Tage wohl zu. Immerhin schien er ihr inzwischen verziehen zu haben, denn er strich laut schnurrend um ihre Beine und rammte ihr dabei ein ums andere Mal seinen dicken Schädel gegen die Schienbeine. So konnte man Liebe und Zuneigung also auch zeigen. Zumindest wenn man ein Kater war.

»Ich zieh mir nur schnell etwas anderes an, dann machen wir einen Ausflug«, versprach sie und verschwand ins Schlafzimmer, wo sie das Yoga-Outfit gegen Jeans, Pulli und Wanderschuhe eintauschte und sicherheitshalber ihre dünne Wetterjacke darüberzog. Auch wenn die Sonne momentan golden und herbstsatt vom blauen Himmel schien, konnte sich das in den Highlands rasch ändern. Außerdem wusste sie noch nicht, wie lange sie unterwegs sein würden, und ging lieber auf Nummer sicher.

Kaum waren sie und Elvis aus dem Haus, stießen sie auf Betty Murray, die von allen Dorfbewohnern nur »Die Königin« genannt wurde, weil sie eine so imposante Erscheinung war. Die groß gewachsene, weißhaarige Frau war eine erfolgreiche Krimiautorin und ehemalige Investigativjournalistin. Zusammen mit Marlin Fraser – dem Vater von Isla und Lennox – und Pfarrer Jack McTavish bildete sie eine Achse der Information im Ort. Schnippische Zungen bezeichneten die drei als Seniorenklatschzentrale von Kirkby. Eine ähnliche Funktion – wenn auch in der nächstjüngeren Generation – hatten Colleen, Bürgermeister Collum McDonald und Jon, der Wirt des *Wise*

Pelican. Diesen sechs Leuten entging nichts. Daher war Anna auch nur wenig überrascht, als Betty sie direkt auf Lennox ansprach: »Was hältst du von Kirkbys verlorenem Sohn?«

»Von wem redest du?«, stellte sie sich bewusst dumm, denn sie wollte vermeiden, dass sie zu interessiert wirkte.

»Du weißt genau, wen ich meine. Lennox Fraser, der mehr als drei Jahre lang nicht mehr in Kirkby war, nur um dann ausgerechnet bei deinem ersten Workshop aufzutauchen.«

Anna machte sich gar nicht erst die Mühe, nachzufragen, woher genau Betty diese Information hatte, denn schließlich waren seit dem fraglichen Aufeinandertreffen schon fast achtundvierzig Stunden vergangen. Da wäre es interessanter gewesen, herauszufinden, wer im Ort noch nicht davon wusste. »Ich schätze mal, das war ein Zufall«, behauptete sie, obwohl sie nicht an Zufälle glaubte.

»Ein Zufall? Schätzchen, das nimmst du dir doch selbst nicht ab. Kennt ihr euch schon länger? Vielleicht aus Edinburgh? Es wäre ja nichts dabei – außer dass wir es dir alle übel nehmen würden, dass du nie etwas verraten hast.«

»Ich kenne ihn überhaupt nicht!«, beeilte sich Anna zu betonen. »Ich schätze mal, er ist wie die anderen Teilnehmer durch meinen Podcast auf den Workshop aufmerksam geworden. Warum er sich aber angemeldet hat, obwohl er mit Yoga nichts anfangen kann, entzieht sich meiner Kenntnis.« *Oder mit mir nichts anfangen kann*, fügte sie in Gedanken hinzu. »Das müsstest du ihn selbst fragen.«

»Das habe ich vor, meine Liebe. Darauf kannst du

wetten.« Betty grinste verschmitzt. »Ich bin gespannt, was Marlin dazu sagt. Der fällt aus allen Wolken, wenn er seinen Sprössling sieht.«

»Er weiß doch garantiert schon Bescheid. Irgendjemand wird ihn oder Shona angerufen haben.«

»Vermutlich«, gab Betty zu. »Aber trotzdem wird es spannend, Vater und Sohn miteinander zu erleben. Nach allem, was man so hört, haben die beiden nicht das beste Verhältnis zueinander.«

»Nach allem, was man so hört? Ich dachte, dass du und Marlin ganz dicke wärt und alles voneinander wüsstet.« Anna war ernsthaft überrascht.

»Jeder von uns hat dunkle Geheimnisse«, erwiderte die ältere Frau nebulös und blickte kurz gedankenverloren in die Ferne, dann fasste sie sich wieder und lächelte Anna fröhlich an. »Aber ich werde herausfinden, was dahintersteckt.«

»Daran habe ich keinen Zweifel.«

»Was haben dein schmucker Begleiter und du heute noch vor?«, wechselte Betty abrupt das Thema – auch dank Elvis, der gerade um ihre Beine herumstrich.

»Ich wollte eine kleine Wanderung machen, um meinen Kopf auszulüften«, antwortete Anna wahrheitsgemäß. »Die letzten Tage waren doch etwas anstrengend. Außerdem will ich das Wetter ausnutzen. Unwahrscheinlich, dass es noch lange so schön bleibt.«

»Dann viel Spaß und noch mehr Inspiration. Ich schau jetzt mal, ob ich Lennox finde und ein paar Antworten auf die drängendsten Fragen kriege.« Bettys blaue Augen blitzten unternehmungslustig, und Anna bekam fast Mitleid mit dem armen Kerl.

Elvis und sie bogen bei der Kirche ab, liefen am Friedhof vorbei in ein kleines Waldstück und dann in einem weiten Bogen um das imposante Herrenhaus Monroe Manor herum, das von dem etwas exzentrischen George Stewart und seiner Frau Heather bewohnt wurde, die wiederum die jüngere Schwester von Marlin Fraser war. Gefühlt war der halbe Ort miteinander verwandt, verschwägert, befreundet – oder verfeindet.

In dem Dreivierteljahr, seit Anna in Kirkby lebte, hatte sie längst noch nicht alle diese verstrickten Beziehungen entschlüsselt, aber sie musste zugeben, dass solche Strukturen eine enorme Faszination auf sie ausübten. Sie selbst war ohne nennenswerte Familie aufgewachsen. Ihren Vater kannte sie gar nicht, und ihre Mutter, die sie mit sechzehn zur Welt gebracht hatte, war mit achtzehn an einer Überdosis Heroin gestorben. Anna hatte die ersten Jahre ihres Lebens wechselweise bei ihrer mit sich selbst überforderten Tante oder in diversen Pflegefamilien verbracht, bis sie mit vierzehn in eine betreute Wohngruppe von verhaltensauffälligen Jugendlichen gekommen war. So unwahrscheinlich das auch klang, aber das war ihre Rettung gewesen.

Diese Kinder waren zu ihrer Familie geworden, zu ihren besten Freunden und Wegbegleitern. Gemeinsam – und auch dank der sehr engagierten Betreuer – hatten sie sich aus ihren Herkunftssümpfen herausgearbeitet und waren erfolgreich ins Erwachsenenleben gestartet. Anna wusste, dass sie Glück gehabt hatte – oder ihren inneren Glücksbrünnen rechtzeitig hatte anzapfen können –, und sie war dankbar für ihre Herzensfamilie. Doch ab und zu wünschte sie sich insgeheim, dass auch sie einer großen, chaotischen und sicherlich manchmal schwierigen Familie wie den Frasers angehören würde. Immerhin war sie nun Teil dieser Dorfgemeinschaft, die sie herzlich aufgenommen und fast von Anfang an als eine der Ihren akzeptiert hatte.

Sie und ihren verrückten Kater, der die Umstellung vom reinen Stadtstubentiger zum ziemlich unabhängigen Dorfcasanova ohne Probleme hinbekommen hatte – und das, obwohl Katzen doch angeblich so unflexibel waren. Nun ja, Elvis war schon immer anders gewesen als die meisten Katzen. Gerade stromerte er mit hoch aufgerichtetem Schwanz einige Meter entfernt neben ihr durch die Natur und benahm sich eher wie ein Hund als wie ein typischer Vertreter seiner Art.

Der Pfad, auf dem sie lief, machte eine Linkskurve und führte nun einen bewaldeten Hügel hinauf, hinter dem sich ihr absoluter Lieblingsplatz in der näheren Umgebung von Kirkby befand. Mitten im Wald gab es hier eine kleine Quelle, umrahmt von uralten, verwitterten Steinen. Laut Pfarrer McTavish handelte es sich dabei um eine vorchristliche Andachtsstelle. Das glaubte Anna sofort, denn auch sie spürte die besondere Energie, die dieser magische Platz ausstrahlte. Es war ihr absoluter Kraftort, an dem sie immer auftanken konnte.

Elvis erahnte offenbar das Ziel des Ausflugs, denn plötzlich legte er einen Zahn zu und huschte in Richtung der Quelle davon. Anna wusste nicht, ob auch der Kater einen Sinn für positive Energie hatte oder ob er einfach nur darauf hoffte, im Wasser Kaulquappen zu fangen, womit er sich im Frühsommer ausführlich amüsiert hatte. Sie selbst ging in gemächlichem Tempo weiter und kostete die Vorfreude aus. Der Hügel war erklommen, jetzt war es nur noch ein kurzes Stück bis zur Quelle. Sie hörte schon das leise Plätschern des Bächleins, das dort entsprang – und noch etwas anderes.

Musik?! Zarte, wie vom Wind zerrissene Töne voller Melancholie. Ihr Herz schlug mit einem Mal schneller. Sie hatte zwei uralte Patienten, die ihr immer von ihren Erlebnissen mit den angeblich ortsansässigen Naturgeistern erzählten – von Feen, Elfen oder sonstigen Wesenheiten, die der schottischen Mythenwelt entsprungen waren und deren Namen sich Anna nicht merken konnte. Angeblich lebte auch im Dorfweiher Loch Leary ein mysteriöses Wasserpferd, das es auf Kinder abgesehen hatte. Bisher hatte sie über diese Geschichten nur gelächelt. In ihrer Vorstellung gab es keine übersinnlichen Wesen, sondern lediglich Dinge, die sich Menschen nicht so einfach erklären konnten. Wobei sie zugeben musste, dass das manchmal auf dasselbe hinauslief.

Konnte das nun tatsächlich der Gesang einer Quellnymphe sein? Die Musik war nun immer besser zu hören, und die Stimme war eindeutig tief und dunkel. Gab es auch männliche Nymphen? Irgendwie stellte sie sich dabei stets leicht geschürzte Damen vor, die es darauf anlegten, Menschen zu verführen.

Der Wald war hier ziemlich dicht, sodass sie sehr nahe

kommen musste, bis sie etwas erkennen konnte. Unwillkürlich wurde sie langsamer und achtete darauf, keine unnötigen Geräusche zu machen. Der weiche, moosbewachsene Boden schluckte all ihre Schritte. Nach einigen Metern erreichte sie eine Stelle, von der aus sie einen guten Blick auf die Quelle hatte, ohne selbst gesehen zu werden. Vorsichtig spähte sie durch die Blätter und schnappte hörbar nach Luft. Auf einem der Steine, die die Quelle umfriedeten, genauer gesagt auf *ihrem* Lieblingsstein, saß Lennox Fraser mit seiner Gitarre und sang ein wunderbares Lied, das ihr genauso ins Herz fuhr wie seine ungebremste Gefühlswelle vor zwei Tagen. Und als würde das noch nicht reichen, hatte sich Elvis vor ihn gesetzt und himmelte ihn regelrecht an.

Anna wusste nicht, was sie tun sollte. Eigentlich hatte sie ja auf eine Gelegenheit gehofft, mit Lennox zu sprechen, und hier im Wald würden sie obendrein auch nicht von etwaigen neugierigen Dörflern gestört werden. Doch gleichzeitig hatte sie das Gefühl, dass sie sich nicht bemerkbar machen durfte, weil sie sonst etwas ganz Persönliches und Intimes unterbrechen würde. Seine Stimme war wunderschön, und die Melodie ging ihr derart unter die Haut, dass sie beinahe doch an übersinnliche Wesen glaubte. Das konnte nicht von einem irdischen Mann kommen. Schwankend zwischen den widerstreitenden Impulsen, zu bleiben oder zu gehen, riss sie sich schließlich los und hastete zurück, den Hügel hinauf. Ihr war plötzlich egal, ob er etwas hörte oder nicht, schließlich konnte er ja nicht wissen, wer der Störenfried war.

Was sie allerdings über Gebühr irritierte, war das Verhalten ihrer Katze. Elvis war ein freundliches Tier und mochte fast alle Menschen, aber er war auch eine treue Seele, und wenn sie gemeinsam loszogen, gingen sie auch gemeinsam wieder nach Hause. Das war ihre unausgesprochene Übereinkunft, selbst wenn die Motivation bei Elvis sicher hauptsächlich auf Annas Fähigkeit beruhte, Dosen zu öffnen. Doch diesmal blieb der Kater zurück. Selbst als sie oben auf dem Hügel einen schrillen Pfiff ausstieß, der ihn sonst immer anlockte, passierte nichts, außer dass sie eine empörte Antwort von zwei aufgeschreckten Krähen erntete.

Statt mit ausgelüftetem Kopf und neuer Energie kam Anna an diesem Sonntag mit noch wirreren Gedanken und einem gewaltig aus dem Lot geratenen Seelenfrieden nach Hause.

• • •

Katzen waren so gar nicht seine Welt. Lennox war mit Hunden, Pferden und Schafen aufgewachsen, aber Katzen hatten bei Familie Fraser keine nennenswerte Rolle gespielt – höchstens als halbwilde Stallbewohner, die im Gestüt seines Onkels Rupert die Mäusepopulation unter Kontrolle hielten. Es war nicht so, dass er Katzen nicht mochte, nur hatte er sich nie nennenswert mit ihnen auseinandergesetzt. Doch jetzt war wie aus dem Nichts dieser gigantische Kater aufgetaucht und hörte ihm nun schon seit einer geschlagenen Stunde beim Komponieren zu.

Er hatte überhaupt nicht damit gerechnet, dass ihm

etwas einfallen könnte, als er sich heute Mittag auf den Weg zur Quelle gemacht hatte. Er hatte seit Wochen keinen neuen Song mehr zustande gebracht. Nein, genauer gesagt schon seit Monaten. Dieser Zustand hatte ihm richtig Angst gemacht, denn dass er es nicht schaffte, seine Musik zu fühlen, war überhaupt noch nie passiert. Nicht dass es grundsätzlich einen Unterschied machte, es gab niemanden, der sich ernsthaft für seine Musik interessierte. Wobei, das war ungerecht. Auf den Festivals, auf denen er spielte, konnte er immer eine ganze Reihe Menschen in seinen Bann ziehen. Mit seinen eigenen Songs genauso wie mit den Coverversionen alter Achtzigerjahre-Britpop-Hits, die er so liebte. Er bekam auch durchaus Angebote und hätte einmal fast einen Plattenvertrag bei einem großen Label unterschrieben. Doch erstens waren die Vertragsbedingungen unterirdisch gewesen, und zweitens hatte ihm niemand völlige künstlerische Freiheit garantieren wollen, also hatte er dieses Angebot in den Wind geschossen.

Seine Kumpels, mit denen er Musik machte, hatten das nicht verstanden. Sie hatten ihn dazu gedrängt, diese Chance zu nutzen. Hätte er erst seinen Fuß in der Tür, so ihre Theorie, könnte er später seine Bedingungen diktieren. Er schüttelte bei dem Gedanken daran immer noch den Kopf. Das waren naive Annahmen von Künstlern, die sich nicht für Vertragsrecht interessierten. Er selbst tat das eigentlich auch nicht, aber seine fünf Semester Jura halfen ihm immerhin dabei, die Texte zu verstehen und die Konsequenzen der Klauseln zu begreifen. Ein Fuß in der Tür interessierte die Rechtsabteilungen der Labels überhaupt nicht. Im Zweifel hatten sie eher Formulierungen in die Verträge eingebaut, die für Köpfe in Schlingen sorgten, wenn die Künstler zu eigensinnig wurden. Nein, das war nicht sein Weg.

Das Problem war, dass er auch mit seinen fast dreißig Jahren keine Ahnung hatte, was sein Weg war und wohin er führen sollte. »Du bist ein Glückskind!« Wie oft hatte er diesen Satz in seiner Kindheit und Jugend gehört? Immer dann, wenn seine überdurchschnittliche Intelligenz und seine vielseitigen Talente zum Vorschein gekommen waren. Doch stets Klassenbester zu sein, Erfolge in allen Sportarten zu feiern, sich selbst Klavier und Gitarre beizubringen und auch noch bei allen beliebt zu sein, war auch eine Last und schützte nicht vor der seltsamen Leere im Herzen, die ihn seit frühester Kindheit quälte. Er fühlte sich der selten konkret ausgesprochenen Erwartung, dass er etwas Großes leisten würde, bis heute nicht gewachsen.

Er hatte es mit Jura, Astrophysik und sogar Philosophie versucht, aber kein Studium hatte ihn so gefesselt, dass er es abschließen wollte. Musik wäre mit Sicherheit der beste Weg für sein Leben gewesen. Erst ein richtiges Musikstudium und dann vielleicht professionelle Kontakte in der Branche. Doch das war mit seinem Vater nicht zu machen gewesen. Marlin Fraser, der all seine Kinder nach Kräften finanziell, ideell und emotional unterstützt hatte, zog ausgerechnet beim Thema Musik eine harte Linie. Warum, das wusste Lennox bis heute nicht, und inzwischen interessierte es ihn auch nicht mehr sonderlich, denn er und sein Dad, das hatte noch nie wirklich funktioniert. Vermutlich war das normal, in jeder Familie gab es doch schwarze Schafe, die überall aneckten, oder? Nur warum fühlte es sich dann so unendlich scheiße an?

Diesem Gedanken wollte er jetzt aber nicht weiter nachhängen. Vielmehr freute er sich, dass seine Kreativität wieder floss. Schon früher als Kind war er oft zu dieser Quelle gekommen und hatte hier stundenlang ausgeharrt, wenn ihm zu Hause mal wieder die Decke auf den Kopf gefallen war. Hier hatte er sich immer getröstet und inspiriert gefühlt. Wenn er sich richtig erinnerte, war ihm auch die Melodie zu seinem allerersten eigenen Song an diesem Ort eingefallen.

Daran hatte er heute Vormittag gedacht, als er in der Küche von Harriswood House beim großen Familienfrühstück gesessen hatte – mit seinem ältesten Bruder Alex, seinem Neffen Aidan, Colleen, Tante Alice und seinen Cousinen Kristie und Hailey. Für eine halbe Stunde war auch Isla vorbeigekommen, ehe sie wieder in ihr Restaurant gemusst hatte, um sich um das Mittagsgeschäft zu kümmern. Alle schienen sich aufrichtig zu freuen, dass Lennox wieder in Kirkby war, und alle schienen davon auszugehen, dass er auch bleiben würde. Woher auch immer sie diesen Gedanken hatten. Er selbst konnte es sich jedenfalls nicht vorstellen. Was sollte er hier tun? In diesem Ort gab es rein gar nichts, was er machen konnte – auch wenn Kristie allen Ernstes vorgeschlagen hatte, eine Band für die diversen Dorfpartys, Cèilidhs und Highland-Dancing-Events zu gründen. Zu tun hätte er damit angeblich genug. Und wenn ihm immer noch langweilig wäre, könnte er ihr ja tagsüber in der Backstube helfen.

Er musste unwillkürlich grinsen, als er daran dachte. Als Kinder hatten er und Kristie immer mit ihrer Großmutter gebacken, aus deren Küche das mit Abstand beste Shortbread der Welt stammte. Er konnte es beurteilen, denn er hatte sich praktisch im Alleingang durch alle Sorten gefuttert, derer er habhaft werden konnte. Immer auf der Suche nach dem einzigartigen Geschmack und der perfekten Konsistenz, wie sie nur seine Granny draufgehabt hatte. Zu seiner Überraschung war Kristie von einer ähnlichen Obsession befallen und experimentierte nun in der Backstube mit alten Rezepten. Leider hatte Granny ihr eigenes Rezept mit ins Grab genommen. Sie hatte es nie aufgeschrieben, sondern die Zutaten immer nach Gefühl gemixt. Kristie hatte ihm eine Kostprobe ihrer aktuellen Shortbread-Variante mitgebracht, und es war verdammt nahe dran. Aber immer noch nicht ganz perfekt, wie sie selbst zugab.

Irgendwann in den nächsten Tagen wollte er sie mal nachmittags in der *Old Bakery* besuchen und mit ihr zusammen das Geheimnis lüften. Er freute sich darauf, auch wenn er nicht wirklich wusste, ob er in ein paar Tagen überhaupt noch hier sein würde – siehe Problem eins: Was sollte er in Kirkby machen?

Heute Abend würden sein Vater und Shona aus Edinburgh zurückkehren, und während er sich auf seine kleine Schwester freute, waren seine Gefühle seinem Dad gegenüber eher zweischneidig. Wie würde sein alter Herr reagieren? Wie lange würde es dauern, bis es wieder knallte? Und sollte er nicht einfach mal darüberstehen? Himmel, er war ein erwachsener Mann und nicht abhängig vom Urteil seines Vaters, der die grandiosen Errungenschaften seiner drei anderen Sprösslinge voller Wonne pries. Nein, wenn er wollte, konnte er einfach hierbleiben und Zeit mit seinen Geschwistern und der übrigen Verwandtschaft verbringen, die nämlich wirklich froh war, ihn bei sich zu haben.

Er freute sich auf morgen, wenn Isla freihatte und sie endlich mal in Ruhe über alles quatschen konnten. Dann würde er auch den sagenhaften Jon besser kennenlernen, der das Herz seiner Schwester und dem Vernehmen nach der ganzen Dorfgemeinschaft erobert hatte.

»Zu wem gehörst du eigentlich?«, fragte er schließlich den Kater, der nach wie vor nicht von seiner Seite wich, obwohl er jetzt schon minutenlang nicht mehr spielte, sondern seinen Gedanken nachhing.

Das Tier legte den Kopf schräg, und Lennox hätte sich nicht gewundert, wenn es auch noch gesprochen hätte. Vielleicht war das gar keine richtige Katze, sondern irgendein Naturgeist, der ihm eine wichtige Mitteilung machen wollte? Oder eine geheimnisvolle Botschaft überbringen? Oder der einen Lottogewinn verkünden würde? Er lachte laut auf. Das wäre mal wirklich eine Story.

»Nein, ernsthaft, Kater. Du siehst nicht so aus, als wärst du ein Streuner oder eine Wildkatze. Du siehst aus, als würdest du dich jeden Tag über gut gefüllte Näpfe und ein warmes Bett freuen. Also raus mit der Sprache, wo wohnst du, und was willst du von mir?«

Als eine Antwort erneut ausblieb, nahm Lennox die Gitarre wieder zur Hand. Ihm war die Idee zu einem weiteren Song gekommen. Er drückte auf den Aufnahmeknopf an seinem Handy und zeichnete auch diese Melodie auf. Einen Text hatte er noch nicht, stattdessen sang er unsinniges Kauderwelsch vor sich hin, bei dem die Begriffe »fetter Riesenkater« und »Lottogewinn« eine zentrale Rolle spielten. Das Tier schien es nicht persönlich zu nehmen, sondern lauschte ihm erneut mit gebannter Aufmerksamkeit, und er selbst fühlte sich plötzlich vergnügt und leicht. Zumindest wusste er, was er heute Abend tun würde: erst ein leckeres Abendessen bei Isla schnorren und dann weiter an seinen drei neuen Songs feilen. Drei! Das war eine Glückszahl, oder? Mit diesem Gedanken im Kopf steckte er sein Telefon in die Jackentasche, packte die Gitarre in ihren Koffer und schnallte ihn sich auf den Rücken.

Es war ein kleiner Plan, aber ein guter – und seit langer Zeit der erste, der sich richtig anfühlte.

»Ich weiß nicht, was du vorhast, aber ich geh jetzt nach Hause«, teilte er dem Kater mit und streichelte ihm den weichen Kopf. Dafür erntete er einen letzten tiefen Blick aus den bernsteinfarbenen Augen, und dann verschwand das Tier wie ein Geist im dämmrigen Wald.

KEKS-KUNGELEIEN

LENNOX' UNERWARTETE HOCHSTIMMUNG HIELT auch noch am nächsten Morgen an. Er wachte ziemlich früh auf, obwohl er die halbe Nacht mit seinen Songs verbracht hatte. Sie waren noch nicht ganz fertig, aber er war ziemlich zufrieden damit. Diese drei Lieder waren das Beste, was er seit Langem zustande gebracht hatte. Ob es Zufall war, dass seine kreative Blockade ausgerechnet in Kirkby verschwunden war? Wahrscheinlich nicht. Aber er wollte keinen weiteren Gedanken daran verschwenden, sondern sich zunächst um irdischere Bedürfnisse kümmern. Er hatte wahnsinnigen Hunger, verspürte aber nur wenig Lust, sich in Islas Profiküche selbst ein Frühstück zuzubereiten. Auch nach Harriswood House zog es ihn an diesem Morgen nicht. Ja, er war für seine Verhältnisse geradezu brillant gut gelaunt, aber seinen Vater musste er auf nüchternen Magen trotzdem nicht riskieren.

Da es seit einiger Zeit ja ein Frühstückscafé in Kirkby gab und er seine Cousine Kristie ohnehin an ihrer neuen Wirkungsstätte besuchen wollte, machte er sich nach einer ausgiebigen Dusche auf den Weg zur *Old Bakery*. Unterwegs traf er Aidan, der es eilig hatte, seinen Schulbus zu erreichen, und deshalb nur knapp grüßte. Das erinnerte

Lennox an seine eigene Schulzeit. Auch wenn er in der Schule nie Probleme gehabt hatte und sogar zwei Klassen hatte überspringen können, hatte es ihn nie sonderlich dorthin gezogen. Viel lieber wäre er zu Hause geblieben und hätte Musik gemacht. Oder wäre in den Wald gegangen und hätte Musik gemacht. Oder wäre zu seiner Quelle gegangen und hätte Musik gemacht. Nicht einmal das Schulorchester hatte ihn begeistert. Dort hatte er zwar spielen können, aber auf einem Niveau, das ihm keinen Spaß machte, mit Leuten, die ein anderes Verständnis von Musik hatten als er. Na ja, diese Zeiten waren vorbei, und Aidan hatte bestimmt seine eigenen Gründe dafür, dass er auf den letzten Drücker unterwegs war.

»Wow«, entfuhr es ihm, als er die Bäckerei betrat. Sie wirkte altmodisch, aber auf eine coole Retroart, und sie war proppenvoll. Sämtliche Tische waren besetzt, und die Schlange vor dem Verkaufstresen reichte fast bis zur Eingangstür. Er sah sich um. Auf dem Fensterbrett saß sein Katzenkumpel von gestern und starrte ihn wissend an. Jetzt wusste Lennox auch, zu wem er gehörte, denn am Tisch daneben war ein blonder Lockenschopf in die Zeitung vertieft. Gerade überlegte er noch, ob er abhauen sollte, als Anna unvermittelt zu ihm aufblickte.

Für einen Moment wirkte sie ähnlich überrascht wie er selbst, ja fast schon geschockt, doch dann fasste sie sich und lächelte ihn an. »Guten Morgen.«

»Guten Morgen«, entgegnete er und überlegte fieberhaft, ob er – um irgendwelche Konventionen zu bedienen – noch etwas hinzufügen sollte. Eine Erklärung dafür, dass er am Freitag einfach so abgehauen war, beispielsweise. Richtig schön konnte das für sie auch nicht gewesen sein. Aber was für eine Erklärung konnte das schon sein? *Sorry, ich musste abhauen, weil du mich mit einer emotionalen Axt getroffen hast?* Das wäre zwar die Wahrheit, klang aber schon in seinen Gedanken total durchgeknallt. Vor zahlreichen Zeugen wollte er so etwas schon gar nicht aussprechen.

Die Entscheidung wurde ihm durch die vorrückende Schlange abgenommen, oder eher durch die resolute alte Dame hinter ihm, die ihn beherzt weiterscheuchte. Er drehte sich noch einmal zu Anna um und zuckte mit einer entschuldigenden »Kann man wohl nichts machen«-Geste die Schultern.

»Hallo, Lennox«, grüßte ihn Kristie, als er kurze Zeit später am Verkaufstresen angekommen war. »Was kann ich für dich tun?«

»Frühstück wäre toll.«

»Damit kann ich dienen. Wonach steht dir denn der Sinn?« Sie deutete auf die hohe Tortenvitrine, in deren mittleren Fächern im Moment frische Scones gestapelt waren. In einer anderen Vitrine gab es Sandwiches und Croissants, und in den Regalen hinter Kristie wurden unterschiedliche Brot- und Brötchensorten präsentiert. Auf dem Tresen stand zudem ein großes Glas, das mit Shortbread gefüllt war.

»Sind das Cheddar-Scones?«, wollte er wissen und deutete auf die Gebäckstücke, die ihn geradezu verführerisch anlachten.

»Richtig. Ich habe auch noch welche mit Blue Cheese, aber die kühlen gerade noch ein bisschen aus.«

»Dann nehme ich insgesamt drei Scones – einen normalen bitte, einen mit Cheddar und einen mit Blue Cheese. Außerdem ein bisschen Butter oder Clotted Cream dazu, und wenn du hast, irgendeine Marmelade«, bestellte er.

»Willst du mich beleidigen?«, fragte sie mit milder Empörung in der Stimme. »Natürlich habe ich sowohl Butter als auch Clotted Cream, und bei den Marmeladen kannst du dich zwischen Orange-Ingwer, Erdbeere, Kirsche und Pfirsich entscheiden. Natürlich alle hausgemacht. Möchtest du Kaffee oder Tee? Und ehe du fragst – es gibt alle denkbaren Varianten.«

»Ich bin echt beeindruckt, Cousinchen«, bemerkte Lennox grinsend. »Wobei es mich bei unserer Familie nicht wundern sollte, dass du keine halben Sachen machst. Wenn das so ist, nehme ich Butter und Orange-Ingwer für die herzhaften Scones, Clotted Cream und Pfirsich für den süßen und bitte eine Kanne mit English Breakfast Tea.« Er kramte nach seinem Geldbeutel, doch Kristie schüttelte den Kopf.

»Dieses Frühstück geht aufs Haus, weil ich mich so freue, dass du wieder hier bist.« Sie strahlte ihn an. »Such dir einen Platz, dann bring ich dir gleich alles.«

Lennox sah sich um. Leider waren noch immer alle Tische besetzt, aber Anna, die seinen suchenden Blick auffing, winkte ihn zu sich.

»Du kannst gerne zu mir kommen. Ich bin schon fast fertig mit meinem Frühstück.«

»Ich will aber wirklich nicht stören«, sagte er halbherzig und deutete auf ihre Zeitung. Tatsache war, dass er schon gern bei ihr Platz nehmen und mit ihr reden würde. Und gleichzeitig war es das Letzte, was er wollte. Was stimmte zurzeit nicht mit seinem Kopf? Ständig widersprachen sich Bewusstsein und Unterbewusstsein und brachten ihn in Teufels Küche.

»Mau«, mischte sich der Kater mit erstaunlich lauter und sonorer Stimme ein und starrte Lennox mit seinen Bernsteinaugen an.

»Du störst nicht«, entgegnete Anna lächelnd und wandte sich dann an den Kater: »Und du hältst die Klappe, Elvis!«

»Er heißt Elvis?« Lennox lachte. »Das ist ja witzig – und so passend.« Sie hob nur fragend eine Braue, daher fuhr er fort: »Ich habe ihn gestern im Wald getroffen. Er hat mir über eine Stunde lang Gesellschaft geleistet, während ich komponiert habe.«

»Ach?«

»Ja, er scheint sehr musikalisch zu sein. Insofern finde ich seinen Namen passend. Streunt er öfter allein im Wald herum?«

»Eigentlich nicht«, antwortete sie unbestimmt, und er hätte schwören können, dass sich ihre Wangen etwas röteten. Seltsam.

Doch ehe er nachfragen konnte, servierte ihm Kristie sein wirklich sehr üppiges Frühstück. »Wow, das ist viel!«, stellte er das Offensichtliche fest.

»Du kannst es verkraften«, sagte seine Cousine und nahm Annas leeren Teller weg, damit seine Leckereien überhaupt alle Platz auf dem Tischchen fanden. Kater Elvis verließ seinen Beobachtungsposten auf dem Fensterbrett und sprang auf den freien Stuhl zwischen Anna und Lennox.

»Wage es nicht«, raunte Anna drohend und schob ihre Hand vor die Katzenpfote, die sich soeben in Richtung Teller aufgemacht hatte.

»Komm mit, mein Schatz«, flötete Kristie. »Ich hab was Feines für dich.«

Das ließ sich der Kater nicht zweimal sagen. Er hopste vom Stuhl und eilte mit hoch aufgerichtetem Schwanz hinter Kristie her.

Anna seufzte. »Dieses Tier ist unmöglich.«

»Ich finde ihn eigentlich ganz amüsant. Und er scheint jedes Wort zu verstehen.« Lennox lachte leise, als er an seinen gestrigen Kommunikationsversuch mit Elvis dachte. »Er antwortet nur leider nicht.«

»Ich bin mir nicht sicher, ob ich das bedauern soll, eigentlich bin ich eher erleichtert. Meistens jedenfalls. Wobei er gestern bestimmt spannende Dinge von komponierenden jungen Männern an meiner Lieblingsstelle im Wald hätte erzählen können.«

»Du warst auch da?«, fragte er überrascht und legte seinen ofenwarmen Blue-Cheese-Scone zurück auf den Teller.

»Ich wollte nach dem Workshop etwas auslüften und auftanken. Doch leider war mein Lieblingsplatz besetzt.« Ihr sonst so offener Blick war plötzlich ziemlich schwer lesbar. Nahm sie es ihm wirklich übel?

»Warum hast du denn nichts gesagt?«

»Ich wollte nicht stören. Es schien mir irgendwie zu privat. Und keine Sorge – im Gegensatz zu meiner Katze war ich nur ganz kurz in der Nähe«, beeilte sie sich noch hinzuzufügen.

Lennox butterte seinen Scone, biss hinein und konnte sich dadurch ein paar Minuten vor einer Antwort drücken. Anna hatte recht, das gestern war ein sehr besonderer und privater Moment für ihn gewesen, doch seltsamerweise fand er die Vorstellung nicht schlimm, dass sie ihn beobachtet und belauscht haben könnte.

»Hat dir denn gefallen, was du gehört hast?«, fragte er prompt, zu seiner eigenen Überraschung. Warum war ihm ihr Feedback so wichtig?

»Wie gesagt, es waren höchstens zwei Minuten – aber die waren magisch.« Sie lächelte ein wenig verlegen. »Ich hätte dir stundenlang zuhören können, denn du hast eine ganz wunderbare Stimme.«

»Vielen Dank.« Er freute sich sehr über dieses Kompliment. Vermutlich mehr, als gut für ihn war. Irgendwas hatte Anna an sich, das ihn komplett in ihren Bann zog – trotz des erschreckenden Vorfalls am Freitag. »Wegen neulich«, begann er, weil es ihm auf der Seele brannte, auch wenn er eigentlich nicht darüber sprechen wollte.

»Schon gut, du musst …« Sie schüttelte den Kopf und trank einen Schluck Kaffee. »Wir müssen nicht darüber reden – und ich werde dir die Kursgebühr natürlich erstatten.«

Merkwürdig. Fast schien es ihm, als wollte auch sie das

Thema meiden. »Auf keinen Fall! Also, das mit dem Geld. Das will ich nicht wieder zurück – nicht nachdem ich mich so blöd benommen habe und einfach abgehauen bin. Aber wenn du nicht darüber reden willst, ist mir das auch recht.« *Doppelte Lüge!*, schrie seine innere Stimme aufgebracht. Das mit der Kohle tat nämlich echt weh. Er hatte während der letzten Jahre nicht so schlecht verdient – zumindest im Vergleich zu anderen Straßenmusikern und Kleinkünstlern –, aber größere Reserven hatte er natürlich nicht ansparen können. Das meiste Geld hatte er direkt wieder für Instrumente oder Equipment ausgegeben – unter anderem für ein sehr teures Laptop und ein gutes Mikrofon, damit er an fast jedem Ort der Welt solide Demoaufnahmen selbst produzieren konnte.

Trotzdem würde er das Geld niemals zurückverlangen, denn es war schließlich nicht Annas Schuld, dass er … nun ja … panisch geworden und geflohen war. Eine andere Sache war, dass er seltsamerweise unbedingt darüber sprechen wollte, was genau die Panik verursacht hatte.

Sie sah ihn an und schien zu überlegen, wie sie reagieren sollte. Das gefiel ihm, denn er mochte es, wenn sich Menschen Zeit nahmen, um über ihr Handeln nachzudenken. Nicht, dass er sich immer daran hielt, aber er versuchte es wenigstens.

»Hier ist jedenfalls weder der richtige Ort noch die richtige Zeit, um das Thema abschließend zu betrachten«, sagte sie schließlich und sah auf ihre Armbanduhr. Noch etwas, das er bemerkenswert fand. Die meisten Leute seiner Generation trugen doch keine Uhren, sondern höchstens Fitnesstracker, und wenn sie wissen wollten, wie spät es war, schauten sie auf ihr Handy.

»Ich muss in meine Praxis. Meine Sprechstunde beginnt in einer Viertelstunde. Aber vielleicht können wir …«

»Du bist Ärztin?«, unterbrach er sie verblüfft.

»Ja. Wusstest du das nicht?«

»Nein. Woher auch? Ich habe die allgemeine Vorstellungsrunde verpasst, und in deinem Podcast hast du es nie erwähnt.«

»Es steht nur ungefähr fünf Mal im Programm zum Workshop.« Sie lachte. »Aber jeder nimmt nur das wahr, was er – oder sie – sehen will.« Damit stand sie auf. »Hab einen schönen Tag, Lennox Fraser.« Sie schlüpfte rasch in ihren Mantel und verschwand mit einem Winken.

»Bloody hell!«, fluchte er leise vor sich hin. *Jeder nimmt nur das wahr, was er sehen will* – was wollte sie damit bitte schön ausdrücken? Und warum hatte sie ihn so betont mit seinem vollen Namen angesprochen? Dieser Morgen entwickelte sich rätselhafter als gedacht. Rätselhafter und reizvoller. Aber ehe er weiter über das eine oder das andere nachdenken konnte, musste er etwas in den Magen bekommen.

Die Käse-Scones waren köstlich, genau wie die Orangen-Ingwer-Marmelade und der starke Tee, doch nun freute er sich auf das süße Finale. Er bestrich die Scone-Hälften üppig mit Clotted Cream und wollte gerade die Pfirsichkonfitüre darauf verteilen, als eine imposante Gestalt am Fenster vorbeieilte, stutzte, sich umdrehte, ins Café hineinstarrte und gleich darauf durch die Tür kam.

»Lennox!«, stellte die stattliche Frau mit der weißen Wallemähne fest.

»Ich schätze, das kann ich nicht leugnen«, entgegnete er – halb amüsiert, halb eingeschüchtert von dieser Erscheinung. Er wusste zwar, wer die Frau war, die in Kirkby »Die Königin« genannt wurde, hatte aber nie wirklich Kontakt zu ihr gehabt, und sie flößte ihm automatisch Respekt ein.

Ihre Mundwinkel zuckten, und sie schaute herausfordernd zwischen ihm und den beiden unbesetzten Stühlen hin und her, sagte jedoch nichts.

»Wollen Sie vielleicht Platz nehmen, Ms. Murray?«, fragte er höflich und deutete auf die freien Plätze.

»Ordentlich erzogen bist du jedenfalls«, stellte sie fest und setzte sich. »Kristie-Schätzchen, sei so lieb, und bring mir eine Tasse Earl Grey«, rief sie in Richtung Tresen, ohne Lennox jedoch aus den Augen zu lassen.

Der wusste nicht, was er auf diesen Kommentar erwidern sollte, und biss stattdessen von seinem Scone ab.

»Gut erzogen, aber geheimnisvoll«, erweiterte sie ihre Einschätzung und musterte ihn eingehend.

Als besonders geheimnisvoll empfand er sich zwar nicht, aber wenn sie meinte … Er war gespannt, wann sie mit der Sprache rausrücken und ihn wissen lassen würde, was sie wirklich von ihm wollte. Wobei das offensichtlich war: Sie wollte ihn abchecken und herausfinden, warum er in Kirkby aufgetaucht war. Seine Geschwister hatten ihm häufig von Betty Murray erzählt. Die bekannte Krimiautorin und ehemalige Investigativjournalistin schien sich in den letzten Jahren eng mit ihrem Vater angefreundet zu haben und war praktisch Teil des Fraser-Familieninventars geworden. Er selbst hatte davon nie etwas mitbekommen. Denn auch vor seinem letzten Besuch vor über drei Jahren war er immer nur für kurze Stippvisiten hier aufgeschlagen und hatte nie Gelegenheit gehabt, die Königin von Kirkby näher kennenzulernen. Sollte sie herausfinden, was ihn hierhergebracht hatte, wäre er ihr jedenfalls dankbar, wenn sie diese spannende Info mit ihm teilte.

»Und wortkarg«, fügte sie noch hinzu. »Wie alle Fraser-Männer.«

»Es ist viel interessanter, anderen Menschen das Sprechen zu überlassen. Da bleibt mir mehr Zeit zum Denken. Zumindest sehe ich das so – für die anderen Männer meiner Familie mögen andere Gründe gelten.« Er betrachtete sie aufmerksam und fragte sich, ob sie aus eigenem Antrieb neugierig war oder ob sie am Ende sein Vater geschickt hatte, um hinter seine Beweggründe zu kommen.

»Und klug.« Sie lächelte und wirkte mit einem Mal nicht mehr wie ein Bluthund auf einer heißen Spur, sondern warmherzig – und eine Spur amüsiert. »Das gefällt mir. Schade, dass wir uns noch nicht näher kennen.«

»Quälst du meinen Cousin?«, fragte Kristie, die mit einer dampfenden Tasse Tee und einem Tellerchen voller Shortbread zum Tisch kam.

»Nicht doch, wir lernen uns nur kennen. Ich freue mich, dass ich mir endlich ein eigenes Bild von ihm machen kann«, antwortete die ältere Frau, und Lennox fühlte sich plötzlich wie ein interessantes Zootier oder eine Laborratte.

»Na dann.« Kristie schenkte ihm einen mitfühlenden Blick und legte ihm kurz eine Hand auf die Schulter. Das erinnerte ihn wieder an Anna, doch glücklicherweise verfügte seine Cousine nicht über vergleichbare Talente, sodass ihm ein Tsunami negativer Gefühle diesmal erspart blieb.

»Nun also raus mit der Sprache«, forderte Betty Murray, als Kristie wieder verschwunden war. »Was führt dich nach Kirkby, und wie lange wirst du bleiben?«

Die Frage aller Fragen. Lennox war fast ein bisschen enttäuscht, dass sie sich nicht mal die Mühe machte, ein raffiniertes Ratespiel zu inszenieren, um ihm sein Geheimnis zu entlocken. Vielleicht hätte ihn das selbst auf die richtige Spur gebracht und sein Unterbewusstsein veranlasst, seine Agenda vollständig zu offenbaren. Aber so …? »Ich bin wegen eines Workshops hergekommen und will meine Familie treffen«, sagte er lapidar.

»Soweit ich informiert bin, hast du an dem fraglichen Workshop gar nicht teilgenommen«, konterte sie. »Und deine Familie wusste nichts von deinen Plänen.«

Er zuckte mit den Schultern. Was sollte er darauf schon antworten? Stattdessen spülte er den letzten Scone-Happen mit einem großen Schluck Tee hinunter und lehnte sich zurück. Das Shortbread sah verführerisch aus, aber er war so satt, dass er nichts mehr essen konnte.

»Wo lebst du im Moment?«, wollte sie plötzlich wissen. »Und sag nicht, in der Wohnung deiner Schwester. Das ist nicht das, was ich meine.«

Er grinste. Tatsächlich war Betty Murray die Erste,

die ihm diese eigentlich so offensichtliche Frage stellte. Niemand sonst hatte sich nach seinem Wohnsitz erkundigt. Vielleicht weil seine Familie nicht ganz zu Unrecht davon ausging, dass er keinen hatte. Jahrelang war er vorwiegend in Europa, aber gelegentlich auch auf anderen Kontinenten unterwegs gewesen, hatte in Innenstädten auf der Straße, bei Gigs in kleinen Clubs und ab und an auf Festivals gespielt. Manchmal als Soloakt, häufiger als Begleitmusiker für bekanntere Bands. Dabei hatte er zwar viel von der Welt gesehen, eine Menge über Musik gelernt und noch mehr übers Leben, aber Wurzeln hatte er nicht geschlagen – weder an einem Ort noch mit einem anderen Menschen. »Zuletzt in London«, erwiderte er daher wahrheitsgemäß. Dort hatte er nach seinem Edinburgh-Gastspiel im August ein paar Wochen bei einem Musikerkumpel gehaust. Für einige seiner Instrumente und ein bisschen sonstiges Equipment hatte er einen Lagerraum gemietet. Ganz weit gefasst konnte das wohl als sein letzter Wohnsitz gelten.

»Zuletzt …«, wiederholte Betty gedehnt und fixierte ihn mit einem Blick, den sie womöglich während ihrer Journalistinnenkarriere perfektioniert hatte, um verstockte Interviewpartner und Quellen zum Reden zu bringen. »Das impliziert eine abgeschlossene Vergangenheit. Heißt das, dass du aktuell auf der Suche bist?«

»Sind nicht die meisten Menschen auf der Suche?«

»Ich denke nicht. Zumindest nicht ihr Leben lang. Ist es nicht anstrengend, immer nur zu suchen und nie zu finden?«

»Woher wollen Sie denn wissen, dass ich nur suche und nie finde, Ms. Murray?« Lennox bemühte sich, locker zu klingen, doch in Wahrheit brodelte es in ihm. Die Königin hatte nämlich mit schlafwandlerischer Sicherheit den Finger auf die Wunde gelegt. Während der letzten Jahre hatte er die Wintermonate häufig in Asien oder Südamerika verbracht. Einmal auch in Südafrika. Das waren immer tolle Erlebnisse gewesen. Auch für diesen Winter hatte er Anfragen gehabt, aber aus irgendeinem Grund hatte er bisher alle Deadlines einfach verstreichen lassen. Er hatte es satt, nirgendwo zu Hause zu sein. Hatte es satt, immer nur auf den versifften Sofas von Musikerkollegen zu pennen, die er kaum kannte – oder noch schlimmer, einsam in irgendwelchen drittklassigen Absteigen. Aber das würde er sicher nicht mit ihr diskutieren.

»Ist nur so eine Ahnung«, entgegnete sie leichthin. »Ich kann mich natürlich auch irren.« In ihrer Handtasche schepperte ein lautes Benachrichtigungssignal, und sie fischte nach ihrem Telefon. Nicht etwa ein Seniorenhandy, sondern ein iPhone der neuesten Generation, wie Lennox nicht ohne Neid feststellte. Sie wischte kurz übers Display und sagte dann entschuldigend zu ihm: »Wir müssen dieses hochinteressante Gespräch leider zu einem anderen Zeitpunkt fortsetzen, jetzt hab ich einen Arzttermin.« Sie schob ihm den Teller mit dem Shortbread hin, zwinkerte ihm zu und verließ das Café.

Lennox sah ihr kopfschüttelnd nach und fragte sich, ob sie tatsächlich ein medizinisches Problem hatte oder nur Anna aushorchen wollte. Das Shortbread lag immer noch unberührt auf dem Teller, aber er konnte jetzt einfach nichts mehr essen.

»Hast du vielleicht eine kleine Tüte für mich?«, bat er seine Cousine, als er mit dem Teller zum Tresen kam. »Ich würde es gerne als Proviant mitnehmen.«

»Klar.« Sie reichte ihm eine Papiertüte. »Du kannst aber auch noch hierbleiben und auf den nächsten Sparringspartner warten.« Sie grinste ihn verschmitzt an.

»Ich weiß, dass du gerade Witze reißt, aber das ist mir wirklich zu nah an der Wahrheit.«

»Das war kein Witz. Jack McTavish kommt meistens gegen neun und hätte bestimmt ein paar interessante Fragen oder seelsorgerische Ratschläge für dich.«

»Zweifellos.« Lennox schüttelte sich leicht. »Ich glaube, ich versuch mein Glück lieber erst mal bei Shona oder Isla. Danke fürs Frühstück.«

• • •

»Soll das ein Witz sein?«, fragte Anna ihre Sprechstundenhelferin leise. Sie hatte ihre ersten beiden Patienten versorgt und war gerade zum Empfangstresen gekommen, um sich von Maggie die Liste mit den nächsten Terminen geben zu lassen. »Betty Murray, Jack McTavish und Marlin Fraser?«

Maggie zuckte nur mit den Schultern. »Angeblich sind sie zur Grippeimpfung da.«

»Aber dafür müssten sie doch nicht zu mir in die Sprechstunde kommen. Die Impfung könntest du ihnen doch auch verpassen.«

»Vielleicht brüten sie etwas aus?«

»Darauf würde ich wetten«, brummte Anna. »Ich zweifle nur daran, dass es was Medizinisches ist.« Sie straffte die Schultern. »Dann wollen wir mal – aber wenn ein echter Notfall kommt, sag bitte sofort Bescheid.«

Es lief so ab, wie Anna befürchtet hatte: Betty und Marlin klagten über schwer überprüfbare Zipperlein, baten um eine Grippeimpfung und rückten schließlich mehr oder weniger plump mit dem eigentlichen Grund ihrer Anwesenheit heraus: Sie wollten rausfinden, was es mit Lennox' Rückkehr nach Kirkby auf sich hatte, und schienen davon überzeugt zu sein, dass Anna mehr wusste. Was sie definitiv nicht tat. Allerdings wurde ihr langsam immer klarer, warum Lennox so viel Schmerz und Einsamkeit empfand, auch wenn Marlin nichts Konkretes berichtete. Irgendwas stand zwischen Vater und Sohn – etwas so Großes und Elementares, dass es nicht nur die Familie Fraser berührte, sondern das halbe Dorf. Sie wollte da nicht mit hineingezogen werden, aber sie konnte auch nicht verhindern, dass ihr Interesse immer weiter angefacht wurde. Sie dachte an die Begegnung mit Lennox vorhin im Café, an das seltsame Verhalten ihres Katers und die vielen winzigen und scheinbar zusammenhanglosen Puzzleteile, die sie inzwischen hatte, die aber kein Gesamtbild ergeben wollten. Ganz zentrale Punkte fehlten da wohl noch.

»Marlin, du bist kerngesund, und was alle anderen Fragen betrifft, bin ich nicht die richtige Ansprechpartnerin. Das solltest du am besten direkt mit deinem Sohn klären – oder mit allen Familienmitgliedern. Ich kann dazu wirklich nichts beitragen.« Mit diesen Worten komplimentierte sie ihn aus ihrem Sprechzimmer hinaus.

Er warf ihr einen schwer zu deutenden Blick zu, sagte aber glücklicherweise nichts mehr, sondern nickte ihr zum Abschied nur noch zu.

Sie seufzte, als sich die Tür hinter ihm schloss. Das waren eindeutig die Nachteile ihres neuen Jobs: Die Patienten vertrauten ihr nicht nur ihre körperlichen Wehwehchen an, sondern gern auch alle anderen. Ob es Jobprobleme waren, Familienstreitigkeiten oder Stress mit den Nachbarn – Dr. Campbell hatte dafür doch bestimmt ein offenes Ohr. Das war auch richtig so, und sie verstand ihren Beruf durchaus ganzheitlich, aber manchmal wurden ihr die vielen großen und kleinen Geheimnisse ihrer Schützlinge ein bisschen zu viel. Und richtig unangenehm wurde es dann, wenn die Patienten – häufig zu Recht – annahmen, dass sie zu einem bestimmten Sachverhalt mehr wusste, und diese Informationen aus ihr herauskitzeln wollten. Sollten diesen Job nicht eher Kneipenwirte oder ein Seelsorger übernehmen? Doch Letzterer saß ja auch noch in ihrem Wartezimmer und hoffte zweifellos ebenfalls auf Input. Sie wechselte schnell die Papierunterlage auf ihrer Behandlungsliege, rief auf dem Computer Jack McTavishs Patientenakte auf und holte den Dorfpfarrer dann im Wartezimmer ab, wo erstaunlicherweise noch immer – oder schon wieder? – Betty Murray und Marlin Fraser saßen und mit dem Geistlichen tuschelten.

»Ernsthaft?« Sie sah die drei kopfschüttelnd an. »Das hier ist eine Arztpraxis und nicht die Dorfkneipe.«

»Schätzchen, sei nicht so«, entgegnete Betty. »Im Pub gibt es zu viele Mithörer, und hier sind wir unter uns. Es sind ja keine anderen Patienten da.«

»Na schön«, sagte Anna seufzend. »Dann will ich mir mal den guten Pfarrer vorknöpfen, aber danach …«

»Suchen wir uns einen Ort, wo anständige Getränke serviert werden«, brummte Marlin und blickte anklagend zu dem Wasserspender hinüber, der in einer Ecke des Wartezimmers stand. »Maggie weigert sich, uns Tee zu kochen.«

Anna beschloss, das nicht weiter zu kommentieren. Sie winkte Jack McTavish zu sich und lotste ihn in ihr Sprechzimmer. Ehe er mit seinen zweifellos unterhaltsamen Erklärungen anfangen konnte, warum er heute zu ihr hatte kommen müssen, ergriff sie selbst das Wort. »Jack, ich habe mir deine Akte angeschaut. Du warst zweimal bei mir, und beide Male habe ich einen gründlichen Check-up vorgeschlagen, den du immer abgelehnt hast. Ich nehme an, das ist der Grund, warum du heute hier bist?«

»Ähm …« Der Pfarrer schien überrumpelt zu sein.

»Ab einem gewissen Alter ist es wichtig, hin und wieder alles zu überprüfen. Macht man mit Autos ja auch. Wir wollen in Kirkby ja noch lange etwas von unserem Seelsorger haben.«

»Eigentlich wollte ich nur die Grippeimpfung und …«, setzte er an.

»Die hätte dir auch Maggie verpassen können. Ich bin mir sicher, dass dein Unterbewusstsein da eine klare Ansage gemacht hat, nämlich dass wir heute endlich mal die

Generalüberholung angehen sollten.« Sie lächelte ihn strahlend an.

»Generalüberholung?« Lag da eine Spur Panik in seiner Stimme?

»Ja, das volle Programm. Wir wollen doch sicher sein, dass auf der Kanzel noch alles funktioniert. Also Messen, Wiegen, Herztöne, Lunge, Beweglichkeit, Blutwerte, Prostata ...«

»Prostata?« Eindeutig Panik.

»Keine Sorge, ich bin dafür absolut qualifiziert. Diese Untersuchungen habe ich in der Klinik ständig gemacht. Du kannst natürlich auch zu einem Spezialisten in Inverness gehen, aber irgendwas sagt mir, dass du diesen Termin auch wieder verstreichen lassen würdest. Also machen wir jetzt einfach das ganze Programm, dann hast du es hinter dir, und wir fühlen uns alle besser, in Ordnung?«

»Aber ich habe heute noch gar nichts gefrühstückt«, jammerte der stattliche und sonst so joviale Mann kläglich.

»Umso besser, dann können wir das große Blutbild machen. Für einige Werte ist es wichtig, dass man dabei nüchtern ist.« Sie strahlte ihn an und stand auf. »Zieh dich bitte komplett aus, bis auf die Unterhose. Ich wasch mir die Hände und bereite alles vor.«

Ihr Mitleid mit dem armen Kerl hielt sich in Grenzen, denn es stimmte tatsächlich: Jack McTavish hatte sich bislang immer vor einem großen Vorsorgetermin gedrückt, und bei einem Mann von Ende sechzig, mit reichlich Übergewicht und einer bekannten Schwäche für Whisky sollte man die Gesundheit wirklich im Auge behalten. Außerdem hatte sie Zeit, denn ihr nächster Termin war erst für elf Uhr angekündigt.

»Kann ich sonst noch etwas für dich tun?«, fragte sie eine gute halbe Stunde später, als sie alle Untersuchungen abgeschlossen, Blut abgezapft und die Impfung gesetzt hatte. Jack saß wieder vollständig bekleidet, aber ziemlich blass vor ihr und schüttelte den Kopf.

»Du bist eine erstaunlich bösartige Frau«, sagte er mit leicht zitternder Stimme.

»Ich bin nur um das Wohl meiner Schäfchen besorgt – in diesem Punkt sind wir uns doch recht ähnlich, nicht wahr? Bitte komm am Donnerstag wieder, dann liegen alle Testergebnisse vor, und wir können sie ausführlich besprechen.« Sie stand auf und begleitete ihn in Richtung Wartezimmer, wo Betty und Marlin noch immer auf ihn warteten.

»Warum hat das so lange gedauert?«, rief Marlin.

»Hast du mehr herausgefunden?«, wollte Betty wissen.

»Ich habe eine ganze Menge herausgefunden«, erwiderte Anna amüsiert, während McTavish nur schnaubte und sich rasch seinen Mantel anzog. Offensichtlich wollte er keine Minute länger an diesem ungastlichen Ort verweilen. Ehe er jedoch fliehen konnte, lotste sie ihn noch zur Anmeldung. »Maggie, bitte vereinbare mit Jack einen Termin für Donnerstag, und block dafür mindestens eine halbe Stunde. Ich schätze, wir werden einiges zu besprechen haben. Und mach dir eine Notiz, dass du ihn eine halbe Stunde vorher anrufst und ihn an den Termin erinnerst. Danke.« Dann drehte sie sich zu den drei Oldies um, die sie mit einer Mischung aus Indignation und Bewunderung ansahen. »Einen schönen Tag noch für euch.«

»Wow, da hat die nette Frau Doktor wohl bleibenden Eindruck hinterlassen«, stellte Maggie fest, als das Trio verschwunden war.

Anna zuckte mit den Schultern. »Nur schade, dass mir das nicht früher eingefallen ist. Auch Betty und Marlin hätten einen ausführlichen Check-up nötig. Hoffentlich erzählen sie das jetzt nicht überall herum. Wäre schlecht fürs Geschäft, wenn sich keiner mehr in die Praxis traut.«

»O, sie werden es garantiert herumerzählen, aber mach dir keine Sorgen. Krank werden die Leute immer, und sie sind froh, dass sie nicht mehr so weit fahren müssen.« Sie zwinkerte ihrer Chefin zu und wandte sich dann dem Telefon zu, das gerade wie aufs Stichwort klingelte.

REMINISZENZEN

»WAS FÜR EIN ANBLICK!«, rief Lennox amüsiert. Er war zur Destillerie seiner kleinen Schwester Shona gekommen, hatte das Gebäude aber verschlossen vorgefunden. Das Tor der benachbarten Scheune jedoch stand offen, und er war neugierig näher getreten. Wie sich herausstellte, war die Scheune keine mehr, sondern ein Stall, in dem sich in einer großen Box eine ganze Herde Alpakas tummelte. Mittendrin stand die sonst stets stylishe Shona in einer Latzhose und mit Gummistiefeln an den Füßen.

»Lennox?« Sie ließ die Mistgabel fallen und drehte sich so abrupt um, dass die Tiere erschrocken zurückwichen. »Keine Sorge, ihr Süßen«, sagte sie tröstend zu ihnen. »Das ist nur mein Bruder, der tut euch nix.« Damit kam sie auf ihn zu und fiel ihm um den Hals.

»Ich glaube, sie haben sich eher wegen der hingeschmissenen Mistgabel erschreckt als meinetwegen«, bemerkte er lächelnd, als sie ihre stürmische Umarmung gelöst hatte.

»Ich hätte sie nicht hingeschmissen, wenn du mich nicht so hinterrücks überfallen hättest – das nennt man Logik!« Sie grinste ihn frech an. »Ich fass es immer noch nicht, dass du tatsächlich hier bist.«

»Und ich fass es nicht, dass du dich von der Schnapsdrossel zur Kameltreiberin entwickelt hast. Kirkby scheint dir nicht zu bekommen«, neckte er sie und trat dann zu der halbhohen Stallwand, um sich die besagten Kleinkamele genauer anzusehen.

»Sehr witzig, Bruderherz, sehr witzig.« Shona stellte sich neben ihn und lockte die Tiere herbei, die den Neuankömmling bisher aus sicherer Distanz beobachtet hatten. »Das ist Nessie«, stellte sie ihm ein dunkelgraues Exemplar vor, das sich als erstes herangewagt hatte.

»Hallo, Nessie«, grüßte Lennox artig und streichelte vorsichtig den flauschigen Hals. »Du bist der Unglücksrabe, der fast im Loch Ness ertrunken wäre, was?« Diese haarsträubende Geschichte war sogar bis zu ihm vorgedrungen – in recht unterschiedlichen Varianten.

»Ja, und das war sicher sehr traumatisierend für sie – aber unterm Strich auch ein großes Glück, denn sonst wäre sie nie hier gelandet und hätte es jetzt nicht so schön.«

»Und dein Schnapsladen hätte einen anderen Namen gebraucht«, fügte er augenzwinkernd hinzu.

»Die *Golden Alpaca Distillery* ist kein Schnapsladen!«, kam es prompt empört zurück. »Wir produzieren hier feinsten Whisky und Gin.«

»Wenn du es sagst …« Lennox machte sich nichts aus Alkohol und konnte die Begeisterung seiner Familie und überhaupt seiner Landsleute für Hochprozentiges nicht nachvollziehen.

»Bist du immer noch Antialkoholiker?«, fragte sie mit entsetzt aufgerissenen Augen, als sei das die schlimmste Sünde. Was in ihrer Welt vermutlich auch zutraf.

Er zuckte nur mit den Schultern.

Sie schüttelte den Kopf. »Unfassbar. Du kannst nicht aus unserer Familie stammen.«

»Das würde jedenfalls einiges erklären«, versetzte er und klang dabei so bitter, dass es selbst Shona auffiel.

»So hab ich das nicht gemeint«, versuchte sie ihn zu beschwichtigen. »Das weißt du hoffentlich. Ich finde es nur so schade, dass du dich nicht für die Dinge interessierst, die mir wichtig sind.«

»Aber interessierst du dich umgekehrt für die Dinge, die *mir* wichtig sind?« Lennox musterte sie prüfend, und Shona biss sich verlegen auf die Unterlippe. »Außerdem stimmt das nicht. Ich interessiere mich sehr wohl für dich und dein Leben. Sogar für deine Destillerie, und ich würde sie mir sehr gerne ansehen. Nur weil ich keinen Alkohol mag, bedeutet das ja nicht, dass es mir egal ist, was du tust. Und ich interessiere mich sehr für deine Kamelherde.«

»Es sind Alpakas!«, beharrte sie.

»Und Alpakas gehören zur Familie der Kamele und werden vorwiegend wegen ihrer Wolle gezüchtet.«

»Das weiß ich, du Klugscheißer, aber ›Kamel‹ hört sich irgendwie abfällig an, während ›Alpaka‹ putzig klingt – und meine Süßen sind sehr putzig!«

»Zweifellos«, bestätigte er. »Und sie müssen dich nachhaltig betört haben, sonst würdest du doch niemals in müffelnder Schmuddelkluft einen Stall ausmisten.«

»Ich habe schon früher Ställe ausgemistet«, verteidigte sie sich.

»Wenn du das sagst«, wiederholte er. Er erinnerte sich

an Szenen aus ihrer Kindheit, in der sie als Küken der Familie stets dafür gesorgt hatte, dass irgendeines ihrer älteren Geschwister die Drecksarbeit im Stall übernahm. Doch diese ollen Kamellen wollte er nicht wieder auspacken. »Nessie kenne ich jetzt, wer sind denn die anderen?« Inzwischen hatten sich auch die restlichen Tiere herangewagt und schnupperten neugierig an ihm herum.

»Das sind Petunia, Hamish und Alvarez«, begann sie und deutete auf ein Trio, das sich neben Nessie gestellt hatte. »Dad und ich haben sie vor ein paar Wochen einem insolventen Wanderzirkus abgekauft, und wir haben den Verdacht, dass Nessie auch daher stammte, denn sie waren gleich ganz vertraut miteinander. Diese vier heißen Ringo, Georgia, Joanna und Paula und sind erst seit gut zwei Wochen bei uns. Eine Tierschutzorganisation hat sich bei Kendrick gemeldet und gefragt, ob er einen Platz für vier in Not geratene Alpakas wüsste, und da Dad gerade den Stall gebaut hatte, konnten wir sie gleich retten. Wenige Tage nach ihrer Ankunft hat Paula ihr Fohlen bekommen, das wir Stella getauft haben.« Sie bedachte das Tierbaby mit mütterlich-verliebten Blicken.

»Wirklich niedlich«, befand er. »Und haben sie schon musikalisches Talent gezeigt?«

»Wer?«

»Na die Beatles!«

»Hä?« Shona sah ihn verständnislos an.

»Du weißt schon, wer die Beatles waren?«

»Natürlich! So eine Uraltband aus dem letzten Jahrtausend.«

Das war formal zwar richtig, aber Lennox war trotzdem schockiert von der völligen Ignoranz, die seine Schwester an den Tag legte. »Die Beatles waren die Mitbegründer der modernen Popmusik, und viele ihrer Songs sind inzwischen echte Klassiker«, erklärte er seufzend.

»Mag sein, aber was hat das mit meinen Alpakas zu tun?«

»Die Bandmitglieder hießen John, Paul, George und Ringo. Klingelt da was bei dir?« Er deutete auf die vier Alpakas, deren Vorbesitzer offensichtlich über einen gehörigen Sinn für Humor verfügt hatte.

»Echt? Ist ja witzig. Ich hatte keine Ahnung.«

»Dass du das Fohlen dann Stella getauft hast, war also reiner Zufall?«

»Ähm …« Sie kratzte sich am Kopf. »Eigentlich nicht. Kendrick und Dad kamen gleichzeitig auf die Idee. Das fand ich dann dermaßen schräg, dass ich die Kleine so genannt habe. War Stella etwa auch ein Beatles-Mitglied?«

»Nein, Stella ist die Tochter von Paul McCartney – die kennst du bestimmt. Sie ist eine bekannte Modedesignerin. Aber toll, dass sich wenigstens dein neuer Freund ein bisschen auskennt. Jetzt bin ich gleich noch neugieriger auf ihn. Wann lerne ich ihn denn kennen?«

»Er hat vorhin angerufen und meinte, dass er mir gleich die Hunde vorbeibringt, weil er zu einem Schäfer muss, dessen Hunde nicht so gut auf Artgenossen zu sprechen sind. Aber Dad …«

Sie kam nicht mehr dazu, auszuführen, was Dad gesagt oder getan hatte, denn in diesem Augenblick trabten wie aufs Stichwort zwei gigantische Irische Wolfshunde in den Stall und beäugten Lennox misstrauisch.

»Orla, Higgins, das ist euer Onkel Lennox«, stellte Shona ihn den Biestern vor.

»Wenn ich ihr Onkel bin, dann bist du ihre Mama?«, erkundigte er sich amüsiert und hielt den Hunden seine Hände hin, damit sie dran schnuppern konnten.

»Natürlich bin ich das!«

»Wer bist du, und was hast du mit meiner Schwester gemacht?« Lennox grinste schwach.

»Ich schätze, das ist reine Biologie«, erklärte ein Hüne von Mann, der den Hunden gefolgt war, und reichte Lennox lächelnd seine Pranke. »Ich bin Kendrick, freut mich sehr. Und deine kleine Schwester ist noch im Tierbesitzer-Honeymoon. Das wird sich auch wieder legen. Hoffe ich jedenfalls …« Er zwinkerte ihm zu, und Lennox beschloss, dass er ihn sehr sympathisch fand.

»Hey, mach dich nicht über mich lustig, sondern sei lieber froh, dass ich unsere Tiere liebe. Es könnte ja auch anders sein, und das wäre dir sicherlich auch nicht recht.« Shona reckte sich und drückte ihrem Freund einen Kuss auf die Wange. Lennox nahm erleichtert zur Kenntnis, dass sie ihn noch verliebter ansah als ihre Tiere.

»Schön, dich kennenzulernen«, sagte Lennox zu Kendrick. »Und cooler Move mit Stella.«

»Du hast es also kapiert?«, stellte Kendrick erfreut fest. »Shona war komplett ahnungslos.« Er lachte und küsste sie auf den Kopf. »Aber du bist ja auch Musiker, stimmt's?«

»Wollt ihr euch gegen mich verschwören?«, beklagte

sich Shona. »Das finde ich echt fies. Ich wette, dass Alex und Isla es auch nicht gecheckt haben. Ich meine, ernsthaft, wer kennt denn heutzutage noch die Beatles?«

»Auweia«, murmelte Kendrick. »Lassen wir das lieber. Vor allem das mit dem Wetten.«

»Du hättest mir das erklären müssen. Oder Dad«, schmollte Shona. »Es wundert mich, dass er es wusste.«

»Na ja, dein Vater hätte in seiner Kindheit und Jugend schon unter einem Stein leben müssen, um nichts von den Beatles mitzukriegen«, gab Kendrick zu bedenken. »Natürlich kennt er sie und hat sofort kapiert, dass die Alpakas nach ihnen benannt worden sind. Ich schätze mal, er ist gar nicht auf die Idee gekommen, dass du es nicht verstanden haben könntest.«

»Pah. Ihr seid echt doof.«

Lennox verfolgte das Geplänkel mit wachsender Belustigung. Dieser Mann tat seiner verwöhnten kleinen Schwester richtig gut – und auch das Leben in Kirkby. Er hatte sich ja die ganze Zeit gefragt, was die flippige und rastlose Shona im Hinterland suchte, und hätte vermutet, dass sie hier unglücklich sein würde, doch inzwischen sah er es anders. Sie hatte sich hier ein Leben aufgebaut, eine Mischung aus alten und neuen Leidenschaften, und wirkte so fröhlich und ausgeglichen, wie er sie selten erlebt hatte. Nur ihre verheerende Wissenslücke, was die neuere britische Musikgeschichte betraf, konnte er ihr nicht so leicht verzeihen. Wie bitte schön konnte man die Beatles nicht präsent haben? Umso erstaunlicher, dass ausgerechnet Marlin Fraser, der größte Musikhasser, den er kannte, die Verbindung sofort hergestellt hatte. Aber wahrscheinlich hatte Kendrick recht, und es lag schlicht daran, dass Marlins Generation die Beatles gar nicht hatte ignorieren können. Nicht einmal in den schottischen Highlands.

»So gern ich auch mit euch weiterplaudern würde, ich muss leider los«, unterbrach Kendrick seine Gedanken. Er streckte Lennox erneut die Hand entgegen. »Hat mich echt gefreut. Wenn du Lust hast, komm doch heute Abend zum Essen zu uns, dann quatschen wir weiter.« Er küsste Shona zum Abschied und gab den Hunden jeweils einen freundschaftlichen Klaps.

»Da hast du einen wirklich guten Fang gemacht«, sagte Lennox, als Kendrick außer Hörweite war. »Ein sehr netter Typ. Tut dir gut.«

»Ich tu ihm gut«, entgegnete Shona, konnte ihr verliebtes Lächeln aber nicht ganz unterdrücken. »Und er hat recht, komm heute Abend zum Essen.«

»Gerne. Ich hoffe, er kocht besser als du?« Shona hatte früher eine fast pathologische Abneigung gegen jede Form von Küchenarbeit gehabt, und irgendwie bezweifelte er, dass ihre spektakuläre Veränderung sich auch auf ihre Kochkünste ausgewirkt hatte.

»Er kocht super, aber wir können auch was vom Pub holen, wenn es dir lieber ist. Da gibt es sensationelle Currygerichte, die Isla für Jon entwickelt hat und nach denen wir absolut süchtig sind.«

»Klingt verführerisch.«

»Dann haben wir ein Date. Komm um sieben vorbei.« Sie nahm wieder ihre Mistgabel zur Hand und stocherte damit in der Box herum. »Hast du eigentlich schon Dad getroffen?«, wechselte sie abrupt das Thema.

»Bisher noch nicht. Ich wollte erst die Menschen sehen, die mich mögen …«

»Dad liebt dich!«, behauptete sie.

Lennox gab ein ungläubiges Schnauben von sich.

»Gib ihm eine Chance«, bat sie und hielt erneut beim Ausmisten inne, um ihn eindringlich anzuschauen. »Er liebt dich genauso wie seine anderen Kinder.«

»Vielleicht auf seine Art«, gestand ihr Lennox zu. »Aber das ist nicht die Art, wie Eltern ihre Kinder lieben sollten. Bedingungslos nämlich. Dads Zuneigung war immer an Konditionen geknüpft. Wer sich entsprechend verhält, wird belohnt, wer nicht …« Er sprach den Satz nicht zu Ende.

»Aber das stimmt doch einfach nicht!«, protestierte Shona. »Dad hat uns nie einen Weg aufgezwungen, sondern uns immer in allem unterstützt. Klar hat er auch Fehler gemacht, aber wer tut das nicht? Vor ein paar Wochen hat er mir gegenüber sogar zugegeben, dass er uns ein schlechtes Vorbild war und dass ihm das leidtut.«

»Ach ja?« Lennox schüttelte den Kopf. Er verstand Shonas Perspektive. Sie war vom ersten Tag an Marlins Liebling gewesen. Natürlich sah sie ihn anders als er selbst. Aber sie hatte auch nie den Schmerz des väterlichen Liebesentzugs zu spüren bekommen. Es schien ihm recht schwer vorstellbar, dass der sture alte Mann ernsthaft zu der Einsicht gelangt sein sollte, Fehler gemacht zu haben. Und falls doch, dann sicher nicht auf eine Art, die seinen Umgang mit dem jüngsten Sohn betraf.

Doch Shona konnte oder wollte das nicht begreifen, sie nickte vehement. »Er hat wörtlich gesagt, dass er sich nach Mums Tod vor der Liebe verschlossen und uns damit vorgelebt hat, dass man ohne romantische Liebe im Leben besser dran ist, weil man dann von Schmerzen verschont bleibt. Inzwischen hat er aber eingesehen, dass das ein Fehler ist, und er wünscht sich, er wäre offener und weicher gewesen.«

»Aha«, brummte Lennox, weil er den Eindruck hatte, dass Shona eine Reaktion von ihm erwartete. »Das hat aber nichts mit seiner sehr unterschiedlich verteilten Liebe zu seinen Kindern zu tun. Sondern höchstens mit der Erkenntnis, dass der Zug für ihn abgefahren ist, wenn er noch mal eine Frau abkriegen will. Für mich klingt das nicht nach höherer Einsicht, sondern nach Selbstmitleid. Außerdem habt ihr – Alex, Isla und du – ja kein Problem mit der romantischen Liebe gehabt.«

»Du bist genauso störrisch und engstirnig wie er!« Shona plusterte die Backen auf und wirkte wie ein Teekessel kurz vor der Explosion. »Verstehst du das nicht? Diese Ansage war für ihn ein Riesenschritt. Vor allem, weil er es wirklich so meinte. Ich bin mir sicher, er bedauert es zutiefst, dass er für sich keine Liebe zugelassen und sich stattdessen nur auf uns fixiert hat. Stell dir vor, was gewesen wäre, wenn er eine neue Frau gefunden hätte.«

»Das ist doch pure Spekulation«, wehrte Lennox ab. Solche Gedankenspiele waren sinn- und fruchtlos. »Keiner weiß, was dann gewesen wäre. Es könnte auch sein, dass du die neue Frau gehasst hättest. Ich verstehe, dass du ihn verteidigst. Du warst immer sein Liebling und wirst es immer bleiben – egal, was passiert. Und dass du gerade alles durch eine rosarote Brille betrachtest, ist auch normal. Du hast die große Liebe gefunden, und das freut mich von Herzen, aber das ändert nichts daran, dass …« Er sprach nicht weiter, sondern schluckte. *Dass Dad mich nie so lieben wird wie euch*, hatte er hinzufügen wollen, doch das hätte so schrecklich verbittert geklungen. Auch wenn es die Wahrheit war.

»Dass was?«, bohrte Shona aber prompt nach. »Dass du deine große Liebe noch nicht gefunden hast? Das kannst du ja wohl kaum unserem Vater anlasten.«

»Doch, ich habe die große Liebe meines Lebens gefunden. Dad kann sie nur nicht akzeptieren.«

Sie sah ihn verblüfft an und konnte ihm offensichtlich nicht folgen. Was er ihr nicht weiter verübeln konnte, denn er hatte selbst Schwierigkeiten, die ganze Wucht seiner Aussage zu begreifen. Sein Unterbewusstsein spülte zurzeit in den seltsamsten Momenten Wahrheit an die Oberfläche.

»Ich kann mich nicht erinnern, dass du jemals ein Mädchen mit nach Hause gebracht hast, das Dad nicht akzeptiert hätte. Oder einen Jungen«, fügte sie rasch hinzu. »Lennox, wenn du schwul bist, ist das doch nicht schlimm. Ich glaube nicht, dass Dad damit ein Problem hätte. Und selbst wenn, es ist dein Leben, und er muss das akzeptieren.«

»Ich bin nicht schwul«, sagte er leise und wünschte gleichzeitig, dass es so wäre und dass seine sexuelle Orientierung der einzige Konfliktpunkt zwischen ihm und seinem Vater wäre. Aber Shona hatte recht: Einen homosexuellen Sohn hätte Marlin Fraser akzeptieren können. Einen Musiker jedoch nicht. »Meine große Liebe ist schon mein ganzes Leben lang die Musik«, versuchte er, es ihr zu erklären. »Musik ist für mich mehr als nur eine Leidenschaft oder eine Berufung. Es ist nicht so wie bei dir und deiner Destillerie oder bei Alex und seinem Hotel. Das sind Jobs, die ihr liebt und in denen ihr gut seid – und vielleicht wollt ihr auch nie etwas anderes machen als das. Aber es ist nicht vergleichbar. Musik ist für mich alles – es ist die Art, wie ich mich am besten ausdrücken kann, meine Gedanken und meine Gefühle. Du könntest vielleicht ohne Gin und Whisky leben, ich aber nicht ohne Musik. Und das kann oder will Dad nicht begreifen.«

»O.« Das schien Shona zum Nachdenken zu bringen, doch gleich darauf erhellte sich ihr Gesicht wieder. »Vielleicht ist es aber auch so, dass er so hart mit dir umgesprungen ist, weil du so viele Möglichkeiten hattest – und immer noch hast. Ich meine, du kannst doch fast alles. Du warst immer in allen Fächern der Beste, kennst dich mit allem aus. Vielleicht wollte er einfach nicht, dass du dein Talent vergeudest?«

»Und wenn schon. Es ist mein Leben, es sind meine Entscheidungen. Da sind wir auch wieder an dem Punkt – bedingungslose Liebe geht anders.«

»Mag sein«, entgegnete sie nachdenklich. »Aber du bist längst kein kleines Kind mehr. Du bist ein erwachsener Mann. Womöglich solltest du mal anfangen, dich selbst zu akzeptieren, wie du bist, und dich selbst zu lieben, statt dich nur über die Verfehlungen unseres Vaters zu definieren.«

Lennox starrte seine Schwester an. Das hatte er nicht kommen sehen. Sie wohl auch nicht, denn sie wirkte von Sekunde zu Sekunde verunsicherter und kaute wieder auf ihrer Unterlippe herum. Dann wandte sie sich um und harkte weiter Mist vom Stallboden zusammen. Er dagegen fühlte sich wie ein Boxer, dem man einen K.-o.-Schlag verpasst hatte und der nun noch einen Moment lang desorientiert herumtaumelte, ehe er vollständig zu Boden ging. Offenbar sprach neuerdings nicht nur sein Unterbewusstsein Klartext und die Wahrheit, sondern auch das seiner kleinen Schwester. Mit schweren Schritten und ohne sich zu verabschieden, verließ er die Scheune der Destillerie. Darüber musste er jetzt erst mal ausführlich nachdenken.

● ● ●

»Noch einen letzten Durchgang! Vier, drei, zwei, eins«, forderte Alice Fraser, schwang resolut ihren Taktstock, und Kirkbys Kirchenchor schmetterte los. »All you need is love …«

Nachdem die letzten Töne des alten Beatles-Hits in der kleinen Kirche von Kirkby verhallt waren, applaudierte Anna genauso enthusiastisch wie alle anderen Chormitglieder. Sie hatte schon immer gerne gesungen, und seit sie in Kirkby lebte, war sie Mitglied im Chor, der sich immer montagabends zur Probe traf. Bis vor ein paar Wochen hatte Jack McTavish seine singenden Heerscharen persönlich angeleitet, durchaus mit Engagement, aber leider ziemlich talentfrei und uninspiriert. Dann war es zur Meuterei gekommen, der Pfarrer war im Handstreich seines musikalischen Amtes enthoben und durch Alice Fraser ersetzt worden. Seitdem hatte sich nicht nur das Repertoire dramatisch geändert, sondern auch die klangliche Qualität. Alice war mit Rupert Fraser verheiratet, dem örtlichen Pferdeflüsterer und jüngeren Bruder von Marlin. Sie war die Mutter von Kristie und Hailey und hatte nebenbei auch noch mitgeholfen, die vier mutterlosen Kinder ihres Schwagers großzuziehen. Außerdem kümmerte sie sich seit Jahren um das leibliche Wohl der Bed-&-Breakfast-Gäste. Lange hatte niemand in Kirkby geahnt, dass sie darüber hinaus über ein ausgeprägtes musikalisches Talent und die Fähigkeit verfügte, aus einer bunt zusammengewürfelten Truppe mit sehr unterschiedlichen Gesangsbegabungen einen durchaus beachtlichen Klangkörper zu formen.

»Das war's für heute!«, rief Alice über das Klatschen hinweg. »Vielen Dank für euer Engagement und noch einen schönen Abend.«

»Lust auf einen Gin Tonic?«, fragte Isla, als sich die Gruppe langsam auflöste. Das war ein Ritual, mit dem sie und Anna vor einigen Monaten angefangen hatten: Nach der Chorprobe gingen sie häufig noch auf einen Drink in Annas Wohnung oder in den Pub.

»Unbedingt. Große Runde oder kleine?«

»Zu dir«, raunte Isla, während sich eine größere Gruppe

in Richtung *Wise Pelican* aufmachte. »Ich will nämlich wissen, warum Betty und mein Dad sauer auf dich sind und Jack bei deinem Anblick Panik in den Augen hatte.«

»Vielleicht weil ich, statt Informationen zu liefern, meine Finger in intime Körperöffnungen gesteckt habe? Und das meine ich wortwörtlich.« Anna kicherte leise und winkte dann fröhlich dem Pfarrer zu, der mit düsterem Gesicht an Bettys Seite zum Pub eilte – zweifellos, um dort Marlin zu treffen.

»Das musst du mir genauer erklären«, verlangte Isla, als sie fünf Minuten später auf Annas Sofa fiel. Dort wurde sie gleich von Elvis belagert, der sich auf ihrem Schoß zusammenrollte und laut zu schnurren begann.

Anna holte zwei Gläser und eine Ginflasche aus ihren gut gesicherten Schränken – Elvis war leider ein ziemlich geschickter Türen- und Schubladenöffner und hatte schon für reichlich Chaos gesorgt – und mixte die Drinks. »Die drei haben mich heute Vormittag in der Praxis überfallen. Angeblich nur wegen Grippeschutzimpfungen und irgendwelchen vorgeschützten Beschwerden. Tatsächlich haben sie mich wegen deines Bruders in die Mangel genommen, weil sie aus irgendeinem Grund sicher sind, dass ich mit ihm unter einer Decke stecke und mehr über sein rätselhaftes Auftauchen hier in Kirkby weiß.« Sie verdrehte die Augen, reichte Isla ein Glas und nahm dann in der anderen Ecke des gemütlichen Sofas Platz. »Das ist wirklich vollkommen absurd!«, empörte sie sich. »In jeder denkbaren Hinsicht. Cheers!« Sie trank einen Schluck und lehnte sich zurück.

»Warum? Würdest du nicht gern mit meinem Bruder unter einer Decke stecken? So als Dauersingle …«

»In eurer Familie pflegt man wirklich einen sehr seltsamen Humor. Mein Beziehungsstatus tut gar nichts zur Sache, und ich glaube auch nicht, dass mir die drei Herrschaften eine Affäre mit Lennox unterstellt haben. Eher scheinen sie anzunehmen, dass ich ihn aus meinem früheren Leben in Edinburgh kenne. Dabei habe ich ihn letzten Freitag zum ersten Mal in meinem Leben gesehen.«

»Weshalb sind die drei dann schlecht auf dich zu sprechen?«

»Tja, ich schätze mal, aufgrund enttäuschter Erwartungen. Ich fand es ziemlich dreist und wenig subtil, dass sie alle gleichzeitig bei mir aufgeschlagen sind. Betty kam als Erste dran und hat sich wenigstens noch die Mühe gemacht, ein paar interessante Fragen zu stellen, um mich aufs Glatteis zu führen. Dein Vater hat es erst mit dem Holzhammer versucht und anschließend auf die Mitleidstour. Ich solle einem armen alten Mann doch helfen, das Verhältnis zu seinem Sohn wieder geradezurücken. Ernsthaft!« Sie schnaubte.

»Das ist aber wirklich ungewöhnlich.« Isla sah Anna überrascht an. »Also, dass mein Vater nicht nur öffentlich zugibt, dass er ein schlechtes Verhältnis zu Lennox hat, sondern auch um Hilfe bittet.« Sie kraulte geistesabwesend den Kater und trank noch einen Schluck von ihrem Gin Tonic.

»Ich habe es eher als manipulativ empfunden, aber egal, wie man es interpretiert, ich bin nicht die richtige Ansprechpartnerin. Das habe ich ihm dann auch gesagt und ihm geraten, das alles mit Lennox oder der ganzen Familie direkt zu klären.«

»Sehr schlau. Ich würde mich freiwillig auch nicht zwischen die Fronten stellen. Aber was ist mit Jack?«

»Dem habe ich kurz entschlossen eine komplette Vorsorgeuntersuchung mit allen Schikanen angedeihen lassen. Leider ist mir diese brillante Idee erst bei ihm gekommen, Betty und deinem Vater hätte das auch nicht geschadet.« Anna grinste in ihr Glas. »Der Pfarrer hat sich mit den Worten ›Du bist eine erstaunlich bösartige Frau‹ von mir verabschiedet, und ich bin geneigt, das als Kompliment zu werten.«

Isla musste so lachen, dass sie sich fast verschluckte. »Im Ernst? Und mit allen Schikanen meinst du Finger im Po?«

»Ärztliche Schweigepflicht, aber er war not amused.«

»Kann ich mir vorstellen.« Isla kicherte. »Denkst du, sie planen jetzt einen Racheakt?«

»Keine Ahnung, du kennst sie besser als ich. Aber wie Maggie so schlau bemerkte, was sollen sie schon tun? Ich habe schließlich nur meinen Job gemacht. Und selbst wenn sie versuchen, schlecht über mich zu sprechen – spätestens wenn die Leute krank werden, kommen sie trotzdem zu mir. Ich mach mir also keine größeren Sorgen.« Das war jetzt eine Spur optimistischer formuliert, als sie sich tatsächlich fühlte, denn sie wusste um den Einfluss, den die drei im Ort hatten. Doch andererseits war sie auch stolz auf sich, weil sie endlich mal Grenzen gesetzt hatte und zukünftig vielleicht nicht immer nur als supernett gelten würde. Das konnte sicher nicht schaden.

»Die haben auf jeden Fall verdient, was sie bekommen haben. Allerdings finde ich es wirklich schade, dass du erst bei Jack auf diese grandiose Idee mit dem General-Checkup gekommen bist und nicht schon bei meinem Dad. Der hätte das dringend nötig. Ich glaube, er war noch nie bei einer Vorsorgeuntersuchung.«

»Das nächste Mal«, versprach Anna leichthin, obwohl sie sich sicher war, dass sie Marlin Fraser so schnell nicht mehr in ihrer Praxis sehen würde. »Aber jetzt mal unter uns«, fuhr sie fort, »was für ein Problem haben dein Dad und Lennox miteinander? Richtig viel hast du mir da bisher nie erzählt.«

»Vermutlich weil es ein eher trauriges Kapitel in unserer Familiengeschichte ist«, sagte Isla und klang mit einem Mal ziemlich ernüchtert. »Lennox ist mit Sicherheit der Komplexeste und Sensibelste von uns Geschwistern. Er ist hochbegabt und kann einfach alles. Durch die Schule ist er mühelos durchgekommen, hat nie etwas dafür getan und immer die besten Noten kassiert. Er hat zwei Jahrgangsstufen übersprungen und gleichzeitig mit mir seinen Abschluss gemacht – mit gerade mal sechzehn. Er war aber kein Nerd, sondern beliebt bei seinen Freunden und gut im Sport – ihm stand die Welt offen, und er hätte alles machen können. Aber wirklich interessiert hat er sich immer nur für Musik. Er hat sich Klavier und Gitarre selbst beigebracht und hat schon mit zehn oder elf eigene Songs komponiert.«

»Oje«, sagte Anna mitfühlend.

»Oje?« Isla sah sie irritiert an. »Das ist jetzt nicht die Reaktion, mit der ich gerechnet hätte. Die meisten sind total beeindruckt, wenn ich das sage, und können nicht verstehen, wo das Problem liegt.«

Anna zuckte mit den Schultern, entschloss sich dann aber, Isla auszugsweise von ihrer eigenen Geschichte zu erzählen. Etwas, das sie normalerweise vermied. Doch Isla war hier in Kirkby ihre einzige wirklich enge Freundin und hatte ein wenig Offenheit verdient. »Ich weiß, wie es ist, hochsensibel und überdurchschnittlich intelligent zu sein. Und ich weiß, dass die Betroffenen und ihr Umfeld damit häufig große Probleme haben. Euer Vater ist ein toller Mann, aber sehr in seinen eigenen Wertvorstellungen verhaftet und nicht der … ähm … flexibelste Zeitgenosse.«

»Um es vorsichtig zu formulieren«, bestätigte Isla. »Du bist also auch hochbegabt? Also, nicht dass ich dir das nicht zutraue, aber du wirkst so … normal.«

»Normal?« Anna lachte kurz auf. »Du ahnst gar nicht, wie sehr ich dieses Wort hasse. Aber ja, ich bin gut angepasst. Ich will dich nicht mit meiner ganzen traurigen Geschichte langweilen, und schon gar nicht will ich mich beklagen. Mir haben meine Fähigkeiten wohl das Leben gerettet. Im Gegensatz zu Lennox hatte ich von Haus aus nämlich überhaupt keine guten Startbedingungen, sondern habe meine ersten Lebensjahre vorwiegend in Pflegefamilien verbracht. Als Teenager habe ich dann einen Platz in einer betreuten Wohngemeinschaft für ›schwierige Jugendliche‹ bekommen. Unter diesem Label werden

Kinder mit Drogenerfahrung, Opfer häuslicher und/oder sexualisierter Gewalt, psychisch labile, verhaltensauffällige, straffällig gewordene und eben hochbegabte Kinder zusammengefasst. Das klingt ziemlich gruselig, und in den meisten Fällen ist es das auch, aber ich hatte verdammtes Glück. Meine Gruppe war toll, und wir hatten sehr engagierte Betreuer. Mir hat die Stabilität geholfen. Ich habe meinen Schulabschluss ebenfalls schon mit sechzehn gemacht und konnte danach sofort mit meinem Medizinstudium anfangen. Mit fünfundzwanzig hatte ich zwei Facharztausbildungen in der Tasche – für Allgemein- und Notfallmedizin. Ich bin jetzt zweiunddreißig und habe deutlich mehr Berufserfahrung als die meisten Kollegen in meiner Altersklasse.«

»Wow«, befand Isla und klang tief beeindruckt. »Ich hatte echt keine Ahnung.«

»Ich will damit nicht angeben, ich wollte nur deutlich machen, dass ich weiß, was das für einen Menschen bedeuten kann. Für mich war es ein Segen – auch, weil ich immer wusste, was ich wollte. Letztlich hatte ich nur diese eine Option und konnte meine ganze Energie da hineinstecken. Wenn man aber alle Möglichkeiten hat, wie soll man sich da entscheiden?«

»Ich glaube, dass Lennox in Wirklichkeit auch nur eine Option für sich gesehen hat – leider eine, gegen die unser Vater mit aller Vehemenz war und vermutlich immer noch ist.«

»Musik?«, mutmaßte Anna. Doch eigentlich war es eine Feststellung. Sie hatte ihn gestern im Wald erlebt und auch heute beim Frühstück so eine Ahnung entwickelt. Sie verstand nur nicht, was Marlins Problem damit war – und warum Lennox sich davon so beeinflussen ließ.

»Musik«, bestätigte Isla. »Und ehe du fragst, ich habe keine Ahnung, warum Dad so dagegen ist. Er selbst summt ständig vor sich hin, wenn er sich unbeobachtet fühlt, aber er hat nie mit uns gesungen oder uns ermutigt, Instrumente spielen zu lernen. Ganz im Gegenteil.«

»Seltsam«, murmelte Anna. »Denkst du, das hängt mit eurer Mutter zusammen? Vielleicht war die besonders musikalisch, und es macht ihn traurig, wenn er dadurch an sie erinnert wird?«

»Angeblich nicht, aber er spricht nicht darüber, darum werden wir es wohl nie erfahren. Es ist aber nicht nur das Thema Musik, das zwischen ihm und Lennox zu Spannungen geführt hat. Die beiden haben sich im Grunde immer gefetzt, wegen allem. Lennox ist der geborene Widerspruch und hat nie verstanden, wie man bei unserem Dad seinen Willen durchsetzt. Dabei ist er wirklich einfach zu …« Sie suchte nach dem passenden Wort.

»Zu manipulieren?«, schlug Anna vor.

»Das klingt nicht besonders nett, aber genau so ist es«, gab Isla zu. »Shona hat es perfektioniert. Sie wickelt ihn mit einem einzigen Blick um ihren kleinen Finger, aber selbst ich weiß, wie ich mit ihm umgehen muss – und ich bin wahrlich nicht die diplomatischste Frau unter der Sonne. Doch Lennox ist völlig kompromisslos und unserem Vater in diesem Punkt erstaunlich ähnlich. Es gibt für ihn – oder für beide – nur die eigene Wahrheit. Das macht es halt ganz schön schwer. Und weil Lenny so empfindsam ist und wir anderen eher rustikalere Naturen, hat er ziemlich gelitten.« Sie seufzte. »Wir waren uns immer sehr nah, aber ich konnte ihn nicht vor allem schützen.«

Anna dachte an den Moment am Freitagnachmittag zurück, als sie Lennox kurz berührt und so viel Schmerz in ihm gespürt hatte, dass es ihr selbst wehtat. Sie hatte schon lange erkannt, dass scheinbare Privilegien kein Garant für ein glückliches, erfülltes Leben waren. Man musste selbst etwas dafür tun, das Glück einladen und umarmen. Zumindest war das bis heute ihr Lebensmantra gewesen. Vielleicht war das aber sogar leichter, wenn man allein war und sich nicht mit den – sicher gut gemeinten – Erwartungen einer liebenden Familie auseinandersetzen musste? Wie schwer musste es sein, sich dagegen zu wehren und gleichzeitig die Kraft zu finden, unbeirrt den eigenen Weg zu gehen? »Ich habe mir immer eine Familie wie die eure gewünscht«, gestand sie Isla. »Aber manchmal denke ich, dass sie auch eine Last sein kann. Versteh mich bitte nicht falsch«, fügte sie rasch hinzu, als sie Islas Stirnrunzeln bemerkte. »Ihr Frasers seid wirklich toll, und ich finde euren Zusammenhalt nach wie vor beeindruckend und beneidenswert. Aber für einen Menschen wie Lennox kann das auch eine Riesenhypothek sein.«

»Das fürchte ich auch. Ich wünschte, ich könnte mehr für ihn tun.«

»Ich glaube, du tust schon eine Menge. Du liebst und akzeptierst ihn so, wie er ist. Er wird seinen Weg aber allein finden müssen – letztlich wie wir alle.«

Isla sagte lange nichts, sondern streichelte versonnen den wohlig schnurrenden Kater und trank ein paar Schlucke von dem Gin Tonic, dann sah sie Anna an. »Wenn du recht hast, dann frage ich mich umso mehr, was er hier in Kirkby will.«

Zu dieser großen Frage war Anna auch gekommen, und sie beschloss, ihr auf den Grund zu gehen.

FRÜHSTÜCKSPHILOSOPHEN

ALS ANNA AM NÄCHSTEN Morgen die *Old Bakery* betrat, saß Lennox an ihrem Stammplatz und starrte gedankenverloren und düsterer denn je aus dem Fenster. Sie bezweifelte, dass er sie bemerkt hatte, und war hin- und hergerissen: Einerseits freute sie sich, ihn zu sehen, andererseits konnte sie es nicht leiden, wenn jemand – egal wer! – ihr heiliges Frühstücksritual störte, und dazu gehörte auch der Tisch in der Fensternische. Die morgendlichen Stammkunden wussten das natürlich längst und ließen ihren Platz immer frei, selbst Touristen setzten sich nur sehr selten über den freundlichen Hinweis hinweg, dass dies »der Platz unserer Landärztin« sei. Len dagegen … Elvis schien mit dem neuen Arrangement keine Probleme zu haben, denn er sprang mit einem eleganten Satz aufs Fensterbrett und blickte aufmerksam in ihre Richtung – offenbar neugierig, wie sie reagieren würde.

»Guten Morgen«, begrüßte sie Lennox in leicht reserviertem Tonfall.

»Guten Morgen«, gab er zurück, und auf seinem Gesicht machte sich ein Lächeln breit, das ihr Herz berührte. »Man hat mir unmissverständlich mitgeteilt, dass der Tisch um diese Zeit für dich reserviert ist, aber ich hoffe auf Nachsicht und habe schon deine Lieblingsteile bestellt, und dazu einen großen Cappuccino, der bestimmt gleich kommen wird.« Er bedeutete ihr, Platz zu nehmen.

»Dagegen kann ich wohl nichts einwenden«, sagte sie und merkte, dass sie sich tatsächlich über seine Gesellschaft freute.

»Wenn du lieber schweigend oder Zeitung lesend frühstückst, ist das auch okay für mich. Wir müssen uns nicht unterhalten oder so. Ich finde es nur schön, nicht allein … Also, in Gesellschaft ist es einfach schöner.«

Anna sah ihn an. Er war wirklich schwer zu entschlüsseln, und sie konnte nicht genau bestimmen, ob er verlegen war oder ein bisschen ungeschickt mit ihr flirtete. Sie beschloss aber, dass sie das gar nicht so genau wissen musste, und in einem Punkt hatte er recht: »In Gesellschaft ist es wirklich schöner. Und kannst du ein Geheimnis für dich behalten?« Sie senkte die Stimme und beugte sich nach einem zustimmenden Nicken seinerseits nach vorn. »Ich verschanze mich sonst nur hinter der Zeitung, damit ich nicht schon beim Frühstück Ferndiagnosen, Erstuntersuchungen oder Behandlungstipps liefern muss.«

»Echt? Damit belästigen dich die Leute?«, fragte er verwundert.

»Du hast ja keine Vorstellung. Mein bisheriger Höhepunkt war eine völlig vereiterte Handverletzung, die über meinem Croissant und meinem Cappuccino ausgewickelt wurde.« Sie verdrehte die Augen. »Nicht, dass ich mit dem Anblick solcher Wunden Probleme hätte, wirklich nicht, aber beim Frühstück …«

»Kann ich gut verstehen«, entgegnete er. »Und ich versichere dir, dass ich erstens keine Eitergeschwüre habe – zum Glück! – und zweitens nicht vorhabe, hier vor dir blankzuziehen.«

»Ich habe keine Ahnung, worüber ihr sprecht, aber ich wäre auch dankbar, wenn hier weder Eitergeschwüre noch nackte Tatsachen gezeigt werden«, unterbrach ihn Kristie, die mit einem Tablett zum Tisch kam. Darauf standen ein Körbchen, das mit ihren frisch gebackenen Köstlichkeiten gefüllt war, zwei Teller, Butter, Clotted Cream, Marmelade, eine Kanne Tee für Lennox und eine große Tasse Cappuccino für Anna. »Ich habe mir erlaubt, einen Extrashot Espresso reinzugeben, wenn du schon mit meinem werten Cousin geschlagen bist«, fügte sie an Anna gewandt lächelnd hinzu.

»Das ist sehr lieb von dir«, bedankte sich Anna und kramte in ihrer Handtasche nach dem Portemonnaie.

»Lass stecken. Der Platzbesetzer hat bereits bezahlt.« Kristie zwinkerte ihr zu. »Guten Appetit«, rief sie ihnen noch zu, als sie sich bereits umgedreht hatte und zurück Richtung Backstube ging.

»Vielen Dank, aber das wäre nicht nötig gewesen«, sagte Anna und beäugte dann die Gebäckauswahl. Zwei Croissants und drei Scones.

»Es war mir ein Bedürfnis«, erwiderte er. »Nimm dir die Croissants.« Offenbar war ihm ihr Blick nicht entgangen. »Nichts gegen Croissants und Cappuccino, aber sehr traditionsbewusst bist du nicht.« Er schnappte sich einen Scone und goss sich dann Tee in die Tasse.

»Ansichtssache. Vielleicht bin ich einfach nur Anhängerin der französischen oder italienischen Frühstückstradition. Ein wahrer Schottlandtraditionalist würde am Morgen ja auch keine Scones verputzen, sondern Würstchen, Bohnen, Eier und Blutwurst – oder alternativ eine Portion Porridge.«

»Gegen ein Full Scottish Breakfast spricht ja auch nichts.« Er grinste amüsiert. »Aber das hat Kristie nicht im Repertoire.«

»Dafür müsstest du in den Pub oder ins Bed & Breakfast deines Bruders gehen. Ich habe gehört, deine Tante Alice bereitet das beste Frühstück der Nordhalbkugel zu.« Sie lächelte und biss genüsslich in ihr heiß geliebtes Schokocroissant. Zugegeben, das war auch keine Schonkost und ernährungsphysiologisch ähnlich fragwürdig wie die traditionelle Morgenmast, die auf Bauern, Bergarbeiter und Kämpfer ausgerichtet war und körperlich hart arbeitenden Menschen einen Kraftvorsprung liefern sollte – heutzutage meist genauso unnötig wie ihre blättrige Fett-und-Zucker-Orgie. Aber sie brauchte dieses Ritual einfach. Ganz in der Nähe der Klinik in Edinburgh gab es ein kleines Café, in das sie regelmäßig vor oder nach ihren harten Schichten gegangen war und wo sie auch viele Pausen verbracht hatte. Dort hatte sie sich diese ungesunde, aber unfassbar tröstende Diät angewöhnt, und inzwischen war sie so konditioniert, dass ihr ein Bissen Schokoladen-Croissant Zuversicht für den ganzen Tag gab.

»Ich frühstücke lieber mit dir«, stellte Lennox nach einiger Zeit fest, und Anna musste einen Moment überlegen, bis sie darauf kam, dass er damit die beiden anderen Frühstücksalternativen verworfen hatte. »Auch wenn du gedanklich auf einem ganz anderen Trip zu sein scheinst.«

Sie sah ihn überrascht an. Mit so viel Scharfsichtigkeit hätte sie nicht gerechnet – oder eigentlich schon, denn sie wusste ja von seiner Empfindsamkeit und hatte von Isla gestern auch die Bestätigung bekommen. »Ich habe nur an meine Zeit in Edinburgh gedacht. Fettige Croissants sind ja nicht gerade die gesündeste und ausgewogenste Frühstücksoption, und wahrscheinlich sollte ich hier im Ort mit gutem Beispiel vorangehen, aber sie geben mir ein gutes Gefühl.«

»Sollte das nicht eigentlich das Ziel jeder Mahlzeit sein?«

»Natürlich, aber was sagt es über mich aus, wenn ich meinen Patienten zu zuckerfreiem Müsli oder Vollkornbrot mit fettarmen Aufstrichen rate, während ich mir kurz vor der Sprechstunde gefühlt dreitausend Kalorien in Form von Blätterteig, Butter und Zucker reinstopfe?« Sie seufzte, denn erst letzte Woche hatte sie tatsächlich ein Gespräch darüber führen müssen, mit einer übergewichtigen Frau, deren Cholesterinwerte abenteuerlich erhöht waren, die sie aber eine Stunde vorher beim Frühstücken getroffen hatte.

»Dass du ein Mensch bist?«, schlug er vor. »Ich bin mir sicher, das macht dich viel glaubhafter und auch nahbarer für deine Patienten, als wenn du hier an Selleriestangen herumkauen würdest. Die Leute wissen doch eigentlich alle, was gutes und was schlechtes Essverhalten ist, und sie lassen sich lieber von jemandem belehren, der selbst nicht total perfekt ist.«

»Hm, interessanter Ansatz. Bis zu einem gewissen Grad hast du recht, auch wenn viele Menschen wirklich überhaupt keine Vorstellung von guter Ernährung haben. Aber ich ahne, worauf du hinauswillst.« Sie trank einen Schluck Kaffee und leckte sich den Milchschaum von der Lippe. »Dann werden ich und meine Patienten damit leben müssen, dass ich als Vorbild nichts tauge, denn ich werde mir meine Croissant-Leidenschaft wohl niemals abgewöhnen können.«

»Was hast du in Edinburgh gemacht?«, wollte er nun wissen.

»Ich hab dort mein ganzes bisheriges Leben verbracht und viele Jahre in einem Krankenhaus gearbeitet.«

»Viele Jahre? Das halte ich für ein bisschen übertrieben. Ich würde dir eher glauben, dass du erst letztes Jahr dein Medizinstudium abgeschlossen hast.« Er musterte sie so eingehend, dass es ihr beinahe unangenehm war. Wieder war sie sich nicht sicher, ob es ein ungelenker Flirtversuch war oder er seinerseits versuchte, sich einen Reim auf sie zu machen.

»Man sollte sich nie von Äußerlichkeiten täuschen lassen«, erwiderte sie leichthin. »Außerdem wäre ich wohl kaum für den Job hier qualifiziert, wenn ich nicht über einiges an Berufserfahrung verfügen würde.«

»Warum hast du Edinburgh verlassen und bist hierhergekommen?«, bohrte er nach, und sein intensiver Blick schien jedes unwillkürliche Zucken in ihrer Miene zu registrieren.

»Ehrlich gesagt war es eine ziemlich spontane Entscheidung. Ein Kollege hat mir von einem Treffen mit einem alten Freund erzählt – Kirkbys Bürgermeister Collum –, der versucht hatte, ihn dazu zu überreden, in Kirkby eine Praxis zu eröffnen. Der Kollege hatte kein Interesse. Genau genommen hat er sich sogar ziemlich darüber lustig gemacht, dass sein Kumpel auf die haarsträubende und völlig absurde Idee kommen konnte, er würde seine Chirurgen-Laufbahn gegen eine Landarztpraxis am Ende der Welt eintauschen. Ich dagegen fand die Idee total reizvoll, obwohl ich bis zu diesem Moment nie darüber nachgedacht hatte, ob ich mich jemals als Ärztin irgendwo niederlassen würde. Jedenfalls bat ich den Kollegen, ein Treffen mit Collum zu arrangieren – und nun bin ich seit Anfang des Jahres hier.« Sie lächelte bei dem Gedanken an diese verrückte Zeit.

»Hast du es bereut?«

»Hierherzukommen? Keine Sekunde!«, sagte sie im Brustton der Überzeugung. »Meine Freunde und ehemaligen Kollegen halten mich nach wie vor für verrückt und haben Schwierigkeiten, nachzuvollziehen, was ich hier so reizvoll finde. Aber ich liebe hier wirklich fast alles.«

»Fast?«

War ja klar, dass er sich ausgerechnet auf dieses kleine Wörtchen stürzte. »Nun ja, was ist schon perfekt? Ich genieße es, hier alle Freiheiten zu haben und mir viel mehr Zeit für meine Patienten nehmen zu können. Auch wenn ich in der Klinik ziemlich viel Abwechslung hatte – ich habe die letzten vier Jahre in der Notaufnahme gearbeitet –, ist es hier noch spannender und herausfordernder, weil ich zunächst alles allein entscheiden muss und mich nicht mit Kollegen abstimmen kann. Außerdem habe ich eine fantastisch ausgestattete Praxis und kann so ein ziemlich breites Spektrum an Behandlungsmöglichkeiten anbieten.«

»Aber hast du es nicht vorwiegend mit alten Leuten zu tun, die Schnupfen haben?«

»Die Vorurteile eines gesunden jungen Mannes, der sich nicht vorstellen kann, dass mit dem eigenen Körper mal was nicht stimmen könnte«, entgegnete sie mit einem nachsichtigen Lächeln. »Die Menschen haben hier genau die gleichen Krankheiten und Beschwerden wie die in der Stadt, aber ich habe hier mehr Zeit und Ruhe für die Behandlung, was ich sehr befriedigend finde. Außerdem schätze ich es ungemein, auch freie Zeit zu haben, etwas, was ich im Klinikalltag nicht kannte. Vierundzwanzig-Stunden-Schichten waren eher die Regel als die Ausnahme, oft gefolgt von Bereitschaftsdiensten. Wenn ich dann mal zu Hause war, habe ich eigentlich nur geschlafen. Oder – wenn es richtig gut lief – meine Freunde getroffen. Mit ein bisschen Glück habe ich es einmal pro Woche in eine Yoga-Stunde geschafft. Aber Freizeit und Muße? Fehlanzeige. Dabei ist es so wichtig, dass auch der Geist mal zur Ruhe kommt. Nur so kann man Energie tanken und auch mal neue Perspektiven einnehmen. Mir hat das gefehlt. Ohne dass es mir bewusst war. Ich glaube, die Entscheidung, hierherzuziehen, war rein von meinem Unterbewusstsein getrieben.«

»Kommt mir irgendwie bekannt vor«, murmelte Lennox leise.

»Ja?«, versuchte sie ihn weiter aus der Reserve zu locken, doch er schüttelte den Kopf.

»Durch deinen Perspektivwechsel ist dann der Podcast entstanden?«, mutmaßte er.

»Genau. Deswegen und weil ich meinen Freunden einen Eindruck davon bieten wollte, wie schön es hier ist – in der Hoffnung, dass sie mich vielleicht doch mal besuchen.« Sie seufzte etwas wehmütig. »Versteh mich nicht falsch, ich lebe wirklich gerne hier, und ich mag die Leute, aber es dauert einfach, bis man neue Wurzeln schlägt. Und manchmal habe ich Angst, dass ich dafür die alten kappen muss, denn sonst bin ich nirgendwo richtig zu Hause.« Sie schluckte. Ihre Furcht laut auszusprechen machte sie gleich noch ein bisschen realer. Dabei gab es für ernsthafte Sorge keinen Anlass. Oder?

»Ich habe die Sehnsucht nach Wurzeln nie richtig verstanden«, erklärte Lennox mit nachdenklicher Stimme. »Ich will lieber frei und ungebunden sein, fliegen können.«

»Und deswegen bist du wieder in Kirkby?« Anna hielt es durchaus für möglich, dass er glaubte, was er da sagte. Die Sehnsucht jedoch, die sie am Freitag bei ihm wahrgenommen hatte, sprach eine ganz andere Sprache. Wenn sie jetzt ihre Hand auf seine legte – ganz freundschaftlich –, würde sie sie zweifellos wieder spüren. Der Drang war groß, aber die Angst davor war größer. Alles an Lennox war so intensiv. Zu intensiv – vermutlich sogar für ihn selbst, daher der Hang zum Selbstbetrug. Ganz sicher war er aber viel zu intensiv für sie.

»Autsch«, machte er gequält, dann stahl sich ein leichtes Lächeln auf seine Lippen. »Unter Umständen bin ich ja auch von meinem Unterbewusstsein hergelockt worden. Obwohl ich bis eben noch dachte, dass du es warst, mit deinem Podcast.«

Okay, das war jetzt eindeutig ein Flirtversuch. Anna war sich nicht sicher, wie sie das finden sollte, aber sie wusste, dass sie keine Zeit dafür hatte. Ein Blick auf die Uhr verriet ihr, dass in zehn Minuten ihre Sprechstunde begann. Sie wedelte mit einer Hand die unvermeidlichen Croissant-Brösel von ihrer Bluse und stand dann auf. »Vielen Dank fürs Frühstück, Lennox. Leider warten jetzt gleich ein paar medizinische Herausforderungen auf mich, sodass ich unser sehr inspirierendes Gespräch leider abbrechen muss. Aber vielleicht hast du ja mal Lust, für meinen Podcast interviewt zu werden?« Sie schlüpfte in ihre Jacke. »Elvis? Kommst du mit?« Der Kater warf ihr nur einen gelangweilten Blick zu und fixierte gleich darauf wieder Lennox. »Na schön, dann vergnügt ihr euch noch zusammen. Bis bald.«

• • •

Lennox schaute Anna durchs Fenster hinterher, während sie mit fliegenden Rockschößen zu ihrer Praxis eilte. Eine Windböe fuhr ihr durchs Haar und wirbelte ihre blonden Locken durcheinander. Er sah, wie sie sich die

Strähnen aus dem Gesicht wischte und dabei ausgelassen lachte.

»Na, hast du dich in unsere Ärztin verguckt?«, fragte Kristie, die wieder neben ihm aufgetaucht war – um Elvis ein paar Leckerlis auf einer Untertasse zu servieren. »Hier, mein Schatz, glaub nicht, wir hätten dich vergessen.«

Lennox nahm an, dass der zweite Satz nicht an ihn gerichtet war, daher äußerte er sich nur zur ersten Frage: »Quatsch! Wie kommst du auf diese Idee?«

Kristie zuckte mit den Schultern. »Keine Ahnung. Nur so eine Idee. Du lädst sie zum Frühstück ein, wirfst ihr glutvolle Blicke zu und starrst ihr jetzt hinterher.«

»Du redest wie sonst nur Hailey oder Shona. Solche Sprüche kenn ich gar nicht von dir.«

»Du warst lange nicht hier, Lennox«, sagte Kristie leichthin. »Aber wir können gerne das Thema wechseln: Hast du inzwischen deinen Dad getroffen?«

»Ich bin mir nicht sicher, ob ich darüber lieber rede. Aber die Frage kann ich zumindest leichter beantworten: Nein, bisher nicht.«

»Dann mach das doch endlich. Ich weiß, dass er sich wahnsinnig freuen wird, dich wiederzusehen.«

»Was macht euch eigentlich alle zu Experten für meinen Vater?«, blaffte er sie unfreundlicher an als beabsichtigt. Aber Shona hatte ihn gestern beim gemeinsamen Abendessen weiter endlos bekniet, Marlin »doch noch eine Chance« zu geben – unterstützt von Kendrick. Zwischendurch hatte Lennox es bereut, überhaupt zu den beiden gegangen zu sein. Nach dem Zusammenstoß gestern

Vormittag im Alpakastall hatte er eigentlich vorgehabt, abzusagen. Doch mangels besserer Alternativen – Isla war mit Jon irgendwo unterwegs gewesen – und angesichts seines knurrenden Magens war er dann doch hingegangen. Über weite Strecken war der Abend auch nett gewesen, aber es nervte ihn gewaltig, dass Shona ihn derart bedrängte. Und nun auch noch seine früher so zurückhaltende und schüchterne Cousine.

»Was macht dich zu einem?«, konterte sie prompt. »Du warst doch jahrelang nicht mehr hier und hast, meines Wissens jedenfalls, auch keinen großartigen Kontakt zu ihm gehabt. Ich dagegen treffe ihn praktisch jeden Tag. Und glaub bloß nicht, ich merke nichts von seinen Fehlern. Die sind mir sehr wohl bewusst. Aber ich glaube, es würde dir guttun, wenn ihr euch endlich mal zusammenrauft.«

Lennox sah das zwar vollkommen anders, hatte aber keine Lust auf eine Grundsatzdiskussion, daher wechselte er seinerseits das Thema. »Das Shortbread von gestern war wirklich sehr lecker, aber ich habe mir gedacht, dass vielleicht zu wenig Salz drin war. Bei Granny hat man die salzige Komponente zwar nicht direkt geschmeckt, aber irgendwie kam dadurch die Süße etwas deutlicher raus. Weißt du, was ich meine?«

Kristie grinste. »Ich weiß vor allem, dass du ablenken willst. Wir können heute Nachmittag gern eine kleine Testreihe backen. Aber glaub mir, am Salz liegt es nicht. Das habe ich alles schon durchexerziert.«

»Okay, dann bis heute Nachmittag.« Lennox stand auf, zog sich seine Lederjacke über und ging zur Tür, wo ihn ein großer grauer Schatten einholte und ein ziemlich massiver Katzenschädel gegen sein Schienbein knallte.

»Mau!«, machte Elvis und starrte ihn eindringlich an.

»Willst du raus?«, fragte er das Tier und öffnete die Tür. Der Kater huschte hinaus, blieb aber gleich wieder stehen und schien die Lage abzuchecken. »Nach Hause geht's für dich in diese Richtung«, sagte Lennox und deutete auf das Haus mit dem messingfarbenen Praxisschild an der grauen Fassade.

»Dir ist schon klar, dass er eher nicht antworten wird«, sprach ihn eine Stimme an, die ihn sehr an seinen Vater erinnerte. Glücklicherweise gehörte sie aber seinem Onkel Rupert, der eben die Bäckerei seiner Tochter betreten wollte.

»Ich weiß, aber so wie er sich benimmt, würde es mich nicht wundern, wenn er plötzlich redet«, antwortete Lennox lächelnd. »Hallo, Onkel Rupert, schön, dich zu sehen.« Er umarmte den jüngeren Bruder seines Vaters etwas linkisch.

»Ich freu mich auch.«

»Ich wollte gleich mal im Stall vorbeischauen.« Lennox wunderte sich inzwischen kaum noch über die Dinge, die er neuerdings herausposaunte, ohne nachzudenken. Bewusst hatte er sich jedenfalls nicht vorgenommen, in den Stall zu gehen, aber jetzt merkte er, dass er sogar Lust bekam, zu reiten. Früher war er genauso pferdeverrückt gewesen wie der Rest seiner Familie. Okay, vielleicht nicht ganz so extrem wie sein Vater, sein Onkel, seine Cousine Hailey oder sein Bruder Alex, aber doch so sehr, dass er fast jeden Tag wenigstens eine halbe Stunde im Sattel gesessen hatte. Seit er Kirkby mit sechzehn Richtung London verlassen hatte, war er nur noch selten zum Reiten gekommen. Ab und zu, wenn er zu Besuch hier gewesen war – was im Laufe der Jahre immer seltener der Fall gewesen war –, und gelegentlich auch mal auf seinen Reisen. Er dachte an Strandausritte in Andalusien und an eine spektakuläre Safari auf dem Pferderücken in Südafrika.

»Ich bin den Vormittag über unterwegs. Ich will mir bei einem befreundeten Züchter in Braemar zwei junge Clydesdale-Stuten ansehen, die vielleicht gut zu uns passen könnten.« Er deutete auf seinen geparkten Wagen, an dem ein Pferdeanhänger mit dem Logo seines Gestüts hing. »Ich wollte mir bei Kristie etwas Shortbread besorgen, um den alten Kenneth verhandlungsbereiter zu stimmen. Bislang hat er nämlich ziemlich abenteuerliche Preise für seine Mädels aufgerufen.« Rupert zwinkerte Lennox zu.

»Du alter Fuchs«, erwiderte Lennox grinsend. »Dann mal viel Erfolg.«

»Danke, das wird schon. Hailey wird gleich im Stall sein und kann dir sagen, wen du reiten kannst.«

»Woher weißt du, dass ich reiten will?« Lennox hatte bis vor ungefähr einer Minute selbst nicht gewusst, dass er Lust auf einen Ausritt hatte. Wie konnte sein Onkel das dann ahnen?

Der alte Mann zuckte nur mit den Schultern. »Stimmt's vielleicht nicht?« Er legte seinem Neffen kurz eine Hand auf die Schulter und öffnete dann die Tür zur Bäckerei. »Mach's gut, und viel Spaß.«

Hm. Nun sah es also so aus, als hätte er einen Plan für den Vormittag. Lennox rieb sich mit der Handfläche über sein unrasiertes Kinn, da fiel sein Blick wieder auf den Kater, der nach wie vor neben ihm stand. »Willst du mitkommen?«

»Mau.«

»Dann los.« Gemächlich machte sich Lennox auf den Weg zum Stall, der etwas außerhalb des Ortes lag. Auf der Höhe des Bed & Breakfast brauste Colleen auf ihrem Fahrrad an ihm vorbei und grüßte nur mit der knappen Entschuldigung, dass sie zu spät zu einem Termin unterwegs sei. Auf den Wiesen grasten die heiß geliebten Schafe seines Vaters. In größerer Entfernung entdeckte er eine Gestalt mit einem kleinen weißen Hund – das könnte sein Dad sein, der mit Aidans Terrier Tito bei den wolligen Biestern nach dem Rechten sah. Kurz zögerte Lennox und überlegte, ob er einfach hingehen und mit ihm sprechen sollte, damit er es hinter sich hätte. »Nein, noch nicht«, sagte er halb zu sich, halb zu Kater Elvis, der ihn wie ein Schatten begleitete. Außerdem war die Gestalt in der Ferne vielleicht auch gar nicht sein Vater, sondern ein Bauer aus der Umgebung oder ein Tourist.

Er beschleunigte seine Schritte und marschierte zügig weiter, an Islas Restaurant und seinem aktuellen Quartier vorbei in Richtung Loch Leary. Dieser kleine See war früher für ihn, seine Geschwister und alle anderen Dorfkinder der perfekte Abenteuerspielplatz gewesen. Auch wenn die meisten Eltern ihren Sprösslingen verboten hatten, unbeaufsichtigt dort zu spielen oder gar zu schwimmen, hatte das doch als die ultimative Mutprobe gegolten, denn angeblich hauste in dem dunklen und erstaunlich tiefen Gewässer ein sogenanntes »Each Uisge«, ein mythologisches Wasserpferd, das es auf kleine Kinder abgesehen hatte. Natürlich glaubte keiner wirklich daran, doch für ein bisschen Nervenkitzel hatte es immer gesorgt. Hier hatte er auch das erste Mal mit einem Mädchen geknutscht. Er war fünfzehn gewesen, sie sechzehn, blond, und sie war ihm wahnsinnig erfahren vorgekommen. Eine amerikanische Touristin, die mit ihren Eltern für ein paar Tage in einem der Cottages des Bed & Breakfast gewohnt hatte, das damals noch längst nicht so schick gewesen war wie heutzutage.

Er konnte sich noch an den Geschmack ihrer Lippen auf seinem Mund erinnern und an das erregende Gefühl, als sie ihre Brüste an seinen Oberkörper gepresst hatte – aber er wusste beim besten Willen nicht mehr, wie sie hieß. Nancy? Naomi? Irgendwas in der Art. Das war wirklich seltsam, denn normalerweise vergaß er nie etwas. Keine Namen, keine Ereignisse, nicht, was wer wann zu wem gesagt hatte, was oft genug eher eine Bürde als eine Gabe war. Nur das Mädchen, das ihm seinen ersten Kuss geschenkt hatte, blieb namenlos. Was verriet das über ihn?

Er schüttelte unwillig den Kopf, konnte das doofe Gefühl jedoch nicht ganz abschütteln – genauso wenig wie die scheinbar zusammenhanglose Textzeile und den Melodiefetzen, die plötzlich durch seine Gehirnwindungen spukten. Ein Song für das namenlose Mädchen? Vielleicht später. Jetzt wollte er tatsächlich erst zu den Pferden. Die

Koppeln begannen fast unmittelbar hinter dem Loch. Auf einigen grasten die mächtigen Clydesdale Horses, die sein Onkel Rupert züchtete und ausbildete, auf anderen standen die Pensionspferde, die Leuten aus der Umgebung gehörten.

Lennox ging weiter und kam an den ersten Reitplätzen vorbei, auf denen aber noch überhaupt nichts los war. Die meisten Reitschüler tauchten erst am Nachmittag auf, genau wie die Besitzer der Pensionspferde. Die Vormittage waren in der Regel dem Training für die schwierigen Pferde vorbehalten, die Rupert und Hailey »behandelten«. Er hatte allerdings keine Ahnung, ob der »Highland-Pferdeflüsterer«, wie sein Onkel auch genannt wurde, derzeit überhaupt Kundschaft hatte. Als er den Hof erreichte, fuhr zeitgleich Hailey vor.

»Hey, was machst du denn hier?«, fragte sie überrascht, als sie aus ihrem Auto sprang. »Und ist das nicht Annas Kater?« Sie deutete auf Elvis, der neben ihm Platz genommen hatte.

»Ich kann nur für mich sprechen: Ich wollte mal wieder etwas Stallluft schnuppern und vielleicht sogar eine Runde reiten. Was Elvis betrifft …« Er zuckte mit den Schultern. »Seine Agenda kenne ich nicht. Ich weiß nur, dass er mir auf Schritt und Tritt folgt, seit ich vorhin Kristies Café verlassen habe.«

»Du hast mit Anna gefrühstückt?«, hakte Hailey sensationslüstern nach.

»Das habe ich zwar nicht gesagt, aber ja, es stimmt.«

»Läuft da was zwischen Anna und dir?«

»Subtil warst du wirklich noch nie, was?«, brummte er.

»Das ist keine Antwort.«

»Eine so doofe Frage verdient keine Antwort, aber weil du ja ohnehin keine Ruhe gibst: Nein, es läuft nichts zwischen Anna und mir. Ich kenne sie ja kaum, und wir haben uns nur zufällig zum Frühstücken getroffen. Warum ihr Kater auf mich steht, weiß ich nicht.«

»Liegt wohl an deiner geheimnisvollen Persönlichkeit.« Hailey lachte laut und schüttelte dann ihr rotblondes Haar aus, ehe sie es mit einem Gummiband zu einem unordentlichen Dutt zusammenzwirbelte.

»Reitest du gleich aus?«, wollte Lennox wissen. Das Wetter war ideal. Über dem nahen Wald hing leichter Dunst, den die Windböen noch nicht ganz weggepustet hatten. Die Sonne machte sich zwar rar, aber Regen drohte wohl nicht. Zumindest nicht für die nächsten paar Stunden.

»Nein, ich muss arbeiten. Fünf Pferde bewegen, zwei davon gelten als unreitbar. Yeah!« Sie seufzte melodramatisch, grinste dann aber gleich wieder frech. »Nicht jeder hat es so gut wie du und kann einfach in den Tag hineinleben.«

»Haha.« Lennox unterdrückte mit Mühe ein Augenrollen. Wobei seine Cousine leider gar nicht so unrecht hatte mit ihrer Unterstellung. Aktuell hatte er wirklich nichts zu tun – und kaum einen Plan, wie sich das ändern könnte. »Ich schau mich mal ein bisschen um. Wen dürfte ich denn nehmen, falls mir nach einer Runde wäre?«

»Das sehen wir dann. Ich bin ja in der Nähe. Oder du fragst Joe.«

»Joe?«

»Einer unserer Stallburschen. Er müsste noch im Haupt-stall beim Ausmisten sein.« Sie deutete auf das große Ge-bäude, wandte sich aber selbst einem kleineren zu, in dem die Gästepferde oder »Patienten« untergebracht waren. »Wünsch mir Glück.«

»Toi, toi, toi.« Lennox war sich zwar nicht sicher, ob wirklich seine Cousine die guten Wünsche brauchte oder nicht eher die Pferde, die sie sich gleich vorknöpfen würde, aber schaden konnte es auf keinen Fall. »Kommst du mit?«, fragte er den Kater, als er sich dem großen, doppelflügeli-gen Stalltor näherte. »Ich hoffe, du hast keine Angst vor Pferden.«

MÄNNERGESPRÄCHE

DER DUFT DER WARMEN Pferdeleiber, der Einstreu und des frischen Heus, das leise Schnauben, die zufriedenen Kaugeräusche – das alles hatte schlagartig eine beruhigende Wirkung auf Lennox. Und es verursachte einen formidablen Flashback: In seiner Kindheit hatte er sich immer in den Stall geflüchtet, wenn ihm alles zu viel geworden war. Hatte sich ein Pony oder ein gutmütiges Reitpferd geschnappt und war in den Wald geritten, manchmal sogar mit seiner Gitarre auf dem Rücken. An der Quelle oder in der Felsenhöhle bei seiner Lieblingslichtung hatte er oft Pause gemacht und seinem Reittier vorgespielt oder vorgesungen. Wenn er dann zurückgekommen war, schien die Welt wieder etwas mehr in Ordnung zu sein.

Seine Sehnsucht nach ein bisschen Ordnung und Klarheit wurde gerade fast übermächtig. Er ging langsam durch die Stallgasse, blieb bei jedem Tier stehen und begrüßte es. Einige kannte er noch von früher, den freundlichen braunen Wallach namens Bentley beispielsweise, andere waren ihm gänzlich unbekannt, wie die temperamentvolle Schimmelstute Airgead, die laut Schild an der Boxentür Hailey gehörte.

»Na, Lust zu reiten?«

Lennox drehte sich um. Hinter ihm stand Alex, der offenbar ähnlich lautlos unterwegs war wie der Kater, von dem inzwischen jede Spur fehlte.

»Hi«, grüßte er seinen älteren Bruder etwas verwundert. Mit ihm oder einem anderen Familienmitglied außer Hailey hatte er an diesem Vormittag nicht gerechnet. »Was machst du denn hier?«

Alex hob eine Braue und deutete auf sein Outfit. Er trug Reithosen, einen Strickpulli und darüber eine grüne Wachsjacke und wirkte von den roten Haarspitzen bis hin zu den polierten Stiefeln wie der Inbegriff eines typisch britischen Großgrundbesitzers, der sich seine Ländereien hoch zu Ross anschauen wollte. »Wonach sieht's denn aus?«

»Ich hätte nur nicht damit gerechnet, dass du vormittags einfach so freimachen kannst, mit deinem Hotel und so.«

»Es ist ja Nebensaison, da geht das. Außerdem braucht Dorian mal wieder ordentlich Bewegung, ich bin seit Tagen nicht dazu gekommen. Also noch mal: Lust zu reiten?«

»Sehr«, entgegnete er knapp und sparte sich alle Fragen für später auf.

»Wenn du magst, kannst du Tilly nehmen, die ist nicht so groß«, fuhr Alex pragmatisch fort und musterte ihn gründlich von oben bis unten. »Und in der Sattelkammer haben wir bestimmt noch eine alte Reithose von Dad, die dir passen wird.«

»Muss das sein?«, brummte Lennox matt. Natürlich war

es sinnvoller, eine Reithose zu tragen, als sich an den Jeansnähten die Schenkel wund zu scheuern, aber ausgerechnet die Hose seines Vaters? Und warum ging sein Bruder davon aus, dass er nur auf einem kleinen Pferd reiten konnte? Gut, er war mit seinen eins fünfundsiebzig längst nicht so groß wie Alex und die Prachtburschen, die sich seine Schwestern geangelt hatten, aber früher war er auch mit den größten Clydesdales problemlos klargekommen.

»Was meinst du?«, fragte Alex prompt nach. »Die Reithose oder Tilly?«

»Beides«, gab Lennox zu und wusste, dass er sich vollkommen idiotisch benahm.

»Hey, mir es egal, ob du dir deine Kronjuwelen aufreibst, und du kannst dir natürlich auch ein anderes Pferd aussuchen. Aber schau dir Tilly doch wenigstens mal an. Du würdest mir nämlich echt einen Gefallen tun, wenn du sie bewegst. Ich will nicht, dass Colleen sich aus lauter Mitleid mit ihrem Tier überanstrengt. Unser Baby hat in zwei Monaten Termin, da sollte sie, wenn es nach mir geht, überhaupt nicht mehr reiten.«

»Schon gut, schon gut, sorry. Ich schau mir Tilly gerne mal an«, entgegnete Lennox beschwichtigend und ließ sich von seinem Bruder zu ihrer Box lotsen. Die Stute entpuppte sich zu seiner Überraschung doch als Clydesdale, allerdings als eine etwas zartere und kleinere Variante – und sie war nicht allein. Elvis hatte es sich in ihrer Heuraufe bequem gemacht und störte sich offensichtlich nicht daran, dass die hübsche Fuchsstute die schmackhaften Halme vorsichtig um ihn herum rauszupfte und fraß. »Du bist doch nicht mehr ganz sauber«, sprach Lennox den Kater kopfschüttelnd an, doch Alex schien es auf sich zu beziehen.

»Hey, es gibt keinen Grund, pampig zu werden. Ich hab doch schon gesagt, dass du sie nicht reiten musst, wenn du nicht willst. Obwohl ich wirklich nicht verstehe, was du gegen sie hast. Sie hat ordentlich Pfeffer im Hintern und ist trotzdem super leichttrittig.«

»Ich meine nicht dich, ich meine den hier«, erklärte Lennox grinsend und deutete auf den Kater. »Und ich reite sehr gerne auf Tilly. Sie scheint genau meine Kragenweite zu sein.«

»Ist das Annas Katze?«, fragte Alex verblüfft, als er den grauen Riesentiger auf Tillys zweitem Frühstück erspähte.

»Das ist er«, bestätigte Lennox. »Und ehe du weiterfragst: Ich habe keine Ahnung, was er hier will. Er verfolgt mich schon den ganzen Morgen.«

»Schräg«, befand Alex und lachte, als der Kater Tilly einen sanften Nasenstüber verpasste. »Süße, ich schätze, dein Snack ist hiermit beendet«, sagte er tröstend zu dem Pferd und schob ihm ein Stück Möhre zwischen die Lippen. »Aber du hast jetzt sowieso andere Pläne und wirst mit diesem jungen Mann, mir und Dorian eine Runde drehen.« Er tätschelte ihr den Hals und wandte sich dann wieder an Lennox: »Komm mit.«

»Das ist also Dorian«, stellte Lennox fest, als Alex an der letzten Box vor der Sattelkammer stehen blieb, und bewunderte den imposanten Schädel des großen Rappen.

»Das ist er. Ich habe ihn selbst ausgebildet.«

»Sehr schicker Kerl. Hengst oder Wallach?«

»Hengst. Mit Zuchtzulassung«, verkündete Alex so stolz, dass Lennox sich ein Lächeln verkneifen musste.

»Ich bin sehr beeindruckt. Wollen wir dann los?«

Eine knappe halbe Stunde später ritten die beiden so unterschiedlichen Brüder einträchtig nebeneinander in Richtung Wald. Bei Lennox hatte die Vernunft gesiegt, und er war doch noch in die Reithose seines alten Herrn geschlüpft, die zu seinem Missfallen wie angegossen saß. Doch er schluckte den völlig albernen, irrationalen Ärger darüber hinunter und genoss es stattdessen, Zeit mit seinem großen Bruder zu verbringen und seine Heimat vom Pferderücken aus neu zu erleben.

»Sollen wir sie mal laufen lassen?«, schlug er vor, als er merkte, wie Tilly die Ohren spitzte und zu tänzeln begann. Der lang gezogene Anstieg zum Wald war schon früher immer die bevorzugte Rennstrecke von ihnen allen gewesen. Offensichtlich hatte sich daran bis heute nichts geändert.

»Aber so was von«, bestätigte Alex grinsend und gab seinem schwarzen Kraftpaket die Zügel. Augenblicklich donnerte der Hengst los, mit raumgreifenden Galoppsprüngen.

Mehr Aufforderung brauchte auch Tilly nicht, und obwohl sie längst nicht so schnell war wie Dorian, gab sie alles, um sich nicht völlig abhängen zu lassen. Im Wald parierten sie zum Schritt durch, und es dauerte ein bisschen, bis Lennox' Adrenalinrausch wieder abebbte. Schweigend ritten sie über den weichen Waldboden, und Lennox merkte, wie seine Gedanken auf Wanderschaft gingen, während sein Körper sich entspannte. Es fühlte sich gut an, mit Alex unterwegs zu sein. Er war froh, dass sein Bruder ihn nicht mit Fragen löcherte, wie die Frauen der Familie es taten, sondern ihm Raum zum Atmen ließ.

»Was ist das für ein Lied?«, wollte Alex nach einer Weile plötzlich wissen und wandte sich mit neugierigem Blick zu ihm um.

Lennox war gar nicht bewusst gewesen, dass er vor sich hin summte, doch der Song, der ihm seit vorhin durch den Kopf spukte, wolle anscheinend unbedingt heraus. »Nur eine kleine Idee«, sagte er.

»Klingt ziemlich cool. Ich frage mich, wer das namenlose Mädchen ist, dem du einen Kuss gestohlen hast.« Er grinste.

Ups. Er hatte also offenbar nicht nur gesummt, sondern auch gesungen. Lennox räusperte sich verlegen und fragte sich, wie er sein offenbar sehr kreatives und mitteilsames Unterbewusstsein wieder einbremsen konnte, das ihn seit einigen Tagen regelmäßig in Teufels Küche brachte. »Ich hab vorhin nur an meinen ersten Kuss gedacht«, erklärte er und hoffte, dass er lässiger klang, als er sich fühlte. »Das war im Sommer vor vierzehn Jahren am Loch Leary. Sie war ein bisschen älter als ich und wusste, was sie tat. Im Gegensatz zu mir.« Er grinste schief. »Ich kann mich an alle Details erinnern, aber nicht mehr daran, wie sie hieß.«

»Ich will mir keine Einschätzung dazu erlauben, was das über dich aussagt, aber das Lied klingt wirklich schön.

Das hast du dir einfach so in der letzten halben Stunde ausgedacht?« Alex klang aufrichtig interessiert und vor allem fasziniert.

Lennox zuckte mit den Schultern, eine ziemlich sinnlose Geste auf dem wackelnden Pferderücken. »Keine Ahnung. Ich kam am Loch Leary vorbei, habe an den Kuss gedacht, und den Rest hat mein Unterbewusstsein erledigt.«

»Beneidenswert. Ich wünschte, ich könnte mein Unterbewusstsein mal dazu motivieren, ein paar flockige Social-Media-Posts zu texten.« Er seufzte. »Oder notfalls auch mein Bewusstsein. Aber ich bin einfach null kreativ.«

»Das würde ich so nicht sagen. Du hast nur keine Lust auf Social Media, was ich übrigens sehr gut verstehen kann, das macht mir auch keinen Spaß – und deshalb bin ich ja so schlecht bei der Selbstvermarktung. Aber du bist doch beispielsweise sehr kreativ, wenn du für deine Hotelgäste tolle Programme zusammenstellst. Genauso bei der Einrichtung der Cottages. Das macht dir Spaß, und deshalb gehen dir solche Dinge leicht von der Hand.«

»Woher hast du die Idee, dass mir das leicht von der Hand geht?« Alex schnaubte. »Du hast recht, diese Dinge machen mir Spaß, aber sie sind auch Arbeit. Ich muss mich wirklich bemühen, um zu guten Ergebnissen zu kommen. Mein Unterbewusstsein hält sich da leider auch völlig raus. Aber selbst wenn nicht, wäre das immer noch ganz anders als bei dir. Bei mir ist es einfach Arbeit, bei dir ist es Kunst.«

»Und die macht keine Arbeit?«, versetzte Lennox

trocken. Er ahnte, worauf sein Bruder hinauswollte, und er war auch ziemlich angetan davon, dass sich Alex die Mühe machte, ein echtes Gespräch mit ihm zu suchen. Aber diese unterschwellige Unterstellung mit der brotlosen Kunst ging ihm gewaltig auf die Nerven. Auch wenn sie in seinem Fall zutraf. Leider.

»Das habe ich doch gar nicht gesagt und noch weniger gemeint. Was ich meine, ist, dass jeder, der eine Hotelfachschule besucht hat und nicht komplett farbenblind ist, geschmackvolle Einrichtungen planen und Erlebnistrips für verwöhnte Urlauber organisieren kann. Viele können es vermutlich sogar besser als ich und müssen sich noch weniger dafür anstrengen. Für diese Aufgaben braucht man kein Talent, sondern einfach nur Fleiß. Bei dir ist es was anderes. Du hast eine Gabe. Du kannst Erlebnisse und Gefühle in Musik übersetzen, was meiner Wahrnehmung nach eine ganz andere Sprache ist. Und wenn du damit fertig bist, kommt etwas heraus, das jeder versteht und mit dem sich jeder irgendwie identifizieren kann.«

Lennox glotzte seinen Bruder sprachlos an, beinahe schon schockiert über dessen erstaunliche Einsichten, bis ihm ein tief hängender Ast ins Gesicht klatschte und ihn aus seiner Starre löste. »Wow«, japste er und rieb sich die Wange. Was war mit seiner Familie geschehen? Shona hatte ihn schon überrascht, mit ihrer erstaunlichen Reife und der noch erstaunlicheren klaren Ansage, und jetzt kam auch noch Alex daher und gab den Kunstversteher? Er hatte zu seinem großen Bruder, der neun Jahre älter war als er, immer aufgesehen, aber ein wirkliches Verhältnis auf

Augenhöhe hatten sie nie gehabt. Wenn er ehrlich war, konnte er sich an kein einziges Gespräch mit Alex erinnern, das so einen Eindruck auf ihn gemacht hätte. Eigentlich ganz schön traurig, wenn er so darüber nachdachte, aber andererseits hatte er es auch nie anders kennengelernt. Er hatte es immer auf den großen Altersunterschied geschoben und die Tatsache, dass sie einfach komplett verschieden waren.

»Habe ich das jetzt wieder falsch gesagt?«, wollte Alex wissen und klang leicht verunsichert. »Siehst du, ich habe schon Schwierigkeiten, meine Gedanken in einer Sprache zu formulieren, die wir beide verstehen.«

»Nein, du hast das vollkommen richtig erkannt und auf den Punkt so dargestellt, wie es ist. Ich hätte es nur nie für möglich gehalten, dass du …« Er presste die Lippen zusammen, um das, was ihm auf der Zunge lag, nicht auszusprechen.

»Dass ich das überhaupt verstehen kann?«, mutmaßte Alex genauso scharfsichtig wie bei seiner vorherigen Beobachtung.

»Ich …«, begann Lennox und verstummte gleich wieder.

»Doch, so hast du es gemeint. Ich glaube, du hast es dir in deiner Nische ziemlich gemütlich gemacht, kleiner Bruder. In der Nische des unverstandenen Genies, des erfolglosen Künstlers ohne Publikum und vor allem der eines Opfers der verheerenden Umstände.«

»Richtig gemütlich ist diese Nische jedenfalls nicht«, entgegnete Lennox leicht verschnupft und fühlte sich gleichzeitig ertappt.

»Nur weil Dad scheiße zu dir war, was deine Musik betrifft, heißt das doch nicht, dass du dir diesen Schuh auch anziehen musst. Ich habe nie begriffen, warum du nicht einfach rebelliert hast. Ich habe dich immer für dein Talent bewundert und war mir sicher, dass du groß rauskommen würdest. Aber du sitzt immer noch waidwund in deinem Schmollwinkel und bestätigst die schlimmsten Vorurteile.«

Lennox durchfuhr es wie ein glühender Blitz. Schmollwinkel? »Sag mal, hast du sie noch alle?«, blaffte er seinen Bruder an. »Du hast doch keine Ahnung, wie es war zwischen mir und Dad. Du hast dich vom Acker gemacht, als ich neun oder zehn war. Danach ging es erst richtig los mit dem Stress! Euch hat er immer Goldstaub in den Arsch geblasen, egal, was ihr gemacht habt, aber bei mir wollte er ein Exempel statuieren. Schmollwinkel – ich glaube, du spinnst! Außerdem *habe* ich rebelliert. Ich habe mit sechzehn mein Zuhause verlassen.«

»Das ist keine Rebellion, das ist Weglaufen«, behauptete Alex und kam Lennox sofort zuvor, als der sich erneut aufplustern wollte. »Ich kann das beurteilen, ich habe es genauso gemacht. Und Isla und Shona ebenfalls. Wir sind alle weggegangen, weil uns Kirkby zu klein war, die Highlands zu piefig und unser Vater zu dominant. Du hast recht, er hat uns großzügig unterstützt. Aber das war auch leicht für ihn, denn wir hatten und haben nicht so schrecklich viele Talente und Interessen wie du. Jeder von uns wusste ziemlich schnell, was er mit seinem Leben anfangen wollte, und das haben wir knallhart durchgezogen. Ich habe mich dabei noch für den einfachsten Weg entschieden. Isla hat erheblich härter für ihren Traum kämpfen müssen, und auch Shona hat hinter ihrer glatten, niedlichen Fassade einen eisenharten Willen. Du dagegen hast mit großem Abstand am meisten Talent abgekriegt und hast nichts daraus gemacht. Das finde ich echt enttäuschend.«

Als Lennox schwieg, weil er seine wild rotierenden Gedanken ordnen musste, fuhr Alex unbarmherzig fort: »Es ging immer nur um dich. Wenn ich von Amerika aus zu Hause angerufen habe, haben mir Dad oder Tante Alice von deinen neuesten Heldentaten in der Schule oder beim Sport erzählt. Oder davon, dass du mal wieder zwei Tage spurlos verschwunden warst und sie dich in der Felsenhöhle im Wald gefunden haben, wohin du dich mit deiner Gitarre zurückgezogen hattest, um Songs zu schreiben. Wenn ich später mal mit Isla gesprochen habe, ging es nie um die krassen Dinge, die sie in den unterschiedlichsten Restaurantküchen erlebt hat, sondern immer nur darum, dass sie sich Sorgen um dich macht. Wir hatten alle keine Ahnung, was dieser Rodney Swinton ihr über die Jahre angetan hat – das kam erst im Sommer raus. Wusstest du davon? Vermutlich nicht!«, rief er ärgerlich, und Lennox zuckte zusammen.

Er hatte wirklich keine Ahnung. Was war mit Isla gewesen? Warum hatte sie nie etwas gesagt, und warum hatte sie sich Sorgen um ihn gemacht? Er wollte der Sache auf den Grund gehen, über alles nachdenken, doch leider war Alex noch nicht fertig mit seiner Tirade. Ganz im Gegenteil, er schien sich gerade erst eingegroovt zu haben.

»Ich habe keine Ahnung vom Musikbusiness, aber ich gehe davon aus, dass es ein verdammt brutales Pflaster ist und dass Talent allein nicht ausreicht, um sich durchzusetzen. Vermutlich reichen auch Hingabe und Perfektion nicht aus, sondern es braucht zusätzlich einen eisernen Willen, die Fähigkeit, mit Kritik und Rückschlägen umzugehen, den unbedingten Glauben an sich selbst und verdammt viel Fleiß und harte Arbeit. Und während ich dir Talent, Hingabe und Perfektion jederzeit bescheinigen würde, sehe ich die anderen Dinge überhaupt nicht bei dir. Und das ist auch nichts, was man mit Geld erreichen kann.«

»Mit Geld nicht, aber mit emotionaler Zuwendung bestimmt«, sagte Lennox leise.

»Glaub bloß nicht, dass ich es gutheiße, wie Dad mit dir umgegangen ist. Ganz im Gegenteil. Ich finde es fürchterlich, grundfalsch und würde meinen Kindern so etwas niemals antun. Gleichzeitig bin ich aber auch überzeugt davon, dass wahre und echte Stärke nie von außen, sondern immer nur von innen, aus einem selbst kommen kann. Warum hast du dich nie gegen die Ungerechtigkeit gewehrt? Warum hast du nie gekämpft für dein Talent und deinen Traum?«

Darauf hatte Lennox keine Antwort. Genau genommen hatte er bislang nie darüber nachgedacht. Warum wehrte er sich jetzt nicht gegen die ungeheuerlichen Behauptungen seines Bruders? Konnte etwas Wahres daran sein? Hatte er es sich tatsächlich in einer selbst gewählten Opferrolle bequem gemacht?

»Dachte ich mir schon, dass dir darauf keine Antwort einfällt. Ich habe eine: Du bist genauso stur und vernagelt wie Dad! Darin seid ihr euch kolossal ähnlich, und das macht mich so wütend, dass ich euch beiden am liebsten auf der Stelle die Hälse umdrehen würde«, rief Alex so laut, dass Tilly einen erschrockenen Satz zur Seite machte und auch Dorian nervös schnaubte.

»Jetzt krieg dich mal wieder ein«, versuchte Lennox seinen Bruder zu beruhigen. Er hatte keine Ahnung, wie die Situation so hatte eskalieren können. Was als gutes Gespräch unter Geschwistern angefangen hatte, wurde nun langsam zum echten Albtraum. Er hatte seinen Bruder noch nie so feinfühlig wie vorhin und auch noch nie so temperamentvoll und wütend wie jetzt erlebt. Waren das neue Eigenschaften, oder hatte er sich bislang nie die Mühe gemacht, seine Geschwister wirklich kennenzulernen? Mit Ausnahme von Isla jedenfalls – wobei da ja auch einiges im Argen zu liegen schien.

»Ich krieg mich dann wieder ein, wenn ihr euren Scheiß geregelt habt, du und Dad! Einen kleinen Hoffnungsschimmer sehe ich allerdings.«

»Ach?«

»Für Isla, Shona und mich ist alles besser geworden, als wir wieder nach Kirkby zurückgekommen sind. Wir haben unsere Wanderjahre gebraucht, um vollständig zu werden. Vielleicht ist es bei dir ja genauso.« Mit diesen Worten trieb er Dorian an und sprengte in vollem Galopp davon.

Tilly wollte eindeutig hinterher, hatte aber den Anstand, darauf zu warten, dass ihr Reiter ein entsprechendes Signal gab. Lennox musste sich für einen Moment sortieren, und er hatte nicht die geringste Lust auf ein Wettrennen mit seinem aufgeblasenen Bruder, der die Lebensweisheit neuerdings mit Löffeln gefressen zu haben schien. Also wartete er ab, bis Alex an der nächsten Weggabelung rechts abbog, und ließ Tilly dann in scharfem Tempo nach links galoppieren – in der kümmerlichen Hoffnung, dass der kalte Luftzug in seinem Gesicht auch die Nebelschwaden in seinem Kopf lichten würde.

Als sie zwanzig Minuten später am Stall ankamen, bebten nicht nur Tillys Flanken vor Anstrengung. Auch Lennox fühlte sich wie mehrfach durcheinandergeschüttelt und falsch wieder zusammengesetzt. Von Alex war nichts zu sehen. Entweder hatte er einen Umweg gemacht und war noch unterwegs, oder er war mit Dorian schon im Stall. Lennox war nicht gerade traurig, dass er im Augenblick nicht mit seinem Bruder sprechen musste, viel zu sehr war er mit sich selbst beschäftigt, als er mit zitternden Beinen absaß.

Aber womöglich war das genau das Hauptproblem in seinem Leben. War er tatsächlich so egozentrisch, wie Alex angedeutet hatte? Hatte er es nicht nachweislich schwerer als seine Geschwister? Tilly stupste ihn an der Schulter an und riss ihn aus seinen Überlegungen, wofür er dankbar war, denn er hatte das Gefühl, dass der Pfad zur inneren Wahrheit verdammt ungemütlich für ihn werden könnte.

Nachdem er das Pferd versorgt und das Sattelzeug

gesäubert und verstaut hatte, zögerte Lennox. Eigentlich gab es keinen Grund, länger hier im Stall zu bleiben, zumal Alex immer noch nicht aufgetaucht war und er einfach verschwinden könnte, ehe es zu einer weiteren Runde gegenseitiger Vorhaltungen kam. Doch irgendetwas hielt ihn hier. Er zog sich nicht einmal um, sondern behielt die Reithose an, dann nahm er sich eine Handvoll Pferdeleckerlis aus einer Holztruhe, die von zahllosen Nagespuren verunziert war. Gegen die Population der Stallmäuse konnten die Katzen offensichtlich nur wenig ausrichten. Apropos Katze – wo war eigentlich Elvis?

Lennox verließ die gemütliche Sattelkammer und ging zurück zu Tillys Box. Die Stute mümmelte zufrieden an ihrem Heu und freute sich über die kleinen Extrabissen, die Lennox ihr zwischen die Lippen schob. Von ihrem grau getigerten neuen Freund war nichts zu sehen. Von draußen hörte Lennox aufgeregtes Wiehern, einen schrillen Schrei und lautes Rufen. Rasch lief er aus dem Stall und geriet direkt einem braunen Pferd in den Weg, das mit hängenden Zügeln und leerem Sattel auf ihn zustürmte und erst in letzter Sekunde anhielt. Geistesgegenwärtig schnappte sich Lennox die Zügel, damit sich das sichtlich aufgeregte Tier nicht darin verheddern und schlimmstenfalls verletzen konnte, und sprach beruhigend mit ihm. Viel half es nicht, der Braune gebärdete sich weiterhin nervös und beinahe aggressiv. Er riss den Kopf hoch, um sich aus Lennox' Griff zu befreien, doch der ließ sich nicht beirren und versuchte, Ruhe zu bewahren.

Gleich darauf kam Hailey leicht humpelnd hinterher,

gefolgt von Tierarzt Kendrick – und von Marlin, der, gehandicapt durch seine schwere Hufschmiedschürze, etwas langsamer war.

»Gott sei Dank, du hast ihn erwischt«, keuchte Hailey und nahm Lennox die Zügel ab.

»Bist du gestürzt?«, wollte er wissen. Wahrscheinlich eine blöde Frage, denn die Indizien waren ziemlich eindeutig. Einige Haarsträhnen hingen wirr unter Haileys Helm hervor, und ihre Reithose und die Schutzweste waren verdreckt. Allerdings war seine Cousine eine der besten Reiterinnen, die er kannte, schon als Kind war sie mit so gut wie jedem Pferd klargekommen und praktisch nie runtergefallen.

»Ich kam gar nicht so weit. Ich wollte gerade aufsteigen, hatte meinen Fuß im Steigbügel und wollte mich hochschwingen, da ist er gestiegen und hat sich losgerissen. Danach ist er über den Zaun des Reitplatzes gesprungen, über den halben Trainingsparcours gegangen und schließlich hierhergaloppiert.«

»Das war meine Schuld. Es tut mir so leid«, sagte Kendrick und wirkte reichlich zerknirscht. »Aber immerhin wissen wir jetzt, dass Casanova ein großes Springtalent ist.«

»Er heißt Casanova? Wer denkt sich denn so was aus?« Lennox musste grinsen. »Es hat ihm vermutlich noch niemand gesteckt, dass man als Womanizer nett zu den Ladys sein sollte. Ich nehme an, er ist eins der beiden unreitbaren Pferde, von denen du vorhin gesprochen hast«, wandte er sich wieder an seine Cousine.

»So ist es«, erwiderte Hailey brummig und strich dem Tier über die schmale weiße Blesse. »Und ich werde heute auch nicht herausfinden, ob das die Wahrheit ist oder nicht. Frühestens morgen oder übermorgen.«

»Es tut mir echt leid«, wiederholte Kendrick. »Azzedine hat mich abgelenkt, und dann habe ich mich nicht mehr auf dich und Casanova konzentriert. Aber willst du es wirklich nicht noch mal versuchen? Dann glaubt er, er hätte gewonnen.«

Lennox hatte für den durchaus interessanten Ausflug ins Reich der Pferdepsychologie nur ein halbes Ohr übrig, denn er war abgelenkt vom Anblick seines Vaters, der in seinem Aufzug wirkte wie Hephaistos, der altgriechische Schmiedegott, und seinen Sohn mit einem merkwürdigen Blick aus seinen blaugrauen Augen bedachte.

»Das glaubt er sowieso schon«, entgegnete Hailey. »Nein, den nächsten Versuch gibt's morgen, wenn Dad mir helfen kann. Nichts für ungut, Kendrick, als Tierarzt bist du klasse, aber als Pferdeversteher musst du noch eine Menge lernen.« Sie streichelte dem Tier, das inzwischen wieder ganz entspannt und friedlich wirkte, den Hals. »Ich bring ihn jetzt auf die Koppel und knöpfe mir dann den nächsten Kandidaten vor. Da brauche ich auch keine Hilfe.«

»Wenn du magst, kann ich helfen«, schlug Lennox zu seiner eigenen Überraschung vor.

»Du?« Sie sah ihn erstaunt an, lächelte dann aber freundlich und fuhr fort: »Mit dir wäre es sicher besser gelaufen als mit unserem grobmotorischen Tierarzt, aber ich bin mit Casanova für heute wirklich durch. Glaubt mir, wenn ich sage, dass das keinen Sinn mehr hat.« Sie rieb sich verstohlen über die Hüfte, die offensichtlich schmerzte.

»Hast du dir wehgetan?«, bohrte Lennox nach. »Soll ich dich zu Anna bringen?«

»Nein, alles gut«, beharrte Hailey. »Ich kümmere mich jetzt um Casanova, und du …« Sie ließ ihren Blick vielsagend zwischen Vater und Sohn hin- und herwandern. »Wenn du dich nützlich machen willst, dann assistiere deinem Vater beim Beschlagen von Azzedine. Ich würde nämlich nicht drauf wetten, dass Kendrick das nicht auch versaut.« Damit führte sie das Pferd in Richtung Gästestall und überließ die drei Männer ihrem Schicksal.

»Wer ist Azzedine?«, fragte Lennox, um das peinliche Schweigen zu brechen und um seinen Vater nicht direkt ansprechen zu müssen. Was total albern, ach was, vollkommen idiotisch war. »Hallo, Dad«, fügte er daher rasch hinzu und kam sich gleich noch dämlicher vor.

»Hallo, Sohn«, antwortete Marlin genauso einfallslos.

»Das ist ja noch schlimmer als befürchtet mit euch«, stellte Kendrick stirnrunzelnd fest. »Zu deiner Frage: Azzedine ist das Pferd, das ich vor ein paar Wochen vor einem skrupellosen Earl gerettet habe, der es auf den Rennplätzen der Welt fast zugrunde gerichtet hat. Das arme Tier hatte an allen vier Beinen entzündete Sehnen und konnte kaum einen Schritt gehen. Inzwischen hat er sich aber gut erholt und soll heute orthopädische Eisen bekommen, die noch mehr für eine Entlastung seiner Gelenke sorgen. Marlin hat ihn vorhin zum Beschlagen aus dem Stall geholt, und als Azzedine mich mit Hailey und Casanova auf dem Reitplatz gesehen hat, hat er laut und schrill zur Begrüßung gewiehert. Deswegen war ich unkonzentriert und habe Casanova nicht mehr richtig festgehalten, sodass Hailey nicht aufsitzen konnte.« Er klappte den Mund zu, und Lennox fragte sich, ob der Tierarzt schon jemals so viel Text am Stück von sich gegeben hatte. Sicher nicht, seit er mit seiner Plaudertaschenschwester Shona zusammen war. Vermutlich diente der Redeschwall aber auch vorwiegend dazu, die unangenehme Spannung zwischen Vater und Sohn zu überspielen.

»Aufregend«, befand er murmelnd und überlegte, wie er aus dieser Situation wieder herauskommen sollte.

»Ziemlich«, sagte Marlin schroff. »Aber jetzt sollte ich mich um den Patienten kümmern. Der steht nämlich allein in der Schmiedescheune und wartet.« Er drehte sich um und ging mit schweren Schritten zurück. Kendrick folgte ihm und warf Lennox noch einen fragenden Blick zu. Verdammt, dann kam er halt auch mit.

Wie sich herausstellte, war Azzedine nicht ganz allein. Elvis hatte es sich auf der Brüstung bequem gemacht, an der das schicke schwarze Pferd angebunden war. Azzedine schnupperte vorsichtig an dem Kater herum, der das gelassen über sich ergehen ließ.

»Dein Pferd hat einen interessanten Freundeskreis«, bemerkte Marlin, an Kendrick gewandt. »Erst freundet er sich mit Shonas Alpaka an, dann mit der Katze unserer Ärztin.«

»Er ist eben sehr tolerant«, gab Kendrick lächelnd

zurück. »Aber was macht Elvis hier? Ich habe ihn noch nie im Stall gesehen.«

»Ich auch nicht«, bestätigte Marlin.

»Er ist mit mir unterwegs.« Lennox räusperte sich, als er merkte, wie seltsam das klang. »Aber ich weiß nicht, warum oder was er sich davon verspricht, mir zu folgen.« Er steckte seine Hände in die Jackentaschen, damit er nicht nervös mit ihnen gestikulierte, denn die Blicke der beiden anderen Männer wurden immer amüsierter und spöttischer. Ersteres vor allem bei Kendrick, Letzteres bei seinem Vater. Lennox zog eines der Leckerlis hervor und bot es Azzedine an. »Vielleicht will er sich um einen Job als Mäusejäger bewerben. Die Futterkiste ist nämlich völlig angenagt.«

»Wie auch immer, ich mach mich jetzt an die Arbeit.« Marlin hatte offensichtlich keine Lust mehr, sich über das merkwürdige Verhalten eines Katers oder das seines Sohnes Gedanken zu machen. Stattdessen schaute er sich alle vier Hufe des Pferdes an und diskutierte mit Kendrick über optimale Winkelstellungen und Ähnliches, wovon Lennox nichts verstand.

Es war klar, dass er hier vollkommen überflüssig war. Weder brauchte jemand seine Hilfe, noch würde er die Gelegenheit haben, ein Gespräch mit seinem Vater zu führen. Trotzdem blieb er und beobachtete die gleichermaßen archaische wie präzise Arbeit seines Vaters: wie er die Hufe erst mit einer Raspel bearbeitete und später die glühenden Eisen anpasste. Marlin Fraser entsprach optisch überhaupt nicht dem Bild, das Lennox und vermutlich die meisten anderen Menschen von einem Schmied hatten – er war nicht groß und bullig, sondern eher sehnig –, trotzdem füllte er diese Rolle mit einem lässigen Selbstverständnis aus, das beneidenswert war.

Einmal so sehr mit sich und seiner Aufgabe im Reinen zu sein, das wünschte sich Lennox in diesem Moment mit schmerzhafter Sehnsucht. Dabei musste er unwillkürlich einen Laut von sich gegeben haben, der prompt falsch interpretiert wurde.

»Was ist?«, raunzte Marlin ihn mit blitzenden Augen an. »Wenn dir der Geruch von versengtem Horn so zuwider ist, musst du mir hier nicht im Weg stehen. Dir mag vielleicht meine Hose passen, aber in meine Schuhe wirst du nie schlüpfen können.«

Der beißende Qualm brannte in Lennox' Augen, aber es war nicht der Geruch, der ihm plötzlich Übelkeit verursachte, sondern die Worte seines Vaters. Jetzt wusste er auch wieder, warum er jahrelang nicht nach Hause gekommen war.

NEBEN DER SPUR

SIE WAR AUS DEM TRITT. Komplett neben der Spur. Und das war ein Zustand, den Anna schon lange nicht mehr erlebt hatte – und den sie auch kein bisschen vermisst hatte. Die Vormittagssprechstunde war relativ ereignisarm verlaufen, mittags hatte sie zwei Hausbesuche bei bettlägerigen Patienten gemacht und war dann auf einen kurzen Lunch in den Pub gegangen. Nun war sie wieder zu Hause in ihrer Wohnung und vermisste zum ersten Mal, seit sie in Kirkby wohnte, die anstrengende und aufreibende Arbeit in der Notaufnahme. Dort war sie so beschäftigt gewesen, dass sie nie zum Grübeln gekommen war.

Sie könnte spazieren gehen, Yoga machen, sich Konzepte für ihre nächsten Podcast-Episoden überlegen oder einfach ein Mittagsschläfchen halten. Doch zu nichts hatte sie Lust. Sie war unruhig und wusste nicht, was sie dagegen tun konnte. Kein Wunder, dass Elvis es vorzog, einen Bogen um sie zu machen. Sie hatte ihren Kater seit dem Frühstück in Kristies Bäckerei nicht mehr gesehen. Das war zwar nicht weiter besorgniserregend, denn Elvis unternahm gerne mal ausgedehnte Streifzüge durch den Ort, aber heute war es ihr so vorgekommen, als hätte er unbedingt bei Lennox bleiben wollen. Lennox Fraser.

Sie schüttelte den Kopf, denn prompt war sie wieder beim Grund für ihre innere Unruhe gelandet, oder zumindest bei deren Auslöser.

Seit ihrer ersten Begegnung vor vier Tagen schien ihr geschütztes, solides Privatuniversum einen Riss zu haben und an Stabilität zu verlieren. Es waren keine dramatischen Dinge passiert, keine Wände eingestürzt oder Feuersbrünste ausgebrochen. Vielmehr fühlte es sich an, als würde langsam etwas Feuchtigkeit in ihr warmes, trockenes Haus einsickern und dort für eine subtile Klimaänderung sorgen. Natürlich komplett im übertragenen Sinn. Irritiert von ihren eigenen Gedanken, schüttelte sie den Kopf, als könnte sie damit die seltsamen Bilder vertreiben. Dann schnappte sie sich ihr Handy und schrieb ihrer besten Freundin Linda eine Nachricht: *Hast du Zeit? Ich muss dringend mit jemandem reden, der bei klarem Verstand ist.*

Sie hatte kaum auf »Senden« gedrückt, als ihr Smartphone vibrierte und sich Linda per Videocall meldete. Anna fühlte sich augenblicklich besser, als sie das vertraute, wie immer spektakulär geschminkte Gesicht ihrer Freundin sah, die sie mit einem leicht spöttischen Lächeln, aber warmherzig leuchtenden Augen begrüßte.

»Wo tut's denn weh, Frau Doktor?«, fragte sie mit ihrer dunklen, rauen Stimme.

»Überall und nirgends.« Anna lehnte sich auf ihrem Sofa zurück.

»Klingt geheimnisvoll«, befand Linda. »Muss ich nachbohren, oder erzählst du es mir freiwillig?«

»Eigentlich gibt's nicht viel zu erzählen. Ich weiß nämlich selbst nicht so genau, was mit mir los ist. Aber ich bin völlig aus dem Tritt. Vielleicht habe ich einfach nur Heimweh nach Edinburgh und Sehnsucht nach dir, Finlay, Scott und Ben.« Anna wusste selbst, dass das höchstens die halbe Wahrheit war, wenn nicht gar eine Lüge. Ja, sie vermisste ihre Freunde und ein bisschen auch das trubelige Edinburgh, aber diese Gefühle waren nicht schlimmer als sonst auch.

»Hm.« Linda hob eine Braue und schien ihr das auch nicht abzukaufen. »Was hindert dich dann daran, einfach mal ein Wochenende bei uns zu verbringen? Für ein paar Tage wird dein Schnarchnest ja wohl ohne medizinischen Beistand auskommen. Das hat doch jahrelang gut geklappt.«

»Ich weiß, aber so einfach ist das nicht.« Anna dachte an das Frühstück zurück, bei dem sie Lennox von ihrem Dilemma berichtet hatte. Von ihrer Sehnsucht, hier in Kirkby neue Wurzeln zu schlagen, und der Sorge, dass sie dafür ihre alten in Edinburgh würde kappen müssen. Warum genau hatte sie ihm das erzählt? Um ihn aus der Reserve zu locken oder um die Situation für sich selbst ein bisschen klarer zu machen? Oder unklarer – denn die seltsame Feuchtigkeit in den Wänden ihres Kokons sorgte für Nebelschwaden im Kopf. Und wo bitte schön kamen plötzlich diese haarsträubenden Metaphern her?

»Es ist eigentlich total einfach. Du setzt dich am Freitagnachmittag ins Auto oder in den Zug, bist abends da, wir gehen essen, hören uns dann ein paar Gigs an und quatschen die halbe Nacht durch. Am Samstag gibt's erst eine ausgedehnte Yoga-Session in Finlays Studio, und danach brunchen wir, bis wir nahtlos zu Cocktails und zum nächsten Abendprogramm hinübergleiten. Am Sonntag gehen wir in zwei, drei Galerien, und wenn du dann in den Zug steigst, sind deine Batterien aufgeladen, sodass dein sonniges Gemüt in den düsteren Highlands wieder ein Weilchen strahlen kann.«

Anna lächelte. »Klingt verführerisch.«

»Aber? Und jetzt sag nicht, dass du da nicht wegkannst, weil die Menschen ohne dich spontan von einer geheimnisvollen tödlichen Seuche dahingerafft werden. Du bist wundervoll, aber nicht unersetzlich. Die Eingeborenen kommen gut ohne dich klar, aber wir vermissen dich ganz schrecklich.«

»Ich vermisse euch auch, aber …« Anna zögerte und fragte sich, warum sie sich so dagegen sträubte, ein Wochenende in Edinburgh zu verbringen. War es nicht so, wie Linda es beschrieben hatte? Würde sie nicht tatsächlich Energie tanken und wieder leuchten können? Wäre das nicht die Lösung für ihr Dilemma?

»Du weißt selbst nicht, was dein ›aber‹ eigentlich bedeutet, und suchst gerade verzweifelt nach einer Begründung, die uns beide überzeugen soll?«, mutmaßte Linda scharfsinnig.

»So ungefähr«, gab Anna zu. »Aber du weißt auch, wie viel es mir bedeuten würde, wenn du mal herkämst. Ich würde dir so gern mein neues Leben zeigen, das längst nicht so langweilig, düster und energieraubend ist, wie du es dir vorstellst. Genau genommen ist es sogar das Gegenteil von alldem. Ich fühle mich wohl und angenommen und …«

»Schon gut, schon gut«, unterbrach Linda sie. »Bitte keine Werbeshow für die Highlands. Ich höre regelmäßig deinen Podcast und weiß alles über das ›magische Equilibrium‹, das du da angeblich gefunden hast. Aber entweder ist die Magie verpufft, und du siehst endlich ein, dass dieses Kirkby kein mystischer Kraftort, sondern ein ödes Kaff ist, oder dein inneres Gleichgewicht hat sich aus anderen Gründen verzupft.«

»Ja.«

»Was ja?«

»Die Highlands sind wirklich magisch und mystisch – und das würdest du merken, wenn du mal deine Vorurteile vergessen und einfach herfahren würdest –, und ja, es hat wohl andere Gründe. Oder einen anderen Grund.«

»Jetzt wird's interessant.« Lindas Augen begannen zu leuchten. »Wenn du mir jetzt sagst, dass es um einen Kerl geht, mach ich auf der Stelle eine Flasche Prosecco auf.«

Anna verfolgte, wie Linda tatsächlich von ihrem Schreibtischstuhl aufstand und in die Teeküche der Event-Agentur ging, für die sie arbeitete. Dort öffnete sie den Kühlschrank und drehte ihr Handy so, dass Anna den Inhalt sehen konnte. Es stapelten sich Take-away-Boxen, ein paar Joghurtbecher, etliche Flaschen Bier und auch einige Piccolos mit Prickelwasser darin. »Wonach soll ich greifen?«, hörte sie Lindas Stimme. »Prosecco oder Pudding? Und lüg mich nicht an. Ich merke es, wenn du schwindelst.«

»Als Ärztin muss ich entschieden davon abraten, nachmittags um drei Alkohol zu trinken«, versuchte es Anna mit Professionalität.

»Da wir hier aber keine Videosprechstunde haben und du als Freundin mit mir redest, dürfte die Entscheidung klar sein.« Linda schnappte sich ein Fläschchen und kehrte in ihr Büro zurück. Dabei sah Anna die diversen Plakate vom Fringe-Festival an den Wänden, für das Linda und ihre Kollegen unter anderem verantwortlich waren. Das erinnerte sie wieder daran, dass sie Lennox' Schal noch immer nicht zurückgegeben hatte.

Linda nahm wieder auf ihrem Sessel Platz, schien ihre langen Beine auf den Schreibtisch zu legen und grinste in die Kamera. »Also, raus mit der Sprache, wie heißt der Kerl, und was hat er mit dir angestellt?«

Anna seufzte. »Er heißt Lennox und …«

»Und?«

»Und er geht mir unter die Haut«, krächzte sie und war erleichtert, dass es raus war. So fühlte es sich gleich nicht mehr ganz so unwirklich an.

»So guter Sex?«, erkundigte sich Linda sensationslüstern und schraubte den Piccolo auf.

»Nein!«

»Aber wegen schlechtem Sex bräuchtest du doch nicht so einen Aufstand zu machen.«

»Überhaupt kein Sex, und ich mache auch keinen Aufstand. Ich habe nur gesagt, dass er mir unter die Haut geht.«

»Okay.« Linda klang enttäuscht.

»Ich weiß, das kommt in deiner Welt nicht vor, dass sich

zwei Menschen unter die Haut gehen, auch ohne intim zu werden«, bemerkte Anna leicht resigniert. Vielleicht war es ein Fehler gewesen, ihre Freundin damit zu belämmern? Linda war eine treue und loyale Seele, hatte aber in vielen Bereichen des Lebens ganz andere Wertvorstellungen als sie selbst. Außerdem war sie viel zu extrovertiert, um Annas Antennen für feinste Zwischentöne und menschliche Energieströme wirklich verstehen zu können. Aber sie musste einfach mit jemandem sprechen – und Isla fiel in diesem speziellen Fall flach. Ihr Gespräch gestern Abend war schon viel zu nah am Thema gewesen. Wenn Isla ahnen würde, dass ... Tja, was eigentlich? Dass Anna Interesse an ihrem Bruder hatte? Stimmte das so? Er faszinierte sie zweifellos, aber er bedrohte eindeutig auch ihren Seelenfrieden. Und als Mann nahm sie ihn sowieso nicht wahr. *Lüge!*, kreischte eine aufgebrachte innere Stimme bei diesem Gedanken.

»Wenn das zwischen euch so intim ist, dann könnt ihr ja auch miteinander schlafen. Vielleicht fühlt sich danach alles normaler an?«, schlug Linda pragmatisch vor, offensichtlich vollkommen blind für den Ernst der Lage.

Annas Blick fiel auf den grauen Schal, der auf dem Tisch lag, darauf der rote Button vom Fringe-Festival, den sie Lennox ebenfalls noch nicht zurückgegeben hatte. Ihr kam eine Idee. »Vielleicht kennst du ihn. Ich glaube, er ist beim diesjährigen Fringe aufgetreten.«

»Echt?« Lindas Miene hellte sich auf. »Dann schau ich doch mal in der Datenbank nach.« Sie schwang ihre Beine vom Tisch, lehnte das Handy irgendwo an, sodass Anna nur noch einen seltsamen Ausschnitt von ihrem Torso vor sich hatte, und tippte auf der Tastatur herum. »Lennox heißt er?«, fragte sie. »Und wie noch?«

»Fraser. Lennox Fraser. Ich habe aber keine Ahnung, ob er auch unter diesem Namen auftritt.«

»Du hast ihn noch nicht gegoogelt?« Anna sah es zwar nicht, aber sie konnte das fassungslose Kopfschütteln ihrer Freundin regelrecht hören. »Du bist echt so ein Mondkalb«, fuhr sie fort, als Anna nichts sagte, und hackte weiter auf die Tastatur ein. »Hm, nein, unter ›Lennox Fraser‹ finde ich nichts. Aber hier gibt es einen Künstler, der sich ›Len X‹ nennt. Vielleicht ist er das ja?«

»Kann sein.« Anna merkte, wie ihr Herz schneller schlug – was wirklich nicht zu erklären war.

»Ich hab hier ein paar Fotos. Kinnlange dunkle, fast schwarze Haare, kantiges Kinn, Mehrtagebart, helle Augen. Blau oder blaugrau, mit einem melancholischen Ausdruck. Überhaupt wirkt er etwas düster. Also nicht gothic-düster, sondern eher ›Vom Leben gezeichneter Rockstar‹-düster. Von der Statur her eher kein Riese oder Bär, sondern schmal und sehnig. Kommt das hin?«

»Volltreffer«, murmelte Anna und wunderte sich, dass Linda ihn so präzise beschrieben hatte. »Aber seine Augen sind grau – und wirken je nach Lichteinfall oder Stimmung mal silbrig hell, mal dunkel und stürmisch. Und ›düster‹ ist eigentlich auch das falsche Wort«, fuhr sie fort, obwohl sie seinen Blick selbst auch schon so charakterisiert hatte. »Das klingt so negativ, es ist eher schmerzlich-melancholisch.«

»Was sich natürlich erheblich fröhlicher und optimistischer anhört«, kommentierte Linda trocken. Sie nahm ihr Handy erneut zur Hand und hielt es mit der Kamera vor ihren Computermonitor, auf dem Bilder von seinen Auftritten zu sehen waren. »Ist er das?«

»Eindeutig.« Vielleicht sollte sie ihn doch mal googeln, dachte Anna bei sich.

»Ich gebe zu, dass er was hat. Also rein optisch zumindest schon mal. Nicht ganz meine Kragenweite, aber ich verstehe, was du an ihm findest.« Linda drehte ihr Smartphone nun wieder so, dass Anna ihr Gesicht vor sich hatte. »Aber jetzt verrate mir doch mal, was ein cooler Musiker in den Highlands treibt, wie ihr euch kennengelernt habt und was das für ein merkwürdiges Ding ist zwischen euch.«

»Len stammt aus Kirkby, seine vielköpfige Familie lebt auch noch hier und besetzt prominente Rollen im Ort. Sein älterer Bruder betreibt das schicke Bed & Breakfast mit dem Wahnsinns-Spa, von dem ich dir schon so oft vorgeschwärmt habe, seine Schwester Isla ist die Sterneköchin, die du aus der Netflix-Kochshow kennst, seine andere Schwester Shona hat vor ein paar Monaten eine Whisky-und-Gin-Brennerei eröffnet – und sein Vater Marlin ist ein lokaler Großgrundbesitzer und arbeitet als Hufschmied. Von seinen Cousinen, Onkeln und Tanten will ich gar nicht erst anfangen.«

»Da wäre ich dir auch sehr verbunden«, sagte Linda lachend. »Klingt nach einem anstrengenden Clan.«

»Gar nicht. Die sind alle supernett, aber Lennox scheint das schwarze Schaf der Familie zu sein. Neben den erfolgreichen bürgerlichen Existenzen gilt er als Künstler nicht viel. Zumindest empfindet er das selbst so.«

»Und was macht er dann in diesem drögen Kaff?« Linda starrte Anna einigermaßen verständnislos an. »Ich habe noch nicht in die Videos geklickt und mir seine Sachen angehört, aber die Kommentare der Zuschauer sind ziemlich begeistert, und es kann sein, dass ich ihn sogar live gesehen habe.«

»Das ist die Eine-Million-Pfund-Frage, die sich hier das ganze Dorf stellt. Oder besser gesagt, die das ganze Dorf mir stellt, denn aus irgendeinem Grund scheint man sich sicher zu sein, dass ich mehr weiß. Er ist nämlich am Freitag zu meinem Glücks-Workshop aufgekreuzt.«

»Verstehe«, sagte Linda, und ein leichtes Lächeln stahl sich auf ihre Lippen. »Davon hast du mir ja noch gar nichts erzählt. Also nichts von dem offenbar gar nicht so unwichtigen Detail, dass ein schwarzhaariger Hottie mit traurigen Augen mitgemacht hat, der dir jetzt massiv unter die Haut geht.«

»Was daran liegt, dass er gar nicht an dem Seminar teilgenommen hat!«

»Das verstehe ich jetzt nicht.«

»Er war nur ungefähr eine halbe Stunde da und hat den Seminarraum dann geradezu fluchtartig wieder verlassen.«

»Lass mich raten – ihm ist von den Räucherstäbchen übel geworden?«

»Nein, natürlich nicht! Du weißt genau, dass ich keine Räucherstäbchen benutze. Nein, ich habe ihn angefasst und …«

»Dann war es ein Tantra-Seminar, und er wusste nichts davon?« Linda lachte sich halb tot.

»O Mann, warum genau bin ich noch mal mit dir befreundet?«, stöhnte Anna augenrollend, musste dann aber mitlachen. »Du hast echt viel zu viel Fantasie.«

»Und du zu wenig, wie mir scheint.«

»Ich habe ihn nur am Rücken berührt, ganz kurz und … Ich weiß nicht, wie ich es beschreiben soll. Du weißt ja, dass ich bei vielen Menschen durch Berührungen merke, wie es ihnen wirklich geht.«

»Ja, diese total creepy Handauflege-Nummer.« Linda verzog das Gesicht, obwohl das nur Show war, wie Anna sehr gut wusste, denn ihre Freundin war schon oft genug Nutznießerin ihrer besonderen Sensibilität gewesen.

»Genau. Aber was ich bei ihm gespürt habe, war ziemlich einzigartig. Eine Lawine von Schmerz und Einsamkeit, die mir buchstäblich den Atem geraubt hat. So etwas habe ich noch nie erlebt, und es hat mich zutiefst geschockt. Und ihn auch. Er hat es nämlich auch gespürt – klar, waren ja auch seine Gefühle. Er war noch entsetzter als ich und hat die Flucht ergriffen.«

»Kann ich ihm nicht verübeln«, entgegnete Linda und klang plötzlich viel nachdenklicher und mitfühlender. »Jetzt verstehe ich auch, was du mit ›Er geht mir unter die Haut‹ meinst. Und wie ging's weiter?«

»Am Sonntag habe ich ihn an meinem Lieblingsplatz im Wald gesehen. Da saß er mit seiner Gitarre auf einem Stein und hat gesungen oder sogar komponiert. Ich bin gleich wieder abgehauen, weil ich ihn nicht dabei stören wollte, aber Elvis war wohl die ganze Zeit bei ihm und hat ihm andächtig zugehört.«

»Dein Miezerich scheint sich für Musik zu interessieren. Das liegt bestimmt am guten Einfluss seiner Patentante.« Linda hatte sich stets um Elvis gekümmert, wenn Anna endlos im Krankenhaus gewesen war. Sie hatte zwar immer behauptet, dass sie keine Katzen mochte, war dann aber doch jedes Mal in Annas Wohnung gegangen und hatte den Kater mit Futter, Liebe und offensichtlich auch mit Musik versorgt.

»Wahrscheinlich. Elvis ist überhaupt sehr eigen geworden, seit wir hier wohnen. Also, noch seltsamer, als er ohnehin schon war. Er ist oft allein unterwegs, und ich habe den Verdacht, dass er sich mindestens drei alternative Stellen gesucht hat, wo er Futter oder Streicheleinheiten schnorren kann. Er begleitet mich auch zum Joggen und geht jeden Morgen mit mir zum Frühstücken ins Café.«

Linda wedelte ungeduldig mit der Hand. »Das ist ja alles wahnsinnig spannend, aber es hat nichts mit deinem Musiker zu tun.«

»Doch. Hat es. Denn heute früh hat sich Elvis geweigert, mit mir in die Praxis zu kommen, und ist lieber bei Lennox im Café geblieben – und bis jetzt ist er nicht aufgekreuzt.«

»Du hast mit sexy Lenny gefrühstückt?«

»Jahaa! Gestern auch schon. Aber nicht so, wie du denkst. Gestern war es reiner Zufall, heute … auch so ungefähr. Egal. Entscheidend ist, dass mein Kater etwas in ihm sieht. Du weißt doch, wie sensibel Elvis ist.«

»Sensibel wie ein Vorschlaghammer«, behauptete Linda frech. »Entscheidend ist, dass *du* etwas in ihm siehst!«

»Mag sein, aber ich weiß nicht genau, was ich da sehe«, gab Anna zu. Irgendwie führte dieses Gespräch zu gar nichts. Sie drehte sich im Kreis und fühlte sich genauso verwirrt wie vorhin.

»Mannomann, Süße, du hättest mal etwas weniger Zeit für Schule, Studium und die Arbeit aufwenden sollen und etwas mehr für zwischenmenschliche Beziehungen. Ich würde behaupten, dass du schwer verknallt bist!«

Sie, verknallt in Lennox Fraser? Der haarsträubende Quatsch, den Linda am Nachmittag verzapft hatte, spukte auch am Abend noch durch Annas Kopf. Wo sie sich doch eigentlich auf die Yoga-Stunde konzentrieren sollte, die sie dienstags in der alten Schule gab. Sie fand ihn attraktiv, keine Frage, und war unfassbar fasziniert von der Nähe zu ihm, die sie am Freitag gespürt hatte – auch wenn es schmerzhaft und schockierend gewesen war. Es war auch schön, Zeit mit ihm zu verbringen und sich mit ihm zu unterhalten. Aber das waren doch alles keine Indizien dafür, dass sie heimlich romantische oder gar erotische Interessen ihm gegenüber hegte, sprich: verliebt in ihn war. Das würde sie ja wohl merken, oder?

Gut, ehrlich gesagt war sie keine Expertin in Beziehungsdingen – um es vorsichtig zu formulieren. Es hatte bislang eben nie einen Menschen gegeben, der sie nachhaltig in seinen Bann gezogen oder dem sie sich ähnlich nah gefühlt hätte wie ihrer Handvoll guter Freunde.

Warum dann also die Mühe? Sie hatte während des Studiums ein paar Versuche unternommen und Affären mit Kommilitonen angefangen, jedoch vorwiegend, um mitreden zu können. Auch danach war sie immer mal wieder mit jemandem ausgegangen, war aber stets zu dem Schluss gekommen, dass das bisschen Sex die Anstrengung im Vorfeld nicht wert war.

Auf der anderen Seite wollte sie ihr Leben nicht komplett allein verbringen, sondern hatte schon das durchaus verführerische Bild einer echten und innigen Zweisamkeit im Kopf, die sie körperlich, geistig und seelisch forderte, förderte und befriedigte. Doch bislang war sie niemandem begegnet, der diese Kriterien erfüllt hätte. Wieder tauchte Lennox vor ihrem inneren Auge auf. Hatte er heute Morgen tatsächlich mit ihr geflirtet, oder hatte sie sich das eingebildet?

»Willst du uns umbringen?«, unterbrach ein gejapster Hilferuf ihre Gedanken. Sie öffnete die Augen und sah, dass die meisten Teilnehmer keuchend auf ihren Matten lagen und nur noch Kristie und Isla die Stellung des herabschauenden Hundes hielten. Wenn auch offensichtlich mit letzter Kraft. Hatte sie ihren Sonnengruß-Zyklus tatsächlich bei dieser Pose unterbrochen und ihre armen Schüler endlos verharren lassen?

»Rechtes Bein nach vorn, linkes dazunehmen. Nach unten ausatmen, nach oben einatmen, Hände vor die Brust«, sagte sie rasch an und beendete die Bewegungsabfolge. Dann drehte sie sich zu ihrer Klasse um. Nur Isla und Kristie standen, der Rest lag erschöpft auf den Matten.

»Tut mir leid, ich wollte niemanden überfordern – nur ein bisschen herausfordern. Eigentlich ist der Hund nämlich eine Entspannungshaltung.«

»Für Menschen wie dich vielleicht«, jammerte Isla und ließ mit hochrotem, leicht schmerzverzerrtem Gesicht die Schultern kreisen. »Für uns Normalsterbliche war das Folter.« Dafür erntete sie zustimmendes Gemurmel von der Bodenkriecher-Fraktion.

»Na ja, ›Folter‹ ist vielleicht übertrieben, aber es war schon nicht ohne«, warf Kristie ein, die insgesamt aber noch recht fit und munter wirkte, weil sie als Einzige in der Truppe regelmäßig Sport trieb. Anna hatte sie erst vor ein paar Wochen beim Herbstfest übers Parkett wirbeln sehen. Highland Dancing verlangte einem enorme Körperbeherrschung und Kondition ab, und Kristie war meisterhaft darin.

»Gut, dann machen wir jetzt ein paar entspannte Bodenübungen, damit ihr wieder zu Kräften kommt.«

Während der restlichen Stunde gelang es Anna glücklicherweise, ihre lästigen streunenden Gedanken im Zaum zu halten und sich auf den Unterricht und ihre Schüler zu konzentrieren. Nach der langen und ausführlichen Endentspannung waren alle auch wieder mit der anfänglichen Tortur versöhnt und verabschiedeten sich fröhlich von ihr. Glücklicherweise machte auch Isla zügig die Biege und versuchte nicht, Anna noch auf einen Drink im Pub zu überreden. Am Ende hätte sie dann irgendwelche unbedachten Äußerungen über Lennox gemacht, und das wollte sie um jeden Preis verhindern. Kristie dagegen half ihr noch beim Aufräumen. Die tanzende Bäckerin war heute Abend ausgesprochen guter Dinge und begleitete Anna auch noch auf dem kurzen Weg von der Schule nach Hause.

»Du hast ja gute Laune«, bemerkte Anna schließlich, als Kristie vergnügt vor sich hin summend neben ihr herlief.

»Ich hab auch allen Grund dazu! Ich kann nächste Woche wohl doch mit der Tanzlehrerausbildung bei Phyllis Montgomery anfangen.«

»Echt? Das ist ja toll.« Anna erinnerte sich, dass die berühmte Tänzerin und Lehrerin Kristie beim Herbstfest das Angebot gemacht hat, sie zur Trainerin auszubilden. Eine Ehre, die nur den wenigsten Tänzern zuteilwurde. Leider hatte Kristie absagen müssen, weil sie für die Zeit des zweiwöchigen Workshops auf der Isle of Skye schon die Verpflichtung eingegangen war, für einen achtzigsten Geburtstag zu backen. Und auch grundsätzlich hatte sie ein Problem damit, ihre Bäckerei und das Café so lange zu schließen. Sie brauchte das Geld, um die Kredite abzubezahlen, die sie für die Renovierung aufgenommen hatte.

»O, warte, ist was mit dem alten Graham? Es ist doch sein Geburtstag, für den du Torten und Teegebäck liefern sollst, oder? Hat er die Party abgesagt?«

»Nein, die findet statt, und der Auftrag steht. Aber ich habe eine Vertretung gefunden.« Kristie strahlte glücklich.

»Wow, das ist cool. Heißt das, dass auch das Café offen bleibt und mein Frühstück in den nächsten zwei Wochen gesichert ist?«

»Genau das heißt es. Ich bin so happy, ich kann's kaum

erwarten. Und du musst mir versprechen, dass du dann einen Kurs bei mir belegst. Ich werde ihn auch nicht an deinem heiligen Yoga-Dienstag abhalten.«

»Versprochen. Aber wer vertritt dich denn nun? Stellt Isla doch jemanden aus ihrer Küchencrew ab?«

»Nein, die braucht jeden und sucht sogar noch Verstärkung. Lennox wird das übernehmen.«

»Lennox?« Anna war so überrascht, dass ihr vor Schreck ihre Yoga-Matte aus der Hand rutschte.

»Ja, er war heute Nachmittag in der Backstube. Eigentlich nur, um mit mir Shortbread zu backen, aber dann habe ich gemerkt, dass er echt was kann und auch Spaß an der Arbeit hat.«

»Lennox?«, fragte Anna noch einmal, um ganz sicherzugehen. Der feinnervige, hochsensible Musiker Lennox sollte zwei Wochen lang die Bäckerei von Kirkby leiten und sogar noch Kuchen für eine Geburtstagsparty backen?

»Wenn ich's dir sage! Ich habe ihm von der Ausbildung erzählt und dass ich so traurig bin, weil ich die verschieben muss, und da hat er spontan angeboten, für mich einzuspringen. Betty war zufällig auch da und hat versprochen, ihn zu unterstützen.«

»Wow, das sind ja mal Neuigkeiten! Die Krimiautorin und der Musiker schmeißen zusammen die Backstube. Da behaupte noch mal einer, in Kirkby würden keine verborgenen Talente schlummern.«

»Ich hab das nie behauptet.« Kristie klang verwundert.

»Sorry, dich habe ich auch gar nicht gemeint. Ich bin einfach nur überrascht und ziemlich beeindruckt. Und ich freue mich von Herzen für dich.« Sie zog ihre Freundin kurz in die Arme. Dann erspähte sie eine dunkle Silhouette, die aus den Schatten in Richtung ihres Hauses huschte. Elvis hatte seinen Ausflug beendet und schien es jetzt eilig zu haben, aufs heimische Sofa zu kommen.

»Mein Mitbewohner hat also doch noch den Heimweg gefunden«, sagte sie halb amüsiert, halb stirnrunzelnd.

»Dein Kater?«, fragte Kristie, die mit dem Rücken zum Haus stand und ihn nicht hatte sehen können.

»Ja, den habe ich seit heute früh nicht mehr zu Gesicht bekommen. Normalerweise belagert er meine Patienten im Wartezimmer, aber heute hat er sich geweigert, mit mir dein Café zu verlassen.«

»Katzen!«, entgegnete Kristie schulterzuckend. »Ist das nicht normal, dass die so eigensinnig sind?«

»Doch. Vermutlich schon. Mich würde nur interessieren, was er heute den ganzen Tag getrieben hat.«

»Frag ihn doch. Es ist Vollmond – vielleicht antwortet er dir?« Kristie lachte und verabschiedete sich dann herzlich.

Anna sah ihr kurz hinterher, dann fiel ihr Blick auf den Mond, der fett und träge über Kirkbys Kirchturm zu schweben schien. Der Wind trieb ein paar Wolken vor sein blasses Gesicht, und sie war sich sicher, dass er ihr verschmitzt zuzwinkerte.

SHORTBREAD-STORYS

WÄHREND DER NÄCHSTEN ZWEI Wochen hatte Anna reichlich zu tun. Die Spätherbststürme fegten nicht nur die Bäume kahl, sondern hatten auch allerlei Viren im Gepäck, sodass die erste große Erkältungswelle der Saison über die Highlands rollte. Glücklicherweise war nichts übermäßig Besorgniserregendes dabei, sondern vorwiegend verstopfte Nasen, entzündete Hälse, dicke Köpfe und Husten. Zur Sicherheit hatte sie jedoch ihre Sprechstunde erweitert. An den Vormittagen kümmerte sie sich zwei bis drei Stunden lang um die Erkälteten, anschließend machte sie ein paar Hausbesuche, und nachmittags empfing sie Patienten mit anderen Beschwerden. Das hatte den Nachteil, dass sie kaum Zeit für andere Dinge fand – ihr Podcast kam sträflich zu kurz –, aber den Vorteil, dass sie nicht ständig über Lennox und Lindas Verliebtheitsthese nachgrübeln musste.

Ihn sah sie zwar fast täglich morgens in der Bäckerei, aber auch er war so beschäftigt, dass sie sich meist nur kurz begrüßten und ein paar Worte wechselten, wenn er ihr das Frühstück servierte. Das immerhin ließ er sich nicht nehmen. Die Arbeit tat ihm offensichtlich gut, er wirkte erheblich ausgeglichener, und der melancholische Blick war

170

zwar nicht vollständig verschwunden, wurde aber häufig von einem fast fröhlichen Blitzen abgelöst.

Linda schien aus der Ferne regelrecht besessen von Lennox zu sein, denn sie schickte fast täglich Links zu irgendwelchen Videos von seinen Auftritten, die ihn gefühlt schon um die halbe Welt geführt hatten. Anna selbst war noch nie außerhalb Großbritanniens gewesen, und ihre exotischste Reise war ein Kurzurlaub auf den Scilly-Inseln vor drei Jahren gewesen, als sie ihren Kumpel Finlay bei einem Yoga-Fotoshooting in den dortigen Blumenfeldern unterstützt hatte. Es war nicht so, dass sie kein Interesse an der Welt und an anderen Kulturen hatte, es hatte sich einfach nicht ergeben, und sie hatte auch lange nicht die finanziellen Möglichkeiten dafür gehabt.

Ihr Studium hatte sie nur dank diverser Stipendien durchziehen können, weshalb sie all ihre Energie dafür investiert hatte, es möglichst schnell abzuschließen. Aus der betreuten Jugend-WG war eine selbstorganisierte Studenten-WG geworden – weil es praktisch gewesen war, Geld gespart hatte und sie mit den etablierten Abläufen einfach weitergemacht hatten. Mit Linda und Finlay hatte sie schließlich zusammengewohnt, bis sie Mitte zwanzig gewesen war und schon eine solide Stelle als Assistenzärztin in der Klinik gehabt hatte. Besonders üppig war der Verdienst zwar auch nicht gewesen, aber er hatte für eine kleine Wohnung und ein Auto gereicht, sodass sie bei ihren Endlosschichten nicht auch noch auf unflexible öffentliche Verkehrsmittel zurückgreifen musste.

Sie hatte ihr Geld gespart und wäre nie auf die Idee

gekommen, dass sie sich mal etwas gönnen könnte, was über die Notwendigkeiten des Lebens hinausging. Linda hatte sie irgendwann beinahe mit Gewalt zum Shoppen gezwungen und dafür gesorgt, dass sie sich wenigstens hübsch kleidete und schöne Möbel kaufte. Inzwischen schämte sie sich auch nicht mehr, wenn sie mal hundert Pfund für einen kuscheligen Kaschmirpulli ausgab, sondern war dankbar, dass sie sich diesen kleinen Luxus leisten konnte. Aber Geld für Reisen oder Urlaube? Nein, so weit war sie noch nicht. Zumal ihre Ersparnisse komplett für die Einrichtung der Praxis und ihrer Wohnung draufgegangen waren. Und wenn sie an die Kreditraten dachte, die die Bank verlangte … Nein, Urlaub war nichts für sie. Aber sie beschloss, Lennox bei nächster Gelegenheit mal zu seinen Abenteuern zu befragen.

Anna sah auf ihre Uhr. In fünf Minuten begann ihre Nachmittagssprechstunde. Sie trank noch einen Schluck Kaffee, als ihr Blick auf die Kommode fiel, auf der immer noch Lennox' Schal und der Fringe-Button lagen. Jeden Morgen nahm sie sich vor, beides mit in die Bäckerei zu nehmen und ihm zu geben, aber jedes Mal vergaß sie es wieder. Und mit jedem Tag, der verstrich, wurde es peinlicher, denn wie sollte sie ihm erklären, dass seine Sachen seit zweieinhalb Wochen in ihrer Wohnung lagen – wo sie ihn doch praktisch täglich traf? Vielleicht könnte sie die Schuld auf Elvis abwälzen und einfach behaupten, dass der Kater den Schal versteckt hatte? Zuzutrauen wäre es dem Katzentier jederzeit, doch erstaunlicherweise hatte er dem Schal bislang keine Beachtung geschenkt.

Andererseits war er auch kaum noch zu Hause, sondern tauchte häufig erst spätabends auf, forderte dann noch herrisch einen Mitternachtssnack und verabschiedete sich morgens nach dem Frühstück mit unbekanntem Ziel. Sie wusste inzwischen, dass er nicht in der Backstube war. Zwar begleitete er sie nach wie vor jeden Morgen in die *Old Bakery*, aber offensichtlich verschwand er zeitgleich mit ihr. Und während sie zur Arbeit ging, verfolgte er eine andere Agenda. Nun ja, irgendwann würde sie schon herausfinden, was ihr Vierbeiner so trieb. Und solange sich niemand über ihn beklagte, wollte sie sich nicht mit übermäßigen Sorgen aufhalten.

Als sie unten im Praxisbereich Stimmen hörte, stellte sie rasch ihre leere Tasse in die Küche und eilte die Treppe hinunter. Colleen stand plaudernd am Empfangstresen und streichelte über ihre Babykugel, die inzwischen ordentlich gewachsen war.

»Willst du zu mir?«, fragte Anna sie. »Oder hast du nur neuen Rathaustratsch für Maggie?«

»Beides«, gab Colleen zurück und zwinkerte ihr vergnügt zu.

»Dann komm in meinen Behandlungsraum, sobald ihr den Informationsaustausch beendet habt. Oder sitzt noch jemand anders im Wartezimmer?«, wollte sie von Maggie wissen.

»Nein, niemand. Es hat bisher auch keiner angerufen. Wird hoffentlich ein ruhiger Nachmittag«, entgegnete ihre Helferin und wandte sich dann wieder Colleen zu, mit der sie offensichtlich noch einiges zu betuscheln hatte.

Fünf Minuten später klopfte Colleen jedoch an die Tür des Behandlungszimmers und kam lächelnd herein.

»Was kann ich für dich tun?«, fragte Anna und bedeutete ihr, Platz zu nehmen. »Irgendwelche Beschwerden?«

»Nein, mir geht's wirklich gut«, erwiderte Colleen. »Das ist auch genau der Grund, warum ich hier bin.«

»Das klingt jetzt ein bisschen widersinnig, aber ich höre.« Anna sah ihre Patientin aufmerksam an.

»Ich will, dass du mich während meiner restlichen Schwangerschaft betreust.«

»Ich bin aber keine Gynäkologin«, gab Anna zu bedenken – nicht zum ersten Mal. Colleen hatte schon mehrfach den Wunsch geäußert, und auch einige andere werdende Mütter aus dem Ort, die die Fahrt nach Inverness scheuten – gerade jetzt im Herbst und Winter, wo die Wetterverhältnisse sehr unangenehm werden konnten.

»Ich weiß, aber du hast mir auch erzählt, dass du während deiner Ausbildung ein paar Monate auf einer gynäkologischen Station gearbeitet hast und auch in der Notaufnahme mit Schwangeren zu tun hattest.«

»Das stimmt. Aber trotzdem habe ich nicht wirklich viel Erfahrung – und es gibt nicht umsonst Spezialisten«, wandte Anna ein.

»Meine konkreten Spezialisten sind aber total unsympathisch. In dieser riesigen Gemeinschaftspraxis in der Klinik wird man immer durchgeschleust wie Schlachtvieh. Jedes Mal hat man es mit anderen Leuten zu tun. Die Ärzte nehmen sich kaum Zeit, und trotz Termin muss ich immer ewig warten. Ich mag mir gar nicht vorstellen, wie dann die Geburt ablaufen soll. Muss ich da auch eine Nummer ziehen?«, rief Colleen aufgewühlt. »Ich habe keine Risikoschwangerschaft, mir und dem Baby geht es blendend, und vor allem – ich vertraue dir! Ich weiß, dass du gründlich und sensibel bist, dass du dich wirklich für deine Patienten interessierst. Das ist mir wichtiger als jedes Spezialwissen, das man in meinem Fall ohnehin nicht braucht.«

»Dein Vertrauen ehrt mich sehr«, entgegnete Anna sachte. »Aber trotzdem kann es immer zu Situationen kommen, in denen Erfahrung auf den jeweiligen Gebieten den entscheidenden Unterschied machen kann.« Sie wollte es nicht dramatisieren, sondern nur die Fakten darlegen, wie sie waren. Andererseits konnte sie natürlich auch verstehen, dass Colleen sich etwas anderes wünschte als die Hektik und die Anonymität, die in der Praxis ihrer Ärzte offenbar herrschten.

»Schon richtig«, gab Colleen zu. »Aber ist es nicht mindestens genauso schädlich und problematisch, wenn Patienten den Spezialisten nicht vertrauen? Und es geht hier ja nicht um Herzchirurgie oder eine Krebstherapie, ich bekomme ein Baby, und das ist die natürlichste Sache der Welt. Die allermeisten Frauen kriegen das komplett allein hin oder nur mithilfe einer Hebamme.«

Anna hob die Hände, um Colleen zum Schweigen zu bringen. »Ich versteh dich wirklich. Eine Schwangerschaft sollte ein schönes Erlebnis sein, und es stimmt auch, dass werdende Mütter sich wohl und sicher fühlen sollen. Und ja, Kinderkriegen ist ein natürlicher Vorgang – bei dem aber auch richtig viel schiefgehen kann. In Ländern ohne moderne Medizin ist eine Geburt auch heutzutage eine verdammt gefährliche Angelegenheit für Mutter und Kind – in früheren Jahren war das auch bei uns so. Ich will dir ehrlich keine Angst machen, dazu besteht kein Anlass, aber ich will dir aufzeigen, dass es Risiken gibt.«

»Das weiß ich doch alles«, sagte Colleen entschlossen. »Ich habe mich gründlich informiert und würde bei Anzeichen von Komplikationen auf jeden Fall Experten aufsuchen. Aber ich erwarte keine Komplikationen, und ich will mir nicht ohne Not so einen Stress machen. Also darf ich bitte deine Patientin werden, oder jagst du mich vom Hof?«

»Du bist doch schon längst meine Patientin, und ich würde niemals jemanden vom Hof jagen, der meine Hilfe sucht.« Anna seufzte und gab sich dann einen Ruck. Sie war absolut qualifiziert dafür, eine unkomplizierte Schwangerschaft zu betreuen, und sie traute sich auch zu, es rechtzeitig zu erkennen, wenn es Probleme gab. »Schön, dann machen wir das. Aber nur zum Verständnis, du redest nur von der Schwangerschaft, nicht von der Entbindung?«

»Ähm…« Colleen wurde rot. »Wenn es irgendwie möglich ist, möchte ich mein Baby nicht in dieser schrecklichen Klinik in Inverness bekommen. Warst du da schon mal?«

»Aber Hausgeburten…«

»Sind in der Regel kein Problem, sagt meine Hebamme. Mit ihr habe ich das schon besprochen, doch Alex besteht darauf, dass du mit an Bord bist.« Nun wurde Colleens Blick regelrecht flehend.

Tja, das waren wohl die Herausforderungen einer Landärztin, dachte Anna und merkte gleichzeitig, wie sich ein warmes Gefühl in ihr breitmachte. Vertrauen und Liebe. »Okay, wir machen einfach einen Schritt nach dem anderen. Lass uns schauen, wie es sich in den nächsten Wochen entwickelt, und wenn alles gut läuft, dann werden wir es mit der Hausgeburt probieren. Aber wenn ich oder die Hebamme auch nur den minimalsten Grund zur Sorge sehen, verlegen wir dich ins Krankenhaus. Einverstanden?«

»Einverstanden.« Nun strahlte Colleen übers ganze Gesicht. »Rosie, die Hebamme, hat schon über fünfhundert Geburten betreut und du doch bestimmt auch ein paar.«

»Ich war vielleicht bei einem Dutzend dabei«, gab Anna zu. Die meisten davon waren unkompliziert gewesen: Frauen, die zu lange gewartet und es dann nur noch in die Notaufnahme und nicht mehr in den Kreißsaal geschafft hatten. Drei von diesen Situationen waren etwas dramatischer verlaufen, aber glücklicherweise hatten alle einen guten Ausgang genommen. Eigentlich waren Geburten tatsächlich das Allerschönste an ihrem Beruf, und wenn sie ganz ehrlich war, freute sie sich gerade unbändig.

»Siehst du? Zusammen seid ihr supererfahren, das wird ganz bestimmt toll werden.« Colleen wirkte noch euphorischer als an ihrem Geburtstag vor ein paar Tagen, als halb Kirkby die dorfeigene Event-Koordinatorin mit einer Party überrascht hatte, von der sie tatsächlich nichts geahnt hatte.

»Ganz bestimmt.« Anna lächelte. »Wie sieht's aus? Sollen wir gleich mal schauen, wie es dem Baby geht?«

»Wenn du Zeit hast, wäre das toll«, sagte Colleen und zögerte dann merklich.

»Ich habe Zeit. Warum rufst du nicht Alex an und fragst ihn, ob er dazukommen will?«, schlug Anna vor, die den Grund für Colleens Zögern erahnt hatte. »Und wenn er heute nicht kann, dann finden wir einen Termin, der für euch beide besser passt.«

Wie sich jedoch herausstellte, konnte Alex es kaum erwarten und versprach, in wenigen Minuten in der Praxis zu sein. Die Zeit nutzte Colleen für den neuesten Klatsch und Tratsch aus dem Ort, der sich – wenig verwunderlich – vorwiegend um den Aushilfsbäcker Lennox drehte.

»Ich würde mich so freuen, wenn er endlich seine wahre Berufung findet«, erklärte Colleen.

»Ich glaube, die hat er schon gefunden, und ich bin mir fast sicher, dass sie nichts mit Keksen und Torten zu tun hat«, hielt Anna dagegen. »Natürlich kann ich mich täuschen, denn ich kenne ihn ja nicht wirklich gut.«

»Ich auch nicht«, gab Colleen zu. »Vermutlich noch weniger als du, aber es würde mich einfach freuen, wenn er hier in Kirkby bleiben und sein Glück finden würde – genau wie seine Geschwister.«

»Du bist einfach voll im Gluckenmodus.« Anna lachte amüsiert. »Das ist auch verständlich. Aber wo Lennox' Glück liegt, kann nur er ganz allein rausfinden. Hat er sich denn inzwischen mit Marlin ausgesprochen?«

»Nicht dass ich wüsste.« Colleens Blick verdüsterte sich.

»Und machen wir uns nichts vor, ich wüsste es. Keine Ahnung, warum die Fraser-Männer so unfassbar stur sein müssen.«

»Fraser-Männer und stur? Das halte ich für ein Gerücht.« Alex stand im Türrahmen und hatte den letzten Satz seiner Verlobten offensichtlich gehört.

»Stimmt, ihr seid schlimmer als stur.« Colleen verdrehte die Augen, küsste ihn aber liebevoll auf die Wange.

»Schön, dass du es einrichten konntest«, sagte Anna und reichte Alex die Hand, auch wenn sie sich insgeheim ein bisschen über sein Timing ärgerte. Hätte er nicht fünf Minuten länger brauchen können? Dann hätte Colleen noch ein paar Informationen mehr für sie gehabt. Doch vielleicht war es besser so. Es ging sie schließlich gar nichts an, wie Lennox und sein Vater ihre Probleme bewältigten – oder ob sie es einfach bleiben ließen. »Dann lasst uns jetzt mal nachsehen, wie es dem Nachwuchs geht«, schlug sie daher vor.

Sie wollte gerade die Tür schließen, als ihr Kater laut miauend anspaziert kam und sich ins Behandlungszimmer drängen wollte. »Kommt gar nicht infrage, mein Freund«, sagte sie streng. »Ab in die Wohnung, da findest du vielleicht ein bisschen Trockenfutter im Napf.« Sie schob ihn mit dem Bein zur Seite und verriegelte dann die Tür.

»Warum schließt du ab?«, wollte Alex wissen, während er Colleen half, sich auf der Behandlungsliege zu platzieren.

»Weil er versuchen wird, die Tür zu öffnen, um mich hier so lange zu belagern, bis ich mich um ihn kümmere.«

Wie aufs Stichwort hörte man kratzende Geräusche an der Tür und verärgertes Maunzen.

»Dein Kater ist wirklich ziemlich speziell«, sagte Alex und lachte. »Wusstest du, dass er seit etwa zwei Wochen jeden Tag in Ruperts Stall abhängt?«

»Ich hatte keine Ahnung, dass ein Pferdefreund in ihm schlummert. Macht er sich denn wenigstens nützlich und fängt ein paar Mäuse?«

»Eher nicht. Er liegt bevorzugt in Heuraufen herum und schläft. Die Pferde stören sich nicht weiter daran. Mit einigen hat er sich sogar richtig angefreundet. Vorhin saß er auf Tillys Rücken und hat anscheinend die Aussicht genossen. Warte.« Er kramte sein Handy aus der Hosentasche hervor, wischte auf dem Display herum und rief seine Fotogalerie auf. Dann zeigte er den beiden Frauen ein Bild von Elvis, wie er auf der Koppel in majestätischer Haltung auf Colleens Fuchsstute ritt.

»Wie süß«, rief Colleen prompt aus, nur um gleich darauf zu seufzen: »Der hat's gut. Ich darf ja nicht mehr reiten.«

»Ist auch besser so. Ich hatte schon lange kein gutes Gefühl mehr dabei«, bemerkte Alex und steckte das Handy wieder weg. »Ich werde dir das Bild nachher schicken«, versprach er Anna, die gerade ihr Ultraschallgerät vorbereitete.

»Wie kam's zu dem Verbot?«, wollte Anna wissen, die die Diskussion der beiden schon seit Wochen verfolgte. Bislang schienen Colleens Ärzte keine Einwände gegen das Reiten gehabt zu haben.

»Wir haben einen Deal vereinbart«, berichtete Colleen und seufzte noch einmal – diesmal erheblich dramatischer. »Solange ich allein aufsitzen kann, darf ich noch reiten. Aber seit zehn Tagen ist der Bauch so groß, dass ich es nicht mehr schaffe.«

Anna musste ein Lächeln unterdrücken. »Ich finde, das ist eine ziemlich sinnvolle Vereinbarung. Außerdem darfst du ja bald wieder rauf aufs Pferd. Ich würde vor dem Ultraschall erst mal eine Tastuntersuchung machen«, kündigte sie dann an und ging ans Werk. »Ganz schön temperamentvoll, der oder die Kleine«, stellte sie fest, als sie über Colleens prallen Bauch strich und fast umgehend Tritte und Knüffe spürte.

»Bis eben war Ruhe«, entgegnete Colleen verwundert und streichelte dann selbst über ihren Bauch.

»Junior wollte wahrscheinlich einfach nur Hallo sagen«, behauptete Anna grinsend. »Und mir mitteilen, dass er oder sie gut drauf ist und ich mir keine Sorgen zu machen brauche, dass er oder sie Ärger machen wird. Wisst ihr eigentlich schon, was es wird?« Sie hatte ein ziemlich eindeutiges Gefühl, was das Geschlecht betraf, und auch ihr Kommentar vorher war nicht völlig aus der Luft gegriffen gewesen. Sie hatte wirklich den Eindruck, dass das Baby ihr klarmachen wollte, dass alles in Ordnung war.

»Nein, und wir wollen es auch nicht wissen«, erwiderte Colleen im Brustton der Überzeugung und warf Alex einen warnenden Blick zu.

Der hob abwehrend die Hände. »Schon gut, schon gut, ich werde meine Neugier im Zaum halten. Auch wenn es für die Namensfindung einfacher wäre, wenn wir wüssten, ob wir einen Jungen oder ein Mädchen bekommen.«

»Es gibt ja auch ein paar schöne Unisex-Namen«, schlug Anna vor und schüttelte die Flasche mit dem Gel. »Bist du bereit für den Glibber?« Sie quetschte eine ordentliche Portion von dem Gleitgel auf Colleens Bauch und brachte den Schallkopf in Position. »Ich werde mich bemühen, die betreffende Stelle nicht ins Bild zu bringen«, versprach sie und begann mit der Untersuchung. Ihr persönlicher Verdacht wurde prompt bestätigt, aber sie beschloss, das Geheimnis für sich zu behalten. Auch sonst schien bei dem jüngsten Fraser-Sprössling und seiner Mutter alles in Ordnung zu sein.

Als Colleen und Alex zwanzig Minuten später glücklich und zufrieden die Praxis verließen, fütterte Anna schnell ihren Kater, der während der kompletten Untersuchung entweder anklagend miaut und oder wütend an der Tür herumgekratzt hatte. Dann kehrte sie in die Praxis zurück, für den Fall, dass doch noch ein Patient ihre Hilfe benötigte.

»Hast du das arme, verhungernde Tier gerettet?«, fragte Maggie amüsiert. »Ich wollte ihn ja weglocken und in deine Wohnung scheuchen, aber er hat mich nur angefaucht.«

»Der Kerl wird immer exzentrischer«, murmelte Anna augenrollend, dann fiel ihr ein Teller mit Shortbread in Katzenkopfform auf, der vorhin noch nicht da gestanden hatte.

»Die hat Lennox vor ein paar Minuten vorbeigebracht«,

sagte Maggie, die Annas Blick richtig interpretiert hatte. »Aber die da sind für mich. Diese hier gehören dir.« Sie reichte Anna eine kleine Pappschachtel, die mit dem Logo der Bäckerei bedruckt war. »Der Junge hat wirklich Talent. Das ist mit Sicherheit das beste Shortbread, das ich jemals probiert habe«, schwärmte sie und fügte mit einem Blick auf ihre runden Hüften noch ein »Leider!« hinzu.

Anna wollte gerade die Schachtel öffnen, als ihr Handy vibrierte. Sie zog es aus der Tasche ihres Kittels. Linda hatte ihr eine Nachricht geschrieben: *Habe eine erstaunliche Entdeckung gemacht! Komme dich am Wochenende besuchen. Halte Hochprozentiges bereit. Du wirst es brauchen! XXX, Linda.*

»Schlechte Nachrichten?«, erkundigte sich Maggie, halb besorgt, halb neugierig.

»Ich bin mir ehrlich gesagt nicht ganz sicher«, murmelte Anna und verzog sich dann mit der Keksschachtel in ihren Behandlungsraum. Dieser Sache wollte sie erst mal auf den Grund gehen.

• • •

»Schon wieder zurück?«, fragte Betty, als Lennox nur eine gute halbe Stunde nach seinem hektischen Abgang in die Backstube zurückkehrte.

Er hatte einen Durchbruch erzielt. Genau genommen *den* Durchbruch, auf den er schon die ganze Zeit gewartet hatte. Die neueste Portion Shortbread schmeckte exakt so wie damals das von seiner Granny. Leider hatte er seinen persönlichen Triumph bisher mit niemandem teilen können. Zumindest mit keinem, der es wirklich hätte beurteilen können. Betty war zwar auch begeistert, hatte aber zugegeben, dass ihr kein signifikanter Unterschied zu den vorherigen Chargen oder den Versuchen von Kristie aufgefallen war. Daher war er vorhin mit ein paar Schachteln losgezogen. Eine hatte er zu Isla ins Restaurant gebracht, doch seine Schwester saß in einem Termin mit einem Paar fest, das die Menüfolge für eine Feier mit ihr diskutierte. Anschließend hatte er sich sogar ein Herz gefasst und war nach Harriswood House gegangen, um dort ebenfalls eine Portion abzuliefern. Alex und sein Dad würden den Unterschied bestimmt schmecken, aber beide Männer waren unterwegs, wie Aidan ihm mitgeteilt hatte. Also hatte er seinem Neffen die Keksdose überreicht und hoffte, dass der Teenager noch ein paar Stücke für Vater und Großvater übrig ließ.

Die letzten beiden Schachteln hatte er dann kurz entschlossen in der Praxis abgegeben. Natürlich würden weder Anna noch ihre Mitarbeiterin beurteilen können, ob er den sagenhaften Geschmack aus seinen Kindheitserinnerungen hatte umsetzen können, aber sie würden sich bestimmt freuen. Insgeheim hatte er gehofft, Anna persönlich anzutreffen. Ihm fehlten die Frühstücksgespräche mit ihr – was albern war, denn so viele hatten sie ja noch nicht gehabt. Aber irgendwie hatte er bei der Ärztin das Gefühl, er selbst sein zu können – wer immer das auch war. Sie verstand ihn und forderte ihn gleichzeitig heraus, was eine unwiderstehliche Mischung war, und außerdem wurde er immer neugieriger, was für ein Mensch sie wirklich war.

Doch leider war sie gerade in einer Behandlung gewesen, wie ihm ihre Helferin Maggie mitgeteilt hatte.

»Tja, es war kein kompetentes Testpublikum anzutreffen«, antwortete er auf Bettys Frage. »Es gibt ja nicht so viele Menschen in Kirkby, die beurteilen können, ob ich das Geheimnis von Grannys Rezept endlich entschlüsselt habe.«

»Tut mir leid, dass ich keine Hilfe bin. Ich kann mich leider wirklich nicht erinnern, ob ich jemals Shortbread von deiner Großmutter probiert habe. Aber ich vertraue deinem Urteil.« Sie lächelte ihn liebevoll an. »Sollen wir gleich mal eine große Portion für morgen backen? Mal sehen, was die Kunden sagen.«

»Gerne.« Lennox nickte, zog aber erst noch sein Handy aus der Tasche und machte ein Foto von den Katzenkopf-keksen. Das schickte er an Kristie, die sich derzeit auf der Isle of Skye die Füße wund tanzte: *Mission accomplished! Leider ist keiner greifbar, der sich mitfreuen könnte. Viel Spaß noch beim Tanzen. L.*

Dann wusch er sich die Hände, zog seine Schürze an und begann, grammgenau die Zutaten abzuwiegen. Das Geheimnis schien nicht nur die richtige Menge zu sein, sondern auch die Reihenfolge, in der man die Zutaten miteinander mischte, und die Temperatur. Die Butter musste superweich sein, und der Orangenabrieb, der hauchfein sein musste, durfte erst ganz zum Schluss mit rein.

»Ich glaube ja, dass das eigentliche Geheimnis ganz woanders liegt«, sagte Betty, die seine präzisen Arbeitsschritte mit liebevoller Mütterlichkeit beobachtete.

»Echt? Worin denn?«, erkundigte er sich, als er die Rührmaschine anstellte – in mittlerem Tempo. Nicht zu schnell und nicht zu langsam.

»Einer ganz besonderen Zutat, die man nicht kaufen kann.« Sie lächelte, und er sah sie verständnislos an. »Liebe«, erklärte sie.

»Liebe?«

»Ich bin mir sicher, dass deine Großmutter immer voller Liebe für euch war, wenn sie ihr Shortbread gebacken hat – weil sie wusste, wie sehr ihr es mögt. Und umgekehrt wart ihr alle voller Liebe für sie. Daher konnte kein anderes Shortbread der Welt dieses Geschmackserlebnis für dich reproduzieren – weil zwei Hauptzutaten fehlten. Die Liebe des Backenden und die des Genießenden.«

Diese erstaunliche Behauptung musste Lennox erst mal sacken lassen. Dann schüttelte er langsam den Kopf. »Aber das würde bedeuten, dass meine Bemühungen hier vollkommen sinnlos sind. Und faktisch ist das neue Rezept ja genauso lecker wie das Shortbread in meiner Erinnerung.« Wie kam Betty nur zu solchen seltsamen Behauptungen? Das war eine Art Kommentar, wie er sie von Anna erwartet hätte, aber doch nicht von »Queen Betty«, die ihm bislang zwar durchaus scharfsinnig erschienen war, aber auch nüchtern und ohne Hang zur Esoterik.

»Nein, das bedeutet es ganz und gar nicht. Ich glaube nur nicht, dass es an den physischen Zutaten liegt. Es ist meiner Meinung nach völlig unerheblich, ob die Butter eine Kerntemperatur von dreiundzwanzig Grad hat oder von achtzehn. Ob du ein Gramm Salz mehr oder weniger in den Teig gibst. Wie der genaue Mahlgrad des Zuckers ist oder mit welcher Vanille er aromatisiert wurde. Glaubst du wirklich, deine Großmutter hat auf solche Dinge geachtet? Nach allem, was du erzählst, hat sie den Teig immer rasch nebenbei zusammengerührt. Aus dem Handgelenk, ohne etwas abzuwiegen. Es wäre ihr gar nicht möglich gewesen, das Ganze jedes Mal präzise und identisch zu wiederholen. Vermutlich ist das auch der Grund, warum es kein Rezept gibt. Weil sie schlicht und ergreifend nie eins aufgeschrieben hat.«

Lennox gab zu, dass das einleuchtend klang – er verstand es aber trotzdem nicht. »Okay, das würde erklären, warum du keinen nennenswerten Unterschied schmeckst, aber nicht, warum es für mich eindeutig ist. Und ich kapier trotzdem nicht, was das mit Liebe zu tun haben soll. Granny ist ja nicht mehr da, und ich …«

»Aber es ist doch ganz eindeutig: Du warst jahrelang besessen davon, die Liebe deiner Großmutter wieder zu spüren – oder eher zu schmecken –, und hast nach dem perfekten Rezept geforscht wie Archäologen nach dem Heiligen Gral. Aber seit du die Bäckerei übernommen hast, gehst du ganz anders ans Werk«, behauptete sie.

»Inwiefern anders?« Er konnte ihr überhaupt nicht mehr folgen.

»Erst ging es dir darum, Kristie keine Schande zu machen und die Bäckerei und das Café wie gewohnt am Laufen zu halten. Doch von Tag zu Tag wirst du mutiger und lässt immer mehr eigene Ideen einfließen. Beim Teegebäck für den achtzigsten Geburtstag des alten Graham oder bei den Cupcakes für Colleen beispielsweise. Dir macht das richtig Freude, und es macht dich glücklich, wenn es den Leuten schmeckt. Das könnte man mit ›Liebe geben und Liebe empfangen‹ umschreiben. Bei den Shortbread-Testreihen ist es doch so, dass du intensiv an deine Großmutter gedacht hast, dass du vielleicht ihre Liebe in dir gespürt hast und du ihr insgeheim ein kulinarisches Denkmal setzen wolltest. Heute war für dich der Moment gekommen, in dem sich all diese inneren Impulse zu einer stimmigen Einheit verbunden haben. Deshalb schmecken die Kekse heute besonders gut.«

Selbst seine angeblich weit überdurchschnittliche Intelligenz reichte nicht aus, um zu begreifen, was Betty wirklich meinte. Oder nein, das war nicht richtig. Lennox begriff es schon, aber es war nicht das, was er hören wollte. Er wollte kein Mysterium, nicht beim Backen jedenfalls, sondern klare, reproduzierbare und skalierbare Ergebnisse. »Vermutlich müsste jetzt Kristie hier sein. Wenn sie es genauso empfindet wie ich, dann spräche das dafür, dass es doch am Rezept und an der genauen Zubereitungsart liegt. Wenn nicht, dann …«

»Es ist doch vollkommen unerheblich, was Kristie dazu sagt«, unterbrach ihn Betty nachsichtig. »Entscheidend ist, was du empfindest. Du hast all dein Wissen, deine Energie und deine Liebe in dieses Rezept gesteckt, also wird *Granny Fraser's Famous Shortbread* für alle Zeiten der perfekte Butterkeks für dich sein. Und für alle, die das Glück haben, ihn probieren zu dürfen.«

»Aber Kristie hat doch auch nach dem richtigen Rezept

gesucht«, warf Lennox ein. »Der Markenname ist übrigens cool. Da hätte ich auch drauf kommen können.«

»Kristie war längst nicht so besessen wie du. Ihr ging es eher um *ihr* perfektes Rezept – und nicht um das von eurer Omi. Auf den Trichter hast erst du sie wieder gebracht. So wie ich sie kenne, wird sie von deinem Rezept begeistert sein – den Markennamen dürft ihr dann gerne nehmen. Vielleicht wird sie aber noch eine weitere Variante erarbeiten, die dann *Kristie's Krispy Shortbread* heißt. Beides dürfte ein Kassenschlager werden. Aber das ist nicht deine Mission.«

»Nicht?«

»Nein. Du bist hier die Aushilfe. Du machst die Arbeit gern, und es macht dir Spaß – genau wie mir. Aber es ist nicht dein Leben und deine Berufung.«

Das sah Lennox zwar grundsätzlich genauso, aber er fand es erstaunlich, dass diese weise ältere Frau, die sich offenbar so eng mit seiner Familie verbunden fühlte, mit ihm selbst aber erst seit wenigen Tagen mehr zu tun hatte, das erkennen konnte. Er hatte in den gemeinsamen Stunden in der Backstube nie über andere Dinge als übers Backen mit ihr gesprochen. »Wie kommst du darauf?«, fragte er daher vorsichtig.

»Du bist ein Künstler«, entgegnete sie schlicht.

»Ja, und? Es gibt Menschen in meiner Familie, die der Meinung sind, dass man Kunst auch kulinarisch ausdrücken kann.«

Betty schüttelte vehement den Kopf. »Nein, das stimmt nicht, und das behauptet auch keiner. Deine Schwester ist zwar vermutlich die beste Köchin ihrer Generation, und zweifellos die beste, die es hier in der Gegend jemals gegeben hat. Sie ist unfassbar talentiert und kreativ, aber sie selbst würde sich nie als Künstlerin bezeichnen. Wenn überhaupt, sind das Fremdzuschreibungen. Sie ist eine begnadete Handwerkerin und hat mit ihrer Arbeit das perfekte Medium dafür gefunden, ihre Kreativität auszuleben. Das ist wunderbar – aber eben keine Kunst. Ähnliches gilt für Kristie und Shona. Die machen ihre Sachen toll und sind kreative Handwerkerinnen, aber keine Künstlerinnen.«

»Und ich bin einer?« Lennox musste diese provozierende Frage stellen. Er wusste selbst, dass er einer war. Aber Betty Murray konnte das eigentlich nicht wissen. Oder?

»Natürlich bist du einer«, sagte sie erstaunlich sanft und liebevoll. »Du bist Musiker – egal, womit du deine Tage sonst füllst. Du wärst auch Musiker geblieben, wenn du einen deiner Studiengänge abgeschlossen hättest und beispielsweise als Anwalt arbeiten würdest. Ich war auch immer schon Schriftstellerin, obwohl ich viele Jahrzehnte lang etwas anderes gemacht habe.«

»Als Journalistin warst du doch nicht allzu weit weg davon, oder?«

Nun lachte sie laut auf. »Junge, du könntest nicht weiter danebenliegen. Wenn ich Bücher schreibe, leitet mich rein meine Fantasie, bei journalistischen Texten wiederum wäre das die denkbar größte Katastrophe! Da geht es um Fakten, um nachprüfbare Behauptungen – sonst gleiten wir endgültig ins Reich der Fake News ab. Aber ich gebe zu, dass in meinem Fall das Handwerk für beide Jobs das gleiche ist – Schreiben. Was übrigens nicht unbedingt ein Glück ist.«

»Nicht?«

»Nein. Denn so habe ich mir viele Jahre lang eingeredet, ich würde meinen Traum leben – obwohl ich in Wirklichkeit etwas ganz anderes gemacht habe.«

»Du hast vielleicht dein Handwerk verbessert«, warf Lennox ein.

»Ich kenne mich in der Musikbranche nicht gut genug aus, um einen angemessenen Vergleich zustande zu bringen, aber eventuell trifft das zu: Journalistisches Schreiben könnte der Arbeit eines Studiomusikers entsprechen. Dafür muss man sein Handwerk auch gut beherrschen und sich an vorgegebene Regeln halten. Das Komponieren eigener Musikstücke stelle ich mir dagegen so vor, wie Romane zu schreiben.«

Lennox nickte. Der Vergleich – auch wenn er ein bisschen holprig war – leuchtete ihm ein.

»Was ich damit sagen will …«, fuhr sie fort. »Du kannst dich gern in der Backstube verkriechen, du kannst auch Astrophysiker, Nachrichtensprecher, Tiefseetaucher oder Hufschmied werden. Das alles wird deine Tage füllen und vielleicht auch dein Konto, aber deine Seele wird hungern.«

»Wieso Hufschmied?«, wollte Lennox stirnrunzelnd wissen. »Willst du damit andeuten, dass mein Vater auch etwas tut, was seine Seele hungern lässt?« Vollkommen unerklärlich begann sein Herz auf einmal heftig zu pochen.

»Diese Frage wird nur er selbst beantworten können,

aber um Marlin geht es jetzt nicht. Es ist dein Leben. Mach was draus. Egal, was dein Vater oder sonst jemand davon hält. Und handle mit Kristie eine Umsatzbeteiligung an *Granny Fraser's Famous Shortbread* aus – ein etwas breiter aufgestelltes Einkommen schadet nicht. Und wo wir schon beim Geldverdienen sind: Hier in der Gegend werden immer talentierte Musiker für Gigs gesucht – das weißt du sicher besser als ich. Das mag dann noch nicht das ultimative Seelenfutter sein, aber irgendwas sagt mir, dass Auftritte vor Publikum zumindest Schritte in die richtige Richtung sind.«

ANOTHER WORLD

LENNOX WAR NUN GENAU drei Wochen in Kirkby und hatte mehr zum Nachdenken bekommen als in den letzten drei Jahren. Die klaren Ansagen von Shona und Alex waren schmerzhaft gewesen, aber eindeutig getrieben von liebevoller Anteilnahme und erstaunlicher Hellsichtigkeit. Richtig umgehauen hatten ihn aber die beiden Frauen, die ihm bislang fremd gewesen waren: Anna und Betty. Anna, die ihn mit simplem Körperkontakt im Innersten berührt hatte und deren feine Antennen ihn magisch anzogen. Und Betty, die resolute, imposante Frau, die gern den Anschein erweckte, über den Dingen zu stehen. Wobei, vielleicht war es gar nicht verwunderlich, dass zwei Künstler einander erkannten?

Er musste endlich Verantwortung für sein Leben übernehmen – das war im Grunde das, was ihm alle gesagt hatten. Manchmal mit eindeutigen Worten, manchmal leicht verbrämt. Dabei hatte er gedacht, dass er längst selbstbestimmt lebte. Schließlich war er mit sechzehn Jahren ausgezogen und nach dem beschaulichen Kirkby im trubeligen London gelandet. Natürlich war er nicht allein gewesen, er hatte Isla gehabt. Aber die war ebenso überwältigt gewesen von den Möglichkeiten der Großstadt.

Doch seine Schwester hatte den entscheidenden Vorteil gehabt, dass sie ein klares und eindeutiges Ziel vor sich gesehen hatte, das zufällig auch dem klaren und eindeutigen Ziel entsprach, das sie nach außen kommunizierte. Jeder hatte gewusst, dass sie Köchin werden wollte. Er dagegen hatte zwar ein klares und eindeutiges Ziel gehabt – Musiker zu sein –, hatte aber behauptet, er wolle Jura studieren. Es kam also wohl nicht nur darauf an, was man fühlte, sondern auch darauf, wie man handelte und wie man sich nach außen gab. Isla hatte von seinem Musikertraum gewusst und ihn ermutigt, das Jurastudium gar nicht erst anzutreten und sich stattdessen an einer Musikhochschule zu bewerben. Er hatte es nicht getan. Warum, war ihm bis heute nicht ganz klar.

Denn was hätte sein Vater schon machen können? Ihm die Unterstützung streichen? Womöglich hätte er ein Stipendium bekommen oder sich mit Gigs oder Kellnerjobs ein Zubrot verdienen können. Abgesehen davon hätte er es seinem Vater auch gar nicht sagen müssen. Zumindest fürs Erste nicht. Marlin Fraser war selbst nie nach London gekommen. Lennox' Tante Heather, deren Schwiegervater eine international operierende Großkanzlei betrieb, hatte ein paar Strippen gezogen und für Nichte und Neffe eine Wohnung in der Stadt organisiert, die beiden dorthin gebracht und darauf geachtet, dass sie ein kleines Netzwerk an nützlichen Kontakten hatten. Heathers Tochter Robin, die acht Jahre älter war als er, hatte zu diesem Zeitpunkt als Junganwältin in der Londoner Niederlassung der Familienkanzlei gearbeitet und auch ein Auge auf die

Cousine und den Cousin gehabt. Aber Marlin hätte es vermutlich niemals gemerkt, wenn Lennox einfach sein Ding durchgezogen hätte.

Warum hatte er es dann nicht getan? Warum hatte er sich verpflichtet gefühlt, zu seinem Wort zu stehen und das zu tun, was er angekündigt hatte? Jura? Ernsthaft? Selbst Robin hatte nur ungläubig den Kopf geschüttelt. Langsam glaubte er selbst, dass man ihm mit dem London-Aufenthalt eine einmalige Chance auf dem Silbertablett präsentiert hatte: die Chance, zu rebellieren! Konnte das wahr sein? Hatten womöglich alle damit gerechnet, dass er weit weg von zu Hause seinen Traum verwirklichen und darauf pfeifen würde, was er vorher gesagt hatte? Wäre das am Ende sogar für seinen Vater okay gewesen?

Dieser Gedanke traf ihn mit solcher Wucht, dass ihm der Atem stockte. In der Rückschau sah alles plötzlich so einfach und klar aus, doch damals war es ein endloser innerer Kampf gewesen, der ihn bis heute zermürbt und aufgerieben hatte. Am Ende vollkommen unnötig? Er schluckte heftig und konnte doch nicht verhindern, dass ihm Tränen in die Augen schossen und die Trauer darüber, dass er sich so viele Jahre lang selbst sabotiert hatte, aus ihm hervorbrach.

Er wusste nicht, wie lange er geweint hatte, aber als ihn ein Schnauben ganz nah an seinem Ohr aus seiner Starre löste, war es schon ziemlich dämmrig. Er hatte sich vorhin wieder Tilly ausgeliehen und war mit ihr zu einem Ausritt aufgebrochen. An seinem Lieblingsplatz im Wald war er abgesessen, hatte das Pferd an der Quelle trinken lassen und ein paar Textideen für einen Song in sein Notizbuch geschrieben.

»Na, du Gute«, sagte er heiser zu der freundlichen Stute und streichelte ihr weiches Maul. »Sollen wir heimreiten?«

Wieder schnaubte sie und stupste ihn an der Schulter an. Er kramte in seiner Jackentasche und fand noch eine der Haferkugeln, die er vor ein paar Tagen für die Pferde gebacken hatte. Aus feinen und groben Haferflocken, vollständigen Haferkörnern, Melasse, Lavendelblüten und Honig. Seine Testobjekte waren allesamt begeistert gewesen, und Tilly bildete da keine Ausnahme. Krachend zerkaute sie die harte Kugel und forderte gleich Nachschub, indem sie weit weniger sanft als vorhin seine Jacke untersuchte.

»Leider nichts mehr da«, bekannte er lachend. »Aber ich backe morgen noch eine Riesenportion, ehe Kristie wieder das Kommando über die Backstube übernimmt.« Er schob den Pferdekopf zur Seite, damit er aufstehen konnte. Dabei fiel das Notizbuch zu Boden, das er völlig vergessen hatte. Er hob es auf und schaute noch einmal auf die Seite mit seinen letzten Eintragungen. Der Songtext begann mit der Frage »Is it time for another other world?« – »Ist es Zeit für eine weitere andere Welt?« Ein Wortspiel, das sich um einen seiner Lieblingssongs drehte.

Bei seinen Auftritten spielte er neben eigenen Stücken auch einige Coverversionen, vorwiegend Lieder von Britpop-Künstlern der Achtzigerjahre wie Eurythmics, Tears for Fears oder Starlight Lin. Von Letzteren stammte *Another World*, ein gleichermaßen mitreißender wie melancholischer Song, der davon handelte, dass man sich andere

Lebensumstände wünschte – ohne Krieg und ohne Umweltverschmutzung auf globaler und ohne Herzschmerz und Einsamkeit auf persönlicher Ebene. Dieser Song war fünfunddreißig Jahre alt – älter als er selbst –, und doch war der Text so aktuell, als wäre er von heute. Sein eigener Text war eine Mischung aus liebevollem Zitat und der ziemlich resignierten Erkenntnis, dass sich die Welt leider nicht zum Besseren entwickelt hatte.

Seufzend steckte er das Notizbuch in die Tasche, zog den gelockerten Sattelgurt wieder fest und saß auf. Abgesehen von seinem allgemeinen Weltschmerz ging es ihm eigentlich prächtig. Das Leben in Kirkby tat ihm wirklich gut. Er schlief viel besser, hatte mehr Energie und war kreativ wie lange nicht. Dass gleichzeitig ein lang vermiedener Denkprozess ins Rollen kam, der zu ziemlich schmerzhaften Erkenntnissen führte, war wohl eine Nebenwirkung, die er in Kauf nehmen musste. Vermutlich musste es sein, dass er sich diesen Dämonen stellte.

Gemächlich ritt er in der Abenddämmerung zurück zum Stall und summte dabei eine Melodie, die zu seinem neuen Text passen könnte. Dabei fragte er sich, wie die beiden Musiker von Starlight Lin die Welt heute interpretieren würden. Leider würden er und die Welt es niemals erfahren, denn das Duo war zwei Jahre nach dem Nummer-eins-Hit *Another World* bei einem Flugzeugabsturz ums Leben gekommen. Wahrscheinlich wären sie entsetzt und traurig darüber, dass sich nichts geändert hatte.

• • •

»Ich kann es nicht fassen, dass du tatsächlich gekommen bist!« Anna umklammerte Linda wie eine Ertrinkende die rettende Holzplanke. Als ihre Freundin ihren Besuch vorgestern Nachmittag mit reichlich kryptischen Worten per WhatsApp-Nachricht angekündigt hatte, war sie noch geneigt gewesen, das als Scherz zu betrachten. Linda hatte einen ziemlich schrägen Humor und scheute nicht vor aufsehenerregenden Aktionen zurück, nur um sich ein gespanntes Publikum zu sichern. Doch sie hatte es ernst gemeint mit ihren Besuchsabsichten und hatte sich strikt geweigert, am Telefon von der erstaunlichen Erkenntnis zu berichten, für die sie angeblich Hochprozentiges brauchten. Nun stand sie an Annas Türschwelle – jeder Zentimeter der Paradiesvogel, als den man sie kannte.

»Und ich kann es nicht fassen, dass du an meinen Worten gezweifelt hast«, entgegnete Linda und lachte ihr dunkles, kehliges Lachen. »Es wurde Zeit, dass ich mir deine Eremitage in der Wildnis mal ansehe.«

Anna nahm ihr den kleinen Koffer ab und schloss die Tür hinter ihnen. »Du übertreibst schamlos. Ich lebe weder in einer Einsiedelei, noch qualifiziert sich Kirkby auch nur ansatzweise als Wildnis, aber ich bin so froh, dass du hier bist. Du glaubst gar nicht, wie sehr ich dich vermisst habe.«

»Mau!«, schaltete sich Elvis ein und schmiegte sich begeistert an Lindas nackte Endlosbeine, die zwischen dem Saum ihres knappen Minirocks und der Kante ihrer schwindelerregend hohen Ankleboots genug Schmusefläche für den verknallten Kater boten.

Anna sparte sich einen Kommentar über das Outfit ihrer Freundin. Erstens war sie die schrillen Aufzüge seit Jahren gewohnt, und zweitens war sie sicher, dass Linda extra für Kirkby noch eine Schippe draufgelegt hatte – in der Hoffnung, die vermeintlich rückständigen Dörfler schocken zu können. »Wo parkst du denn?«, fragte sie stattdessen.

»Auf dem Parkplatz neben dem Rathaus«, antwortete Linda grinsend. »Ich wollte mich ein bisschen umsehen, für den Fall, dass du mich in deiner Bude einsperrst und erst am Sonntag wieder gehen lässt.«

»Warum sollte ich? Ich habe für heute Abend extra einen Tisch im Pub reserviert, um dir einen großen Auftritt zu ermöglichen.«

»Im Pub? Bin ich dir also nicht euer grandioses Sternerestaurant wert?«, erkundigte sich Linda gespielt gekränkt.

»Doch, aber da ist das Publikum so weltläufig, dass du keinen Unterschied zu Edinburgh oder sogar London feststellen könntest. Und dein Ziel ist es doch, für maximale Unruhe im Dorf zu sorgen, oder?« Sie zwinkerte ihr zu und ging dann in die Küche. »Kaffee oder Aperitif?«

»Dafür, dass du so irre clever bist, stellst du manchmal ganz schön dumme Fragen, Süße«, entgegnete Linda. »Wo kann ich mich denn frisch machen?«

Anna deutete auf die Badezimmertür und begann, zwei Gin Tonics vorzubereiten. Elvis maunzte laut. »Was ist los? Hast du bei deinen Streifzügen nichts zu fressen bekommen?«, fragte sie ihn, füllte dann aber brav seinen Napf.

»Herrlich!«, befand Linda kurz darauf mit einem Blick auf die gut gefüllten Gläser und ließ sich in die weichen Sofapolster sinken.

Anna stellte einen Teller mit dem restlichen Shortbread auf den Couchtisch, reichte Linda den Longdrink und nahm selbst Platz. »Cheers«, prostete sie ihr zu und trank einen großen Schluck.

»Wow, der ist gut!«, lobte Linda und klang dabei so überrascht, dass sich Anna fast eine Spur gekränkt fühlte. Als hätte sie schon mal schlechten Alkohol serviert.

»Der Gin ist aus Kirkby, den haben Isla und Shona Fraser kreiert. Er heißt *Alpaca Thistle*.«

»Bescheuerter Name, aber lecker.« Linda grinste. »Na ja, mit irgendwas muss man sich in der Wildnis ja die Zeit vertreiben.«

»Du bist wirklich unmöglich.« Anna wusste, dass Linda sie nur necken wollte, doch bei ihren Worten blieb ein kleiner Stich zurück. Kirkby war inzwischen ihre Heimat geworden. Sie liebte den Ort und seine Einwohner und wünschte sich, dass Linda ihre Gefühle, wenn schon nicht teilen, dann wenigstens nicht lächerlich machen würde. Aber das behielt sie für sich. Sie hatte keine Lust auf eine Grundsatzdiskussion. Außerdem würde Linda an diesem Wochenende ohnehin selbst erleben können, wie cool Kirkby in Wirklichkeit war.

»Dafür liebst du mich«, sagte Linda und streckte eine Hand nach Anna aus. »Hey, kein Grund, so einen Flunsch zu ziehen. Ich veräpple dich nur, weil ich in Wirklichkeit so traurig bin, dass du aus Edinburgh weggegangen bist.

Ich vermisse dich nämlich sehr. Wir alle vermissen dich sehr. Du warst das Herz unserer kleinen Familie.«

»Finlay ist das Herz«, widersprach Anna und dachte an ihren Freund, dem sie so vieles zu verdanken hatte. Vor allem ihre Liebe zum Yoga.

»Dann bist du eben unsere Seele. Und selbst wenn du nur ein Finger oder eine Zehe wärst, würden wir dich vermissen.«

»Ich vermisse euch auch«, gab Anna zu und fühlte sich zunehmend wehmütig.

»Warum kommst du dann nie zu Besuch?«

»Du weißt, warum.« Anna seufzte. Sie hatten dieses Gespräch schon so oft geführt. Sie war absolut überzeugt davon, dass man sich an einem neuen Ort schneller heimisch fühlte, wenn man den vorherigen mied. Vor allem dann, wenn man dort gern gelebt hatte. Ähnlich war es mit gescheiterten Beziehungen. Da war es sicherlich auch besser, wenn man nach der Trennung keinen Kontakt mehr zu seinem Expartner hielt. Zumindest solange der Schmerz noch spürbar war. Nicht dass sie Expertin wäre, in beiden Fällen …

»Ja, ich weiß. Auch wenn ich es ganz anders sehe. Aber jetzt bin ich ja hier und freue mich auf ein schönes Wochenende mit dir, und vielleicht sind deine Wurzeln inzwischen stark genug, dass du dich demnächst auch schmerzfrei wieder in die alte Heimat bewegen kannst.«

»Davon gehe ich aus. Aber jetzt will ich langsam mal wissen, warum genau du hier bist. Was hast du entdeckt, das du mir nicht am Telefon erzählen konntest? Oder war das am Ende nur eine seltsame Ausrede für dich selbst? Meinetwegen hättest du es nämlich nicht so spannend machen müssen. Mich hätte schon die schlichte und grundlose Ankündigung, dass du zu Besuch kommst, in Ekstase versetzt.«

»Ehrlich gesagt habe ich gehofft, dass dich jemand anders in Ekstase versetzt«, nahm Linda prompt den unbedacht hingeworfenen Faden auf. »Wie sieht's aus? Bist du bei Lennox inzwischen weitergekommen?«

»So kann man es nicht ausdrücken.« Anna seufzte und reichte Linda den Teller mit den Keksen. »Erstens hatte ich ja gar nicht geplant, ›weiterzukommen‹ – was auch immer das heißt –, und zweitens habe ich ihn seit unserem Telefonat kaum noch gesprochen. Er hat sich nämlich zu einem spontanen Karrierewechsel entschlossen und die Bäckerei seiner Cousine übernommen. Probier mal, die sind von ihm.«

»Shortbread in Katzenköpfchenform?« Linda nahm sich ein Stück und biss ein Ohr ab. »Köstlich«, schmatzte sie. »Aber wieso wird ein Musiker plötzlich zum Bäcker?«

»Ich habe nicht die leiseste Ahnung«, entgegnete Anna. »Er wollte seiner Cousine die Teilnahme an einer Tanzlehrerausbildung auf der Isle of Skye ermöglichen, aber ich wusste nicht, dass er professionell genug ist, um praktisch aus dem Stand alles zu übernehmen. So trivial ist Backen ja nun auch nicht. Und das Shortbread ist sensationell.«

»Das stimmt, aber ich denke, dass er als Musiker noch besser ist«, sagte Linda und klang ein bisschen nachdenklich. »Es wäre jammerschade, wenn er diesen Karrierepfad verlassen würde.«

»Ich kann mir kaum vorstellen, dass es für immer sein soll. Irgendwann dieses Wochenende kommt Kristie zurück, und dann dürfte sein Gastspiel in der Backstube ohnehin wieder beendet sein.«

»Hast du dir inzwischen mal ein paar Videos mit Auftritten von Len X angesehen?«, bohrte Linda nach.

»Ja, ein oder zwei«, gab Anna zu – und das war auch nicht gelogen. Ein oder zwei verschiedene Clips pro Tag – mehr war es nicht gewesen, auch wenn sie manche in Dauerwiederholung hatte laufen lassen. Doch das musste Linda nicht wissen, sonst würde ihre schmutzige Fantasie endgültig keine Grenzen mehr kennen. »Möchtest du noch einen Schluck?«, fragte sie rasch und deutete auf Lindas leeres Glas. Ihr eigenes war dagegen noch halb voll.

»Einen kleinen vielleicht noch. Der ist wirklich außergewöhnlich lecker. Geschmacklich erinnert er mich an eine blühende Sommerwiese, und wenn ich die Augen schließe, sehe ich tatsächlich Disteln vor mir – obwohl ich nicht die leiseste Ahnung habe, wie Disteln schmecken.«

»Ich werde Shona und Isla ausrichten, dass ihr Konzept selbst bei Menschen wie dir funktioniert.« Anna stand auf und holte die Gin- und die Tonicflasche aus der Küche.

»Wer sind denn bitte schön Menschen wie ich?«, fragte Linda leicht indigniert.

»Na so versierte urbane Schnapsdrosseln, wie du eine bist«, entgegnete Anna lächelnd und goss nach. »Soweit ich weiß, haben die beiden nicht versucht, auch noch Alpakas aromatisch abzubilden. Das ist nur der Markenname.«

»Das beruhigt mich enorm ...« Linda hob eine Braue. »Ich bin mir auch nicht sicher, ob ich mehr wissen will.«

»Schade, denn es gäbe eine Menge zu erzählen. Shona hat inzwischen eine richtige Alpakaherde, und wir sind dabei, ein Konzept für Alpakawanderungen einerseits und Alpakatherapie andererseits auszuarbeiten. Ich lese mich gerade ein. Alpakas gelten wohl als ziemlich perfekte Therapietiere – sie sind freundlich, geduldig und haben derart seelenvolle Augen, dass jeder sofort Vertrauen zu ihnen fasst.«

»Und sie sind zum Gähnen langweilig.« Linda winkte ab. »Nichts gegen diese Plüschis, wirklich nicht, aber deshalb bin ich nicht hier.«

»Einen Versuch war's wert. Freiwillig willst du mir ja nicht verraten, was der Grund für deinen überraschenden Besuch ist.« Anna grinste und prostete ihrer Freundin erneut zu.

»Das erfährst du noch früh genug. Aber zurück zu deinem Len. Du hast also ein paar Videos von ihm gesehen, ja?«

»Hab ich ja gesagt.«

»Und?«

»Was und? Ich verstehe ja nicht viel von Musik, aber ich höre ihm gern zu, wenn er singt – egal, ob es seine eigenen Songs sind oder Coverversionen. Er hat eine unglaubliche Bühnenpräsenz und mehr Ausstrahlung als so mancher

Popstar. Gegen ihn finde ich einen Ed Sheeran fast ein bisschen lahm.«

»Und das aus deinem Mund.« Linda machte große Augen, denn sie wusste um Annas große Ed-Sheeran-Schwäche.

»Ich weiß auch nicht. Die beiden sind etwa gleich alt, und natürlich ist Ed unfassbar viel bekannter und erfolgreicher, aber Lennox wirkt … ich weiß nicht, wie ich's beschreiben soll.«

»Ed Sheeran macht dir gute Laune und Len ein feuchtes Höschen«, stellte Linda vergnügt fest. »Ich bin langsam richtig gespannt auf diesen Wunderknaben. Denkst du, er ist gleich auch im Pub?«

»Keine Ahnung, ich hab ihn nicht nach seinen Plänen gefragt.« Anna räusperte sich. Insgeheim wünschte sie sich, dass er da sein würde, doch andererseits war es Linda ohne Weiteres zuzutrauen, dass sie Anna völlig vor ihm blamierte. Und sie war sich nicht sicher, wie der empfindsame Lennox auf die ausgesprochen extrovertierte und direkte Linda reagieren würde. »Es wäre vielleicht besser, wenn er nicht da ist«, fügte sie daher hinzu.

»Warum? Hast du Angst, dass ich ihn dir ausspannen könnte?«

Anna verdrehte die Augen. »Quatsch. Außerdem kann man nichts ausspannen, was nicht vorher eingespannt wurde. Aber du könntest ihn …«

»Verschrecken? Auf unzüchtige Gedanken bringen?« Lindas kehliges Lachen dröhnte in Annas Wohnzimmer. Offenbar fand sie das alles wahnsinnig lustig. »Keine

Sorge, seine zarte Künstlerseele ist sicher vor mir. Im Gegenteil, ich halte ihn für wahnsinnig talentiert und würde ihn gern fragen, ob er Lust auf ein paar Gigs in unserer Winterfestivalreihe hat.«

»Echt?« Nun war Anna überrascht. Mit so einer konkreten Ansage von ihrer Freundin hätte sie nicht gerechnet. Linda war verantwortlich für das Künstler-Booking beim Fringe-Festival und auch bei den zahllosen kleineren Konzertreihen, die übers Jahr in Edinburgh stattfanden. Sie kannte sich in der Szene wirklich gut aus und hatte ein untrügliches Gespür für neue, heiße Talente.

»Ja. Ganz echt. Aber vorher muss ich noch eine Sache mit ihm klären, die mir keine Ruhe lässt.«

»Das hört sich schon wieder reichlich ominös an.« Anna runzelte die Stirn. »Bist du am Ende gar nicht wegen mir hier, sondern seinetwegen?«

»Sei nicht albern, Süße. Natürlich bin ich wegen dir hier. Aber meine aufregende Entdeckung hat rein zufällig auch was mit ihm zu tun.«

»Rein zufällig?«

Linda zuckte mit den Schultern. »Nicht meine Schuld, dass der Zufall seine verrückten fünf Minuten hatte. Und wann gibst du endlich zu, dass du in ihn verknallt bist?«

»Sobald es so weit ist. Was ich für extrem unwahrscheinlich halte.« Ihre innere Stimme meldete sich leicht protestierend zu Wort, aber Anna ertränkte sie mit den letzten Schlucken von ihrem Drink. Sie hatte keine Lust auf verwirrende innere Dialoge, zusätzlich zu den nicht minder verwirrenden äußeren. »Wollen wir langsam los?

Ich bin mir sicher, dass sich Kirkbys High Society schon vollzählig im Pub versammelt hat, um meinen Gast kennenzulernen.« Sie stand auf und brachte die leeren Gläser in die Küche. Ihr Spruch war zwar nur so dahingesagt gewesen, doch sie fürchtete, dass mehr als nur ein Fünkchen Wahrheit darin steckte. Jon hatte sich bei ihrer Tischreservierung gestern jedenfalls sehr interessiert nach Details erkundigt.

Tatsächlich war der *Wise Pelican* gerammelt voll, als Anna und Linda den Pub eine knappe Viertelstunde später betraten, und wie im Film schienen die Gespräche schlagartig zu verstummen. Anna konnte es den Leuten kaum verübeln, denn so einen schillernden Paradiesvogel wie Linda sah man in Kirkby nicht allzu oft. Ihre Freundin genoss den Auftritt offensichtlich. Sie reckte ihre stattlichen hundertfünfundachtzig Zentimeter Körperlänge, die sie auf den schwindelerregend hohen High Heels balancierte, noch ein Stückchen höher, schwang ihre schmalen Hüften ein bisschen mehr als unbedingt nötig und warf sich schwungvoll die schwarze Lockenmähne über die Schulter. Anna musste sich ein Lachen verbeißen, denn es war wirklich urkomisch.

»Welch ein Glanz in meiner bescheidenen Hütte«, sagte Jon grinsend zur Begrüßung. »Darf ich die Damen an ihren Tisch führen?« Er lotste sie an einen Tisch in der Nähe des Tresens, wo man den ganzen Pub im Blick hatte und selbst auf dem Präsentierteller saß. Der Wirt musterte Linda derart unverhohlen, dass Anna es fast peinlich fand.

Ausgerechnet von Jon hätte sie so ein Verhalten nicht er- wartet. Doch dann überraschte er sie mit dem Ausruf: »Wir kennen uns, nicht wahr? Du arbeitest fürs Fringe- Festival.«

»Stimmt.« Linda schaute ihn ihrerseits durchdringend an und schien zu überlegen, ob sie ihn kannte. »Haben wir uns schon mal gesehen?«

»Einmal kurz, ganz flüchtig. Ich bin Jon Grant, die Werbeagentur meiner Familie hat vor ein paar Jahren den Marken-Relaunch fürs Fringe gemacht. Vermutlich kennst du eher meine Schwester Carla.«

Linda nickte. »Du bist Carlas Bruder?«, fragte sie ver- blüfft. »Ich dachte, du leitest die Niederlassung in London?«

»Das habe ich bis vor anderthalb Jahren auch gemacht, zusammen mit meinem älteren Bruder. Doch dann habe ich die Werbung an den Nagel gehängt.«

»Und bist nach Kirkby abgewandert, um als Pubwirt zu arbeiten?« Nun klang Linda fast schon fassungslos.

»Es gibt schlimmere Schicksale.« Jon grinste breit. »Ich find's großartig hier, und Anna scheint sich auch wohl- zufühlen.«

»Ihr seid doch alle irre«, murmelte Linda und blickte mit leicht geöffnetem Mund zwischen Jon und Anna hin und her, als wäre sie sich nicht ganz sicher, was sie von alldem halten sollte.

»Volltreffer, Jon. Du hast geschafft, was vorher noch nie jemandem gelungen ist: Linda ist sprachlos.« Anna lachte glockenhell. Der Geräuschpegel in der Kneipe hatte wie- der das übliche Niveau erreicht. Entweder diskutierten die

Leute gerade über die Neuankömmlinge, oder – und das kam ihr wahrscheinlicher vor – sie hatten schlicht ihre Gespräche von vorher wieder aufgenommen. »Wo habt ihr beiden euch denn schon mal gesehen?«, wollte sie noch wissen.

»Ich glaube, das war bei einer Weihnachtsfeier vor zwei oder drei Jahren, oder?«

Linda nickte erst, dann schüttelte sie den Kopf. »Ja, kann sein. Aber ich verstehe trotzdem nicht, warum plötzlich alle in dieses Kaff ziehen.«

»Wart's ab. Vielleicht willst du ja auch nicht mehr zurück.«

»Das halte ich für extrem unwahrscheinlich.« Linda schnaubte, schien sich jedoch langsam wieder zu fangen. »Aber ich bin sehr gespannt, was der weise Pelikan an kulinarischen Highlights zu bieten hat.«

»Ich bring euch gleich die Karte«, versprach Jon. »Als Tagesgericht haben wir frischen Fischeintopf und ein wirklich mörderisch scharfes Curry. Was wollt ihr denn trinken?«

»Der Fischeintopf ist sensationell«, schwärmte Anna. »Sollen wir den nehmen? Dann könnten wir eine Flasche Weißwein dazu trinken.«

»Ookay«, erwiderte Linda gedehnt. Ganz traute sie dem Laden wohl noch nicht. »Was habt ihr denn für Weine?«

»Ich kann euch gerne unsere Weinkarte bringen, aber ich würde einen südafrikanischen Chenin blanc empfehlen«, antwortete Jon.

»Es gibt hier eine Weinkarte? In einem Dorfpub in der Wildnis?«

»Linda, langsam wird's echt ein bisschen blöd mit deinen Vorurteilen«, sagte Anna, eine Spur genervt. »Wir sind hier nicht in der Wildnis, und ja, es gibt eine Weinkarte. Das ist auch nicht weiter verwunderlich, denn Jon liebt gute Küche und gute Getränke, und außerdem ist er mit Isla Fraser verlobt. Glaubst du, eine Sterneköchin würde zulassen, dass es im Restaurant ihres Freundes Speisen und Getränke in unterdurchschnittlicher Qualität gibt? Ich würde einfach mal behaupten, dass das Essen hier im Pub besser ist als das in den meisten der Läden, die du in Edinburgh so gerne frequentierst. Denn da geht es vorwiegend um Show und weniger um Qualität.«

»Wow, das ist auch eine Premiere«, bemerkte Jon und klang beeindruckt.

»Was?«, fragten Anna und Linda gleichzeitig.

»Dass die immer freundliche Anna verärgert ist.« Er schenkte ihr ein warmherziges Lächeln. »Dann darf ich euch also zweimal Fischeintopf und eine Flasche Chenin servieren? Wasser dazu?«

»Gern.« Anna nickte bestätigend und fügte dann noch hinzu: »Und ich bin nicht wirklich verärgert.«

»Ich hab's schon kapiert«, sagte Linda zerknirscht, als Jon verschwunden war. »Sorry, dass ich den Bogen überspannt habe.«

»Schon gut. Aber da du ja die große Vorreiterin für Toleranz und Offenheit bist, fände ich es schön, wenn du diese Tugenden auch in Bezug auf meine neue Heimat in Stellung bringst. Ich fühle mich nämlich sehr wohl hier, und wenn du mal die Augen aufmachst, erkennst du vielleicht auch, warum das so ist.« Für Anna war das Thema damit beendet. Sie hatte keinen Bedarf an mehr Drama und wollte einfach nur den Abend mit ihrer ältesten und liebsten Freundin genießen.

Es wurde dann auch ein sehr lustiger Abend, mit jeder Menge wechselnder Tischgenossen. Shona und Kendrick schauten kurz vorbei und sagten Hallo, Hailey leistete ihnen bei einem sündigen Schokoladendessert Gesellschaft, und eben war auch noch Bürgermeister Collum McDonald dazugekommen, der seine Faszination nicht verbergen konnte.

»Ein Musikfestival würde in Kirkby auch funktionieren«, sagte er im Brustton der Überzeugung, sodass Anna sich ein Lächeln nicht verkneifen konnte.

»In Kirkby kann alles funktionieren«, stimmte sie ihm augenzwinkernd zu.

»Natürlich, aber gerade nach Musik sind die Highlander verrückt, und für die Besucher wäre es ein tolles Angebot. Ich könnte mir vorstellen, dass wir die Stewarts mit ins Boot holen und Monroe Manor zum Hauptveranstaltungsort machen. Auf den Ländereien wäre auch genug Platz für Camping im Sommer ...«

»Collum!«, unterbrach ihn Hailey lachend. »Krieg dich wieder ein. Selbst wenn du Tante Heather und Onkel George mit ins Boot bekämst – was ich nicht für superwahrscheinlich, aber auch nicht für vollkommen abwegig halte –, wie willst du das gegen Onkel Marlin durchsetzen? Der würde auf die Barrikaden gehen.«

»Ja, und? Der alte Zausel macht doch nichts lieber, als querzuschießen. Das hält ihn jung.« Collum schien dieses Argument nicht zu beeindrucken. »Für so ein Festival wäre es natürlich toll, wenn wir die Expertise und die Kontakte eines Profis nutzen könnten«, fuhr er fort und sah Linda mit einem derart treuherzigen Hundeblick an, dass Anna sich vor Lachen an ihrem Wein verschluckte.

»Ich fühle mich sehr geschmeichelt«, entgegnete Linda mit huldvollem Lächeln. »Aber es gibt zwei Hindernisse. Mindestens.«

»Hindernisse sind dafür da, dass man sie aus dem Weg räumt!« Collum richtete sich auf und wirkte dabei wie ein Gockel, der seine Federn aufplustert.

»Erstens«, fuhr Linda fort, »gibt es in der Gegend ja schon seit Jahren das ›Belladrum Tartan Heart Festival‹, das so etabliert ist, dass man gar nicht erst zu versuchen braucht, ihm Konkurrenz zu machen. Und zweitens habe ich bereits einen Job, der mir Spaß macht und mich fordert.«

Collums Gefieder büßte sichtlich Volumen ein, wie Anna amüsiert feststellte, doch er ließ nicht locker. »Gut, das Belladrum hatte ich kurzzeitig nicht auf dem Schirm. Aber man könnte es ja anders aufziehen und einen anderen Fokus wählen. Vielleicht kleinere Indoor-Events im Winter. Da käme wieder das Haus der Stewarts ins Spiel. Aber was deinen Job betrifft, darüber könnte man doch bestimmt reden, oder?«

»Eher nicht«, gab Linda augenzwinkernd zurück. »Versteh mich nicht falsch, hier ist es zweifellos hübsch, und langsam verstehe ich auch den Reiz, den Kirkby auf Anna und Jon ausübt. Aber ich bin eine lupenreine Großstadt-pflanze und halte es für extrem unwahrscheinlich, dass sich das jemals ändern wird.«

»Außerdem ist Colleen unsere Event-Koordinatorin«, warf Anna ein. »Schon vergessen?«

»Wie könnte ich?«, verteidigte sich Collum. »Ich habe den Job ja extra für sie geschaffen. Aber Colleen hat keine Ahnung von Musik – soweit ich weiß, jedenfalls –, und außerdem ist sie schwanger.«

»Aber nicht mehr so lange. Das Baby kommt in ein paar Wochen zur Welt, und im Frühjahr oder im Sommer wird sie wieder arbeiten«, sagte Anna.

»Was ist außerdem aus deinen Plänen für das Outlan-der-Erlebniscenter geworden?«, wollte Hailey wissen.

»Outlander-Erlebniscenter?«, hakte Linda ein. »Das klingt spannend.«

»Ist es auch, und ich bin nach wie vor dran. Aber die Genehmigungsverfahren ziehen sich, und ich schätze, wir müssen das Konzept noch einmal grundlegend überarbei-ten. Mir schwebt einerseits eine Art Dauerausstellung vor, die das ganze Jahr geöffnet ist und sicher viele Besucher anziehen würde, andererseits eine Veranstaltungsreihe im Sommer, bei der wir die ikonischsten Szenen der Roman-reihe nachstellen. Da käme dann auch wieder Musik ins Spiel. Das könnte man prima mit einem Konzert-Event kombinieren.«

»Und natürlich mit Wettbewerben, wer der beste Jamie-Doppelgänger ist, stimmt's? Dafür würde ich mich glatt als Jurorin anheuern lassen.« Linda ließ ihr dunkles Lachen hören, was Collum dazu brachte, heftig zu schlucken und sein Gefieder wieder zu plustern.

Langsam bekam Anna Mitleid mit ihm und wollte schon eingreifen, doch dann fing sie einen Blick von Hailey auf, die unauffällig den Kopf schüttelte. Das sollte wohl heißen, dass man den armen Bürgermeister ruhig ein bisschen schmoren lassen sollte.

»Ich denke, das ließe sich einrichten«, erwiderte er und räusperte sich heftig. »Darf ich die Damen noch auf eine weitere Runde einladen?«

»Aber unbedingt!« Linda zeigte ihr Haifischlächeln und setzte dann zum Todesstoß an: »Ich könnte mir übrigens gut vorstellen, dass du einer der heißesten Anwärter auf den Sieg wärst«, gurrte sie – und diesmal war es Hailey, die sich an ihrem Bier verschluckte, so heftig, dass Anna kurz davor war, erste Hilfe zu leisten.

»Du bist wirklich wahnsinnig witzig«, japste Hailey um Atem ringend in Richtung Linda.

Anna schüttelte den Kopf, sagte aber nichts, und Collum schien sich nicht gekränkt zu fühlen. Ganz im Gegenteil. Mit stolzgeschwellter Brust wandte er sich zum Tresen um und rief: »Jon, bringst du uns bitte meinen Whisky und vier Gläser?«

»Du hast hier deine eigene Flasche Whisky?« Linda hob eine Braue, und Anna applaudierte ihrer Freundin im Stillen dafür, dass sie bewundernd und nicht ironisch klang, obwohl sonnenklar war, dass Linda sich nach Strich und Faden über den armen Kerl lustig machte.

»Ich habe sogar mein eigenes Fass! Aber es dauert noch ein paar Jahre, bis man den trinken kann. Das war die Erstabfüllung aus unserer neuen Destillerie. Shona hat im Sommer einige Fässchen für einen guten Zweck versteigert. Natürlich habe ich da auch zugeschlagen. Aber bis es so weit ist, dass wir diesen Tropfen genießen können, habe ich immer eine Flasche von meinem Lieblingswhisky bei Jon im Regal.«

»Wie das halbe Dorf, weil es günstiger ist, das Zeug flaschenweise zu ordern statt glasweise«, zerstörte Hailey grinsend die Wirkung seiner Worte.

»Das ist Ausdruck meiner Gastfreundschaft«, verteidigte er sich.

»Das ist eher Ausdruck typisch schottischer Sparsamkeit!«, beharrte Hailey.

»Egal wie, ich bin gespannt, worauf ich mich freuen darf«, warf Linda ein und ließ ihren Blick durch den Gastraum schweifen. »Wer sind eigentlich die Leute an dem Tisch da drüben, die uns die ganze Zeit schon so finster anstarren?«, wollte sie wissen.

»O, das sind der Pfarrer, die Königin, der Pferdeflüsterer und der Hufschmied«, zählte Anna auf und winkte dem Quartett fröhlich zu. Ihr waren die Blicke der vier auch schon aufgefallen. Irgendwas schien ihnen massiv zu missfallen. Ob es die schillernde Linda war? Oder hatten sie womöglich ein paar Gesprächsfetzen mitgehört? »Outlander« und »Musikfestival« dürften Stichworte sein, die bei Marlin für reichlich miese Laune sorgten.

»Klingt nach einer interessanten Runde«, befand Linda

grinsend. »Der eine Typ kommt mir irgendwie bekannt vor.«

»Interessierst du dich für Pferde? Mein Dad taucht relativ oft in irgendwelchen Fachzeitschriften auf, und ab und zu auch im Fernsehen. Vielleicht hast du ihn da ja gesehen?«, mutmaßte Hailey. »Er ist der Große mit dem wirren roten Bart.«

»Pferde?« Linda schüttelte sich. »Gott bewahre. Nein, den mein ich auch nicht, sondern den drahtigen Typen neben ihm.« Sie runzelte die Stirn.

»Das ist Marlin Fraser, der Vater von Lennox, Shona, Isla und Alex – und Onkel von Hailey«, erklärte Anna. »Aber ich kann mir nicht vorstellen, woher du ihn kennen könntest. Er lebt ziemlich zurückgezogen und vermeidet es, Kirkby zu verlassen. Er kann es auch nicht leiden, wenn hier im Ort zu viel Trubel ist und zu viele Touristen unterwegs sind. Deshalb ist er auch so massiv gegen das Erlebniscenter.«

Linda zuckte mit den Schultern. »Keine Ahnung. Aber das Gesicht kommt mir total bekannt vor. Vielleicht täusche ich mich aber auch und verwechsle ihn.«

»Marlin Fraser ist der geheimnisvollste Mann hier im Ort«, stellte Jon fest, der gerade mit dem Whisky und den Gläsern an den Tisch trat und die letzten Sätze offensichtlich noch mitgehört hatte.

»Eher der geheimniskrämerischste«, korrigierte Hailey und rollte mit den Augen.

»Zweifellos der renitenteste und sturste«, versuchte Collum, das noch zu toppen.

»Klingt fast so, als müsste ich ihn unbedingt kennenlernen.« Linda grinste.

»Aber jetzt trinken wir erst mal auf diesen schönen Abend und darauf, dass wir uns kennengelernt haben«, sagte Collum eilig, offensichtlich bemüht, Lindas Aufmerksamkeit wieder auf sich zu ziehen. Er goss recht großzügige Mengen in die Gläser und prostete den Frauen zu. »Linda, ich freue mich sehr, dich getroffen zu haben, und hoffe, dass du Anna in Zukunft häufiger besuchst. Solltest du jemals nach einem neuen Job Ausschau halten oder doch Lust aufs Landleben verspüren, dann wende dich bitte jederzeit vertrauensvoll an mich.«

»Und wenn die Hölle zufriert, bist du auch der Erste, bei dem ich Unterschlupf suche«, fügte Linda frech hinzu, schenkte dem Bürgermeister dann aber einen kecken Augenaufschlag. »Cheers!«

»Slàinte«, setzten Collum und Hailey dagegen, und auch Anna hielt es mit dem gälischen Wort.

»Slàinte«, beugte sich schließlich auch Linda den lokalen Gepflogenheiten – nicht ohne leicht die Augen zu verdrehen.

Anna schaute auf die Uhr. Es war schon nach elf, und sie sah jetzt zwei Möglichkeiten: Entweder sie versackten völlig in der Kneipe und wären dann morgen total ausgeknockt. Oder sie gingen nach Hause. Zumal Linda ihr ja noch eine Erklärung schuldete. Anna war zwar immer noch nicht sicher, dass sich das Ganze am Ende nicht doch als irgendeine Finte erweisen würde, aber sie wollte es unbedingt herausfinden. Das kam ihr selbst etwas merkwürdig vor, denn übermäßig neugierig war sie normalerweise nicht. Doch ihr Bauchgefühl sagte ihr, dass etwas Größeres im Busch war und dass es schlau wäre, sich dafür noch einen Rest Nüchternheit zu bewahren. Sie gähnte demonstrativ und zupfte Linda am Ärmel. »Ich glaube, es wird Zeit für uns. Vielen Dank für den Whisky, Collum.« Um weitere Diskussionen zu vermeiden, stand sie auf und ging zum Tresen, um das Abendessen zu bezahlen, holte ihre und Lindas Jacke von der Garderobe und scheuchte ihre Freundin Richtung Ausgang.

»Gerade als der Abend anfing, spaßig zu werden«, beklagte sich Linda und warf beim Rausgehen noch mal einen Blick auf Marlin Fraser.

»Der Abend ist ja noch nicht vorbei«, entgegnete Anna, als sie draußen vor der Tür waren, und kuschelte sich fröstelnd in ihre warme Jacke. Die klare, kühle Nachtluft belebte ihre Sinne. »Ich will jetzt keine weiteren Ausreden mehr hören, sondern endlich erfahren, was diese erstaunliche Entdeckung ist, wegen der du angeblich hier bist.«

»Die hat womöglich gerade noch eine spannende Facette dazubekommen.« Lindas Stimme hatte einen merkwürdigen Tonfall angenommen, aber sie wehrte sich nicht, als Anna sie zu ihrer Wohnung scheuchte.

Oben angekommen zog Linda, noch in Jacke und Schuhen, ihr Tablet aus der Handtasche und rief ein Video auf, das Anna bereits kannte: Lennox, wie er den alten Starlight-Lin-Hit *Another World* beim diesjährigen Fringe-Festival sang.

»Ich kenne das Video«, sagte Anna. »Cooler Song, großartiger Sänger.« Sie hatte keine Ahnung, worauf Linda hinauswollte. *Das* war jedenfalls keine erstaunliche Entdeckung.

»Hast du auch die Kommis gelesen, die darunter aufgelistet sind?«, wollte Linda wissen und schälte sich aus ihrer Jacke.

»Nein. Warum auch?«

»Deswegen.« Linda scrollte durch die zahlreichen Kommentare und las dann einige davon vor: »Pass mal auf. Da hätten wir diesen hier: ›Hammer-Typ – klingt so krass wie das Original, dass ich Gänsehaut bekomme!‹ Oder diesen: ›Ist euch schon mal aufgefallen, dass Len X wirklich haargenau so klingt wie Lin von Starlight Lin? Er sieht dem Sänger sogar ähnlich!‹ Oder diesen hier: ›Ich war vor fünfunddreißig Jahren bei einem Konzert von Starlight Lin und musste jetzt drei Mal nachschauen, von wann dieses Video ist. Das kann nicht sein!!‹«

»Ist ja schräg«, gab Anna zu, fand es aber immer noch nicht wirklich spektakulär. Dann war Lennox eben ein begnadeter Sänger, der rein zufällig eine ähnliche Stimme wie ein anderer hatte. »Aber ist es auch so außergewöhnlich, dass du deshalb extra von Edinburgh nach Kirkby gekommen bist?«

»Warte es einfach ab.« Linda rief ein weiteres Video auf. Diesmal war da die Originalband zu sehen, die *Another World* darbot. Es stimmte, die Stimmen klangen ähnlich, aber keinesfalls identisch. Was Anna allerdings stutzig machte, war der Habitus des Sängers – die Art und Weise, wie er sich bewegte, wie er das Mikrofon hielt, zwischendurch immer mal die Augen schloss, nur um später wieder selbstvergessen ins Leere zu blicken. Das alles war ihr auch bei Lennox aufgefallen.

»Vielleicht kennt Lennox dieses Video und hat versucht, sein Idol so präzise wie möglich nachzuahmen?« Das könnte eine schlüssige Erklärung sein. Allerdings auch eine, die Anna irrational enttäuschte. Sie hätte Lennox nicht zugetraut, dass er einen anderen Sänger einfach kopierte. Das passte doch gar nicht zu ihm, oder?

»Hältst du das für sehr wahrscheinlich? Ich nicht. Wenn du dir nämlich die Videos mit seinen eigenen Songs anschaust, dann ändert sich an seiner Performance nichts. Er singt jedes Lied mit der gleichen Intensität, egal ob Coverversionen oder eigenes Material. Und er wirkt dabei absolut authentisch. Man kann ganz sicher eine genaue Kopie hinkriegen – Coverbands beweisen das ja jeden Tag –, aber das hier ist echt, da bin ich mir total sicher. Falls Lennox es nämlich wirklich auf Kopien oder Parodien anlegen würde, dann wäre das ja wohl auch bei den anderen Bands so. Er covert ja auch Songs von Tears for Fears und Eurythmics, die reichlich exaltierte Performances hatten. Aber auch bei deren Liedern bleibt er sich selbst treu.«

»Hm.« Anna kratzte sich nachdenklich am Kopf. Es war viel Wahres an Lindas Worten, aber einen Sinn ergab es trotzdem nicht. »Vielleicht ist es einfach nur Zufall? Ich meine, so unfassbar originell und außergewöhnlich ist es ja nicht, wie sich Lennox und dieser Lin auf der Bühne geben. So eine Ähnlichkeit kann doch rein zufällig sein.«

»Mag sein, aber das erklärt nicht, dass die beiden sich so ähnlich sehen«, gab Linda zu bedenken.

»Ich weiß nicht. Wo kann man denn eine Ähnlichkeit feststellen? Höchstens beim Körperbau.« Sie deutete auf das stark geschminkte Gesicht des Starlight-Lin-Sängers. »Gibt es irgendwo Fotos von ihm und seiner Partnerin, die sie ohne Make-up zeigen?«

»Ich habe keins gefunden. Aber die kantige Kinnpartie, der intensive Blick – ich finde, das sieht echt verdammt ähnlich aus.«

»Meinst du? Aber was für eine Erklärung hast du dafür? Die beiden Musiker von Starlight Lin sind doch vor über dreißig Jahren bei einem Flugzeugabsturz ums Leben gekommen. Lennox kann gar nicht Lin sein – auch wenn die Namensähnlichkeit auffällig ist.«

»Natürlich kann er es nicht selbst sein. Aber er könnte sein Sohn sein!«, ließ Linda ihre Bombe platzen.

»Sein Sohn? Aber Lennox ist doch viel zu jung. Er ist höchstens dreißig und demnach Jahre nach dem Tod des Sängers geboren. Außerdem lebt sein Vater ja noch. Du hast ihn vorhin doch selbst gesehen.«

»Ja, hab ich. Und dabei ist mir aufgefallen, dass dieser alte, schlecht gelaunte Mann denselben Körperbau hat. Genau so könnte ein gut gealterter Lin heute aussehen. Er erinnert mich total an Sting. Der hat seinen Look über die Jahrzehnte zwar mehrfach komplett geändert, aber die schiere Physis ist immer noch unverwechselbar.«

»Was willst du damit andeuten?«, fragte Anna atemlos.

»Vielleicht ist Lin gar nicht gestorben, sondern lebt

heutzutage als Hufschmied in einem öden Kaff in den Highlands.« Linda blickte sie herausfordernd an. »Allein der Name Lin – das könnte ja auch eine Abkürzung von ›Marlin‹ sein, oder?«

Es klang derart absurd, dass es beinahe wahr sein könnte. So viele Ungereimtheiten würden plötzlich einen Sinn ergeben: Marlins stattliches Vermögen, seine Zurückgezogenheit, seine Ablehnung gegenüber Lennox' Musik. In Annas Ohren rauschte es, und ihr wurde schwindlig. Das wäre …

»Hast du Whisky im Haus?«

OFFENBARUNGSEID

LENNOX WAR AN DIESEM Samstag todmüde, aber allerbester Laune. Er hatte das Gefühl, dass sich sein Leben endlich in die richtige Richtung bewegte. Sein Zusammenbruch gestern im Wald war reinigend gewesen. Er wusste zwar immer noch nicht ganz genau, wie es mit ihm weitergehen sollte, aber er war längst nicht mehr so verzweifelt und unglücklich deswegen. Und er hatte eine Perspektive. Als er nach seinem Ritt in den Stall zurückgekehrt war, hatte er einen Mann in seinem Alter getroffen, den er noch nicht kannte. Sean Gordon war Keramikkünstler und lebte seit fünf Jahren in einem alten Haus etwas abseits des Ortes, direkt am Wald. Offenbar hatte er unter anderem das Geschirr für Islas Restaurant gefertigt und auch schon ein paar Gegenstände für andere Dorfbewohner hergestellt. Aus dem Gemeindeleben von Kirkby hielt er sich aber weitgehend raus. Nur sein Pferd, das er in Ruperts Stall untergestellt hatte, sorgte dafür, dass er den Kontakt zu seinen Nachbarn nicht völlig verlor.

Jedenfalls hatten die beiden Männer ein Gespräch angefangen – und hatten sich neben dem üblichen höflichen Small Talk erstaunlich viel zu sagen gehabt. Sie waren vom Hundertsten ins Tausendste gekommen, und irgendwann hatte Sean Lennox zu sich nach Hause zum Essen eingeladen. Dort hatten sie bis in den späten Abend hinein über Ausstellungen, Kunst und vor allem Musik gequatscht. Wie sich herausstellte, hatte Sean nämlich einen ganz ähnlichen Musikgeschmack wie Lennox und war unglaublich interessiert. Irgendwann waren die magischen Worte gefallen: »Ich hab hier so viel Platz, den ich nicht brauche. Seit Jahren überlege ich schon, die Scheune als Übungsraum für eine Band oder als Tonstudio zu vermieten, aber auf Dudelsäcke und Co. habe ich keine Lust. Du suchst nicht zufällig was?«

Nein, gesucht hatte Lennox eigentlich nichts, aber als er sich den Raum, den Sean so schlicht als »Scheune« angekündigt hatte, genauer anschaute, war es um ihn geschehen. Die ehemalige Remise, die in früheren Zeiten Wagen und Gerätschaften beherbergt hatte, war ein solide gemauertes Gebäude, trocken, gut beheizbar und mit Strom- und Wasseranschluss. Man könnte hier tatsächlich ein Studio einrichten und proben. Er sah sich schon nächtelang neue Songs einstudieren und alle erdenklichen Instrumente testen – ganz ohne dass es jemanden stören könnte. Die Aussicht elektrisierte ihn derart, dass er in der folgenden Nacht kaum ein Auge zugemacht hatte und heute vollkommen übermüdet, aber aufgekratzt um fünf Uhr morgens in der Backstube aufgeschlagen war, um seine letzte Schicht als Aushilfsbäcker zu absolvieren.

Was, wenn er einfach in Kirkby bliebe? Vielleicht ließen sich seine Shortbread- und Pferdeleckerli-Kreationen tatsächlich zu Geld machen, sodass er wenigstens ein kleines

Grundeinkommen hätte. Vielleicht könnte er auch die eine oder andere Vertretungsschicht für Kristie übernehmen? Mit dem, was er damit verdiente, könnte er wahrscheinlich die Miete für seinen Musikraum finanzieren. Vielleicht ergaben sich obendrein ein paar Gelegenheiten, in der Umgebung aufzutreten, wie es schon mehrere Leute – zuletzt Betty, mit eindringlichen Worten – vorgeschlagen hatten. Auch die würden etwas Geld bringen und ihm unter Umständen zudem gute Kontakte zu anderen Musikern bescheren. Leben dürfte er sicher weiterhin in Islas Wohnung – und könnte die restliche Zeit über einfach das tun, was er am liebsten tat: Musik machen. Er könnte das Album aufnehmen, das ihm schon so lange vorschwebte, oder zumindest eine solide Demoversion davon. Eventuell fände sich dann ja ein Label, das ihn unterstützen wollte, ohne ihm haarsträubende Bedingungen in den Vertrag zu schreiben? So viele Möglichkeiten, die sich plötzlich offenbarten und mit denen er im Leben nicht gerechnet hätte. Nicht hier in Kirkby zumindest.

»Kundschaft speziell für dich!«, riss ihn in diesem Moment Kellys Stimme aus seinen Gedanken. Das Mädchen jobbte immer samstags in der Bäckerei, sodass er sich kaum um Verkauf und Service kümmern musste, sondern schon die Vorbereitungen für die kommende Woche in Angriff nehmen konnte.

»Was ist los?«, fragte er, als er aus der Backstube und hinter den Verkaufstresen trat.

Kelly deutete auf Annas Tisch, an dem diese heute jedoch nicht allein saß, sondern in Begleitung einer riesengroßen Schönheit mit dunklem Teint, die sich halb amüsiert, halb interessiert im Café umsah. »Anna hat mich gebeten, dir Bescheid zu sagen«, erklärte Kelly und wies auf ein Tablett. Offenbar hatte sie die Bestellung der beiden schon vorbereitet.

»Alles klar«, antwortete er knapp, schnappte sich das Tablett und ging zum Tisch der beiden Frauen. »Guten Morgen«, begrüßte er sie und grinste schief. »Obwohl es ja schon fast elf Uhr ist. Reichlich spät für dich, oder?« Er servierte den üblichen Riesen-Cappuccino für Anna und einen doppelten Espresso für ihre Begleiterin, stellte den Brotkorb in die Mitte und arrangierte die Schälchen mit Butter, Clotted Cream und Marmelade darum herum.

»Es ist Wochenende, da darf man auch mal ausschlafen«, entgegnete sie gähnend, doch er stellte fest, dass sie müde und auch sonst ziemlich mitgenommen aussah.

»Natürlich darf man das. Aber besonders frisch kommst du mir nicht vor, wenn die Bemerkung erlaubt ist.« Er runzelte besorgt die Stirn und wandte sich dann an Annas Begleiterin. »Hi, ich bin übrigens Lennox.«

»Ich weiß«, sagte die Frau und grinste ihn auf eine Art an, die er fast als anzüglich empfand. »Ich bin Linda, Annas Freundin aus Edinburgh.« Sie pustete in ihren Espresso und kippte das starke Gebräu auf ex hinunter. »Ah, das tut gut.«

»Wart ihr gestern in Inverness?«, mutmaßte er, denn die beiden Frauen wirkten, als hätten sie lange gefeiert – etwas, das in Kirkby eher nicht so ohne Weiteres möglich war.

»Nein, nur in eurem interessanten Dorfpub«, erklärte Linda und betrachtete Lennox eindringlich. Er musste seinen Eindruck von eben revidieren. Ihr Blick war nicht anzüglich, sondern hatte eine andere Note. Eine, die er nicht richtig greifen konnte. Richtig wohl fühlte er sich dabei aber nicht.

»Ja, der Name von Jons Kneipe ist speziell«, bemerkte er, denn irgendwie fühlte er sich zu einem Kommentar herausgefordert. »Aber sonst ist der *Wise Pelican* doch ein ganz normaler Pub.«

Linda zuckte mit den Schultern. »Es war jedenfalls ein spannendes Publikum da, aber der wirklich interessante Teil des Abends hat erst danach angefangen.«

»Aha.« Lennox war sich nicht sicher, was er von diesen merkwürdigen Andeutungen halten sollte, und er wusste immer noch nicht, warum Anna nach ihm gefragt hatte. Welche Art Freundin war diese Linda überhaupt? Waren die beiden etwa ein Paar? Das würde Lindas Andeutung mit dem »wirklich interessanten Teil des Abends« stützen. Nicht dass es ein Problem für ihn wäre, aber er hatte bei Anna bislang nie den Eindruck gehabt, dass sie auf Frauen stand.

»Hast du nachher vielleicht Zeit?«, erlöste ihn Anna jetzt von seinen seltsamen Spekulationen. »Wir müssen dir nämlich dringend etwas …«

»Zeigen«, vervollständigte Linda ihren Satz.

»Erzählen«, beendete ihn Anna. Sie wirkte erschöpft, irgendwie erschüttert und weit weg von ihrem üblichen ausgeglichenen Selbst, das er als so wohltuend empfand.

»Aha«, sagte er noch mal – auch weil ihm kein schlauerer Kommentar einfiel. »Ist irgendwas passiert?«

»Noch nicht.« Linda schien die ganze Sache erheblich amüsanter zu finden als Anna, die sich sichtlich unwohl fühlte.

»Okay, konkreter wird es hier wohl nicht, was?«, fragte er und spürte, wie sich sein Hochgefühl von vorhin verabschiedete und einer irrationalen Nervosität Platz machte. »Der Laden schließt heute um halb eins. Ich brauch dann eine gute Stunde, um alles aufzuräumen und noch letzte Vorbereitungen zu treffen, danach habe ich Zeit. Wo soll ich hinkommen?«

»Zu mir in meine Wohnung?«, bat Anna, auch wenn es mehr wie eine Frage als wie eine Aufforderung klang.

Er nickte. »Dann bin ich gegen zwei bei euch.« Er wandte sich schon zum Gehen, als ihm noch etwas einfiel: »Wo ist eigentlich Elvis?«, erkundigte er sich. »Frühstück lässt er sich doch sonst nicht entgehen.«

»Wir waren ihm wohl zu spät dran. Als wir vorhin aufgestanden sind, war er bereits weg – wo auch immer er sich zurzeit rumtreibt.« Anna seufzte.

»Wahrscheinlich im Stall.«

»Stimmt, Alex hat das neulich erwähnt.« Sie unterdrückte ein Gähnen. »Weißt du, was er da macht?«

»Keine Ahnung, sich mit den Pferden amüsieren? Seit er mich neulich dahin begleitet hat, hängt er eigentlich die ganze Zeit dort rum. Ich dachte, du wüsstest das.«

»Ich wusste nicht mal, dass er mit dir dort war. Verrückt.« Sie lachte leise, und zum ersten Mal an diesem

Morgen war der besorgte Zug aus ihrem Gesicht gewichen und hatte amüsierter Verwunderung Platz gemacht, was ihm erheblich besser gefiel.

»Ja, ich glaube, er ist im Herzen ein großer Pferdefan. Wenn du ihn also vermisst, schau mal im Stall vorbei. Aber jetzt guten Appetit für euch und bis später. Wenn ihr noch etwas braucht, dann sagt einfach Kelly Bescheid.«

Lennox hatte das ungute Gefühl schnell wieder abgeschüttelt, nachdem er in die Backstube zurückgekehrt war. Vermutlich waren die beiden Frauen einfach nur verkatert und hatten deshalb so einen merkwürdigen Eindruck gemacht. Er hatte zwar nach wie vor keine Vorstellung davon, was ihm die beiden zeigen oder mit ihm besprechen wollten, aber wie dramatisch konnte es schon sein?

Er beeilte sich, alle Vorarbeiten für den Montag abzuschließen, räumte auf und schickte dann spontan eine Nachricht an seinen neuen Kumpel Sean: *Ich würde den Raum gerne mieten. Werde mir ein Auto leihen und nächstes Wochenende nach London fahren, um mein Equipment aus dem Lager zu holen. Danke, L.*

Dann packte er noch ein paar übrig gebliebene Gebäckstücke in zwei Tüten und machte sich pünktlich um zwei auf den kurzen Weg zu Anna.

Annas Wohnung war wie sie selbst: warm, ruhig und voll positiver Energie. Das war das Erste, was Lennox auffiel, als er die knarzende Holztreppe des alten Landarzthauses zum ersten Stock hinauflief und gleich darauf in einem hellen Flur stand, den er in diesem alten Gemäuer nicht vermutet hätte.

»Komm rein«, bat Anna und nahm die Tüten entgegen, die er ihr mitgebracht hatte. Sie war freundlich wie immer, aber ihr Lächeln erreichte ihre Augen nicht, die seltsamerweise auch seinem Blick auswichen.

Sein Nacken prickelte, als würde eine irrationale Gefahr drohen, und seine gute Stimmung wich schlagartig Nervosität.

»Nimm doch Platz«, sagte Anna und deutete auf einen hellen Holzesstisch, an dem Linda saß, ein Laptop und ein Tablet vor sich. Anna verschwand in der angrenzenden Küche. »Kann ich dir etwas zu trinken anbieten? Tee? Kaffee? Kakao? Wasser?«

Täuschte er sich, oder klang sie angespannt? Eins dürfte jedenfalls klar sein: Auf einen Dreier hatten es die Damen nicht angelegt. Das war einer der wenigen Erklärungsansätze, die ihm in den Sinn gekommen waren, als Anna ihn zu diesem Treffen gebeten hatte. Fast musste er über seine absurden Gedanken lachen, aber irgendwie wollte selbst das nicht gelingen. »Nein danke, ich brauche im Moment nichts«, antwortete er und wunderte sich darüber, wie heiser er klang.

»Halt lieber schon mal den Whisky bereit, er wird ihn brauchen.« Linda betrachtete ihn, als sei er ein Zootier, das gleich irgendetwas tun sollte. Er hatte nur leider keine Ahnung, was.

»Und ich habe gedacht, ihr wolltet mich für einen Dreier«, versuchte er es mit einem lahmen Scherz.

Linda lachte laut und kehlig auf. »Glaub mir, danach bräuchtest du ganz sicher einen Whisky, aber ich fürchte, solche Vergnügungen stehen heute nicht auf der Tagesordnung. Mit Anna schon gar nicht.«

Lennox war sich nicht sicher, was er von dieser Aussage halten sollte, wollte aber lieber nicht in die Details gehen. Also setzte er sich auf den ihm zugewiesenen Stuhl und sah erwartungsvoll zu Anna, die mit einem Tablett in der Hand aus der Küche kam. Darauf standen eine Kanne Tee, drei Tassen und ein Teller mit den süßen Köstlichkeiten, die er eben mitgebracht hatte.

»Du fragst dich bestimmt, warum wir so geheimnisvoll tun und dich hierhergelockt haben«, begann sie, als sie selbst Platz genommen und Tee in die feinen Porzellantassen gegossen hatte. Er nickte nur, und sie fuhr fort: »Linda hat eine Entdeckung gemacht, die mich total schockiert hat, als sie sie mir gestern Abend präsentiert hat.«

»Okay ... Aber was hat das mit mir zu tun?«

»Alles. Restlos alles.« Sie hatte weiterhin Schwierigkeiten, ihm in die Augen zu schauen, aber sie legte ihre rechte Hand auf seine linke, während sie Linda zunickte, die daraufhin ein Video abspielte.

Es war eine Aufnahme von ihm selbst, wie er beim diesjährigen Fringe-Festival den Song *Another World* performte. Er hatte den Clip zwar noch nicht gesehen, aber ihm fiel nichts Schockierendes daran auf. Auch seiner Erinnerung nach war bei dem Gig nichts Außergewöhnliches geschehen. Viel bemerkenswerter war das Gefühl von Annas Hand auf seiner. Bei der traumatischen Yoga-stunde vor drei Wochen hatte ihre Berührung sein inneres Fundament zum Einsturz gebracht, heute dagegen hatte er den Eindruck, dass ihm ihre Hand Trost und Stärke spendete. Es fühlte sich gut an. Nicht übergriffig. Trotzdem fragte er sich, wofür er Trost und Stärke brauchen sollte. Die beiden Frauen starrten wie gebannt auf den Monitor und warfen ihm zwischendurch prüfenden Blicke zu, sodass er sich langsam vorkam, als würde er einem Test unterzogen werden.

»Wenn ihr meint, es schockiert mich, dass ihr mein Künstler-Ich Len X identifiziert habt, dann muss ich euch leider enttäuschen«, sagte er, als die letzten Töne des Songs verklungen waren. »Das ist kein Geheimnis. Es interessiert zwar praktisch niemanden, aber ich verberge es auch nicht.«

»Das wissen wir«, erwiderte Anna. »Wir würden dir jetzt gern noch ein Video vorspielen.«

Linda klickte auf ein zweites Browser-Fenster und spielte einen weiteren Clip ab. Es war derselbe Song, aber diesmal von der Originalband performt. Diesen Filmausschnitt kannte er sehr gut, denn er hatte den Auftritt von Starlight Lin bei ihrem letzten großen Livekonzert vor mehr als dreißig Jahren schon etliche Male gesehen. Ihn riss die Intensität der Darbietung jedes Mal wieder mit. Auch wenn er die seltsamen, artifiziellen Aufzüge des Duos und ihr Make-up reichlich fragwürdig fand, wirkten sie doch gleichzeitig sehr authentisch. Vermutlich war es diese Widersprüchlichkeit, die ihn so anzog und die bei Starlight Lin noch ausgeprägter gewesen war als bei

Eurythmics oder Tears for Fears, die er ebenso bewunderte. Blieb die Frage, worauf die beiden Frauen hinauswollten.

»Fällt dir etwas auf?«, ergriff Linda das Wort.

»Nein?« Seine Feststellung klang wie eine Frage, aber er hatte wirklich keinen Schimmer, was sie meinte. »Ich bekenne mich schuldig, ein großer Starlight-Lin-Fan zu sein«, fügte er noch hinzu, als er Lindas Stirnrunzeln bemerkte. »Aber das trifft ja auf viele Menschen zu. Es gibt auch genügend Coverbands, die *Another World* schon gespielt haben. Ich denke nicht, dass ich mich für meine Version schämen muss.«

Anna drückte seine Hand. »Nein, musst du nicht, ganz im Gegenteil«, sagte sie sanft. »Es ist nur geradezu verblüffend, wie ähnlich du dem Sänger von Starlight Lin' bist. Das Timbre in der Stimme, der Körperbau, das Auftreten – alles.«

»Wir haben halt zufällig dieselbe Stimmlage«, entgegnete er schulterzuckend. »Aber das trifft auf viele Menschen zu. Wollt ihr mir daraus einen Strick drehen?«

»Natürlich nicht«, beeilte sich Anna zu versichern.

»Hast du mal die Kommentare unter deinem Clip gelesen?«, fragte Linda.

»Nein, ich habe das Video heute überhaupt zum ersten Mal gesehen. Und ich lese eigentlich nie irgendwelche Kommentare, seit mir mal ein Hardcore-Eurythmics-Fan wegen meiner Version von *Sweet Dreams* Blasphemie vorgeworfen hat. Das macht nur schlechte Laune und bringt mich nicht weiter.«

»Dann lies mal die.« Linda schob das Laptop näher zu ihm und reichte ihm die Maus.

Gehorsam, wenn auch mit einem etwas unbehaglichen Gefühl scrollte er sich durch die erstaunlich zahlreichen Kommentare. Die allermeisten waren freundlich, wenn auch häufig nichtssagend. Doch dann stutzte er. »Hammer-Typ – klingt so krass wie das Original, dass ich Gänsehaut bekomme!«, las er leise vor. Es folgten noch weitere, die in dieselbe Kerbe schlugen und in der völlig absurden These gipfelten: »Lin ist wiederauferstanden – wurde er nach dem Flugzeugabsturz eingefroren und jetzt wieder zum Leben erweckt?« Lennox schüttelte mit einem ungläubigen Lachen den Kopf. »Die Leute sind bekloppt. Ihr glaubt das doch nicht etwa? Falls doch, kann ich euch versichern, dass ich definitiv nicht Lin bin, niemals tot und eingefroren war.«

»Das glauben wir natürlich nicht!«, sagte Anna und drückte seine Hand noch fester. »Wir glauben, dass du sein Sohn bist.«

»Was?«

»Es klingt recht abenteuerlich, ich weiß«, gab Linda zu. »Aber eine andere Erklärung habe ich nicht. Seit ich deinen Dad gestern Abend im Pub zu Gesicht bekommen habe, bin ich mir sogar absolut sicher, dass es so sein muss. Wir haben ein Foto von dir durch eine Alterungs-App gejagt, und schau mal, wie du in fünfunddreißig Jahren aussehen wirst.« Sie nahm das Tablet zur Hand und rief das Bild eines Mannes auf, der seinem Vater verdammt ähnlich sah.

»Ich hatte gehofft, dass mir meine Haare länger erhalten bleiben«, entgegnete er mit einem schwachen Grinsen und strich durch seine gut kinnlangen schwarzen Locken. »Mädels, das könnt ihr unmöglich ernst meinen!«, rief er, als er Annas betretenen und Lindas triumphierenden Gesichtsausdruck bemerkte. »Diese App beweist doch höchstens, dass ich der Sohn meines Vaters bin – auch wenn ich insgeheim immer gehofft habe, ich wäre adoptiert – und später auch mal eine Vollglatze tragen werde. Ich kann aber beim besten Willen keine Ähnlichkeit mit Lin entdecken. Was aus zwei Gründen nicht verwunderlich sein dürfte: Erstens war er bei Auftritten und auf Fotos immer geschminkt, und zweitens ist er Jahre vor meiner Geburt ums Leben gekommen.« Er schüttelte den Kopf. Gestern Abend musste wirklich reichlich Alkohol geflossen sein, wenn sich Anna und ihre Freundin ein solches Hirngespinst zusammengereimt hatten. Er wusste nicht, ob er von Anna enttäuscht sein sollte oder geschmeichelt, denn immerhin schien er sie ähnlich zu beschäftigen wie sie ihn.

»Das ist zugegebenermaßen ein relativ schwaches Indiz. Genau genommen gar keins«, bekannte Anna und warf Linda einen »Hab ich dir doch gleich gesagt«-Blick zu. »Aber wir haben auch stärkere. Und glaub mir, ich ahne, wie absurd und seltsam sich das alles für dich anfühlen muss.«

• • •

Zum ersten Mal an diesem Tag schaffte Anna es, Lennox tief in die Augen zu schauen. Sie musste ihm klarmachen, dass sie um die Wucht ihrer Behauptungen wusste. Allerdings schien Lennox nichts davon glauben zu wollen. Letzte Nacht, allein mit Linda, war ihr das alles irgendwie schlüssiger vorgekommen. Aber da war auch ganz schön viel Alkohol im Spiel gewesen, der die Fantasie beflügelt hatte. Heute, mit einem leichten Kater und im fahlen Novembersonnenschein, stellte sich die Lage auch in ihren Augen ganz anders dar. Zumindest waren die bislang präsentierten »Beweise« nicht mehr als schwache und ziemlich haarsträubende Spekulationen. Sie hatten allerdings noch ein Ass im Ärmel.

Aber erst mal wollte Linda ihm noch ihre heute Nacht zusammengebastelte Bildergalerie zeigen. Sie hatte endlos nach Fotos von einem ungeschminkten Lin gesucht, aber kein einziges gefunden. Doch selbst auf denen, die ihn in voller Montur zeigten, konnte man – wenn man wollte – eine signifikante Ähnlichkeit von Lin mit Len feststellen. Allein die Namen, das konnte doch kein Zufall sein, oder?

Ansonsten war dieser Mann ein absoluter Vollprofi gewesen, der es vortrefflich verstanden hatte, sein privates Ich zu schützen. Es gab nirgendwo im Netz Anhaltspunkte zu seinem bürgerlichen Namen, seiner Herkunft oder gar seiner Familie. Ähnliches galt für seine Bandkollegin, die immer nur unter dem Namen »Starlight« aufgetreten war. Die beiden waren das perfekte Geheimnis. Selbst nach dem Flugzeugabsturz hatte es keine Hinweise gegeben. Die Plattenfirma hatte damals eine große Trauerfeier für die Fans organisiert, mit dem Hinweis, dass die Beisetzungen auf Wunsch der Familien privat, an unbekannten

Orten und zu unbekannten Terminen stattfinden würden. Die Spekulationen in den Medien waren damals wild ins Kraut geschossen, aber an einen Fake hatte niemand geglaubt – zumindest war diesbezüglich nichts im Internet zu finden. Der Absturz des Privatjets war jedenfalls wirklich geschehen – am 31. März in Mexiko –, und alle Passagiere waren dabei ums Leben gekommen: die Crew des Flugzeugs und die Band mit sämtlichen Bühnenmusikern.

Lennox klickte sich halb amüsiert, halb irritiert durch die Bildergalerie und schüttelte zwischendurch immer mal wieder den Kopf. »Was versprecht ihr euch von diesem Stunt? Ich meine, ich traue meinem Vater einiges zu, aber den eigenen Tod vorzutäuschen und sein Vorleben vor der Familie und allen Menschen im Dorf geheim zu halten wäre selbst für seine Verhältnisse ein starkes Stück. Findest du nicht, Anna?«

»Doch. Total. Aber nur weil es unwahrscheinlich ist und eigentlich nicht sein dürfte, heißt es ja noch lange nicht, dass es auch nicht sein kann, oder?«, fragte sie und fuhr gleich fort, ohne auf eine Antwort zu warten: »Isla und Alex haben mir beide erzählt, dass es eine Zeit in Marlins Leben gegeben haben muss, in der er nur sporadisch zu Hause war. Alex sagt, dass er seine ersten Lebensjahre fast ausschließlich mit eurer Mutter und den Großeltern verbracht hat und dass Marlin so gut wie nie da war. Das hat sich erst ungefähr um Islas Geburt herum geändert. Seitdem ist er praktisch immer da gewesen.«

»Ich weiß, aber darüber wurde nie groß gesprochen. Es ist eines dieser typischen Familientabus, über die niemand redet. Wobei wir Kinder schon ein bisschen spekuliert haben. Meine liebste Theorie war immer, dass er früher ein erfolgreicher Geheimagent à la James Bond war, alternativ eine Mafiagröße. Viel wahrscheinlicher ist jedoch, dass er als Investmentbanker ein paar gute Jahre in London verbracht hat, womöglich mit ein paar halbseidenen Nebengeschäften. Damit hat er dann sein Vermögen verdient, von dem heute noch die meisten Familienmitglieder und das halbe Dorf profitieren.«

»Nur du nicht.«

»Nur ich nicht.«

»Aber was, wenn er sein Geld als Popstar verdient hat? Ich habe keine Ahnung, über welche Größenordnung wir da sprechen, aber Tantiemen müssten doch bis heute fließen.« Annas Blick fiel auf seine Hand, die immer noch mit ihrer verschlungen war, und sie spürte ihren Worten nach. Es klang alles absolut haarsträubend und absurd – und doch wusste sie, dass es wahr sein musste. Dass es zumindest wahr sein könnte. »Jedenfalls würde das eine Menge erklären: Sein Vermögen, sein seltsames geheimnistuerisches Verhalten, seine fast pathologische Angst vor zu viel Trubel in Kirkby – vermutlich befürchtet er bei jedem neuen Besucher einen Investigativjournalisten, der ihn enttarnen könnte.«

»Es würde aber nicht erklären, warum er sich mir und meiner Musik gegenüber so unversöhnlich zeigt. Und wenn er wirklich Lin sein sollte, ein Künstler, den ich absolut verehre, weil er mit seiner Musik so viel aussagen konnte, dann hätte er nicht über dreißig Jahre lang ohne seine Sprache leben können. Für mich wäre das, als würde man mir beide Arme und meine Seele auf einmal wegnehmen.«

»Tja, Spekulationen bringen uns jedenfalls nicht weiter«, unterbrach Linda seine Gegenargumente, die in Annas Ohren durchaus schlüssig klangen. »Um ganz sicher zu sein, werden wir ihn – wirst du ihn! – wohl konfrontieren müssen. Aber vielleicht überzeugt dich mein letzter Beweis.«

Anna holte tief Luft, denn sie ahnte, was nun folgen würde. Sie hatten heute Nacht die Aufzeichnung eines Radiointerviews im Internet gefunden, in dem Lin ein wenig persönlicher geworden war. Die Band hatte während ihrer Karriere nur ganz wenige Interviews gegeben und jedes Gespräch auf der Stelle abgebrochen, wenn es zu privat wurde, doch in diesem Fall hatte der Reporter eine kühne Frage gewagt – und eine Antwort erhalten.

Linda klickte das Interview an, und die Stimme eines amerikanischen Radiomoderators tönte aus den Lautsprechern: »Lin, wo genau kommen Ihnen die Ideen für Ihre tiefsinnigen Texte und die mitreißenden Melodien?«

Es folgte ein leises Räuspern, das fast wie ein Seufzer klang, und dann die Antwort eines Mannes, der seine schottische Herkunft nicht verleugnen konnte: »Meistens in der Natur. Wenn ich mit meinem Pferd unterwegs bin und durch den Wald reite. Bei mir zu Hause gibt es eine kleine Quelle, angeblich eine vorchristliche Andachtsstelle. Wenn ich dort auf einem Stein sitze, muss ich mich gar nicht bemühen, da kommen die Songs zu mir.«

»Was?«, keuchte Lennox. Sämtliche Farbe war aus seinem Gesicht gewichen – und Anna konnte es ihm nicht verdenken, aber sie wusste, dass es noch schlimmer kommen würde. Die Qualität der Sounddatei war nicht besonders gut. Sie rauschte ziemlich und überdeckte die Klangfarbe des Sprechers, doch es hörte sich verdammt nach Marlin an. Nach einem Marlin, der versuchte, seinen starken schottischen Akzent etwas einzufangen. Aber selbst das konnte noch Zufall sein – nicht jedoch die Geschichte von der Quelle im Wald.

»Wir haben noch eine Datei. Und diesmal sind wir hundertprozentig sicher, dass es Marlin ist, weil ich ihn da selbst für meinen Podcast interviewt habe. Er hat mich dann allerdings gebeten, es nicht auszustrahlen.«

Linda klickte die nächste Datei an, und gleich darauf erklang Annas Stimme: »Marlin, jetzt haben wir so viel über die Kunst des Pferdebeschlagens gesprochen, aber wohin geht ein Hufschmied und Hobbyschäfer, wenn er mal zu sich finden will?«

Es dauerte eine ganze Weile, bis Marlin antwortete. Man hörte ein paar Vögel zwitschern und Insekten surren – sie hatte das Interview im Frühsommer bei einem gemeinsamen Spaziergang gemacht. Marlin hatte wirklich bemerkenswerte Dinge erzählt, und Anna hatte es lange bedauert, dass er ihr die Erlaubnis zur Veröffentlichung entzogen hatte. Jetzt ahnte sie, warum. Nach einer schier endlosen Pause ertönte plötzlich der gleiche Räusper-Seufzer wie bei der vorherigen Aufnahme, und dann sagte Marlin: »Meistens in die Natur. Wenn ich auf meinem

Pferd im Wald unterwegs bin, komme ich ganz zur Ruhe. Es gibt hier in der Nähe eine Quelle, die für mich ein regelrecht magischer Ort ist. Dort zu sein ist für mich wie eine Reise in die Vergangenheit. Ich denke dann an all die Dinge, die mir früher wichtig waren. Und an meine Frau.«

In Annas Wohnzimmer war es so still, dass man Staubflocken hätte fallen hören können. Anna merkte, wie sich ihr Herzschlag beschleunigte – aber vermutlich war das vor allem eine Reaktion auf Lennox' Pulsfrequenz, die sich während der letzten Minute rasant erhöht hatte, wie sie mit ihren Fingerspitzen ertastete. Er war weiß wie eine Wand und zeigte alle Anzeichen einer klassischen Schockreaktion.

»Jetzt wäre es vielleicht Zeit für den Whisky«, durchbrach Linda schließlich die beklemmende Stille und stand auf, um Gläser und die Flasche zu holen.

»Ich trinke nichts«, krächzte Lennox abwehrend.

»Warum? Erfüllst du das übliche Rockstarklischee und bist Alkoholiker?«, fragte Linda auf ihre gewohnt direkte und eher unsensible Art.

Er schüttelte den Kopf. »Ich mag das Zeug nicht.«

»Ach was, ein Schluck wird dir guttun. Sieh es als Medizin.« Linda goss ihm und Anna jeweils nur einen Fingerbreit in die Gläser und gönnte sich selbst die doppelte Menge. »Auf den Offenbarungseid des Jahrhunderts!«

HOSEN RUNTER

LENNOX WUSSTE NICHT, WAS er fühlen oder denken sollte. In seinem Kopf herrschte Chaos, größeres Chaos als jemals zuvor. Und leider war ihm jede Fähigkeit zum logischen und analytischen Denken abhandengekommen. Allein die Vorstellung, dass sein Vater der Sänger von Starlight Lin sein sollte, war so verstörend und absurd, dass er die Wahrheit schlicht nicht einordnen konnte. Der Schluck Whisky, den ihm Linda beinahe mit Gewalt eingeflößt hatte, vernebelte seine Sinne zusätzlich. Wenigstens war ihm nicht mehr so schlecht wie eben noch, als er befürchtet hatte, gleich vom Stuhl zu kippen. Anna hielt immer noch seine Hand – und sie fühlte sich an wie ein Rettungsring in stürmischer See. Stürmische, eiskalte See bei Nacht und in dichtem Nebel, sodass es keinesfalls sicher war, dass die Rettung auch rechtzeitig eintreffen würde.

»Und was jetzt?«, sprach Linda aus, was sie vermutlich alle dachten.

Er hatte darauf keine Antwort, sondern starrte nur leer ins Nichts.

»Sollen wir den alten Lügner damit konfrontieren?«

»Nenn ihn nicht so«, schimpfte Anna leise mit Linda. »Wir wissen nichts über seine Beweggründe. Aber ja, wir müssen ihn konfrontieren. Allerdings nicht allein. Wir brauchen Verstärkung. Ich werde gleich mal Alex anrufen, vielleicht kann er vorbeikommen, und dann werden wir gemeinsam einen Schlachtplan erarbeiten. Ich halte es übrigens für sehr unwahrscheinlich, dass niemand im Dorf von seinem Vorleben weiß. Seine Geschwister müssen es wissen. Pfarrer Jack vermutlich auch. Die beiden waren ja schon zu Schulzeiten befreundet.«

Lennox war froh, dass wenigstens Anna noch zu halbwegs klaren Überlegungen imstande war, und er musste ihr recht geben: Es konnte nicht sein, dass Rupert, Alice, Heather, George und Jack ahnungslos waren. Was das Gefühl des Betrugs jedoch nur verschlimmerte. »Isla«, murmelte er. »Ich muss mit Isla reden!«

»Ich finde, wir sollten erst mit Alex sprechen«, erwiderte Anna sachte. »Isla hat um diese Zeit Rushhour in der Küche. Wir können ihr das jetzt nicht antun. Das hat Zeit bis später.«

Sie ließ seine Hand los, was die Leere in ihm schlagartig vergrößerte. Mit leicht zitternden Fingern griff er nach der Teetasse und trank einen Schluck. Undeutlich nahm er wahr, wie Anna mit seinem Bruder telefonierte, dann hörte er ein mechanisches Klappern, und gleich darauf kam Elvis ins Wohnzimmer stolziert. Offensichtlich war sein heutiger Ausflug beendet. Er schien kurz die Lage zu checken, lief dann zielstrebig zu Lennox und sprang auf seinen Schoß. Dort drehte er sich umständlich ein paarmal im Kreis, rieb dabei seinen dicken Katerkopf an Lennox' Kinn und rollte sich schließlich schnurrend zusammen.

»Ich finde es immer wieder faszinierend, wie empathisch dieses Tier ist«, sagte Linda mit überraschend sanfter Stimme. »Er merkt es immer sofort, wenn es jemandem schlecht geht.«

Lennox nickte nur und streichelte das weiche Fell des Katers. Der erstaunlich schwere Körper strahlte eine Wärme ab, die ihm guttat und ihn auf ähnliche Art und Weise erdete, wie Anna es mit ihrer Berührung geschafft hatte.

»Alex und Colleen kommen in ein paar Minuten«, kündigte Anna an. »Sollen wir sonst noch jemanden dazuholen? Shona ist heute mit Kendrick in Inverness, wenn ich mich richtig erinnere. Ich glaube, eine seiner vielen Schwestern hat Geburtstag.« Sie sah Lennox fragend an.

»Warten wir erst mal ab, was Alex sagt«, entgegnete Lennox mit rauer Stimme.

Sein Bruder und Colleen waren erwartungsgemäß genauso geschockt wie er selbst. Es war fast lustig gewesen, das Gefühlsroulette auf ihren Gesichtern zu beobachten: erst amüsiert, dann irritiert, dann immer ungläubiger und schließlich vollkommen fassungslos. Alex nahm die Whiskystärkung sofort an und schüttelte zunächst nur stumm den Kopf.

»So eine krasse Nummer hätte ich eurem Dad echt nicht zugetraut«, sagte Colleen, die als Erste die Sprache wiederfand. »Ich meine, wie kann man so etwas verheimlichen? Und vor allem: Warum? Vielleicht wollte er aus der Musikszene aussteigen, aber deswegen hätte er vor seiner Familie doch nicht sein wahres Ich verleugnen müssen. Hast du denn gar nichts mitbekommen?«, fragte sie Alex.

Der war kurz vor einem Schleudertrauma vor lauter Kopfschütteln. »Nein. Überhaupt nichts. Ich meine, er war oft lange weg, als ich klein war. Manchmal monatelang. Das fand ich natürlich schon doof, aber ich kann mich nicht mehr erinnern, was für eine Erklärung man mir dafür gegeben hat. Es war halt auch irgendwie normal für mich, weil ich es von Anfang an so kannte. Ich hatte meine Mum, meine Großeltern, Tanten und Onkel – insofern war es okay. Wenn er dann zu Hause war, war er anfangs immer ein bisschen der Außenseiter. Wir waren ja ein eingeschworenes Team und er außen vor. Ich glaube, das war schon auch schwierig für ihn. Aber kaum hatten wir uns alle aneinander gewöhnt, war er wieder weg.« Er kratzte sich am Kopf und runzelte die Stirn. »Ich kann mich dunkel erinnern, dass es auch oft Streit zwischen ihm und Mum gab, weiß aber nicht, worum es genau ging. Nur dass ich voll auf ihrer Seite stand. Und dann war er eines Tages einfach wieder da und ist geblieben.

Plötzlich waren wir eine richtige Familie. Isla, Lennox und Shona kamen auf die Welt, dann ist Mum gestorben, und wir waren nur noch zu fünft. Ich glaube, ich hatte nach Mums Tod ziemliche Ängste, dass Dad auch wieder weggehen könnte, so wie früher, aber er hat mir hoch und heilig versprochen, dass er uns nie verlassen wird – und immerhin das hat er gehalten.« Alex' Blick hatte die ganze Zeit gewirkt, als wäre er auf einen Ort in seinem Inneren gerichtet. Jetzt schaute er die anderen wieder bewusst an. »Ich fass es einfach nicht, dass er uns so komplett verarscht hat.«

»Und ...«, begann Lennox, doch er brachte die Worte nicht über die Lippen.

»Und dich wegen deiner Musik so fertiggemacht hat«, vervollständigte Alex seinen Satz und legte ihm in einer seltsam beschützenden Geste eine Hand auf die Schulter. Seine Augen funkelten gefährlich wütend. »Allein dafür könnte ich ihm schon den Hals umdrehen«, grollte er. »Was hat er sich nur dabei gedacht!«

»Euer Dad ist kein schlechter Mensch«, begann Colleen sachte und erntete dafür ein doppeltes Schnauben von den Brüdern. »Er hat eine sehr seltsame Entscheidung getroffen, aber ich bin mir sicher, er hatte gute Gründe dafür.«

»Das ist jetzt nicht der richtige Zeitpunkt dafür, seine Partei zu ergreifen«, blaffte Alex seine Verlobte an, die erschrocken die Augen aufriss. So hatte sie ihn offensichtlich noch nicht erlebt. »Siehst du nicht, was er uns angetan hat? Vor allem Lennox angetan hat, aber auch uns anderen? Es war und ist alles eine Lüge!«

»Ja, schon, aber ...« Colleen blickte hilflos in die Runde. »Aber vielleicht hat er es aus Liebe getan?«

»Aus Liebe?«, spie Lennox aus. »Seltsame Form von Liebe.«

Anna nahm wieder seine Hand und sagte dann mit fester Stimme, vorwiegend an Colleen gewandt: »Ich glaube, wir müssen zwei grundlegende Dinge festhalten. Marlin Fraser hat vor vielen Jahren eine Lebensentscheidung getroffen, über deren Hintergrund wir im Moment nur spekulieren können, und er wird sich dazu erklären müssen. Es steht aber außer Frage, dass diese Entscheidung nicht nur sein eigenes Leben betrifft, sondern auch das seiner Kinder und vermutlich auch das der restlichen Familie. Es mag schon sein, dass seine Intention gut war, und ich halte ihn auch nicht für einen grundsätzlich schlechten Menschen, aber ich finde, wir sollten jetzt lieber Lennox, Alex, Isla und Shona zur Seite stehen.«

»Natürlich«, beeilte sich Colleen zu versichern, und in ihren Augen schimmerten Tränen. »Ich stehe immer auf deiner Seite.« Sie schmiegte sich an Alex und fügte dann mit einem Blick auf Lennox hinzu: »Auf eurer Seite.«

»Weiß ich doch«, entgegnete Alex mit deutlich sanfterer Stimme und küsste sie auf die Schläfe. »Tut mir leid, dass ich dich so angefahren habe. Ich bin … Ich weiß … Das Fundament meines Lebens wurde nur gerade ziemlich nachhaltig zerstört. Ich bin mit der Gewissheit aufgewachsen, dass mein Vater ein schottischer Großgrundbesitzer, Hufschmied und Hobbyschäfer ist. Dazu habe ich mir vorgestellt, dass er früher noch einen anderen Job hatte, der ihn einige Jahre lang von der Familie ferngehalten hat, der aber nicht weiter wichtig war, denn sonst hätte man ja mal darüber gesprochen. Und jetzt erfahre ich, dass er ein richtig großer Popstar gewesen sein soll. Das muss ich erst mal verarbeiten.«

»Starlight Lin war mein größtes Vorbild«, erklärte Lennox leise. »Musikalisch und von den Texten her. Ich wollte immer so sein wie Lin…« Ihm wurde schon wieder heiß und kalt und gleichzeitig kotzübel. »Warum?« Das letzte Wort war nur noch gehaucht.

»Wir werden Antworten finden, Mann, das versprech ich dir!« Alex mahlte mit den Kiefern. »Dad ist heute mit Rupert bei einer Pferdeauktion in der Nähe von Aberdeen. Ich schätze, dass sie nicht vor dem späten Abend heimkommen werden. Aber ich werde mir jetzt mal unsere Tanten und Pfarrer Jack vorknöpfen«, kündigte er an.

»Ich komme mit«, sagte Colleen rasch.

»Nein, das mach ich allein. Mir wäre es wichtiger, dass du dich um die Gäste kümmerst. Ich bin mir nämlich nicht sicher, ob Alice in der Lage sein wird, für die Teestunde zu sorgen, wenn ich mit ihr fertig bin.«

»Ähm…«, mischte sich Linda ein, und es war klar, dass es in ihrem Kopf gerade wie wild ratterte. »Ihr habt doch dieses sensationelle Spa, von dem mir Anna so vorgeschwärmt hat, ja?«

»Ja«, bestätigte Alex stirnrunzelnd und offenbar etwas irritiert wegen des abrupten Themenwechsels.

»Ich für meinen Teil würde mir jetzt gerne einen netten Nachmittag mit Sauna, Dampfbad und Massage machen – und falls ihr noch ein Zimmer frei habt, möchte ich es für eine Nacht buchen. Annas Gästezimmer ist … nun ja …« Sie verdrehte völlig übertrieben die Augen und schielte dann in Richtung Lennox.

Colleen hatte die unausgesprochene Botschaft offenbar verstanden, denn sie antwortete mit einem strahlenden Lächeln: »Du kannst gerne eines unserer Cottages haben, und das Spa steht dir zur freien Verfügung. Willst du gleich mit uns mitkommen?«

»Unbedingt!« Linda schickte ein vielsagendes Grinsen in Richtung Anna und Lennox und stand dann umgehend auf, um ihre Sachen aus dem Gästezimmer zu holen.

Lennox war nicht sicher, was hier gerade passierte, doch Anna schien es zu begreifen. »Alles klar. Ihr habt doch sonntags oft ein gemeinsames Familienfrühstück in Harriswood House, oder? Wie wäre es, wenn wir uns da alle treffen?«

»Das halte ich für eine sehr gute Idee!«, erwiderte Alex. »Ich werde Isla und Shona dazubitten und keine Ausrede gelten lassen«, fügte er entschlossen hinzu. »Und dann werden wir Antworten kriegen.«

»Ich kann es kaum erwarten«, murmelte Lennox voller Bitterkeit.

»Kommt ihr klar?«, erkundigte sich Alex, als er Colleen in den Mantel half und dann selbst in seine Jacke schlüpfte.

Es war so offensichtlich, was damit gemeint war, dass selbst Lennox den Subtext verstand: *Schaffst du es, meinen kleinen Bruder vor sich selbst und vor größeren Dummheiten zu bewahren?* Das hatte Alex wohl in Wirklichkeit gemeint.

»Wir kommen klar«, bestätigte Anna mit einem leichten Lächeln. »Viel Spaß im Spa«, wünschte sie ihrer Freundin Linda, die soeben mit gepackter Tasche aus dem Gästezimmer trat und nun noch ihr Tablet einpackte, bevor sie sich Alex und Colleen anschloss.

»Puh«, sagte Anna, als der Trupp gegangen war, und sah Lennox aufmerksam an.

»Ja. Puh.« Er streichelte den weiterhin schnurrenden Kater, der keine Anstalten machte, seinen Schlafplatz zu verlassen. »Hast du irgendwas, was meine rasenden Gedanken beruhigen könnte?«

»Whisky?«

»Beruhigen, nicht betäuben. Das ist doch das Blöde an Alkohol. Der Effekt ist nur ganz kurzfristig, und hinterher fühlt man sich beschissener als vorher.«

»Du bist wirklich ein ganz besonderer Mann, Lennox Fraser«, stellte sie fest, und ihre warme Stimme legte sich wie eine Decke über ihn – samtig, weich und … lockend?

»Weil ich keinen Alkohol mag oder weil ich mein Leben mit einer Lüge verbracht habe?« Er versuchte, sich an Fakten zu halten und nicht über den Effekt ihrer Stimme nachzudenken.

»Dein Leben ist keine Lüge. Dein Vater hat gelogen, ja, aber damit hat er in erster Linie sich selbst geschadet – auch wenn sich das für dich und deine Geschwister akut ganz anders anfühlen muss. Nein, du bist in meinen Augen ein besonderer Mann, weil du dich deinen verwirrenden Gedanken und Gefühlen stellen und sie nicht verdrängen oder betäuben willst.«

»Das mit dem Verdrängen habe ich viel zu lange probiert. Das hat mich jedenfalls auch nicht glücklich gemacht. Und du hast recht – es ist die Lüge meines Vaters, nicht meine. Trotzdem hat sie mein Leben beeinflusst. Wer weiß, wie es sonst gelaufen wäre?«

»Das weiß keiner, und wir werden es nie erfahren. Aber womöglich ist es so besser? Es könnte doch sein, dass du dich nie aus Marlins Schatten herausgewagt hättest, wenn du gewusst hättest, dass er in seinem früheren Leben der Musiker Lin gewesen ist.« Sie zuckte mit den Schultern. »Auch das ist reine Spekulation und vor allem nicht zielführend. Euer Dad schuldet euch eine Menge Antworten, aber du hast nach wie vor alle Möglichkeiten. Du kannst dich jeden Tag aufs Neue entscheiden, in welche Richtung du gehen möchtest.«

»Ich weiß.« Er seufzte resigniert, aber nicht mehr mutlos. »Ich werde nicht wieder in das alte Muster zurückfallen und meinem Vater die Schuld an meinem persönlichen Elend geben – auch wenn ich jetzt ein richtig gutes Argument dazubekommen habe. Trotzdem wünsche ich mir, dass er die Hosen runterlässt und gründlich auspackt.« Warum hatte er diese seltsame Formulierung gewählt? Und was hatte sie eben gesagt – dass er sich entscheiden könne, in welche Richtung er gehen wollte? Seine Wunschrichtung in genau diesem Moment kannte er, und sie hatte erschreckend viel mit heruntergelassenen Hosen zu tun …

»Es wird ihm wohl nicht viel anderes übrig bleiben.« Annas Lächeln ließ nicht nach, stattdessen bekam es etwas leicht Verwegenes, das er ihr gar nicht zugetraut hätte. »Du hast mich vorhin gefragt, ob ich irgendwas hätte, um deine rasenden Gedanken zu beruhigen. Außer Whisky, Gin und verschreibungspflichtigen Mittelchen könnte ich dir ein paar Yoga-Übungen und eine gemeinsame Meditation anbieten – falls du es noch mal wagen möchtest.«

• • •

Ob Lennox auch nur ansatzweise bewusst war, welch hypnotische Wirkung seine Augen haben konnten? Das wilde Sturmgrau, in dem sie gerade schimmerten, wirkte gefährlich und gleichzeitig unfassbar anziehend. Auf eine verführerische, geradezu erotische Art und Weise.

»Meditation?«, hakte er skeptisch nach. »Braucht man nicht viel Erfahrung, um da einen wirklich guten Effekt zu erzielen?«

»Es ist wie mit allen Dingen im Leben – man muss überall klein anfangen und viel üben …« Sie wollte mit ihm nicht über Meditation sprechen. Sie wollte ihn berühren. Richtig berühren, nicht nur seine Hand. Und sie wollte spüren, was in ihm vorging, aber vor allem wollte sie wissen, wie es sich anfühlte, wenn er in ihr … »O Gott.« Sie schnappte nach Luft, über sich selbst erschrocken, und schlug sich die Hand, mit der sie die ganze Zeit seine gehalten hatte, vor den Mund.

»Was ist los?«, fragte er alarmiert.

Sie schluckte. »Nichts. Sorry. Ich …« *Muss mich jetzt ganz schnell wieder zusammenreißen!* Sie schloss die Augen und atmete tief durch. Was um Himmels willen war nur los mit ihr? Ein Freund war in Not, befand sich in einem Zustand größten emotionalen Aufruhrs – und sie dachte an Sex? Wohin hatte sich ihre legendäre Empathie verzogen? Sie, die fast immer ahnte, was ihr Gegenüber gerade am dringendsten brauchte, die durch genaues Zuhören, einen offenen Blick und eine Berührung herausfand, wie sie am besten helfen konnte – allein dadurch, dass sie die Bedürfnisse selbst fühlte … »O!« Die Erkenntnis traf sie wie ein Schlag, und ihr Herz klopfte auf einmal rasend schnell.

»Anna, du machst mir Angst«, lauteten die nächsten Worte aus Lennox' Mund. Sie hörte sie laut und deutlich, doch ihr Unterbewusstsein verstand: *Anna, ich brauche dich nackt in deinem Bett!*

Die Luft zwischen ihnen knisterte plötzlich wie aufgeladen. Elvis schien das auch zu spüren, denn er sprang abrupt von Lennox' Schoß, schenkte den beiden noch einen kurzen wissenden Blick und verzog sich dann mit buschig aufgestelltem Schwanz in die Küche, zu seinem Futternapf, in dem eine Portion Trockenfutter auf ihn wartete.

Anna konnte sich nicht daran erinnern, aufgestanden zu sein. Genauso wenig hatte sie bewusst mitbekommen, dass Lennox seinen Platz am Tisch verlassen hatte und ihr jetzt gegenüberstand. Was sie jedoch mit allen Nervenenden mitbekam, war, wie er mit seinen Fingern, die sich rau, aber warm anfühlten, eine Locke aus ihrem Gesicht strich und ihr mit Augen, die nun nicht mehr wütendstürmisch schimmerten, sondern silbrig und aufgeregt, tief in die Seele blickte.

»Ja«, hauchte sie als Antwort auf seine unausgesprochene Frage, ob er sie küssen dürfe. Zentimeter für Zentimeter kamen seine sinnlichen Lippen den ihren näher. Gleich war es so weit. Gleich.

Nichts hätte sie darauf vorbereiten können, wie es sich anfühlte, ihn zu küssen, nicht einmal ihre intensive erste Berührung beim Yoga-Workshop. Sie hatte das Gefühl, nicht nur mit ihrem eigenen Körper wahrzunehmen, sondern auch mit seinem. Sie spürte ihre Lippen auf seinen, nicht nur seine auf den ihren. Das war doch gar nicht möglich, oder? Wo hörte ihre Zunge auf und fing seine an? War es ihr Unterleib, der sehnsüchtig pochte, oder seiner? War es ihre Hand, die sich unter den Pullover schlängelte, um nackte Haut zu ertasten, oder seine?

»Was passiert hier?«, keuchte jemand. Sie? Er? Beide? Anna konnte es nicht sagen. Vor allem hatte sie keine Antwort, und sie wollte auch nicht darüber nachdenken. Sie wollte nur weiter eintauchen in den Strudel der köstlichen Gefühle, die sie in dieser Intensität noch nie erlebt hatte. Am liebsten wäre sie in ihn hineingekrochen, um nicht nur seine warme Haut zu streicheln, die sich über straffen, sehnigen Muskeln spannte, sondern die Muskeln selbst, seine Knochen, seine Organe – alles.

»Bett oder Boden?« Diesmal war es eindeutig Lennox, der sprach und sie für einen Augenblick aus der süßen Trance löste.

»Bett!« Sie zog ihn mit sich und schob ihn den Flur entlang zur Schlafzimmertür, ehe sie selbst noch kurz im Bad verschwand und dort hektisch nach Kondomen suchte. Sie hatte zwar eine Spirale, aber ihre jahrelange medizinische Erfahrung hatte ihr Vorsicht eingebläut. Trotzdem fand sie es ganz erstaunlich, dass sie überhaupt noch denken konnte. Als sie die Packung gefunden hatte und die Tür des Spiegelschranks schloss, erschrak sie bei ihrem Anblick. Ihre Lippen waren vom Küssen geschwollen, die Wangen stark gerötet, und in ihren Augen spiegelte sich so viel ungezügelte Lust, wie sie es noch nie erlebt hatte. Sie war sich fremd, und gleichzeitig fühlte sie sich so echt und authentisch wie selten zuvor. Und deshalb schob sie den kleinen warnenden Hintergedanken in ihrem Kopf beiseite, der ihr einreden wollte, dass man Ausnahmesituationen wie diese nicht ausnutzen sollte.

Jetzt war die Zeit dafür, zu handeln, zu leben und zu fühlen – nachdenken und planen konnte sie später immer noch. Also schlüpfte sie rasch in ihr Schlafzimmer und schloss die Tür hinter sich ab. Auf keinen Fall wollte sie gleich Elvis als Mitspieler haben.

Lennox stand mitten im Raum – leider noch vollständig angezogen – und schaute sie erwartungsvoll an. Er hob mit einem fragenden Lächeln eine Braue, als er sah, wie sie den Schlüssel drehte.

»Elvis«, sagte sie nur und klang leicht atemlos. Sie zeigte ihm die Schachtel mit den Kondomen und legte sie auf den Nachttisch. »Zieh dich aus«, bat sie und streifte sich gleichzeitig den Pulli über den Kopf. Als sie dann auch noch aus ihrer Jeans schlüpfte und den BH öffnete, sog er heftig Luft ein und verabschiedete sich ebenfalls rasch von Pulli, T-Shirt, Hose und Boxershorts.

Anna hatte nicht viel Gelegenheit, sich an seinem Anblick zu weiden, denn er überbrückte die kurze Distanz zwischen ihnen mit zwei großen Schritten, und schon bei der ersten Berührung verabschiedete sich ihre Denkfähigkeit in die hinterste Zimmerecke. Von nun an übernahmen reine Lust und pures Gefühl das Regiment und stellten mit ihren Körpern Dinge an, die zumindest Anna niemals für möglich gehalten hätte.

Sie lernten sich mit allen Sinnen kennen – Anna hätte nicht sagen können, ob über Minuten, Stunden oder Jahrhunderte hinweg. Kurz nahm sie wahr, wie er nach den Kondomen tastete, gefolgt von einem Gefühl der Fülle und der Verschmelzung, wie sie es sich nie hätte vorstellen können. Das hier war kein Sex, jedenfalls nicht nach den Maßstäben ihrer bisherigen Erfahrung, das hier war eine tiefe Verbindung, ein uraltes Spiel aus Leidenschaft und schließlich ultimativer Erlösung.

Lennox fand als Erster die Sprache wieder. »Was war das denn?« Er klang immer noch leicht atemlos und sehr verwundert, als er die weiche Daunendecke über ihnen ausbreitete und Anna fest an sich zog.

»Ich habe keine Ahnung«, gab sie zu. Sie hatte ihr Gesicht in seiner Halsbeuge vergraben und atmete seinen Duft ein, der ihr vertraut und gleichzeitig ganz neu erschien. »Und ich weiß auch nicht, ob ich gerade darüber nachdenken kann oder will. Mein Gedankenkarussell ist jedenfalls vollständig zum Stillstand gekommen.«

Er brummte etwas, das wie Zustimmung klang, doch Anna hörte es kaum noch. Draußen dämmerte der Abend, und hier drinnen, in ihrem Schlafzimmer, versank sie in einem wohlig warmen Kokon aus tiefer Zuversicht, schläfriger Leidenschaftlichkeit – und Liebe.

SHOWDOWN

SIE WAREN DIE LETZTEN, die am nächsten Tag die große Küche von Harriswood House betraten, und es war so voll, dass es kaum noch Platz für sie gab. Alex, Aidan und Colleen waren da, Isla und Jon, Shona und Kendrick. Aber auch Betty, Pfarrer Jack, Marlins Geschwister Rupert und Heather mit Alice und George. Hailey sprang zwischen der Küche und dem Frühstücksraum hin und her, in dem aber nur noch zwei Paare saßen. Linda lehnte an dem alten hölzernen Buffet und beobachtete voller Faszination das Schauspiel, das offensichtlich gerade auf einen Höhepunkt zusteuerte.

Anna war sich nicht sicher, ob Marlin schon vor ihrer Ankunft mit den neuen Erkenntnissen konfrontiert worden war. Zumindest ahnte er etwas, denn er wirkte wie ein Tier, das in eine Falle geraten war, ohne Hoffnung auf Entkommen. Die Spannung im Raum war mit Händen zu greifen, was zweifellos jedem klar war.

»Ich geh mal mit den Hunden raus«, kündigte in diesem Moment Aidan an und verließ mit seinem kleinen Terrier Tito, Jons Neufundländer-Hündin Polly und Shonas Wolfshunden Orla und Higgins die Küche. Auf dem Weg nach draußen schnappte er sich noch zwei frische Schokoladen-Muffins. Anna beneidete den Jungen um die Freiheit, das Ganze zu ignorieren. Sie hatte keine Vorstellung davon, was gleich passieren würde – und wie es dem Mann an ihrer Seite danach ergehen würde.

Sie tastete nach Lennox' Hand. Er war ganz ruhig – noch, nahm sie an. Hormone waren machtvolle kleine Botenstoffe, redete sie sich ein, obwohl sie sich insgeheim wünschte, dass noch etwas anderes sein Gemüt positiv beeinflusste. Sie selbst nämlich. Doch vermutlich war jetzt nicht der richtige Zeitpunkt, um darüber zu philosophieren, was sie füreinander sein konnten, zumal sie selbst keine Antwort darauf hätte geben können. Volle Konzentration also für die Herausforderungen, die direkt vor ihnen lagen.

Anna schaute sich im Raum um und versuchte, in den Gesichtern zu lesen. Alex sah aus wie ein Vulkan kurz vor der Eruption, Rupert so, als wolle er seinen großen, massigen Leib am liebsten in einem Mauseloch verschwinden lassen. Heather strahlte eine Art »Ich wusste, dass dieser Tag kommen wird«-Resignation aus, und ihr Mann George schien sich auf das drohende Spektakel zu freuen. Jack wirkte tief betrübt, genau wie Alice, die tatsächlich rot verweinte Augen hatte, während Bettys Gesicht unlesbar war. Shona, Kendrick, Isla und Jon dagegen hatten offensichtlich keinen Schimmer, warum sie hier waren.

»Kann uns jetzt bitte mal jemand verraten, was wir hier alle tun sollen?«, verlangte Isla und gähnte herzhaft. »Ich muss in spätestens anderthalb Stunden in meiner Küche stehen.«

»Ist jemand gestorben?«, erkundigte sich Shona, die beim Anblick ihrer versammelten Verwandten anscheinend mit dem Schlimmsten rechnete. »Ist am Ende etwas mit Kristie?«

»Kristie geht es gut«, sagte Lennox ruhig. »Sie hat mir vorhin eine Nachricht geschickt, dass sie sich auf den Heimweg macht. Mittags wird sie da sein. Und es ist auch niemand gestorben. Im Gegenteil.«

Anna fröstelte. Lennox' Stimme klang eiskalt.

»Im Gegenteil?« Shona runzelte die Stirn. »Ist noch jemand schwanger? Aber das wäre doch kein Grund für diese Leichenbittermienen.«

»Was Lennox meint, ist, dass wir einen Totgeglaubten in unseren Reihen haben«, übernahm Alex das Wort – nicht kühl wie sein kleiner Bruder, sondern brodelnd vor Wut.

Shona, Kendrick, Isla und Jon sahen ihn verblüfft und verständnislos an, die anderen wirkten eher betreten. Marlins Gesicht war maskenhaft.

»Hä?«, hakte Shona nach, wenig wortgewandt, aber nachvollziehbar irritiert.

»Ein Mann, der der Welt vor über dreißig Jahren seinen Tod vorgespielt, seine Kinder angelogen und seine Geschwister und Freunde zum Schweigen genötigt hat.« Alex schluckte, und Anna merkte, wie schwer es diesem sonst so besonnenen Mann fiel, einigermaßen Ruhe zu bewahren. In der Küche war es jetzt so still, dass man das Ticken der alten Standuhr im Flur hören konnte.

»Jetzt mach's nicht so spannend, Alex. Raus mit der Sprache«, forderte Isla.

»Darf ich vorstellen?«, übernahm nun wieder Lennox, und Anna war insgeheim beeindruckt von der nicht abgesprochenen Dramaturgie der beiden Brüder. »Der phänomenale Lin von Starlight Lin.« Er deutete mit eleganter Geste auf seinen Vater.

»Was?«, riefen Shona und Isla wie aus einem Mund.

»Schluss jetzt!«, polterte Marlin los. Die Starre war von ihm abgefallen, und er wirkte jetzt mindestens so aufgewühlt wie sein ältester Sohn. »Ich muss mir in meinem eigenen Haus keine derart haarsträubenden Unterstellungen anhören.«

»Willst du etwa behaupten, es stimmt nicht?«, höhnte Alex. »Willst du ernsthaft so tun, als würden wir uns das nur einbilden? Du hast deine Familie über Jahrzehnte belogen und betrogen – und du hast andere Familienmitglieder und Freunde mit in dein Lügengeflecht hineingezogen.«

»Was fällt dir eigentlich ein, in so einem Ton mit mir zu sprechen?«, brüllte Marlin seinen Sohn an. »Was immer ihr zu wissen glaubt, stimmt nicht – und ich werde mich ganz sicher nicht rechtfertigen.« Er wollte aufstehen, doch auf der langen Sitzbank an der Wand war er zwischen Shona und Colleen eingekeilt, neben denen wiederum ihre Männer saßen. Keine Chance also, zu entkommen. Nun warf er einen mörderischen Blick in Richtung Linda, die er offensichtlich und nicht ganz zu Unrecht für alles verantwortlich machte.

Anna schaute ebenfalls in die Richtung ihrer Freundin, die sich jedoch wenig beeindruckt und insgesamt eher amüsiert zeigte. Anna fragte sich langsam, was Alex und

Linda gestern noch unternommen hatten, und bedauerte es ein klein wenig, dass sie ihre Freundin heute früh nicht angerufen und um ein Update gebeten hatte. Doch sie war anderweitig beschäftigt gewesen. Gefühlt in einer ganz anderen Welt.

»Gib auf«, bat Heather ihren Bruder. »Ich hab dir immer gesagt, dass dir diese Geschichte früher oder später um die Ohren fliegen wird.«

»Nichts fliegt mir um die Ohren. Nicht solange jeder das tut, was vereinbart war!« Die Drohung in Marlins Stimme war eindeutig.

»O, jetzt machst du also auch noch einen auf Mafia-pate?« Lennox schüttelte mit einem höhnischen Lachen den Kopf. »Weißt du eigentlich, dass wir früher immer mal wieder darüber spekuliert haben, was du wohl gemacht hast, während du monatelang verschwunden warst?«

»Ich war in eurer Kindheit nie monatelang verschwunden. Nicht einmal tage- oder stundenlang. Ich war immer für euch da!«

»In meiner frühen Kindheit nicht«, erinnerte ihn Alex. »Oder zählt das nicht? Bin ich nicht dein Sohn?«

»Du konntest dich doch gar nicht daran erinnern«, blaffte Marlin weiter.

»Wie bitte?«, brüllte Alex. »Ich habe das sehr wohl mitbekommen und mich gefragt, wo du wohl warst. Mum hat mir immer erzählt, dass du arbeiten wärst. Der Dad von einem meiner Freunde war Seefahrer und ebenfalls monatelang weg. Da habe ich mir gedacht, dass du viel-leicht auch auf einem Schiff rumfährst.«

»Ist doch eine gute Erklärung«, brummte Marlin und zuckte mit den Schultern. »Was gab es da noch zu spekulieren?«

»Ich hab's dir immer gesagt«, warf nun auch Alice leise ein, funkelte erstaunlicherweise aber nicht ihren Schwager, sondern ihren Ehemann Rupert wütend an.

»Es gab eine ganze Menge zu spekulieren«, ergriff Lennox wieder das Wort. »Für einen mutmaßlichen Seemann hast du nämlich verdammt wenig Ahnung von Nautik. Das hab ich schon als Vierjähriger gemerkt. Daraufhin haben wir uns überlegt, dass du vielleicht ein Geheimagent warst. Oder ein Investmentbanker. Nur auf Popstar sind wir nicht gekommen. Warum bloß?«

»Weil es vollkommen abwegig ist!«, rief Marlin und versuchte es mit einem Lachen. »Ihr leidet allesamt an einer blühenden Fantasie, die niemandem hier guttut.«

»Hör endlich auf, uns für dumm zu verkaufen!« Alex schäumte. Er blickte in die Richtung seiner Tanten und Onkel. »Ihr habt ihn jahrzehntelang gedeckt, wollt nicht wenigstens ihr endlich reinen Tisch machen? Haben wir die Wahrheit nicht verdient?«

»Die Wahrheit? Du tust gerade so, als wäre die Wahrheit eine klare Frage von Schwarz und Weiß – dabei ist sie das in den seltensten Fällen. Lin ist tot – seit über dreißig Jahren. Das ist die einzige Wahrheit, die zählt.« Marlin verschränkte seine Arme vor der Brust und lehnte sich mit aufgesetzter Gelassenheit wieder zurück, so als sei die Geschichte für ihn erledigt.

»Marlin, das kannst du nicht machen. Deine Kinder

haben ein Recht auf die Wahrheit«, meldete sich Jack zu Wort. Der sonst so joviale und immer lächelnde Gottesmann wirkte gerade absolut humorlos. »Ehrlich gesagt bin ich froh, dass die Sache jetzt endlich rausgekommen ist.«

»Ich habe keine Ahnung, wovon du sprichst«, entgegnete Marlin blasiert. »Die sogenannte Wahrheit habe ich ja eben verkündet. Lin ist tot, ich bin am Leben. Nichts anderes zählt.«

Alex hatte inzwischen einen so roten Kopf, dass Anna sich langsam Sorgen machte. Er schien komplett fassungslos zu sein und nicht zu wissen, was er noch sagen sollte. Shona und Isla sahen gleichermaßen schockiert und verletzt aus und hatten offensichtlich Mühe, das alles zu begreifen. Nur Lennox war nach wie vor ganz cool – ausgerechnet der Mann, der unter der haarsträubenden Scharade seines Vaters am meisten zu leiden gehabt hatte.

»Fein, wenn du nur Häppchen servieren willst, dann machen wir das so«, begann er und fixierte seinen Vater. »Lin ist also tot. Darauf können wir uns einigen. Wir würden jetzt aber gern wissen, ob du früher Lin warst.«

»Das spielt doch nicht die geringste Rolle«, tat Marlin die Bemerkung ab, als handle es sich um einen selten dummen und lästigen Einwurf.

»Doch, es spielt eine entscheidende Rolle«, sagte Isla. »Du hast uns beigebracht, nicht zu lügen und zu unseren Fehlern zu stehen. Dir war es immer wichtig, dass wir das Beste aus uns und unseren Talenten machen und nichts davon verschwenden – außer bei Lennox offensichtlich. In deinem Wertekanon stehen Ehrlichkeit und Geradlinigkeit ganz weit oben. Auf der gleichen Stufe wie Familiensinn und Heimatverbundenheit. Insofern ist es für mich jetzt schon von Bedeutung, ob mich der Mann, der über viele Jahre einer der wichtigsten Menschen in meinem Leben war, verarscht hat oder nicht. Versteh mich nicht falsch, Dad, ich habe keine Ahnung, wie Alex und Lennox auf die Idee kommen, dir diese Ungeheuerlichkeit zu unterstellen. Aber wenn ich mir meine Onkel und Tanten so ansehe, wenn ich Pfarrer Jack ins Gesicht schaue und Bettys Blicke richtig interpretiere, dann haben die beiden wohl recht.«

»Lächerliche, haltlose Behauptungen … und keine Beweise …«, murmelte Marlin in seinen Bart. Zumindest waren das die Floskeln, die Anna verstand.

»Wir haben ziemlich eindeutige Indizien gesehen und gehört«, erklärte Lennox. »Die können wir gern auch in dieser Runde vorführen, damit sich jeder ein Bild machen kann.«

»Alternativ könnten wir auch ein paar Journalisten informieren«, übernahm Alex. »Linda kennt bestimmt Musikredakteure, die scharf auf eine Exklusivmeldung wären. Oder Betty könnte einen ihrer früheren Kollegen aktivieren.«

Marlins Gesichtszüge entglitten bei diesen Worten leicht, aber nur für einen Augenblick, dann hatte er sich wieder im Griff. »Könnt ihr gern versuchen. Dafür gibt es Anwälte.«

»Was auch immer das für ein schmutziger Deal war, den du mit meinem Schwiegervater ausbaldowert hast«, begann Heather, »ich spiel da nicht mehr mit. Ihr habt absolut recht, euer Vater war Teil der Band Starlight Lin. Seine Bandpartnerin Carolyn ist damals tatsächlich bei diesem Flugzeugabsturz ums Leben gekommen – zumindest hat mein Bruder das behauptet. Er selbst hatte eine andere Maschine genommen und war angeblich komplett überrascht, als er aus den Nachrichten erfahren hat, dass er ebenfalls als tot galt. Warum er diesen Irrtum dann nie aufgeklärt hat, weiß ich bis heute nicht. Womöglich kam ihm diese Exitstrategie gerade recht, weil er keine Lust mehr auf die Band hatte? Ich habe keine Ahnung. Jedenfalls wusste auch zu seinen aktiven Zeiten niemand in Kirkby von seinem Zweitleben. Zumindest niemand außer der Familie und Jack.« Sie ignorierte den Todesblick ihres älteren Bruders und sah stattdessen zu Betty. »Dachte ich zumindest.«

Shona entfuhr ein Schluchzer. Sie schaute ihren heiß geliebten Vater voller Entsetzen an und rückte erschrocken von ihm ab, als er ihr eine Träne von der Wange wischen wollte.

Diese kleine Geste schien Marlin tiefer zu berühren und zu beeindrucken als die kaum kontrollierte Wut seiner Söhne und die Vorhaltungen seiner älteren Tochter und seiner Schwester. Als sich seine jüngste Tochter schockiert und, ja, auch angewidert von ihm abwandte, zuckte er schwer getroffen zusammen. Sein Gesicht wurde aschfahl, und kurz wallte Mitleid in Anna auf.

Betty griff über den Tisch hinweg nach Marlins Hand. »Marlin«, sagte sie eindringlich, aber erstaunlich liebevoll.

»Es ist wirklich Zeit, alle Karten auf den Tisch zu legen, wenn du nicht riskieren willst, dass sich deine Kinder noch weiter von dir entfernen.«

»Du hast ja keine Ahnung, wovon du da redest«, entgegnete er, doch Anna merkte, dass seine Stimme zitterte.

»Doch. Ich weiß es sogar ganz genau. Ich weiß seit über vierzig Jahren, dass du in Wirklichkeit Musiker bist. Vermutlich sogar länger, wenn man an unsere Jugend und Kindheit zurückdenkt. Ich glaube, ich war beim allerersten Konzert von Starlight Lin. Das muss Ende der Siebziger-, Anfang der Achtzigerjahre gewesen sein – in einem heruntergekommenen Londoner Club. Schon damals hattet ihr dieses lächerliche Make-up, aber ich habe dich trotzdem gleich erkannt. Die Stimme, die ich so oft an irgendwelchen Lagerfeuern gehört hatte, war unverkennbar.«

»Warum hast du nie etwas gesagt?«, stellte Jack die Eine-Million-Pfund-Frage.

»Weil ich wissen wollte, was dahintersteckt.« Sie zuckte mit den Schultern. »Um der Wahrheit die Ehre zu geben – ich hatte schon immer eine Schwäche für Marlin, doch er hatte nur Augen für Bonnie. Das war okay, ich hatte ja meine Karriere. Für Journalisten war das eine aufregende Zeit. Margaret Thatcher, der Falklandkrieg – das waren meine Themen. Ich habe mich danach nicht groß um Starlight Lin gekümmert – außer dass ich mir alle Platten gekauft habe. Ich hatte keine Ahnung, dass in Kirkby niemand etwas wusste, dass es schon damals ein Geheimnis war. Mein Interesse flammte erst wieder richtig auf, als ich von Marlins vermeintlichem Tod gehört habe. Ich war geschockt, dass mein Jugendfreund ums Leben gekommen sein sollte. War er nicht, wie sich herausstellte. Er saß vielmehr fröhlich mit Frau und Kind hier in Kirkby, hat sich um seine Schafe gekümmert und Pferde beschlagen.

Also habe ich angefangen zu recherchieren. Ich habe mir die Passagierliste des Unglücksflugs besorgt, aber die war nicht besonders aussagekräftig, weil es ja ein Privatjet war. Die Bühnenmusiker standen teilweise mit vollem Namen drauf, teilweise nur als Abkürzung. Es gab einen Lin, aber keine Starlight. Dafür eine Carolyn Starling. Ich wusste damals noch nicht sicher, dass sie der weibliche Part der Band war, weil eure bürgerlichen Namen ja nie bekannt gemacht wurden, aber das habe ich später herausgefunden. Ich habe auch eine Sterbeurkunde von Carolyn gesehen – aber natürlich nichts von Marlin. Also habe ich weiterrecherchiert. Mir war klar, dass es Mitwisser an entscheidenden Stellen geben musste. Anwälte, jemand in der Plattenfirma ... Mosaikstein für Mosaikstein habe ich dann also alles zusammengesetzt.«

»Betty, du bist der Knaller«, rief George voller Bewunderung. Ganz so hätte Anna es nicht formuliert, aber sie fand es ebenfalls sehr bemerkenswert.

»Ich hab dir doch schon im Frühjahr gesagt, dass zwischen Betty und deinem Vater was läuft«, kommentierte Jon aufgeräumt. Interessant, auf welches Stück Information er seine Aufmerksamkeit gerichtet hatte, dachte Anna. Isla dagegen brachte ihren Verlobten ungeduldig zum Schweigen.

»Warum hast du nie mit mir darüber gesprochen?«,

krächzte Marlin schließlich. Sein eben noch aschfahles Gesicht glich nun einer weißen Leinwand.

»Weil ich immer darauf gewartet habe, dass du es selbst zugibst«, entgegnete Betty mit einem traurigen Lächeln.

»Da ist nichts, was ich zugeben müsste«, beharrte er mit brüchiger Stimme.

»Wie kann man nur so stur sein und so lange mit einer solchen Lüge leben?« Sie schüttelte den Kopf und stand auf. »Ich hatte gehofft, dass du wenigstens heute der Mann bist, den ich so lange in dir gesehen habe. Aber ich hab mich wohl getäuscht.« Sie winkte matt in die Runde und verließ mit einem Seufzer die Küche.

»Ich muss ihr leider recht geben«, pflichtete ihr Jack bei und schaute dann auf die Uhr. »Und außerdem muss ich mich um meine Schäfchen kümmern.«

Anna hatte sich ohnehin gewundert, dass Jack an einem Sonntagmorgen Zeit für einen Hausbesuch hatte. Doch womöglich begann der Gottesdienst erst um elf, so genau wusste sie das gar nicht. Sie sah zu Lennox, der seinen Vater mit beredtem Mienenspiel beobachtete. Enttäuschung erkannte sie in seinem Gesicht, Resignation und Verachtung. Und dann: Entschlossenheit!

»Lass uns gehen«, sagte er zu ihrer großen Überraschung zu ihr. »Ich möchte dir gern etwas zeigen. Linda, ich würde mich freuen, wenn du auch mitkommst.«

• • •

Lennox wusste nicht, was er von dem Showdown am Frühstückstisch erwartet hatte. Insgeheim hatte er wohl gehofft, dass sein Vater alles zugeben und eine Erklärung abliefern würde. Irgendwas. Doch Marlins Weigerung, die Vergangenheit offenzulegen und seiner Familie einen nachvollziehbaren Grund für sein Schweigen, seinen Betrug zu nennen, war typisch für den schottischen Sturschädel. War er selbst enttäuscht deswegen? Sicher. Aber längst nicht so verzweifelt, wie er hätte sein können. Wie er gestern Nachmittag noch gewesen war. Nein, er war zwei Schritte weiter. Wenn sein Vater sein Leben auf einer Lüge aufbauen wollte, dann war das seine Sache, er selbst würde es nicht tun. Er würde ab sofort nur noch das tun, was sein Herz ihm diktierte.

»Irgendwie habe ich mir das etwas anders vorgestellt«, sagte Linda, als sie das Haus verlassen hatten, und atmete tief durch.

»Ich auch«, gab Anna zu, doch Lennox zuckte nur mit den Schultern.

»Eigentlich ist es erwartungsgemäß gelaufen. Mein Vater hat es noch nie zugegeben, wenn er im Unrecht war. Warum sollte er heute damit anfangen?«

»Weil er Gefahr läuft, seine Freunde und seine Familie zu verlieren?«, warf Anna ein. »Und weil die Drohung im Raum steht, dass die Medien davon Wind bekommen. Ist das nicht seine größte Sorge?«

»Ich glaube, seine größte Sorge ist sein Selbstbild«, entgegnete Lennox. »Aber das ist sein Problem. Ich will mich nicht mehr damit befassen. Stattdessen würde ich euch gern mein zukünftiges Studio zeigen.«

»Dein Studio?«, fragte Anna mit einem überraschten,

aber eindeutig hoffnungsfrohen Lächeln. »Dann bleibst du also in Kirkby?«

Er merkte, wie sich bei ihren Worten eine irrationale Freude in ihm ausbreitete. Wenn er hierbliebe, dann gäbe es womöglich die Chance ... Tja, worauf eigentlich? Was war das letzte Nacht gewesen? Außer einer ziemlich effizienten Methode, rasende Gedanken zu beruhigen? Er konnte es nicht sagen, und sicher war das jetzt auch nicht der richtige Zeitpunkt, um darüber zu sprechen, aber trotzdem fühlte es sich tief in ihm plötzlich ganz warm an. Ein weiteres Indiz dafür, dass er sich richtig entschieden hatte. »Ich hatte mir bis vorgestern keine Gedanken dazu gemacht«, beantwortete er ihre Frage. »Aber dann habe ich Sean Gordon getroffen. Kennst du ihn?«

Anna schüttelte den Kopf.

»Er ist Keramikkünstler und hat ein großes Haus am Waldrand. Ich habe ihn bei Rupert im Stall kennengelernt, wo er sein Pferd stehen hat. Er ist ungefähr in meinem Alter und ist wohl nicht sehr stark in der Dorfgemeinschaft engagiert – was ich absolut nachvollziehen kann ...« Er lächelte vielsagend und fuhr fort: »Aber wir waren sofort auf einer Wellenlänge, und er hat mir von einem leer stehenden Gebäude auf seinem Grundstück erzählt, das sich seiner Meinung nach perfekt als Musikstudio oder Proberaum eignen würde. Um es abzukürzen: Ich hab es mir angesehen, und es hat sich spontan richtig angefühlt. Da herrschen richtig geile Vibes – fast so wie an der Quelle im Wald. Und plötzlich war klar, dass ich hierbleiben werde, um mich voll auf meine Musik zu konzentrieren.«

»Wow, das sind ja spektakuläre Entwicklungen.« Nun strahlte Anna richtig, doch dann bildete sich eine Sorgenfalte auf ihrer Stirn. »Auch nach den jüngsten Offenbarungen noch?«

Lennox zuckte mit den Schultern und lauschte in sich hinein. Es hatte sich nichts geändert. Klar hatte ihm das geheime Doppelleben seines Vaters einen gehörigen Schock versetzt, und gestern war der Impuls, zu fliehen und nie wieder zurückzukehren, eine Weile verdammt übermächtig gewesen. Aber dann hatte er festgestellt, dass das Ganze nichts mit ihm zu tun hatte. Dass seine Entscheidungen unabhängig von denen seines verlogenen Dads zu sein hatten. Er hatte genauso viel Recht darauf, sein Leben in Kirkby zu verbringen, wie der Rest seiner Familie, und wenn er in diesem Kaff Musik erschaffen wollte, die irgendwann vielleicht die ganze Welt begeistern könnte, musste Marlin Fraser damit leben. Das war dann nicht mehr Lennox' Problem. Er hatte damit gerechnet, dass ihn die Konfrontation heute viel mehr aus der Bahn werfen würde, doch das war nicht passiert. Ganz im Gegenteil, er fühlte sich entschlossen und klar wie nie zuvor in seinem Leben. »Mein Vater hat mit meiner Entscheidung nichts zu tun«, antwortete er daher auf Annas Frage.

»Du bist ein ziemlich außergewöhnlicher Typ«, mischte sich Linda ein. »Hat dir das schon mal jemand gesagt?«

»Wenn, dann war es eher nicht als Kompliment gedacht«, erwiderte er mit einem schiefen Grinsen. Schließlich konnte er sich auch bei Linda nicht sicher sein, ob sie es positiv meinte. Doch auch das war ihm egal. Er war nicht mehr abhängig von den Urteilen anderer Menschen.

»O, ich meine es absolut als Kompliment. Ich finde deine Coolness extrem beeindruckend, das hätte ich dir nach deinem Meltdown gestern gar nicht zugetraut. Die paar Tropfen Whisky können es ja wohl kaum gerichtet haben? Ich tippe eher auf Annas therapeutische Hände ...« Sie hob mit einem eindeutig zweideutigen Blick eine Braue und grinste frech.

»Nicht nur ihre Hände sind therapeutisch. An Anna ist alles magisch«, sagte er schlicht, denn es war die Wahrheit. Ohne Anna wäre er jetzt nicht in dieser Verfassung, da war er sich absolut sicher. Auch wenn er keinen Schimmer hatte, was genau sie mit ihm angestellt hatte – oder er mit ihr beziehungsweise sie miteinander. Aber dieser Prozess hatte nicht erst gestern begonnen, sondern schon beim ersten Hören ihres Podcasts. Irgendwie hatte er schon damals gewusst, dass er diese Frau finden musste. Zumindest ergab das in der Rückschau plötzlich Sinn. So, wie sie ihn jetzt anstrahlte, ging es ihr offenbar ähnlich.

Linda dagegen schien von der Tiefe ihrer Verbindung nichts zu ahnen, sondern konzentrierte sich nur auf Äußerlichkeiten. »Na ja, du hast wohl auch einiges drauf. So einen Glow habe ich bei der schönen Annabel noch nie gesehen.«

»Linda!«, kam es warnend von Anna, doch ihre glänzenden Augen und die geröteten Wangen sprachen eine deutliche Sprache.

Lennox grinste in sich hinein. Von Harriswood House

bis zu Seans Haus waren es gut zwanzig Minuten zu Fuß, aber wenn er sich Lindas Stilettos so anschaute, würde es wohl ein größeres Unterfangen werden. »Hast du andere Schuhe dabei?«, fragte er sie und erntete ein amüsiertes Schnauben von Anna.

»Du bist ja putzig«, entgegnete Linda mit einem Augenrollen und angelte einen Schlüsselbund aus ihrer Manteltasche. »Wir fahren mit dem Auto.« Sie deutete auf den Parkplatz des Bed & Breakfast und ging voran.

Anna kicherte immer noch, als sie seine Hand nahm. »›Andere Schuhe‹? Ernsthaft?«

»Hm.« Mehr gab es dazu von seiner Seite aus nicht zu sagen. Stattdessen genoss er das Gefühl, das Annas mit seinen verschränkte Finger in ihm auslösten. Ihre Hand war eiskalt, aber die Wärme, die sich in ihm ausbreitete, umhüllte ihn so kuschelig wie eine Daunendecke. »Ich glaube, du hast mich wirklich und wahrhaftig verzaubert«, raunte er ihr ins Ohr, als sie den Wagen erreicht hatten. Er kletterte auf die Rückbank, um ihr den komfortableren Beifahrersitz zu überlassen, und lotste Linda dann quer durch den Ort, ein Stückchen an der Destillerie vorbei und zu Seans Hof. Sein Magen knurrte vernehmlich.

»Ich weiß nicht, wie es euch geht, aber mir wäre nach einem ausführlichen Frühstück im Pub nach der Studiobesichtigung.«

»Wohl eher nach einem Mittagessen«, korrigierte Anna.

»Hauptsache, es gibt überhaupt was zu essen.« Linda parkte ihren glänzenden SUV neben dem ziemlich alten und zerbeulten Lieferwagen von Sean.

Lennox überlegte kurz, ob er ihr Kommen wohl besser bei Sean hätte ankündigen sollen. Ein sonntäglicher Überfall war womöglich nicht ganz im Sinne seines neuen Kumpels und zukünftigen Vermieters. Aber da öffnete sich schon die Werkstatttür des Keramikkünstlers.

»Das ist ja eine Überraschung«, grüßte der hochgewachsene Mann das ungewöhnliche Trio und sah bedauernd auf seine lehmverschmierten Hände. »Ich hab gerade gearbeitet.«

»Wir wollten auch nicht stören«, erklärte Lennox. »Ich wollte nur Anna und Linda das zukünftige Studio zeigen.«

»Klar, jederzeit.« Sean wischte seine Pfoten an dem schmutzverkrusteten Geschirrtuch ab, das in seinem Gürtel steckte, und kramte dann in seiner Hosentasche nach einem Schlüsselbund. »Anna und Linda sind … deine Bandmitglieder?«, erkundigte er sich. Erstaunlich neugierig für einen menschenscheuen Einsiedler, wie Lennox fand.

»Anna ist Kirkbys Ärztin und meine Freundin, und Linda ist ihre beste Freundin aus Edinburgh und nur dieses Wochenende zu Besuch«, sagte er lässig, obwohl sich seine Herzfrequenz eben mindestens verdoppelt hatte. Anna war seine Freundin. Punkt. Egal in welchem Wortsinn. Zumindest sah er das so.

»Hast du das gehört?«, zischte Linda so laut in Annas Ohr, dass es alle verstehen konnten. »Du bist seine Freundin!«

»Bin ich. Und ich bin sehr stolz darauf«, gab sie ganz entspannt zurück und nahm Linda so im Handstreich ihr Sensationslüftchen aus den Segeln. »Schön, dich kennenzulernen, Sean«, grüßte sie den Künstler freundlich. »Ich schätze mal, die Tatsache, dass wir uns noch nicht kennen, spricht für deine ausgezeichnete Gesundheit.«

»Wahrscheinlich«, brummte er und forderte den kleinen Trupp dann mit einer Kopfbewegung auf, ihm zu folgen.

»Elvis? Was machst du denn hier?«, rief Anna überrascht, als plötzlich ihr Kater durch die geöffnete Werkstatttür gestiefelt kam und sich der Menschengruppe anschloss.

»Das ist deiner?«, fragte Sean verblüfft. »Ich überlege schon seit Wochen, zu wem er wohl gehört.«

»Seit Wochen?« Anna schüttelte den Kopf darüber, wo sich der Vierbeiner überall herumtrieb.

»Im Sommer hat es angefangen. Eines Abends kam er vorbei, hat sich hier alles angesehen und offenbar für gut befunden. Seitdem kommt er fast jeden Tag und leistet mir bei der Arbeit Gesellschaft. In der Regel für ein, zwei Stunden – dann zieht er wieder ab.« Sean lachte und tätschelte dem Tier, das sich vertrauensvoll an seine Beine schmiegte, den runden Kopf.

»Eins ist jedenfalls klar: Dein Kater hat ein aufregenderes Sozialleben als du«, sagte Linda grinsend zu Anna.

Sie waren bei dem Gebäude angelangt, das Lennox' Studio beherbergen sollte – und als sie eintraten, war er genauso verzaubert wie beim ersten Mal. Das Innere war dank der offenen Dachkonstruktion, die sich über zwei Drittel des rechteckigen Raums erstreckte, großzügig und luftig. Im hinteren Bereich war eine Galerie eingezogen worden, unter der man mit relativ wenig Aufwand Leichtbauwände aufstellen und sein Aufnahmeequipment unterbringen könnte. Es gab ein winziges Duschbad und eine kleine Teeküche. Notfalls könnte er auch ein Bett auf die Galerie stellen und hier wohnen. Er schloss kurz die Augen und sah alles ganz genau vor sich. Es war einfach perfekt.

»Was meint ihr?«, fragte er die beiden Frauen.

»Na ja, es ist halt ein leeres, kaltes Haus im Nirgendwo«, antwortete Linda naserümpfend. »Ich könnte mir vorstellen, dass ein kreatives, urbanes Umfeld für Musiker viel besser wäre. Aber wenn du's schön findest …«, fügte sie gönnerhaft hinzu.

»Es passt zu dir«, sagte dagegen Anna und schaute ihm tief in die Augen. »Dieser Raum und du – ihr habt aufeinander gewartet und euch gefunden. Ich glaube, dass hier die großartigsten Dinge geschehen werden.« Sie lächelte ihn an, und ihm wurde wieder ganz warm. Es war unglaublich, wie Anna ihn verstand, seine Bedürfnisse begriff und wortlos Potenziale erkannte.

»Wenn ihr ein Bett reinstellt, dann vielleicht«, bemerkte Linda mit kaum verbrämter Ironie.

»Linda, ich liebe dich wie eine Schwester, aber manchmal würde ich dir am liebsten dein vorlautes Schandmaul stopfen! Wann lernst du, dass deine Bedürfnisse nicht der Maßstab für alle anderen sind?« Annas liebevoller Blick war einem gefährlichen Funkeln gewichen, und ihre Stimme hatte einiges an Schärfe zugelegt. Lennox war beeindruckt, und auch Linda schien derart klare Worte von ihrer sanften Freundin nicht gewohnt zu sein.

»Du hast recht«, gab sie zu und hatte die Größe, zerknirscht zu klingen. »Tut mir leid. Ich bin bestimmt nur so fies, weil ich noch nichts im Magen habe – außer schwer verdaulichen Familiengeheimnissen.«

Diesmal war es Lennox, der ihr einen warnenden Blick zuwarf. Es musste nicht sein, dass diese Geheimnisse öffentlich breitgetreten wurden – auch wenn die Öffentlichkeit im Moment nur aus Sean Gordon bestand, der zumindest nicht übermäßig neugierig wirkte. Aber man wusste schließlich nie.

»Kann ich euch vielleicht einen Kaffee anbieten?«, fragte Sean aber prompt, sehr zu Lennox' Überraschung.

»Das ist nett, aber ich habe den Damen eine ausführliche Mahlzeit im Pub versprochen«, sagte er rasch, ehe Linda oder Anna reagieren konnten. »Komm doch mit. Dann können wir schon alle Details zum Mietvertrag besprechen.«

Es war ein spontaner Impuls gewesen, Sean zu fragen, aber Lennox merkte, dass er es wirklich so meinte. Erstens wollte er seinen zukünftigen Vermieter gern besser kennenlernen, und zweitens hatte er nicht die geringste Lust, über seinen Vater und die Konsequenzen der aufgedeckten Lügengeschichte zu reden. Das war nicht seine Baustelle. Für ihn gab es jetzt nur noch die Zukunft.

LONDON CALLING

NATÜRLICH WAR ES NAIV gewesen, anzunehmen, er könnte sich völlig aus dem Familiendrama heraushalten, das er ja in gewisser Weise selbst angestoßen hatte. Aber trotzdem gab Lennox sein Bestes. Der Sonntag hatte noch eine sehr angenehme Wendung genommen. Sean hatte sie tatsächlich in den *Wise Pelican* begleitet und dort für eine erfrischende Auswahl anderer Gesprächsthemen gesorgt. Sie hatten über Musik und Keramik im Speziellen, Kunst im Allgemeinen und Reisen gesprochen. Es war erstaunlich, wie sehr sie auf einer Wellenlänge lagen. Linda hatte sich ziemlich bald verabschiedet und war zurück nach Edinburgh gefahren – jedoch nicht ohne Lennox noch bessere Auftrittsmöglichkeiten beim nächsten Fringe-Festival in Aussicht zu stellen. Er hatte sich dann kurz mit Kristie getroffen, die vollkommen berauscht von ihrer Tanzlehrerschulung auf der Isle of Skye zurückgekehrt war und während der Übergabe in der Bäckerei ohne Punkt und Komma davon geschwärmt hatte. Er hatte es nicht übers Herz gebracht, ihre Hochstimmung mit den familiären Neuigkeiten zu dämpfen, sondern hatte ihr stattdessen angeboten, regelmäßige Schichten in der Backstube zu übernehmen. Anschließend war er wieder zu

Anna gegangen, und sie hatten da weitergemacht, wo sie am frühen Morgen aufgehört hatten.

Vielleicht war es einfach der Hormonrausch, der ihn beflügelte und ihn sich unbesiegbar fühlen ließ, vielleicht die Erkenntnis, auf die er sein ganzes Leben lang gewartet hatte: nämlich dass er ein vollwertiger und selbstwirksamer Mensch war und unabhängig von den Urteilen anderer. Speziell von dem seines Vaters. Anna hatte das instinktiv schon viel früher erkannt als er, und sie war es, die seine Mauern zum Einsturz gebracht, nein regelrecht niedergebrannt hatte. Und aus der Asche war wie ein Phoenix der neue, der echte Lennox aufgestiegen. Allerdings war er, wie alle Jungvögel, noch sehr fragil und leicht verwundbar, daher hatten er und Anna gestern die Handys ausgeschaltet und einfach nur ihre magische Zweisamkeit genossen.

Heute Morgen hatte er sie zur Bäckerei gebracht, war aber nicht mit ihr hineingegangen, sondern rasch zu Islas Wohnung gelaufen, um sich endlich frische Klamotten anzuziehen. Dort hatte er dann auch sein Telefon wieder angeschaltet und gefühlt hundert Nachrichten vorgefunden. Die letzte war von seiner Schwester, mit der klaren Ansage: *UM ZEHN IM PUB ZUM KRISENGESPRÄCH! SEI PÜNKTLICH!*

»Sag mal, wo treibst du dich rum? Du kannst doch nicht einfach so eine Bombe platzen lassen und dann auf Tauchstation gehen«, schmetterte ihm Isla statt einer Begrüßung entgegen.

»Guten Morgen, ich freu mich auch, euch zu sehen.«

Lennox nahm lächelnd am Tisch Platz, an dem schon seine übrigen Geschwister versammelt waren. Alex wirkte um Jahre gealtert, die sonst so fröhliche Shona wie ein graues Häufchen Elend, und Isla gab die flammende Rachegöttin.

»Lennox«, knurrte sie warnend. »Was ist los mit dir?«

»Nichts. Ich weiß, dass es sich für euch seltsam anhören muss, aber mir geht's gut. Beinahe zum ersten Mal in meinem Leben habe ich das Gefühl, auf dem richtigen Weg zu sein.«

»Du hast recht, es hört sich seltsam an«, brummte Shona. »So als würdest du unter Drogen stehen. Dabei bist du doch sonst immer Mr.-Super-Sober.

Alex runzelte die Stirn. »Du hattest Sex mit Anna, stimmt's?«

»Und wenn?«

»Du und Anna?«, riefen Shona und Isla verblüfft. »Ich dachte, ihr wärt einfach nur Freunde und …« Isla rieb sich die Schläfen, als könnte sie damit ihr Denkvermögen in Gang bringen.

»Seid ihr denn alle blind?«, schaltete sich nun Jon ein, der mit einem großen Tablett voller Frühstücksköstlichkeiten zum Tisch gekommen war. »Sie standen gestern Morgen die ganze Zeit Händchen haltend in der Küche, und die Blicke, die sie sich zugeworfen haben, waren auch mehr als eindeutig.«

»Das hat Colleen auch behauptet.« Alex klang einigermaßen fassungslos.

»Entschuldige bitte, dass ich gestern andere Prioritäten

hatte, als mich um das Liebesleben meines Bruders zu kümmern«, schnauzte Isla ihren Freund an. »Aber das erklärt natürlich, warum du so plötzlich verschwunden warst und uns mit dem Elend allein gelassen hast.« Der letzte Satz galt wieder Lennox, doch ehe er etwas darauf antworten konnte, fuhr sie mit ihrer Tirade fort: »Du richtest unsere Familie zugrunde, und dann fängst du auch noch was mit meiner besten Freundin an.«

»Jetzt mach aber mal halblang«, bat Jon und legte ihr eine Hand auf die Schulter, doch Lennox winkte ab.

»Erstens habe ich die Familie nicht zugrunde gerichtet. Das hat unser Erzeuger ganz allein hinbekommen. Zweitens hast du dich gestern zweifellos kurz nach mir vom Acker gemacht um zu kochen, und drittens geht es dich gar nichts an, was zwischen mir und Anna läuft«, erwiderte er ruhig und fühlte sich merkwürdig losgelöst von der offensichtlichen Seelenpein seiner Geschwister. Sehr, sehr seltsam. »Ich ahne, wie ihr euch fühlen müsst – betrogen, verarscht und ziemlich verzweifelt. Willkommen in meinem Leben, kann ich da nur sagen. So habe ich mich in Bezug auf unseren Vater jahrelang gefühlt. Ich kann's mir nur so erklären: Seit ich weiß, dass meine Gefühle schon immer gerechtfertigt waren, geht's mir schlagartig besser.«

»Wie schön für dich«, fauchte Isla und sog scharf Luft ein, als Jon ihr, wohl nicht ganz so sanft, die Schulter drückte. »Nein, ich bin wirklich froh, dass es dir besser geht«, fuhr sie etwas ruhiger fort und tastete mit einer entschuldigenden Geste nach Lennox' Hand. »Das musst du mir glauben, aber ich … wir … für uns ist das echt katastrophal.« Sie sah zu ihren anderen Geschwistern, die zustimmend nickten.

»Ich weiß. Glaubt mir, ich habe am Samstagnachmittag gedacht, dass ich das nicht überlebe«, entgegnete Lennox und dachte zurück an den Moment, in dem ihm das Ausmaß des väterlichen Betrugs vollständig bewusst geworden war.

»Und dann hast du mit Anna geschlafen, und alles war wieder gut?«, rief Shona so laut, dass die wenigen anderen Gäste im Pub, die an weit entfernten Tischen saßen, interessiert aufblickten. »Wenn das die Lösung ist, will ich sofort Sex mit ihr haben.«

»Es ist überhaupt nichts gut«, beschwichtigte Lennox. »Aber nur, weil es nie gut war. Wir haben das bloß nicht gewusst. Das ist mir klar geworden. Und ich glaube nicht, dass es am Sex lag.« Er lächelte beim Gedanken an das, was Anna und er miteinander erlebt hatten. »Anna hat so eine Art, bei mir für Klarheit im Kopf zu sorgen. Und nicht erst seit dem Wochenende. Das hat schon viel früher angefangen. Seit ich zurück in Kirkby bin, sehe ich die Dinge allmählich anders. Vor allem meine eigenen Probleme. Ihr habt übrigens alle euren Teil dazu beigetragen, indem ihr mir nacheinander den Kopf gewaschen habt. Ich weiß auch nicht, aber irgendwie war der Schock, dass unser Vater nicht der Mensch ist, für den wir ihn immer gehalten haben, das letzte Mosaiksteinchen, das ich noch gebraucht habe.«

»Ich freu mich wirklich für dich«, begann nun Alex und wirkte unglaublich hilflos. »Aber ich habe das Gefühl, dass mein ganzes Lebensfundament zerstört wurde.« Isla und Shona nickten bestätigend.

»Das stimmt doch nicht«, beharrte Lennox. »Die ganze Sache hat doch nichts damit zu tun, wer ihr seid – wer wir sind! Jeder von uns ist ein eigenständiges Individuum, jeder von uns hat sein eigenes Leben, seine eigenen Träume und Werte. Daran hat sich doch nichts geändert, nur weil sich herausgestellt hat, dass unser Vater ein verlogener Bastard ist.«

Shona war bei den Worten »verlogener Bastard« schmerzlich zusammengezuckt, nickte jetzt aber. »Es stimmt ja alles, was du sagst, aber es tut einfach verdammt weh. Und am schlimmsten finde ich, dass er sich nach wie vor weigert, es zuzugeben. Ich meine, vielleicht hatte er gute Gründe für seine Entscheidung, sein Vorleben geheim zu halten, aber er hätte es gestern wenigstens zugeben und uns eine Erklärung liefern müssen.« Sie wischte sich ärgerlich die Tränen weg, die schon wieder aus ihren Augen quollen, und Alex legte ihr tröstend einen Arm um die Schultern.

»Er ist also stur bei seiner Verweigerungshaltung geblieben?«, fragte Lennox und merkte, wie langsam nun doch frischer Ärger in ihm aufstieg. Insgeheim hatte er wohl gehofft, dass sein alter Herr letztlich doch reinen Tisch machen würde.

»Nachdem Jack, Betty, du, Anna und Linda weg waren, ist er einfach aufgestanden und gegangen«, berichtete Alex. »Ohne ein weiteres Wort. Keine Ahnung, was er den ganzen Tag getrieben hat. Im Stall war er jedenfalls nicht.

Wahrscheinlich war er erst bei seinen Schafen und hat sich anschließend in seinem Dachverlies verschanzt.«

»Aber er muss ja mal in der Küche aufgetaucht sein«, sagte Lennox.

»Nicht, solange jemand von uns wach war«, widersprach Alex. »Oder ist er zu dir in den Pub geflüchtet?«, wandte er sich an Jon, der immer noch hinter Isla stand und ihr den Nacken kraulte.

»Nein, ist er nicht«, entgegnete der.

»Ist auch besser so«, brummte Isla. »Du hättest ihm hoffentlich ins Essen gespuckt, oder noch besser, ihn gar nicht erst bedient.«

»Das verträgt sich leider nicht mit meiner Gastgeberphilosophie«, erklärte Jon mit einem nachsichtigen Lächeln. »Mit deiner übrigens auch nicht. Aber ich glaube nicht, dass er sich hertraut. So, ich lass euch jetzt mal allein. Es ist eure Sache, wie ihr damit umgeht. Kann ich euch noch was zu trinken bringen? Lennox, du hast noch gar nichts.«

»Am besten eine große Kanne Tee für uns alle«, bat Isla und drückte seine Hand.

»Und was machen wir jetzt?«, fragte Shona. »Ich meine, es stimmt ja alles, was du gesagt hast, Len, dass wir unsere eigenen Leben einfach weiterführen sollten. Aber es fühlt sich nicht so an. Es fühlt sich an, als müsste ich mein ganzes Leben infrage stellen.«

»Geht mir genauso«, pflichtete ihr Isla bei, und auch Alex nickte bestätigend.

»Das tut mir wirklich leid«, sagte Lennox leise, der den

Schmerz seiner Geschwister nur zu gut nachfühlen konnte. »Ich weiß wirklich, wie ihr euch fühlt, aber bei mir ist es anders. Mein Leben besteht zum ersten Mal mehr aus Antworten als aus Fragen. Ich kann jetzt endlich meinen Weg gehen.«

»Aber für dich muss es doch am allerschlimmsten sein«, beharrte Isla. »Starlight Lin war immer eine deiner Lieblingsbands, Lin dein großes Idol. Wenn ich mir vorstelle, was du und Dad über all die Jahre hättet teilen können! Ihr hättet gemeinsam Musik machen können und so. Wahrscheinlich bist du ihm viel näher als wir anderen, weil du dieselbe Leidenschaft hast.« Sie schluckte heftig und kämpfte jetzt genau wie Shona mit den Tränen.

»Ja, das wäre schön gewesen«, gab Lennox zu und wartete auf die Welle des Schmerzes, die doch irgendwann kommen musste. Aber sie blieb nach wie vor aus, stattdessen fühlte er Ruhe und Zuversicht, was ihn selbst betraf. Und Ärger über seinen Vater, der nun seinen anderen Kindern so viel Leid zufügte. »Ich habe mir immer einen Mentor gewünscht, jemanden, an dem ich mich orientieren kann, der mir vielleicht einen Weg aufzeigt und mich unterstützt. Aber ich glaube immer mehr, dass Dad dazu gar nicht in der Lage gewesen wäre. Vielleicht weil ich ihm bei diesem einen Aspekt zu ähnlich bin? Was ich nur überhaupt nicht begreife, ist, wie er es fertigbringen konnte, seine wahre Berufung und Leidenschaft jahrzehntelang zu unterdrücken. Ich meine, ich könnte keine Woche überleben, ohne Musik zu machen. Also tickt er womöglich doch komplett anders als ich.«

»Bestimmt sogar, denn so einen haarsträubenden Stunt würde wohl keiner von uns durchziehen«, sagte Alex. »Wie kann man seinen eigenen Tod vortäuschen, nur weil man keine Lust mehr auf seine Karriere hat? Auf so eine Idee käme niemand von uns. Und vor allem würde ich meine Kinder niemals mit so einem Lügengerüst aufwachsen lassen.«

»Das ist auch besser so, sonst würdest du nämlich verdammt viel Ärger mit mir kriegen.« Isla seufzte und betrachtete die bislang unberührten Scones, Muffins und anderen Leckereien. Sie schnappte sich ein Croissant, biss hinein und kaute genüsslich mit geschlossenen Augen. »Lasst uns einander was versprechen«, bat sie, als sie runtergeschluckt hatte. »Egal, was noch passiert, lassen wir nicht zu, dass irgendjemand oder irgendwas einen Keil zwischen uns treibt.« Sie sah ihre Geschwister nacheinander fast flehentlich an.

»Niemals«, gelobte Lennox mit einem Lächeln und reichte ihr seine linke Hand. Dann streckte er die rechte zu Alex aus, der sie ergriff und seinerseits Shona mit in den Kreis aufnahm.

»Wir halten zusammen«, sagte Shona, ihr trauriger Blick war einem kämpferischen gewichen.

Ein Weilchen sprach keiner der vier. Schweigsam tranken sie den Tee, den Jon gebracht hatte, und aßen mit wenig Appetit ihr Frühstück. Alle schienen in ihre eigenen Gedanken versunken zu sein.

»Was wirst du jetzt machen, Lenny?«, fragte Isla schließlich. »Wirst du nach London gehen und dort Musik machen? Oder wieder durch die Welt tingeln?« Sie hörte sich wehmütig an.

»Ich bleibe hier«, antwortete Lennox schlicht.

»Was?«, riefen die drei unisono und starrten ihn so verblüfft an, als wären ihm über Nacht grüne Antennen aus dem Kopf gewachsen.

»Ich bleibe hier«, wiederholte er. »Ich habe mir ein Studio gemietet, in dem ich notfalls auch wohnen könnte. Ich werde hier Musik machen. Kristie ist sicher froh, wenn ich ab und zu in der Bäckerei aushelfe, und vielleicht kann ich als Musiker bei Dorffesten in der Umgebung auftreten. Mit den Einnahmen kann ich die Miete bezahlen. Ich hab so viele Songs und will endlich ein Album produzieren. Und dann sehe ich weiter. Ein paar Festivals sollten im nächsten Jahr auf jeden Fall drin sein, und wer weiß, was sonst noch alles passiert?«

»Wow«, sagte Alex und klang ernsthaft beeindruckt.

»Das ist so cool!«, freute sich Shona.

»Das ist die beste Nachricht überhaupt.« In Islas Augen schimmerten schon wieder Tränen, und ihr Stuhl fiel polternd um, als sie aufsprang, um Lennox zu umarmen. »Ich freu mich so sehr! Wo ist das Studio?«

»Sean Gordon hat mir seine alte Remise angeboten. Das Gebäude ist perfekt.« Er lächelte über die Reaktion seiner Geschwister.

»Fantastisch!« Alex klopfte ihm mit einem Lächeln auf die Schulter. »Wie können wir dich unterstützen? Du wirst Möbel brauchen und Equipment. Bitte gib Bescheid, wenn du Geld brauchst oder sonstige Hilfe. Ich glaube, ich spreche für uns alle, wenn ich sage, dass es uns eine Freude wäre.«

»Absolut«, pflichtete ihm Shona bei, und Isla fügte hinzu: »Du kannst natürlich in meiner Wohnung bleiben – es sei denn, zu ziehst direkt zu Anna.«

»Ihr seid toll!«, freute er sich, und ein warmes Glücksgefühl breitete sich in ihm aus. Ja, er hatte sich eingebildet, dass er ab sofort total selbstgenügsam sein und keine Bestätigung von außen suchen würde, doch die aufrichtige Freude seiner Geschwister rührte ihn zutiefst. Und bestärkte ihn in seinen Plänen. »Ich brauch gar nicht so viel. Wenn ich erst mal in deiner Wohnung bleiben könnte, wäre das super. Ich habe ziemlich gutes Technikequipment und auch noch einige Instrumente in London eingelagert, das alles würde ich nächstes Wochenende abholen. Falls mir einer von euch ein großes Auto leihen kann, wäre das eine enorme Hilfe.«

»Du kannst Jons Pick-up nehmen«, sagte Isla rasch. »Dann ist das Ungetüm wenigstens mal zu irgendwas gut. Aber ein paar Einrichtungsgegenstände wirst du doch brauchen, oder?«

»Dafür musst du unbedingt in Colleens Tauschladen gehen. Die hat bestimmt was«, warf Shona begeistert ein. »Ich habe meinen halben Tastingroom mit alten Möbeln aus dem Laden eingerichtet.«

»Ja, ein paar Sachen wären schon ganz nett. Vielleicht ein Sofa und natürlich Teppiche. Gibt's auch Teppiche bei ihr?«

»Garantiert. Letzte Woche hat sie noch gestöhnt, dass

jemand ein halbes Dutzend riesiger alter Orientteppiche bei ihr abgeladen hat und sie nicht weiß, ob sie jemals einen Abnehmer dafür findet«, erzählte Alex lächelnd. »Du würdest ihr vermutlich einen großen Gefallen tun, wenn du sie davon erlöst. Und Sofas hat sie auch immer mal wieder im Angebot. Genauso wie alle möglichen Kleinmöbel.«

»Klingt toll.« Lennox strahlte.

»Der Pelikan stammt übrigens auch aus dem Tauschladen«, bemerkte Isla und deutete auf den ausgestopften Riesenvogel, der im Barbereich des Pubs über der Tür zur Küche saß und mit scharfem Blick über sein Reich wachte. »Es gibt also nichts, was es nicht gibt.«

»Wollen wir gleich los?«, schlug Alex vor. »Ich meine, wir könnten natürlich noch endlos über unseren Vater schimpfen, aber das würde an der Situation nichts ändern. Also können wir genauso gut etwas Sinnvolles machen. Kannst du schon in dein Studio rein?«

»Wir haben gestern per Handschlag den Mietvertrag besiegelt«, bestätigte Lennox grinsend und zog den Schlüssel aus seiner Hosentasche.

»Dann legen wir los!«, beschloss Alex und stand auf.

»Ihr geht schon?«, fragte Jon, der in diesem Moment wieder auftauchte.

»Wir helfen Lennox, sein Studio einzurichten«, erklärte Isla und drückte ihm einen Kuss auf die Wange. »Und ich hab ihm fürs Wochenende dein Auto geliehen, damit er seinen eingelagerten Kram in London abholen kann.«

»Danke dafür.« Lennox lächelte seinen zukünftigen Schwager an, der die jüngste Entwicklung erstaunlich stoisch zur Kenntnis nahm. Vielleicht war er aber auch einfach schon an den geballten Fraser-Irrsinn gewöhnt.

»Kein Ding. Ich freu mich, dass es euch allen wieder besser geht – und dass du hierbleibst. Also, du bleibst doch hier in Kirkby, oder?«

»Ich bleibe«, bestätigte er. »Denn ich gehöre hierher.«

● ● ●

»Jetzt bin ich wahnsinnig gespannt«, sagte Anna – und das war die Untertreibung des Jahrhunderts. Sie vibrierte regelrecht vor Aufregung. Ihr Kopf kam gar nicht mehr hinterher bei den sich überschlagenden Ereignissen. Aktuell hatte sie wahnsinnig viel in der Praxis zu tun und betreute zudem einige schwer kranke Patienten, die sie täglich besuchte. Ihre Abende und Nächte dagegen waren ein einziger Sinnesrausch. Sie war absolut süchtig nach Lennox' Berührungen, seinem Körper und seiner großzügigen, ungebremsten Leidenschaft, in der sie sich mehr und mehr verlor. Sie sprachen nicht viel, aber trotzdem hatte sie das Gefühl, immer mehr von ihm zu wissen.

Was sie bei ihren atemlosen nonverbalen »Gesprächen« erfuhr, machte sie unglaublich glücklich. Denn auch Lennox schien glücklich zu sein mit seiner Entscheidung, seinen weiteren Weg in Kirkby zu verfolgen. Offenbar hatte er mithilfe seiner Geschwister während der letzten Tage ausführlich an seinem Studio gearbeitet, und an diesem Mittwochabend wollte er ihr nun das Ergebnis präsentieren.

»Mach die Augen zu«, bat er, als sie vor der breiten, doppelflügeligen Tür der ehemaligen Remise standen.

Sie tat ihm den Gefallen und ließ sich von ihm hinein-lotsen. Nach wenigen Schritten fühlte sie unter ihren Füßen keine Holzbohlen mehr, sondern Teppichboden. Lennox führte sie weiter in den Raum hinein.

»Noch nicht schauen!« Er half ihr aus dem Mantel und machte dann ein paar Schritte von ihr weg.

Anna hörte ein leises Rascheln, ein Knacken und noch weitere kleine Geräusche, die sie nicht eindeutig identifizieren konnte. Sie stand weiter mit geschlossenen Augen da und versuchte die Atmosphäre des Raumes mit ihren anderen Sinnen wahrzunehmen. Es war auf jeden Fall wärmer als am Sonntag, und es roch irgendwie heimelig, wie eine gut eingewohnte und gepflegte alte Wohnung. Sie musste über die seltsame Assoziation selbst ein wenig lachen und war gespannt, was sie erwartete. Plötzlich strich etwas an ihren Beinen entlang. »Elvis?«, fragte sie.

»Mau«, kam prompt die Antwort.

»Wir müssen uns unbedingt mal über dein Eigenleben unterhalten«, sagte sie leise und verstummte dann, als sie ein lautes Knarzen hörte. Anscheinend erklomm Lennox gerade die Leiter zur Galerie.

Kaum eine Minute später war er aber wieder bei ihr und legte ihr seine Hände auf die Schultern. »Du darfst die Augen jetzt aufmachen.«

»Wow«, entfuhr es ihr, als sie sich umsah. Der Holzdielenboden war mit altmodischen Perserteppichen belegt, die an einigen Stellen etwas abgewetzt waren, aber immer noch in leicht vergilbter orientalischer Pracht leuchteten. Es gab eine kleine Sitzecke, bestehend aus einem dunkelroten

Zweisitzersofa, einem Ohrensessel mit blauem Tweedbezug und einem Set aus drei kleinen Holztischchen, auf denen Kerzen brannten. Daneben war ein elektrischer Kamin an der Wand montiert, dessen Holzscheit-Feuer-Simulation ziemlich echt wirkte und der reichlich Wärme abstrahlte. In der Nische unter der Galerie standen zwei schlichte, große Holztische. Ansonsten war der Raum weitgehend leer und bot genug Platz für die vielen Instrumente, die zweifellos noch einziehen würden. »Es ist grandios geworden. Ich fasse es nicht, dass ihr das in kaum drei Tagen hinbekommen habt«, sagte sie begeistert. »Wo sind die Sachen her?«

»Viele aus dem Tauschladen, einige auch aus Monroe Manor. Echt irre, was die Menschen alles weggeben«, stellte Lennox mit einem leicht ungläubigen Lächeln fest. »Allein die Teppiche sind der Hammer! Jeder Rockmusiker, der was auf sich hält, braucht in seinem Proberaum Orientteppiche.«

»Wenn du meinst.« Sie konnte nicht anders, als ihn verliebt anzulächeln. Wie immer, wenn sie in seiner Nähe war, verwandelte sie sich innerhalb kürzester Zeit von der souveränen, erwachsenen Ärztin in einen hormongesteuerten Teenager, der seinen Schwarm anhimmelte und nur ein Ziel hatte, nämlich möglichst rasch möglichst viel von seiner nackten Haut an ihrer zu spüren. Vermutlich hatte sie eine Menge nachzuholen. Sie schlang die Arme um seinen Hals und presste sich eng an ihn.

»Denkst du, dein Sofa …«, raunte sie ihm verführerisch ins Ohr und küsste ihn.

»Du bist wirklich unersättlich«, bemerkte er mit einem leicht atemlosen Lachen, als sie sich aus dem Kuss gelöst hatten.

»Ist das schlimm?«

»Überhaupt nicht. Denn glücklicherweise hast du ja auch diese tolle Salbe, die alle wunden Stellen im Handumdrehen heilt. Aber ich wollte dir eigentlich erst alles zeigen.«

Es war absolut lächerlich, aber Anna fühlte sich ein wenig zurückgewiesen. Dabei gönnte sie es Lennox von ganzem Herzen, dass er gerade seinen Traum verwirklichte. Aber während es für sie gerade nichts Aufregenderes gab, als sich selbst als sinnliche Frau wahrzunehmen und ihn als den Mann, der ihr diese völlig neue Dimension eröffnet hatte, war klar, dass er andere Prioritäten hatte. Trotzdem schluckte sie das seltsame Gefühl hinunter. Es hatte nichts zu bedeuten. Sie setzte ihr strahlendstes Lächeln auf. »Dann zeig mir alles.«

Er nahm sie bei der Hand und führte sie zu der Nische, in der die beiden nackten Holztische standen. »Hier werde ich meine Mischpulte und meinen Computer aufstellen. Für ein Keyboard ist auch noch Platz. Ein echtes Klavier oder ein Flügel wäre ein Traum, aber das kann warten. Fürs Erste tut's auch mein Keyboard.« Er zog sie auf die andere Seite des Raums. »Hier wäre Platz für ein Schlagzeug. Also, falls ich hier in der Gegend einen Drummer auftue, der Lust hat, mit mir zu spielen, wäre das sein Platz. Ansonsten müsste ich mir bei Gelegenheit ein Drumset besorgen und noch ein bisschen üben, dann würde ich zumindest die Basics selbst hinbekommen.« Er ging ein paar Schritte weiter und deutete auf die Wand direkt gegenüber der kleinen Sitzecke. »Sean hat gesagt, dass wir da einen Durchbruch machen könnten. Vielleicht ein Panoramafenster zum Aufklappen. Das wäre im Sommer total cool. Aber solche Dinger sind verdammt teuer. Vor allem, wenn sie gut isoliert sein sollen. Aber toll wäre es schon, hier zu komponieren und die Aussicht zu genießen.«

Anna merkte, wie Lennox immer weiter in seiner eigenen Welt versank. Er schilderte seine Vorstellungen so lebendig, dass sie keine Mühe hatte, die Szenerie vor ihrem inneren Auge zu sehen. »Das klingt wirklich fantastisch, und ich bin mir ganz sicher, dass sich eine Finanzierungsmöglichkeit finden wird. Vielleicht wird deine Platte ja sofort ein großer Hit?«

»Die muss ich erst mal aufnehmen und produzieren. Das dauert. Aber das ist okay, es muss sich ja nicht alles auf einmal erfüllen. Ich bin schon total happy über das, was ich bisher habe. Am Wochenende fahre ich übrigens nach London und hole meine Sachen ab, die ich bisher eingelagert hatte, und ich fände es schön, wenn ...«

»Wenn was?«

»Wenn du mitkämst?«

»Ich? Nach London?«

»Ja, klar. Wer sonst? Und die Sachen sind nun mal in London. Aber wenn du keine Zeit oder keine Lust hast ...«

»Doch. Auf jeden Fall«, sagte sie schnell, und ihr Herz klopfte wieder schneller.

»Ich hab mir halt gedacht, dass so ein gemeinsamer

Trip … Ich weiß auch nicht, dass wir uns da vielleicht noch auf einer anderen Ebene kennenlernen.« Er schaute sie mit einem merkwürdig bittenden Gesichtsausdruck an, und in ihr keimte die Hoffnung, dass auch seine Gefühle nicht ganz so eindimensional waren, wie sie befürchtete.

»Eine andere Ebene klingt toll«, antwortete sie.

»Es gibt da ein paar Orte, die ich dir gerne zeigen würde, und wir könnten in einem Hotel … Alex hat einen Freund, der in Notting Hill ein kleines Boutique-Hotel führt, und da hätten wir ein Zimmer. Also, wenn das was für dich ist.«

»Das klingt traumhaft! Ich war erst ein einziges Mal in London«, gab sie zu. »Und das ist ewig her.«

»Dann wird's Zeit für eine Neuauflage, oder?« Es war schön, zu sehen, wie er strahlte. Er schien sich wirklich sehr zu freuen, dass sie ihn begleiten wollte, doch dann verfinsterte sich sein Gesicht. »Ich würde gerne schon am Freitagmorgen losfahren, denn für die fünfhundertachtzig Meilen brauchen wir bestimmt zehn Stunden. Aber du hast ja noch Sprechstunde.«

»Das stimmt leider, und die kann ich auch nicht absagen, weil im Moment wirklich viel los ist und gefühlt halb Kirkby die Grippe hat.« Sie seufzte. »Fliegen ist keine Option, oder?«

»Nein, weil ich doch so viele Sachen mitnehmen muss. Ich hab mir extra Jons Wagen geliehen. Da müsste mein ganzer Kram auf die Ladefläche passen.« Er kratzte sich nachdenklich am Kinn, aber dann hellte sich seine Miene wieder auf. »Was hältst du davon, wenn du am Freitag von

Edinburgh nach London fliegst? Ich kann vielleicht schon morgen hinfahren, dann habe ich am Freitag Zeit, meinen Krempel zu sichten und noch ein paar Freunde zu treffen. Und wir hätten von Freitagabend bis Sonntagmorgen Zeit für uns.«

»Ja schon, aber …«, begann sie und wollte eigentlich hinzufügen: *Aber ist das nicht alles fürchterlich kompliziert und teuer?* Doch er machte eine abwehrende Handbewegung und zog sein Handy aus der Hosentasche.

»Ich muss kurz telefonieren. Warte bitte einen Moment.« Er schob sie zum Sofa, servierte ihr rasch einen Teller mit Shortbread, das er aus der Teeküche hervorgezaubert hatte, und verschwand nach draußen.

Anna knabberte an einem Keks und streichelte gedankenverloren Elvis, der sich ausnahmsweise dazu herabließ, auch mal mit ihr zu kuscheln. Das mit London war die totale Schnapsidee. Vermutlich sollte sie Lennox sagen, dass er den Trip allein machen sollte. Klar fände sie es schön, ein Wochenende mit ihm zu verbringen, aber so hatte das ja keinen Sinn. Sie hatte schließlich einen Job und Verpflichtungen, die wichtig waren. Wichtig für die Menschen in Kirkby und auch für sie selbst. Es war süß, dass Lennox sich ritterlich zeigen und ihr offensichtlich etwas bieten wollte, aber das sollte, das konnte sie nicht annehmen. Zumal es für sie trotz allem schwierig wäre, bis Freitagabend in London zu sein. Dafür müsste sie erst einmal nach Edinburgh kommen – eine Fahrt, die unter Idealbedingungen schon gute drei Stunden dauerte. Sobald er zurück war, würde sie Lennox sagen, dass er sich keinen Kopf zu machen brauchte und dass sie ja jederzeit bei einer anderen Gelegenheit ein Wochenende zusammen verbringen konnten. Vielleicht nicht ganz so weit weg. Allerdings musste sie zugeben, dass sie die Vorstellung, tagelang von Lennox getrennt zu sein, erschreckend unangenehm fand. Sie hatte sich viel zu schnell an seine Nähe gewöhnt.

»So, das wäre auch geklärt«, rief er fröhlich, als er keine zehn Minuten später wieder auftauchte. »Ich fahre schon morgen früh, und du kommst freitags nach. Alles geregelt.« Er setzte sich neben sie und zog sie an sich.

»Aber so einfach ist das nicht. Ich muss ja erst bis Edinburgh fahren und dann einen Flug erwischen und...«, begann sie, doch er erstickte ihre Einwände mit einem Kuss.

»Du wirst mit dem Firmenjet von Heathers Schwiegervater von Inverness nach London fliegen. Ganz entspannt.«

»Was?« Sie schob ihn von sich und starrte ihn entsetzt an.

»Du glaubst gar nicht, was für positive Auswirkungen ein schlechtes Gewissen haben kann.« Er grinste breit.

»Ich versteh nicht ganz ...«

»Tante Heather ist wahnsinnig sauer auf Dad, weil er uns so viele Jahre lang verarscht hat. Aber vor allem ist sie sauer auf sich selbst, weil sie sich von ihrem Bruder so hat instrumentalisieren lassen. Sie kam am Montagnachmittag zu mir und hat mir versprochen, dass sie alles tun würde, um ihr persönliches Unrecht wiedergutzumachen. Das

Sofa und zwei Teppiche sind von ihr. Außerdem noch was, das ich dir nachher zeigen werde. Richtig sauer ist sie auch auf ihren Schwiegervater, der mit meinem Dad unter einer Decke gesteckt und das ganze Lügenkonstrukt juristisch abgesichert hat. Ich will da gar nicht in die Details gehen, aber es ist ziemlich haarsträubend. Um es abzukürzen: Ich habe Heather angerufen und ihr von unserem Reisedilemma erzählt, und sie hat sofort versprochen, dafür zu sorgen, dass du mit dem Firmenjet fliegen kannst. Es hat dann keine drei Minuten gedauert, bis sie mir die definitive Zusage geben konnte. Du musst sie nur noch wissen lassen, wann du am Freitag die Praxis verlassen kannst, dann wird dich ein Fahrer abholen und zum Flugplatz von Inverness bringen. In London wirst du von einem weiteren Fahrer direkt zum Hotel gebracht. Was hältst du davon?«

Anna schüttelte mit offenem Mund den Kopf. »Ich bin einigermaßen sprachlos. Das ist … puh … krass dekadent.«

»Ja, aber genau deswegen umso schöner!« Lennox war derart begeistert über seinen Coup, dass Anna nicht anders konnte, als sich mitzufreuen.

»Okay, dann … wow … ich freu mich auf Freitag!« Sie merkte, dass sie selbst ein Strahlen nicht mehr unterdrücken konnte – und es auch nicht wollte. Vielleicht hatte sie sich so ein Abenteuer auch einfach mal verdient?

»Fein. Und jetzt komm mit. Das Beste kennst du noch gar nicht.« Er nahm ihre Hand und führte sie zu der Leiter, die auf die Galerie führte. »Nach dir«, sagte er, und sie kletterte hinauf.

Was sie erblickte, als sie oben angekommen war, hätte

sie nicht erwartet. Ein wunderschönes Bett, nein, eher ein luxuriöses Matratzenlager mit feiner Bettwäsche und vielen Kissen, die regelrecht danach riefen, dass man zwischen ihnen versank. Die Opulenz überraschte Anna, denn sie war wie eine Antithese zu dem sonst so bescheiden und genügsam auftretenden Lennox, dessen gesamte Garderobe aus drei Jeans, vier Pullis, einem halben Dutzend T-Shirts, Boots und einem Paar Sneakers zu bestehen schien. Neben der Bettstatt gab es ein Tischchen, auf dem einige dicke Kerzen in Glasvasen standen.

»Gefällt's dir?«, fragte er, als er ebenfalls die Leiter erklommen hatte.

»Es ist zauberhaft – aber total untypisch für dich«, platzte es aus ihr hervor.

»Meinst du?« Ein geheimnisvolles Lächeln umspielte seine Lippen. »Vielleicht kennst du mich doch noch nicht so gut, wie du meinst.«

»Wahrscheinlich«, gab sie zu. »Aber ich hätte nie gedacht, dass du dir …«, sie zögerte und suchte nach den richtigen Worten. »Dass du dir so ein luxuriöses Schlafgemach einrichtest. Ich hätte eher mit einer dünnen Matratze und ein paar alten Wolldecken gerechnet.«

»Bist du jetzt etwa enttäuscht?«, erkundigte er sich, verblüfft und womöglich sogar eine Spur gekränkt.

»Nein, natürlich nicht. Ganz im Gegenteil. Aber das sieht nicht nach einem Notlager aus, sondern nach …« Sie zuckte frustriert mit den Schultern und fragte sich, was genau ihr Problem war. Es war wunderschön, und sie ahnte, dass er es auch für sie so hübsch gemacht hatte. Doch gleichzeitig bedeutete das wohl, dass er nicht mehr jede Nacht bei ihr schlafen würde – eine Aussicht, die ihr schon nach so wenigen Tagen das Herz zu zerreißen drohte. Was vollkommen idiotisch war! Sie räusperte sich und blickte ihm in die Augen. »Vergiss, was ich gesagt habe. Es ist ein Traum! Und ich hoffe, dass du mich jetzt zum Probeliegen einlädst.«

MARLIN IN NOT

AM FREITAG WAR ANNA ungewöhnlich nervös. In ein paar Stunden würde sie tatsächlich von einer Limousine abgeholt und zum Flugplatz in Inverness gebracht werden. Von dort würde es dann mit dem kleinen Privatjet weiter nach London gehen. Das alles lag weit außerhalb ihrer Komfortzone und fühlte sich irgendwie falsch an. Es passte nicht zu ihr – und es passte auch nicht zu Lennox. Sie fragte sich trotzdem, was genau ihr Problem war, denn eigentlich sollte sie sich auf das luxuriöse kleine Abenteuer freuen.

Vor allem aber sollte sie sich jetzt schleunigst auf ihre Arbeit konzentrieren und ihre Patienten zügig versorgen, damit es überhaupt klappte. Das Wartezimmer war auch kurz vor Mittag immer noch gut gefüllt. Sie tippte rasch den aktuellen Befund von Gemeindesekretärin Leslie Turner in ihren Computer, dann stand sie auf, um sich bei Maggie am Tresen den nächsten Schwung Patientenakten zu holen. Immer noch vier. Puh. Sie schaute kurz auf die Namen und stutzte, als sie den von Marlin Fraser entdeckte. »Marlin Fraser will zu mir in die Sprechstunde?«, sagte sie halblaut – mehr zu sich als zu ihrer Helferin.

»Ja, er kam vor einer Viertelstunde. Ich wollte ihn eigentlich wegschicken, weil die offizielle Sprechzeit schon vorbei ist, aber er hat gemeint, dass er unbedingt zu dir muss. Und ganz ehrlich, er sieht nicht gut aus. Wahrscheinlich hat ihn auch die Grippe erwischt.«

Daran hatte Anna ihre Zweifel, denn erstens war Marlin geimpft, und zweitens verfügte er über eine wahre Rossnatur. Sie nahm an, dass seine Beschwerden andere Ursachen hatten, aber diese Überlegung behielt sie für sich. Sie rief also nacheinander die anderen drei Patienten auf, kümmerte sich um deren Wehwehchen und bat schließlich Marlin in ihr Sprechzimmer.

Maggie hatte recht – der alte Fraser-Patriarch sah wirklich nicht gut aus. Blasser, fast gräulicher Teint, blutunterlaufene Augen, eingefallene Wangen. Von seiner üblichen kraftstrotzenden Männlichkeit war nicht mehr viel übrig. Sie reichte ihm zur Begrüßung die Hand und fühlte fast augenblicklich seinen Schmerz, der allerdings kein körperlicher, sondern ein seelischer war. So weit, so erwartbar. Doch sie fragte sich, ob er das zugeben konnte oder ob er sich eher auf äußere Symptome beziehen würde.

»Was kann ich für dich tun, Marlin?«, fragte sie freundlich und deutete auf den Besucherstuhl vor ihrem Schreibtisch.

»Ich fühl mich nicht gut«, brummte er. »Und das ist deine Schuld. Also sorg dafür, dass es wieder weggeht.«

Okay, aggressiv und voll auf die Zwölf, das war seine Taktik, dachte sie halb amüsiert. Sie beschloss, seine haltlose Schuldzuweisung zunächst nicht zu kommentieren. »Du siehst wirklich schlecht aus«, sagte sie stattdessen voller Mitgefühl, das sie nicht einmal vortäuschen musste. Er tat ihr tatsächlich leid, mit seiner Unfähigkeit oder dem Unwillen, eigene Fehler einzugestehen. »Am besten checke ich dich gründlich von Kopf bis Fuß durch, damit wir nichts übersehen. Mach schon mal den Oberkörper frei, damit ich Herz und Lunge abhören kann, dann schauen wir weiter.«

Er rührte sich nicht von der Stelle, sondern funkelte sie wütend an. »Diese Nummer hat vielleicht bei Jack funktioniert. Glaub bloß nicht, ich lasse zu, dass du mir einen Finger in den Hintern schiebst.«

Anna hatte Mühe, ihr Pokerface aufrechtzuerhalten. »Zunächst wollte ich mich aufs Blutdruckmessen und Abhören beschränken.«

»Mit meinem Herz und meiner Lunge ist alles in Ordnung. Und Blutdruck habe ich nicht!«

»Wir wollen hoffen, dass das nicht stimmt, sonst hat Jack bald einen neuen Kunden.« Das war unprofessionell, doch sie konnte sich die Spitze nicht verkneifen. »Aber wenn du dich nicht von mir untersuchen lassen möchtest, kann ich dich auch nicht behandeln.«

»Wir beide wissen, dass meine Beschwerden keine körperlichen Ursachen haben«, knurrte er wütend.

»Sondern?«, fragte sie milde nach.

»Ich bin komplett isoliert. Meine Familie spricht nicht mehr mit mir, mein bester Freund auch nicht, und sogar Betty zeigt mir die kalte Schulter. Ich kann nirgendwo hingehen, weil immer einer von denen da ist und es auffallen würde, wenn …« Er rang um Worte.

»Interessant«, bemerkte Anna, ohne näher zu erklären,

was genau sie so spannend fand. Sie wollte ihn weiter aus der Reserve locken.

»Ich muss nachts heimlich an den Kühlschrank gehen, wenn ich etwas essen will«, beklagte er sich weiter. »Oder nach Inverness fahren.«

»Das ist natürlich nicht schön, aber auch nicht direkt ein medizinisches Problem.«

»Sag ich doch. Es ist kein medizinisches Problem. Du hast mir das angetan!«, rief er laut.

»Ich?« Das Pokerface zu wahren wurde immer schwieriger.

»Natürlich du! Oder deine merkwürdige Freundin, die nichts Besseres zu tun hat, als ihre Nase in Dinge zu stecken, die sie nichts angehen.«

»Ist das so?«

»Stell dich nicht dumm, so etwas kann ich nicht leiden!«, brüllte Marlin.

»Und ich kann es nicht leiden, grundlos angeschrien zu werden«, entgegnete Anna milde.

Im nächsten Moment klopfte es an der Tür, und gleich darauf streckte Maggie ihren Kopf ins Zimmer und fragte besorgt: »Alles in Ordnung hier? Brauchst du vielleicht Hilfe?«

»Alles gut, Maggie, danke«, beschwichtigte Anna ihre Mitarbeiterin mit einem freundlichen Lächeln und wandte sich, nachdem die Tür ins Schloss gefallen war, wieder Marlin zu. »Können wir jetzt sachlich über alles reden?«

»Du hast mein Leben ruiniert!«, presste er hervor – deutlich leiser, aber leider immer noch genauso unsachlich.

»Marlin, ich ahne, dass du im Moment eine schwierige Zeit durchmachst, aber das ist ganz sicher nicht meine Schuld. Das weißt du genauso gut wie ich. Ich habe keine Ahnung, was dich damals dazu bewogen hat, deinen Tod vorzutäuschen und den musikalischen Teil deiner Vergangenheit zu beerdigen, aber ich habe damit nichts zu tun. Ich würde übrigens darauf wetten, dass deine Familie und deine Freunde ganz anders auf die ziemlich schockierende Enthüllung reagiert hätten, wenn du es zugegeben und vielleicht sogar eine Erklärung abgegeben hättest. Wenn du dich also fragst, wer dein Leben ruiniert hat, dann schau in den Spiegel. Und sieh genau hin, denn ich vermute, dass dir nicht gefallen wird, was du siehst.«

»Du tust gerade so, als wäre es eine bewiesene Tatsache, dass ich …«, begann er, und Anna musste ihn für das Ausmaß seiner Selbstverleugnung fast bewundern.

»Marlin, auf diesem Niveau werde ich nicht mit dir diskutieren! Ich weiß nicht, wem du etwas vormachen willst – wahrscheinlich hauptsächlich dir selbst –, aber ich habe dafür weder Zeit noch Lust darauf. Es war deine Entscheidung, deine Vergangenheit zu begraben und sie vor deinen Kindern geheim zu halten, und es war ebenfalls deine Entscheidung, jetzt, wo es rausgekommen ist, alles zu leugnen. Ich kann dir nur einen Tipp geben: Man kann Entscheidungen auch überdenken, sie anders bewerten und dann neue treffen. Die Wahrheit zu sagen wäre ein guter erster Schritt. Deine Kinder und Geschwister sind allesamt Menschen, die verzeihen können – auch wenn das in diesem Fall ziemlich viel verlangt ist.«

»Du weißt ja nicht, wovon du redest«, entgegnete er – und klang mit einem Mal so niedergeschlagen und hoffnungslos, dass Anna nur mit Mühe ihr Mitgefühl im Zaum halten konnte.

»Stimmt. Das weiß ich nicht. Aus dem einfachen Grund, dass ich noch nie so lange mit einer derartigen Lüge und einem so großen Geheimnis leben musste. Ganz ehrlich, ich möchte diese Erfahrung auch nie machen. Was ich aber ganz sicher weiß, ist, dass du dir in dieser Situation nur selbst helfen kannst. Wenn du meinen freundschaftlichen und ärztlichen Rat hören möchtest, dann empfehle ich dir dringend, möglichst rasch reinen Tisch zu machen. Denn irgendwann schlagen sich seelische Probleme auch in körperlichen nieder, und wir wollen doch beide nicht, dass du richtig krank wirst, oder?«

Er schüttelte matt den Kopf und schien zu überlegen, wie er reagieren sollte. Der innere Kampf spiegelte sich ziemlich eindrucksvoll in seinen Augen und seinen Gesichtszügen. »Ich könnte es dir erklären«, sagte er schließlich und sah sie beinahe Hilfe suchend an.

»Das könntest du, aber das würde dir nicht die gewünschte Erleichterung verschaffen. Ich bin eine Außenstehende, der es im Grunde egal ist. Aber deine Familie leidet darunter. Jeder auf seine Art.«

»Wahrscheinlich hast du recht«, lenkte er nach einer sehr langen Pause ein. »Mit fast allem. Nur nicht damit, dass du eine Außenstehende bist und dass es dir egal ist.« Mit diesen Worten erhob er sich mühsam und stapfte grußlos aus ihrem Sprechzimmer.

• • •

Irgendwie hatte Lennox sich den London-Trip anders vorgestellt. Am Donnerstag war er, nach einer recht kurzen Nacht mit Anna auf der Studiogalerie, zu der langen Fahrt in Richtung Süden aufgebrochen. Voller Vorfreude und Ideen. Sein Leben hatte endlich eine Richtung eingeschlagen, in die er gehen wollte. Er hatte Pläne und Ziele – noch nicht die ganz großen, aber erreichbare und realistische Zwischenschritte. Und er hatte Anna, die Frau, die sein Leben in mehr als einer Hinsicht gerettet hatte. Niemand verstand ihn so gut wie sie, nicht einmal Isla. Sie gab ihm das Gefühl, alles schaffen zu können, was er sich wünschte. Durch ihre Augen sah er sich selbst ganz anders, erkannte plötzlich einen Sinn in seinem Leben. Und als wäre das alles nicht schon großartig genug, war sie auch noch die sinnlichste, leidenschaftlichste und tabuloseste Partnerin, die er jemals gehabt hatte. Es war nicht einfach nur heißer Sex, es war die absolute Verschmelzung. In ihr konnte er sich jedes Mal aufs Neue verlieren und in Abertausende Teilchen explodieren. Wenn sie sich danach in den Armen lagen, setzte er sich wie ein magisches Mosaik wieder zusammen – Mal für Mal in einer besseren Version als zuvor.

Und jedes Mal mit neuen Ideen für Songs, sodass er am liebsten aufspringen und sich seine Gitarre schnappen würde, um die Energie auf der Stelle in Musik zu übersetzen. Auch dieser Impuls wurde immer stärker, doch er ahnte, dass Anna das vermutlich nicht so gut fände, und bislang hatte er sich einigermaßen im Griff gehabt. Den halben Freitag hatte er jedoch im Studio eines Freundes verbracht und seine aufgestaute Kreativität in ein Keyboard und von da auf seine Computerfestplatte fließen lassen. Er konnte es kaum erwarten, diese rohen Demoversionen auszuarbeiten, Texte zu dichten und richtige Songs daraus zu machen. Am liebsten hätte er auf der Stelle weitergearbeitet, doch er wollte ja genauso gern Zeit mit Anna verbringen. Rasch war er dann seinen Fundus durchgegangen, nur um zu beschließen, dass er einfach alles mitnehmen würde. Aussortieren konnte er in Kirkby immer noch, und man wusste schließlich nie, wofür manche Dinge noch nützlich sein konnten.

Er war noch beim Einpacken gewesen, als Anna ihn aufgeregt angerufen und ihren bevorstehenden Abflug in Inverness angekündigt hatte – deutlich früher als erwartet, doch offenbar hatte sie die Hausbesuche am Nachmittag streichen können. Das hatte bei ihm für einige Hektik gesorgt, und er hatte es nur mit Mühe fertiggebracht, vor ihr im Hotel zu sein. Alex hatte nicht zu viel versprochen: Das Boutique-Hotel seines Kumpels war wirklich wunderbar. Sie hatten eine kleine Suite – mit riesiger Whirlpool-Badewanne, für die ihm spontan einige interessante Verwendungszwecke in den Sinn kamen. Eigentlich hatte er noch shoppen und sich ein paar neue Klamotten kaufen wollen, aber das hatte er leider nicht mehr geschafft, und so musste er in Jeans, seinen heiß geliebten Schnürboots und seiner treuen schwarzen Lederjacke zu dem Dinner in einem fancy Restaurant gehen, für das Isla eine Reservierung organisiert und auch gleich sämtliche Kosten übernommen hatte. Normalerweise hätte ihn das nicht gestört, er machte sich nicht allzu viel aus Äußerlichkeiten – zumindest aus seinen eigenen nicht –, aber Anna hatte sich mit ihrem Outfit so viel Mühe gegeben, dass er sich unzulänglich vorkam.

Dieses vergleichsweise lächerliche Detail entpuppte sich als Gradmesser für das restliche Wochenende. Anna war auf bezaubernde Art aufgeregt, weil London für sie so neu war, er war hin- und hergerissen zwischen dem Wunsch, ihr eine unvergleichlich schöne Zeit zu bieten, und dem Impuls, sich um seine Musik zu kümmern. Außerdem hatten sie fast keine Zeit für Spontaneität, denn seine Geschwister hatten es offensichtlich darauf angelegt, Anna und ihm ein unvergessliches Wochenende zu bescheren – mit dem Ergebnis, dass sie von einem Event zum anderen hetzten. Jon hatte seinen Bruder, der in London eine Werbeagentur leitete, gebeten, Tickets für zwei angeblich superspektakuläre Ausstellungen zu besorgen, Isla hatte für den Samstag einen Lunch und ein weiteres tolles Abendessen bei befreundeten Spitzenköchen organisiert, danach stand ein Whisky-Tasting an Shonas früherem Arbeitsplatz an, mit anschließendem Besuch in ihrem Lieblingsclub, was sie ebenfalls arrangiert hatte. Alles lieb gemeint und jede Aktion für sich auch ganz wunderbar, aber in der Masse einfach zu viel. Sie waren überwältigt und überrumpelt, und statt der erhofften Zweisamkeit herrschte vor allem Stress.

Nun saßen sie bereits seit mehreren Stunden im Auto, auf dem Rückweg nach Kirkby, hatten schon einen kurzen Pausenstopp hinter sich – und hatten an diesem Sonntag bislang kaum ein Wort miteinander gewechselt. Anna hatte ihm mehrfach angeboten, sich beim Fahren mit ihm abzuwechseln, doch das wollte er nicht. Zum einen schien sie verdammt müde zu sein, und zum anderen half ihm die Konzentration aufs Fahren, seine Gedanken in Schach zu halten.

»Es tut mir echt leid, wie das gelaufen ist«, begann er, um das vielsagende Schweigen zu brechen. Vielleicht half es ja dabei, diesem leeren Satz mehr Wahrheit einzuhauchen, wenn er ihn nur oft genug wiederholte. Dabei stimmte es, es tat ihm wirklich leid. Trotzdem fühlte sich die Aussage hohl und wertlos an. Er wagte einen kurzen Seitenblick auf Anna, die erschöpft und abgekämpft wirkte.

»Muss es nicht«, antwortete sie ebenso stereotyp. »Deine Familie hat es doch nur gut gemeint.«

»Ja, schon, aber …« Zum ersten Mal, seit er Anna kannte, hatte er Schwierigkeiten, seine Empfindungen auszudrücken und mit ihr zu sprechen. Irgendwie war dieser London-Trip keine gute Idee gewesen.

Sie legte ihm eine Hand auf den Oberschenkel, und er spürte ihr Lächeln mehr, als er es tatsächlich sah. »Ich versteh schon. Mach dir keine Gedanken, alles ist gut.«

Die Wärme, die ihre Hand ausstrahlte, tat gut, und er entspannte sich etwas. »Ich mach's wieder gut, versprochen.«

»Es gibt nichts gutzumachen. Ich hatte ein außergewöhnliches Wochenende. Hey, ich durfte in einem Privatjet fliegen und habe Champagner serviert bekommen.

Wir haben viele tolle Sachen erlebt und ...« Offensichtlich gingen ihr die positiven Argumente aus, was wirklich untypisch war, denn bisher hatte er sie als den optimistischsten Menschen überhaupt kennengelernt.

»Dass Shona uns ausgerechnet zum Whisky-Tasting geschickt hat«, brummte er kopfschüttelnd, als sei dieser Programmpunkt der blödeste von allen gewesen. Na ja, der sinnloseste auf jeden Fall, denn er hatte dabei nur Wasser getrunken.

»Lass uns nicht mehr drüber reden«, bat sie und schloss die Augen.

Lennox war sich nicht sicher, ob sie wirklich schlafen wollte oder nur keine Energie für ein Gespräch mit ihm hatte, aber er respektierte ihren Wunsch und schwieg ebenfalls. Zumindest äußerlich. In seinem Kopf diskutierte er mit mehreren Fraktionen sich widersprechender Stimmen. Doch je weiter er sich in Richtung Norden vorarbeitete, desto ruhiger wurde auch sein Geist, und er konzentrierte sich auf die positiven Aspekte. Sobald er seine Ausrüstung installiert hatte, würde er loslegen und erste Demos aufnehmen können. Wie von allein formten seine Gedanken Arrangements für seine neuen Melodien, verfeinerten Textzeilen und schliffen an Refrains.

»Ist das ein neuer Song?«, fragte Anna nach einer ganzen Weile. Sie waren inzwischen kurz vor Edinburgh, und draußen dämmerte es bereits.

»Was?«, fragte er überrascht. Hatte er am Ende nicht nur in seinem Kopf vor sich hin gesummt, sondern auch in Wirklichkeit?

»Was du da singst.« Er blickte kurz zu ihr und sah ihr Lächeln. »Fällt dir gar nicht auf, was?«

»Entschuldige bitte, ich wollte dich nicht wecken.«

»Hast du nicht. Und ich finde es wirklich schön. Hast du schon einen Text?«

»Ich arbeite daran, aber der ist noch nicht spruchreif.« Bislang hatte er nur einen Nonsense-Text, in dem Kater Elvis durch die National Gallery in London spazierte und versuchte, Mäuse aus einem Gemälde zu fangen. Manchmal wunderte er sich schon über die Verdrahtung seiner Synapsen ...

»Ich bin jedenfalls sehr gespannt.« Die letzte Silbe hing seltsam in der Luft, so als wollte sie noch etwas hinzufügen.

Lennox wagte einen weiteren Seitenblick. Sie schaute starr nach vorn, aber es arbeitete eindeutig in ihr. Er hatte keine Ahnung, was sie so beschäftigte, aber gleichzeitig war er sich absolut sicher, dass er es lieber auch nicht wissen wollte.

»Vielleicht solltet ihr, deine Geschwister und du, doch bald das Gespräch mit eurem Vater suchen«, brach es schließlich aus ihr heraus, und er fühlte ihren Blick auf sich ruhen.

Er hatte geahnt, dass ihm nicht gefallen würde, was sie zu sagen hatte, aber dass sie jetzt ausgerechnet von seinem Dad anfing, ging doch etwas zu weit. »Wenn überhaupt, sollte er das Gespräch mit uns suchen und nicht umgekehrt«, entgegnete er unwirscher als beabsichtigt.

»In einer idealen Welt wäre das auch so«, lenkte sie mit

einem Seufzer ein. »Ich fürchte jedoch, dass normale Maß-
stäbe für Marlin Fraser keine besonders große Bedeutung
haben.«

»Du meinst, dass er der sturste und verlogenste Bock
der Welt ist?«

»Ich meine, dass es für einen derart meinungsstarken
und unflexiblen Menschen schwierig ist, den ersten Schritt
zu machen, nachdem seine … ähm … Welt in die Brüche
gegangen ist. Der Schatten, über den er dafür springen
muss, ist vielleicht zu groß für ihn.«

»Wie kommst du eigentlich dazu, Partei für ihn zu ergreifen?«, fuhr er sie an und war selbst erschrocken über
die Heftigkeit seiner Worte. »Ich dachte, du stehst auf
meiner Seite«, fügte er noch etwas defensiver hinzu.

»Ich bin auf deiner Seite«, entgegnete sie sacht, aber mit
klarer Stimme. »Ich denke aber auch, dass er selbst das
größte Opfer seiner Heimlichtuerei ist. Er hat sich selbst
doch am meisten und am schlimmsten betrogen, findest
du nicht?«

Lennox starrte fassungslos auf die Fahrbahn. Hatte sie
das jetzt ernsthaft gesagt? Wie konnte sie Verständnis für
den Mann aufbringen, der in seinem Leben für so viel
Schmerz und Elend gesorgt hatte? »Nein, finde ich nicht.
Und selbst wenn es so wäre, dann wäre es sicher nicht
mein Problem, sondern allein sein eigenes. Es war schließlich seine Entscheidung, so zu handeln, und das sind die
Konsequenzen, mit denen er jetzt leben muss.«

»Ich verstehe wirklich gut, warum du so argumentierst,
aber es würde auch von Größe zeugen, den ersten Schritt

zu machen. Glaub mir, du hast viel weniger zu verlieren als er.« Sie seufzte erneut, und er hatte fast den Eindruck, dass es ihr leidtat, dieses Thema angeschnitten zu haben. Gut so. Er sagte nichts, aber nach ein paar Minuten fuhr sie fort: »Bitte sei nicht sauer auf mich, und noch mal, ich stehe nicht auf seiner Seite. Ich würde mir nur wünschen, dass ihr euch aussprecht, denn ich bin überzeugt davon, dass es euch allen guttun würde. Ihr lebt immerhin in einem relativ kleinen Ort, da kann man sich nicht so gut aus dem Weg gehen. Und denk nur an Alex und Colleen, die sogar im selben Haus wohnen wie dein Vater. Die zwei sollten sich im Moment einfach nur auf ihr Baby freuen dürfen und sich nicht mit Familienkriegen herumschlagen müssen.«

»Alex und Colleen geht es gut«, behauptete er. »Genau wie Isla, Shona und mir. Wir haben keinen Krieg, wir halten zusammen.«

»Ich weiß, und das finde ich auch schön, aber Marlin ist im Moment völlig isoliert. Er hat jeden Rückhalt in seiner Familie verloren. In einer Familie, die ihm wichtiger ist als alles andere. Auch wichtiger, als es seine Karriere war. Kannst du das auch von dir behaupten?«

Boah – falls es verbale Magenschwinger gab, dann hatte Anna soeben einen Treffer gelandet. Oder eher einen Tiefschlag. Was wollte sie damit ausdrücken? Er brachte es nicht über sich, den Mund zu öffnen und zu antworten, zu groß war seine Sorge, dass er etwas Unbedachtes von sich geben würde.

»Dein Dad war am Freitag bei mir in der Praxis«, erklärte sie schließlich. »Ich habe die ganze Zeit überlegt, ob ich es dir überhaupt erzählen soll oder nicht. Aber ich verrate schließlich keine vertraulichen Details aus unserem Gespräch. Ich will dir nur meinen Eindruck schildern – und der ist nicht gut. Er leidet körperlich und vor allem seelisch unter der Situation. Ich weiß, ich weiß«, sagte sie ungeduldig und erstickte Lennox' nächste »Nicht mein Problem«-Tirade bereits im Keim. »Ich weiß, dass er selbst Schuld an der Sache hat, dass er sich da selbst reingeritten hat und jetzt nicht mehr rausfindet. Ich hoffe, dass er die Stärke aufbringt, sich seinen Fehlern und seiner Familie von selbst zu stellen, aber ich bin mir nicht sicher, ob er es schafft. Daher mein Appell an dich und deine Geschwister, einen ersten Schritt auf ihn zu wenigstens in Betracht zu ziehen.« Sie legte ihm noch einmal kurz die Hand aufs Bein und schloss dann wieder die Augen.

Nach ein paar Minuten nahm er ihre gleichmäßigen Atemzüge wahr. Diesmal war sie wirklich eingeschlafen. Sie hatte ihre Last an ihn weitergegeben und anscheinend ihren Frieden gefunden.

Kater Elvis' Abenteuer im Museum waren jedenfalls ziemlich nachhaltig aus seinem Bewusstsein vertrieben worden. Stattdessen wurden seine Gedankengänge während der letzten drei Stunden Fahrt von sehr unangenehmen Überlegungen beherrscht.

SORRY SEEMS TO BE ...

»KOMMST DU NOCH MIT in den Pub?« Islas Frage nach der Yoga-Stunde klang eher nach einer Aufforderung, und so wie Annas Freundin sie mit gerunzelter Stirn musterte, hatte sie Gesprächsbedarf.

Anna unterdrückte ein Stöhnen. Am liebsten wäre sie direkt nach Hause gegangen und hätte sich ins Bett gelegt, um idealerweise in einen tiefen, erholsamen und traumlosen Schlaf zu sinken. Doch daran war seit London ohnehin nicht mehr zu denken. Seit sie vorgestern spätabends nach Hause gekommen waren, hatte sie Lennox nicht mehr gesehen. Er hatte sie vor ihrem Haus abgesetzt, sich mit einem flüchtigen Kuss verabschiedet und war dann zweifellos zu seinem »Studio« abgerauscht, wo er ziemlich sicher immer noch saß und Raum, Zeit und definitiv sie selbst vergessen hatte. Gut, vergessen hatte er sie vielleicht nicht, aber ganz sicher verdrängt. Warum hatte sie ihren Mund nicht halten können und ihn damit unter Druck gesetzt, dass er mit seinem Vater sprechen sollte? Das war verdammt unsensibel von ihr gewesen – und dumm! Zwei Eigenschaften, für die sie eigentlich nicht bekannt war.

Während sie also das Schicksal vieler Überbringer unangenehmer Nachrichten teilte, ignorierten die entscheidenden Parteien einander und vor allem sie. Zumindest ging sie davon aus, dass bislang keiner der Fraser-Junioren das Gespräch mit dem Senior gesucht hatte. Davon hätte sie zweifellos schon Wind bekommen. Heute Nachmittag war Colleen in der Sprechstunde gewesen – mit leichten Erkältungssymptomen, etwas erhöhtem Blutdruck und tiefen Sorgenfalten. Ihr setzte der schwelende, wenn auch stumme Krieg im Haus heftig zu. Und jetzt auch noch Isla.

»Klar, gerne«, antwortete sie und hoffte, dass sie wenigstens ein bisschen enthusiastisch rüberkam.

Isla half ihr, die Matten, Decken, Yogablöcke und -gurte wegzuräumen, und als sich die letzte Teilnehmerin verabschiedet hatte, baute sie sich vor Anna auf. »Ist in London irgendwas passiert?«

Okay, die komplizierteste Frage gleich zu Anfang. Anna wusste nicht so recht, wo sie anfangen sollte, und stieß ein hilfloses Lachen aus, das sich selbst in ihren Ohren eher wie ein Verzweiflungslaut anhörte.

»So schlimm?« Nun klang Isla deutlich mitfühlender.

»Jedenfalls nichts, was ich unbedingt mit trockener Kehle besprechen möchte«, entgegnete Anna düster, knöpfte ihren Dufflecoat zu, wickelte sich einen dicken Schal um den Hals und setzte sich die Mütze auf. Sie scheuchte Isla aus dem Übungsraum, knipste das Licht aus und sperrte die Tür ab. Dann hakte sie sich bei ihrer Freundin unter und war sich bei dieser Geste selbst nicht sicher, ob sie sich Halt erhoffte oder einfach freundschaftliche Verbundenheit ausdrücken wollte. Vermutlich war es eine Mischung aus beidem.

Als sie kurz darauf den *Wise Pelican* erreichten, lotste Isla sie in die gemütliche Kaminecke, rückte zwei der Ohrensessel noch ein Stückchen näher ans munter flackernde Feuer und verschwand in Richtung Tresen.

Anna schälte sich aus ihren warmen Klamotten und kuschelte sich in einen der Sessel. Polly, die lackschwarze Neufundländer-Hündin von Jon und Isla, die auf dem Teppich vor dem Kamin lag, ließ sich von ihren tiefen Seufzern kaum stören. Sie hob kurz den Kopf, klopfte ein paarmal träge mit dem Schwanz auf den Boden und sank dann umstandslos in den Schlaf zurück, den Anna so sehnlichst vermisste.

Wenige Minuten später kehrte Isla mit einem großen Tablett zurück, das sie gekonnt auf dem niedrigen Beistelltisch zwischen den Sesseln abstellte. Darauf standen zwei dampfende Schüsseln mit Fischsuppe, ein gut gefüllter Brotkorb, vier Gläser, eine große Flasche Wasser und eine halb volle Flasche Whisky. Erst als Anna das verführerische Fischaroma in die Nase stieg, merkte sie, wie hungrig sie eigentlich war. Ihre letzte Mahlzeit lag schon einige Stunden zurück, ein relativ spartanisches Sandwich in der Mittagspause. Zu mehr war sie nicht gekommen.

»Du bist eine wahre Freundin«, sagte sie lächelnd zu Isla und nahm sich eine Schüssel. Die heiße Keramikschale wärmte sie von außen, die köstliche Suppe von innen. Nach ein paar Bissen kehrten ihre Lebensgeister langsam wieder zurück. Zumindest einige.

»Ich tu, was ich kann«, entgegnete Isla und aß ihre Suppe mit sichtlicher Begeisterung.

Anna fand es schön, zu sehen, dass sich die Spitzen-köchin an dieser vergleichsweise simplen Suppe erfreuen konnte und das Mahl regelrecht zelebrierte. Außerdem verschaffte ihr das Zeit dafür, sich für die folgende Be-fragung zu wappnen. Als sie den letzten Bissen geschluckt hatte, stellte sie die Schüssel aufs Tablett, lehnte sich zu-rück und stellte fest: »Die Londoner Restaurants waren großartig. Vielen Dank, dass du das für uns arrangiert hast. Deine Kollegen waren sehr zuvorkommend und haben uns nach allen Regeln der Kunst verwöhnt.«

»Aber?« Isla war mit ihrer Suppe ebenfalls fertig und betrachtete Anna nun aufmerksam.

Anna zuckte mit den Schultern, unschlüssig, was genau sie sagen sollte. »Es ist wirklich ein Phänomen, wie sich die Gene in eurer Familie verteilt haben«, sprudelte der erstbeste Gedanke aus ihr hervor. Das hatte zwar rein gar nichts mit Islas Frage zu tun, erschien ihr selbst in diesem Moment aber außerordentlich bedeutsam. »Du und Len-nox, ihr seht euch unglaublich ähnlich. Der Körperbau, die Gesichtszüge und dieser bohrende Blick, der wahnsinnig tief geht. Aber er hat die gleichen schwarzen Haare und grauen Augen wie Shona, und du hast rote Haare wie Alex und die Augenfarbe eures Dads.«

Isla schmunzelte amüsiert. »Da wir die Familienähn-lichkeiten damit erschöpfend geklärt hätten, zurück zum Thema. Wie war London? Und wie läuft es mit meinem kleinen Bruder?«

»London war anstrengend«, gab Anna unumwunden zu, nachdem die Schonfrist nun offensichtlich abgelaufen war.

»Ich weiß, dass ihr uns alle eine große Freude machen wolltet, aber mich hat es komplett überfordert, und ich glaube, dass Lennox im Grunde seines Herzens auch lieber andere Sachen gemacht hätte. Ohne mich. Mit seinen Musiker-Buddies.«

»O?« Isla wirkte aufrichtig überrascht. »Das wundert mich jetzt ein bisschen – oder auch nicht, denn eigentlich ist es total typisch für ihn. Aber er hat vor dem Trip Himmel und Hölle in Bewegung gesetzt, um ein tolles Wochenende für dich zu arrangieren. Versteh mich nicht falsch – ich habe es dir von Herzen gegönnt, aber ich war schon etwas erstaunt, dass ihm das so wichtig war. Und …« Sie schüttelte den Kopf und sah Anna leicht verlegen an. »Sorry, das kam jetzt blöder raus, als es gedacht war, und so habe ich es auch gar nicht gemeint. Ich fände es großartig, wenn aus euch beiden etwas werden könnte. Ich meine, so richtig. Du tust ihm wahnsinnig gut, ich bin mir nur nicht sicher, ob es umgekehrt genauso ist.« Sie schnappte sich die Whisky-Flasche und goss zwei großzügige Portionen ein. Offenbar erhoffte sie sich hochprozentige Unterstützung.

»Ich weiß es auch nicht.« Anna schluckte trocken. Es war ein seltsames Gefühl, ihre geheimen Sorgen offenzulegen. Sie nahm das Whisky-Glas entgegen und prostete Isla zu. Die rauchige Note an ihrem Gaumen passte perfekt zum behaglich prasselnden Kaminfeuer, die milde Schärfe wärmte ihren Bauch noch weiter, und die Honignoten im Abgang fingen das starke Aroma mit harmonischer Süße auf. »Lennox ist ein außergewöhnlicher Mann …«

»Um es vorsichtig zu formulieren«, sagte Isla mit einem

schiefen Lächeln. »Ich liebe meinen Bruder sehr, aber mir ist auch klar, dass er ein unfassbar schwieriger und komplexer Mensch ist. Soweit ich weiß, hatte er auch noch nie eine wirklich ernsthafte, tiefer gehende Beziehung, und ich bin mir nicht sicher, ob er das mit der Zweisamkeit überhaupt draufhat.« Sie blickte versonnen und leicht besorgt ins Feuer.

»Ich erinnere mich an ein Gespräch vor ein paar Monaten«, entgegnete Anna milde. »Da ging's um ein ähnliches Thema, aber mit anderen Protagonisten. Dir und Jon nämlich. Du warst bis dahin doch auch jemand, der sich nie auf eine feste Beziehung einlassen konnte oder wollte. Mit Jon war es dann plötzlich ganz leicht und natürlich.«

»Ja, das stimmt.« Isla lächelte verliebt. »Das war es, und das ist es auch immer noch. Aber … versteh mich nicht falsch, diese Art der Leichtigkeit kann ich bei dir und Lennox einfach nicht erkennen. Ich hoffe, ich irre mich.«

»Nein, tust du nicht.« Anna trank einen weiteren Schluck. »Ich kann es nicht erklären, aber wir haben eine sehr intensive Verbindung. Wenn ich ihn berühre, habe ich den Eindruck, dass ich in seine Seele schauen kann. Ich weiß, dass ihn das einerseits wahnsinnig ängstigt, ihm andererseits aber auch eine unglaubliche Sicherheit gibt.«

»Ist es für dich auch so?«, fragte Isla sachte nach.

»Nein«, gab sie tonlos zu. »Im Gegenteil. Er bringt mich vollkommen aus der Spur. Ich habe das Gefühl, von Tag zu Tag mehr meine innere Mitte zu verlieren – und gleichzeitig bin ich absolut süchtig nach seiner Nähe. Wenn wir miteinander schlafen, ist das …« Sie rang erfolglos um eine passende Beschreibung. »Ich habe etwas Vergleichbares noch nie erlebt. Dieses Maß an Intimität, Vertrauen und Ekstase ist …« Sie schloss kurz die Augen. »Unheimlich schön und unheimlich anstrengend.«

»So hört es sich an.« Isla streckte ihre Hand nach Annas aus und drückte sie. »Es soll ja auch unheimlich schön sein, aber idealerweise für beide.«

»Ist es für Lennox etwa nicht gut?«, rief Anna erschrocken. Konnte es sein, dass er sich bei seiner Schwester beklagt hatte? Das konnte sie sich beim besten Willen nicht vorstellen.

»O, ganz bestimmt ist es das«, versuchte Isla sie sofort zu beruhigen. »Nicht, dass er das mit mir diskutieren würde. Ich war heute Nachmittag bei ihm im Studio, um mal die Lage abzuchecken. Er ist vollkommen beseelt.«

»Lass mich raten – vor allem von seiner Musik.« Die Bitterkeit in ihrer Stimme tat Anna selbst weh.

»Ja. Hauptsächlich deshalb. Ich hab ihn aber auch nach dir gefragt, und weißt du, was er gesagt hat?«

Anna schüttelte den Kopf und war sich nicht sicher, ob sie es hören wollte.

»Er hat gesagt, dass er dir alles verdankt. Dass du ihm das Leben gerettet hast und ihm eine Lebendigkeit geschenkt hast, die ihn kreativer macht als je zuvor.«

»Hm.« Mehr brachte sie nicht hervor.

»Er sprüht vor Energie«, fuhr Isla fort, halb bewundernd, halb wehmütig. »Und er ist fokussiert, wie ich ihn noch nie erlebt habe. Versteh mich nicht falsch, ich finde das wundervoll. Aber ich habe das Gefühl, dass es deine

Energie ist, die das alles in ihm zum Klingen bringt. Dass er dich aussaugt wie ein Vampir und dir nichts zurückgibt. Kann das sein?«

Anna spürte, wie sich eine Träne ihren Weg über ihre Wange bahnte. Der Vampirvergleich tat weh – vor allem, weil er so akkurat war.

»Ich hab's befürchtet.« Isla streichelte mit ihrem Daumen Annas Handrücken. »Sosehr ich mich freue, dass mein Bruder aufblüht, so schrecklich finde ich es, dass meine beste Freundin darunter leidet. Anna, du musst dich besser schützen.«

»Ich werde es versuchen.« Anna stellte ihr Glas ab und wischte sich energisch die Tränen aus dem Gesicht. »Aber ihr müsst unbedingt mit eurem Vater sprechen!«

»Puh, was für ein krasser Themenwechsel.«

»Nein, ganz im Gegenteil. Ich glaube, das ist der Kern meines Problems mit Lennox.«

»Mag sein«, entgegnete Isla nachdenklich. »Allerdings dürfte es schwierig werden. Dad ist heute Nachmittag abgereist.«

»Was?«, rief Anna überrascht. »Wohin denn, und wann kommt er wieder?«

Isla zuckte mit den Schultern. »Ich habe nicht die leiseste Ahnung. Mir hat's Alex geschrieben. Offenbar ist Dad mit einer großen Reisetasche aus dem Haus gegangen und wortlos mit seinem Auto losgefahren.«

»Und Alex hat ihn nicht gefragt, oder was?«

»Offensichtlich nicht ...«

»O Mann, ihr seid alle so dermaßen stur und bockig,

dass man dafür eine eigene Kategorie einführen müsste.«
Anna konnte ein genervtes Schnauben nicht unterdrücken.
»Colleen hätte ihn sicher gefragt, aber die war heute Nachmittag erst bei mir in der Sprechstunde und wollte dann
zu Betty. Bist du sicher, dass Marlin niemandem Bescheid
gegeben hat?«

»Sicher bin ich nicht, aber mit wem hätte er denn reden
sollen?« Isla schien weder sonderlich besorgt noch irritiert
zu sein. »Er taucht schon wieder auf, und womöglich
kommt er dann ja mal auf die Idee, auf uns zuzugehen und
ein paar Erklärungen abzugeben.«

»Ich hab schon versucht, es Lennox klarzumachen, aber
vielleicht verstehst du es ja besser: Euer Vater hat vor
vielen Jahren eine ziemlich krasse und sicher nicht besonders gute Entscheidung getroffen. Aber dieses elaborierte
Lügengeflecht dürfte vor allem sein eigenes Leben beein-
trächtigt haben. Er hat damals einen Teil seiner Identität
verloren, das ist schon eine harte Nummer. Ihr seid jetzt
vor allem wütend und enttäuscht von ihm – zu Recht, wie
ich betonen möchte –, weil er euch diesen Teil seiner Identität vorenthalten hat. Aber letztlich ändert sich das Leben
von euch vieren überhaupt nicht, während für Marlin mit
einem Schlag alles anders ist. Es wäre vermutlich schon
für einen superflexiblen Menschen keine leichte Übung,
damit souverän umzugehen, für einen schwierigen Mann
wie Marlin Fraser dürfte es eine kaum zu bewältigende
Herausforderung sein. Er ist komplett isoliert, hat praktisch mit einem Schlag sein gesamtes Netzwerk verloren,
und er leidet sehr darunter.«

Anna merkte, dass ihre eindringliche Beschwörung an Isla genauso abprallte wie an ihrem Bruder und dass sich ihre Freundin aufzuplustern begann.

»Bemüh dich nicht«, fuhr sie fort. »Ich weiß, was du sagen willst: Er ist selbst schuld! Absolut richtig. Aber ich finde, dass jetzt nicht die Zeit für Rechthaberei ist, sondern für Mitgefühl und menschliche Größe, denn eins ist sicher: Je länger dieser Konflikt ungelöst vor sich hin schwelt, desto schlimmer wird das Feuer irgendwann werden! Und es wird nicht nur Marlin verletzen, sondern jeden von euch.«

»Aber das ist doch schon passiert!«, empörte sich Isla. »Er hat uns betrogen und uns Dinge vorgespielt, die so einfach nicht stimmen. Also ich für meinen Teil fühle mich schon jetzt verdammt verarscht und verletzt.« Sie verschränkte die Arme vor der Brust und wirkte mit einem Mal außerordentlich angriffslustig.

»Und das verstehe ich. Wirklich.« Diesmal war es Anna, die die Hand nach ihrer Freundin ausstreckte – um sie zu beruhigen und wieder eine Verbindung zu ihr herzustellen. Es hatte wohl wenig Sinn, weiter in diese Kerbe zu schlagen – schon deshalb, weil Marlin das Weite gesucht hatte. »Ich bin absolut auf eurer Seite. Ich habe einfach schon so viele dysfunktionale und kaputte Familien erlebt …« Sie schüttelte den Kopf. Vermutlich war es vor allem ihrer eigenen Harmoniesucht geschuldet, dass sie den Friedensengel geben wollte. Und der ziemlich egoistischen Annahme, dass ein gelöster Vater-Sohn-Konflikt ihr den Sohn wieder näherbringen würde.

»Wir kriegen das schon hin«, murmelte Isla und klang längst nicht mehr so kämpferisch wie eben. »Alex, Lennox, Shona und ich haben uns jedenfalls geschworen, dass wir nicht zulassen werden, dass uns diese Sache auseinandertreibt. Ich glaube …« Sie zögerte. »Ich glaube, dass es für Rupert, Heather, Alice, George, Jack und Betty viel schwieriger ist. Die waren ja Mitwisser und mussten jahrzehntelang dichthalten.«

Anna lächelte leicht. Anscheinend war ein Teil ihrer Aussage doch bei Isla angekommen. »Das meinte ich damit, dass sich für euch vier nicht viel ändert. Aber Betty war keine aktive Mitwisserin. Zumindest gehörte sie nicht zum Kreis der Vertrauten eures Vaters, sondern hat das alles ganz allein herausgefunden. Wer weiß, ob es von dieser Sorte nicht noch mehr gibt?«

Isla nickte nachdenklich. »Hältst du es für möglich, so viele Jahrzehnte in einen Menschen verliebt zu sein, ohne die Chance, dass diese Liebe erwidert wird? Und dass man aus lauter Liebe trotzdem ein derart großes Geheimnis bewahrt?«

»Ich habe keine Ahnung, aber Betty ist ja der lebende Beweis dafür, dass das klappt. Ich wäre mir allerdings nicht so sicher, dass sie bei Marlin keine Chance hat.«

»Jetzt fang du nicht auch noch damit an. Jon behauptet seit Monaten, dass zwischen den beiden was läuft. Das ist doch völlig abwegig.«

»Warum? Ich könnte mir das sehr gut vorstellen.«

»Nie im Leben!« Isla blieb starrköpfig. »So viel Fantasie habe ich nicht.«

Anna lachte. »Das würde ich jetzt lieber nicht so laut sagen, denn du bist doch berühmt für deine fantasievollen Küchenkreationen. Und man braucht definitiv nicht viel Einbildungskraft, um sich eine zarte Verbindung zwischen eurem Vater und Betty vorzustellen. Vielleicht reichen dafür schlicht etwas Abstand und ein Blick von außen. Ich würde mich jedenfalls für die beiden freuen. Das täte ihnen gut.«

»Ich weiß nicht …« Isla war nicht zu überzeugen. »Aber deswegen sind wir auch nicht hier. Wir wollten doch dein Lennox-Dilemma lösen.«

»Vermutlich gibt's dafür keine einfache Lösung. Ich schätze mal, dass ich entweder auf ein Wunder oder den Lauf der Zeit hoffen muss. Oder darauf, ihn mir aus dem Kopf schlagen zu können, ehe mein Herz ernsthaft Schaden nimmt. Wahrscheinlich wollen wir beide ziemlich unterschiedliche Dinge.«

»O Mann, Anna, das tut mir so leid. Ich würde dir so gern etwas anderes sagen, aber offen gestanden glaube ich auch, dass Lennox nicht der richtige Mann für dich ist. Du hast einen besseren verdient.« Sie nahm die Whisky-Flasche und schenkte ihnen beiden nach.

Es war einfacher, Whisky zu trinken, als über Lennox zu reden. Nicht gesünder, nicht zielführender, aber definitiv einfacher. Also nickte Anna nur und trank das Glas mit einem großen Schluck leer. Isla hob eine Braue, sparte sich aber glücklicherweise jeden Kommentar zu dieser Blasphemie.

»Ich geh jetzt heim«, verkündete Anna und stand auf.

»Danke für die Suppe … und alles.« Sie umarmte ihre Freundin, die ebenfalls aufgestanden war, und machte sich rasch auf den Heimweg. Zurück zu ihrer Wohnung, die ihr ohne Lennox trist und einsam erschien. Sie seufzte und wischte sich die Tränen weg, die schon wieder über ihre Wangen flossen. Mit Einsamkeit kannte sie sich schließlich aus.

Energisch legte sie die paar Meter vom Pub zu ihrem Haus zurück und hoffte, dass vielleicht wenigstens ihr Kater auf sie wartete. Doch auf der Türschwelle saß nicht etwa der graue Tiger, sondern Lennox.

• • •

Endlich tauchte Anna auf! Er war bereits kurz davor gewesen, wieder zu gehen. Er sprang auf und zog sie, als er im Schein der Straßenlampe eine verräterische Tränenspur entdeckte, umstandslos in seine Arme. Sie wehrte sich nicht, sondern ließ es zu, dass er ihr über den Rücken strich und ihr die Tränen von den Wangen küsste.

»Ich dachte, deine Yoga-Stunde geht nur bis neun«, sagte er schließlich und ärgerte sich darüber, dass er etwas anklagend klang.

Sie machte sich von ihm los und zog ihren Schlüssel aus der Jackentasche. »Tut sie auch«, antwortete sie, als sie ihn in den dunklen Hausflur eintreten ließ, das Licht anknipste und die Tür hinter ihnen zumachte. »Ich war mit deiner Schwester noch im Pub.« Sie stieg die Stufen zu ihrer Wohnung hinauf.

»Im Pub?«, fragte er dämlich.

»Im Pub. Das machen Menschen. Daran ist nichts absonderlich«, entgegnete sie, als sie oben angekommen waren, und er konnte nicht feststellen, ob sie eher amüsiert oder irritiert war.

Er hoffte auf »amüsiert«, denn auch wenn es ihn selbst erstaunte, dass sie nicht längst zu Hause gewesen war, wusste er, dass das keine besonders sozialverträgliche Einstellung war. Welches Recht hatte er schon, bei ihrer Freizeitgestaltung mitzureden? Vor allem, nachdem er sich seit Sonntagabend nicht mehr bei ihr gemeldet hatte.

»Sorry, das war doof von mir«, gab er daher zerknirscht zu. »Und nicht nur das. Auch das andere.«

»Das andere?« Sie hängte ihre Jacke an die Garderobe und räumte Schal und Mütze ordentlich weg. Dann zog sie die Stiefel aus und ging vom Flur in den großen, offenen Wohnraum – leider nicht in ihr Schlafzimmer, wohin er ihr lieber gefolgt wäre.

»Na ja, dass ich mich seit London nicht mehr bei dir gemeldet habe, und auch London selbst.«

»Warum hast du dich denn nicht mehr gemeldet?« Sie sah ihn mit ihren großen, sanften blauen Engelsaugen durchdringend an, so als könnte sie die Antwort aus ihm herauslesen.

Das wäre ihm auch nicht ganz unrecht gewesen, denn es auszusprechen war viel schwieriger. Aber er war kein Feigling, er würde das jetzt durchziehen. »Zum einen war ich begeistert von meinem Studio. Ich habe bis zum frühen Montagmorgen alles aufgebaut und schon einige Sachen ausprobiert und dann ab mittags weitergemacht. Es war wirklich eine sehr gute Entscheidung, mir in Seans Remise ein Studio einzurichten.« Er räusperte sich. Einerseits, um das Lächeln zu unterdrücken, das sich fast automatisch auf seine Lippen stahl, wenn er an seine Musik dachte, andererseits, weil das nur die halbe Wahrheit war. Oder noch weniger. »Der andere Grund war das, was du im Auto zu mir gesagt hast.«

»Was ich im Auto gesagt habe? Dass ich der Meinung bin, du müsstest mit deinem Vater sprechen?«

»Ja. Genau das.«

»Ich habe zwar inzwischen gelernt, dass dieses Ansinnen bei allen Fraser-Kindern auf massive Ablehnung stößt – auch wenn ich das überhaupt nicht nachvollziehen kann –, aber das ist doch kein Grund für Funkstille. Ich habe ungefähr tausend Mal betont, dass ich auf deiner Seite stehe. Wie ein Fels in der Brandung auf deiner Seite stehe.« Sie schüttelte den Kopf und ging dann in die Küche. »Möchtest du auch einen Tee?«

Eigentlich nicht. Eigentlich wollte er sie küssen, mit ihr schlafen und ihr seine neuen Songs vorspielen. Idealerweise in dieser Reihenfolge. Ein schwieriges Gespräch wollte er ganz sicher nicht führen, doch das behielt er wohlweislich für sich. »Gern.«

Sie füllte Wasser in den Kocher und kramte im Schrank nach einer passenden Kräutermischung. »Was genau hat dich so gekränkt oder verstört, dass du nicht mit mir reden wolltest?«, fragte sie dabei, und er war froh, dass sie ihn nicht anschaute.

»Hauptsächlich, dass du gesagt hast, er wäre schlechter

dran als wir«, gab er schließlich zu. »Dabei weißt du doch, wie sehr ich unter der ganzen Situation gelitten habe.«

Sie schüttelte langsam den Kopf. »Du hast nicht darunter gelitten, dass dein Vater jahrzehntelang mit einem Lügenkonstrukt gelebt hat. Du hast darunter gelitten, dass du dich von ihm unverstanden gefühlt hast, dass er dich nicht so gefördert hat wie deine anderen Geschwister – und vor allem darunter, dass du dich davon hast blockieren lassen. Das hat dir am meisten zu schaffen gemacht. Und ja, ich verstehe völlig, dass du dir gerade jetzt unendlich verarscht vorkommen musst. Doch seltsamerweise scheint es dich ja kaum zu tangieren. Weit weniger jedenfalls als deine Geschwister. Warum ist das so? Ich habe eine Theorie. Willst du sie hören?«

Er fühlte sich unbehaglich und war sich nicht sicher, ob er ihre Überlegungen tatsächlich hören wollte. Trotzdem nickte er.

»Du hast dich endlich von deinem Vater oder deinen Dämonen emanzipiert und eigenständige, gute Entscheidungen getroffen. Das gibt dir ein tolles Gefühl! Der Entschluss, in Kirkby zu bleiben und hier eine Existenz als Musiker zu starten, stand ja fest, ehe die Bombe geplatzt ist. Ja, es hat dir gehörig den Boden unter den Füßen weggezogen, als du vom Vorleben deines Vaters erfahren hast, und ich kann mir nur ungefähr ausmalen, wie verhöhnt du dich deswegen gefühlt haben musst. Doch der Schock ist ja ziemlich schnell abgeklungen. Dein Plan bleibt weiter unerschütterlich bestehen, was ich großartig finde. Aber das ist es, was ich dir und Isla klarmachen will. Ihr seid tief gekränkt, verletzt, wütend – was weiß ich? –, aber an eurem Leben ändert sich nicht viel. Marlin dagegen steht an einem Abgrund. Den er selbst geschaffen hat, keine Frage, aber es bleibt ein bedrohlicher Abgrund. Da könnte man ihn jetzt reinschubsen und schulterzuckend weitergehen oder aber Mitgefühl zeigen und ihm die Hand reichen.« Sie seufzte tief und goss das inzwischen kochende Wasser über die aromatischen Kräuter. »Nach Lage der Dinge muss ich wohl schon froh sein, dass sich niemand von seinen Kindern, Geschwistern und Freunden für die Reinschubsvariante entschieden hat, sondern ihr das Elend allesamt ignoriert.«

»Er hat kein Mitgefühl verdient«, presste Lennox hervor. Eine unangenehme Mischung aus Wut und Scham brodelte in ihm.

»Doch, das hat er. Er hat sich das alles selbst eingebrockt, aber er war mit Sicherheit auch derjenige, dem diese Entscheidung über all die Jahre am meisten zu schaffen gemacht hat. Er hat niemandem sonst damit geschadet. Mehr Recht, wütend zu sein, hätten seine Geschwister und Pfarrer Jack, denn er hat sie zu Mitwissern gemacht – wobei auch zu solchen Vereinbarungen immer zwei Parteien gehören. Sie hätten nicht mitspielen müssen. Ich weiß nicht, warum Marlin das getan hat, und ja, er hat unmöglich reagiert, als die Sache rausgekommen ist. Er war auch unmöglich, als er mich in meiner Praxis aufgesucht hat. Aber er ist völlig allein und verdient Mitgefühl«, beharrte sie.

»Du willst das einfach nicht verstehen«, knurrte er.

Die Wut hatte nun eindeutig die Oberhand gewonnen. »Er hat unser aller Leben ruiniert und schämt sich nicht einmal dafür.«

»Himmel, Lennox, hörst du dir eigentlich selbst zu?« Annas Stimme war laut geworden und hatte einen stählernen Unterton, den er noch nie bei ihr gehört hatte. »Du und deine Geschwister habt nicht im Ansatz eine Ahnung davon, was es bedeutet, das Leben ruiniert zu bekommen! Ihr hattet alles!«

»Alles? Du spinnst ja wohl. Wir hatten beispielsweise keine Mutter!« Nun wurde auch er laut. Was bildete sie sich eigentlich ein?

»Ihr hattet keine Mutter, seid aber in einem intakten, liebevollen Zuhause aufgewachsen. Ihr hattet immer genug zu essen, immer ein sicheres Dach über dem Kopf, erwachsene Bezugspersonen, denen es wichtig war, dass es euch gut ging. Ihr hattet nie Geldsorgen oder einen Grund für echte Zukunftsängste. Selbst du nicht! Auch wenn dir dein Vater den Geldhahn zugedreht hat – und ob das wirklich ein Fluch oder ein Segen war, da kann man durchaus unterschiedlicher Ansicht sein –, hätte niemand in deiner Familie zugelassen, dass du ernsthaft unter die Räder kommst. Also erzähl mir nicht, dass euer Leben ruiniert ist!«

Sie kämpfte ganz offensichtlich um Fassung, doch sie war noch nicht fertig mit ihrer Tirade: »Das einzige Leben, das in diesem Kontext ernsthaft ruiniert ist, ist Marlins. Zumindest soweit ich das beurteilen kann. Und ja, er hat es selbst verschuldet. Wenn ihn jetzt sein Clan, für den er

das alles gemacht hat, fallen lässt, wird das langfristig bestimmt für alle Beteiligten schmerzhafte Konsequenzen
haben. Aber weißt du, was ich am allerschlimmsten finde?«

»Nein«, krächzte er tonlos.

»Am schlimmsten finde ich deine Selbstgerechtigkeit
und deine Unfähigkeit zu akzeptieren, dass ich Dinge dif-
ferenzierter sehe als du. Ich sehe sie ja nicht mal grundlegend anders. Wie schon x-mal betont, stehe ich auf deiner Seite, auf der Seite deiner Geschwister. Zu hundert
Prozent. Aber ich verschließe mich auch nicht vor anderen
Aspekten, was nebenbei bemerkt nicht nur mein gutes
Recht, sondern als Ärztin auch Teil meines Berufsethos
ist. Dass du mich wegen missliebiger Worte einfach so ins
Abseits schiebst, tut weh. Und es bedeutet wohl, dass wir
nicht dasselbe wollen.«

Lennox war sich nicht sicher, ob er den letzten Satz
richtig verstanden hatte, denn ihre Stimme war ganz leise
geworden. Fast zu leise für seinen plötzlich wieder wild
und laut rauschenden Gedankensturm. Was war schon
»dasselbe«? Sie kannten sich doch kaum … Nein, jetzt
stammelte er schon in Gedanken. Sie kannten sich zwar
noch nicht lange, aber dafür sehr intensiv. Nur was das
zwischen ihnen werden sollte, darüber hatte er sich bislang
nicht wirklich Gedanken gemacht. Er genoss es, mit ihr
zusammen zu sein. Alle Aspekte davon. Den Sex genauso
wie die tiefsinnigen Gespräche, die sie schon geführt hatten. Na ja, nicht alle Gespräche offensichtlich. O Mann.
Das hier führte zu nichts. Und überhaupt, was erzählte sie
ihm ständig von Abgründen und seiner angeblich so

behüteten Kindheit? Er wusste, dass ihre Jugend nicht rosig gewesen war, kannte aber ehrlich gesagt überhaupt keine Details, nur dass sie mit vierzehn in eine betreute WG mit Linda und ein paar anderen Kids gezogen war. Aber er selbst war ja auch mit sechzehn zu Hause ausgezogen.

»Ich glaube, du solltest jetzt besser gehen«, sprach sie schließlich in seine Gedanken hinein. Womöglich hatte sie auf eine andere Reaktion als beredtes Schweigen gehofft?

»Okay«, krächzte er. Halbherzig und leicht geschockt von ihr und sich selbst lehnte er sich vor, um ihr einen Kuss zu geben, doch sie drehte ihr Gesicht zur Seite, sodass er nur ihre Wange streifte. Dann verließ er rasch die Küche, schnappte sich im Flur seine Jacke und stolperte die Treppe hinunter.

... THE HARDEST WORD

LENNOX HATTE ANGST GEHABT, dass seine Kreativität mit der Trennung von Anna gleich wieder versiegen würde. Doch das war nicht der Fall, beinahe schon das Gegenteil. Er komponierte wie besessen: pathetische Balladen voller Melancholie und Selbsthass, wütende Rocksongs, ironische Popstückchen – querbeet durch die Genres. Es war nicht alles brillant, aber schlecht war es auch nicht. Sein Studio musste auf einer günstigen Wasserader liegen oder sonst wie kreative Vibes ausstrahlen, denn die Ideen sprudelten nur so.

Er dachte weder an seinen Vater noch an Anna. Jedenfalls nicht sehr. Was brachte es auch? Marlin war abgehauen, keiner wusste, wohin und wann er wieder zurückkommen würde. Und Anna? Sie hatte ihm doch vor ein paar Tagen klargemacht, dass sie nicht zusammenpassten. Dass sie unterschiedliche Vorstellungen davon hatten, wie das mit ihnen weitergehen könnte. Als Beziehung konnte man das, was sie gehabt hatten, ja wohl kaum bezeichnen. Dafür war es viel zu frisch gewesen. Er vermisste sie. Sehr. Immer, wenn ihm etwas einfiel, war sein erster Impuls, ihr davon zu berichten. Ihr den Song vorzuspielen. Er vermisste es, mit ihr in der Bäckerei zu frühstücken und sie nachts nackt im Arm zu halten. Er vermisste ihre Klarheit, ihre Warmherzigkeit und ihre Fähigkeit, ihn völlig zu verstehen.

Nein! Genau das war der Punkt, an dem es nicht funktionierte. Sie verstand ihn nämlich gar nicht. Sonst hätte sie niemals diese Dinge zu ihm gesagt. Mitgefühl für seinen Vater? Nie im Leben.

Und das Vermissen würde sich ganz bestimmt bald legen. Er hatte die längste Zeit seines Lebens ohne sie verbracht und würde es auch weiterhin schaffen. Entschlossen stopfte er seine Schmutzwäsche in eine Sporttasche. Er war die ganze Woche über in seinem Studio gewesen, aber jetzt musste er dringend mal Wäsche waschen. Außerdem war das Wetter toll und lockte ihn nach draußen. Als er die Tür hinter sich zuschloss, blieb er einen Moment stehen und blinzelte in die ungewöhnlich helle Sonne. Sie strahlte ihn an, als wäre sie nur für ihn über den Horizont gekrochen. Lennox lachte bei diesem Gedanken laut auf. Er hatte in den letzten Tagen eindeutig zu viele schräge Metaphern zu Songtexten verarbeitet.

»Was ist so lustig?«, wollte Sean wissen, der in diesem Augenblick mit einem Thermobecher Kaffee in der Hand um die Ecke bog.

»Eigentlich nichts, nur meine wirren Gedanken. Ich glaube, ich habe in den letzten Tagen zu viel gearbeitet und brauche jetzt dringend mal wieder wahres Leben – und saubere Klamotten.« Er deutete mit einem vielsagenden Grinsen auf seine Sporttasche.

»Du kannst notfalls auch meine Waschmaschine benutzen«, bot Sean an.

»Das ist total nett, aber ich muss sowieso zu Isla in die Wohnung. Da habe ich noch andere Sachen von mir, und ich bin mir auch nicht sicher, ob ich wirklich jede Nacht im Studio verbringen sollte. Dass ich mir einbilde, die Sonne wäre nur für mich aufgegangen, spricht ja wohl schon Bände, was?«

Sean zuckte nur mit den Schultern und brummte: »Kommt mir bekannt vor ...«

Lennox sah ihn prüfend an. »Vielleicht würde es dir auch nicht schaden, etwas mehr unter Leuten zu sein? Komm mit, ich wollte erst eine Maschine Wäsche anwerfen, dann im Pub frühstücken und anschließend ausreiten. Den Tag muss man nutzen.«

»Ich hab andere Pläne, aber danke«, entgegnete Sean vage.

»Gehst du wandern?« Lennox entdeckte jetzt erst den Rucksack auf Seans Rücken.

»So ungefähr. Ich gehe in den Wald, um neue Materialien zu finden, die ich verarbeiten kann.«

»Verstehe ...« Lennox hatte zwar keine Ahnung, was für Materialien ein Keramikkünstler im Wald finden könnte, aber er hatte auch den Eindruck, dass der wortkarge Sean sein Sprechbudget für heute schon fast aufgebraucht hatte und wohl nicht mit weiteren Erklärungen zu rechnen war.

»Hast du den Kater in letzter Zeit gesehen?«, platzte es überraschend aus Sean heraus.

»Elvis?« Lennox schüttelte den Kopf. Jetzt, wo er darüber nachdachte, fiel ihm auf, dass er das Tier seit London nicht mehr zu Gesicht bekommen hatte. »Ich dachte, er wäre jeden Tag bei dir.«

»Seit ein paar Tagen nicht mehr. Ihm wird doch nichts passiert sein?« Nun klang Sean regelrecht besorgt.

»Kann ich mir nicht vorstellen, das hätte ich mit-gekriegt.«

»Anna war auch die ganze Woche nicht hier«, sprach Sean weiter, und Lennox ärgerte sich, dass er eben nicht doch nachgefragt hatte. Dieser Themenwechsel war nun gar nicht in seinem Sinn.

»Ja«, murmelte er einsilbig und erntete dafür einen prü-fenden Blick.

»Schade.« Sean hob die Hand zum Gruß und wandte sich ab. »Ich muss dann mal los. Bis dann.«

Wie aufs Stichwort schob sich in diesem Moment eine dunkle Wolke vor die Sonne und überschattete nicht nur die Landschaft, sondern auch Lennox' Stimmung. Wobei das wohl eher an Seans Kommentar lag. Er seufzte und machte sich auf den Weg in den Ort.

Auf dem Dorfplatz herrschte reges Treiben. Handwerker waren dabei, Weihnachtsdekoration anzubringen, und mittendrin stand Bürgermeister Collum McDonald und gab Anweisungen. Als er Lennox erspähte, lief er schnur-stracks auf ihn zu. Sie hatten sich bislang zweimal flüchtig im Pub gesehen, aber noch nicht wirklich viele Worte ge-wechselt. Lennox kannte natürlich die Geschichten rund um den jungen Bürgermeister und wusste auch von dessen großen Plänen für Kirkby.

»Der Mann der Stunde«, rief Collum jovial, als er Lennox erreichte.

»Ähm …?«

»Wir stecken mitten in der Planung für unser Christmas-Cèilidh am Wochenende vor Weihnachten. Es wird auch eine Band spielen, aber wenn wir schon so einen prominenten Musiker in unseren Reihen haben, wäre ein kleines Dorfkonzert doch eine tolle Ergänzung. Darf ich dich fest einplanen? Mit fünf, sechs Songs?«

»Ähm …«, äußerte Lennox erneut ziemlich dämlich. Er hatte von den legendären Dorfpartys schon gehört, und er hatte sich ja auch überlegt, dass er durchaus einige Gigs spielen wollte, aber im Moment fühlte er sich etwas überrumpelt.

»Ich werte das mal als Zusage. Colleen meinte, dass du bestimmt mit an Bord bist. Ich freu mich sehr.« Collum schlug ihm freundschaftlich auf die Schulter. »Ich muss los und dafür sorgen, dass das mit der Deko klappt. Ist das erste Mal, dass wir hier in Kirkby so einen großen Lichterzauber machen. Bestimmt zieht das eine Menge Touristen an.«

»Bestimmt«, murmelte Lennox und ging dann zum Pub, an dessen Fassade auch gerade Lichterketten angebracht wurden. Jon stand grinsend in der Tür.

»Frühstück?«, fragte er, als Lennox vor ihm stand.

»Frühstück. Kann es sein, dass ich gerade für meinen ersten Auftritt in Kirkby gebucht wurde?«

Jon lachte noch lauter. »Keine Ahnung, was Collum zu dir gesagt hat, aber ich halte es für sehr wahrscheinlich.«

Im Gastraum war wenig los. Ende November kamen nicht viele Gäste nach Kirkby, und die Dorfbewohner tauchten in der Regel erst ab mittags auf. Nach einem typischen Pub-Frühstück war ihm auch gar nicht, sondern eher nach Scones oder Porridge. Eigentlich wäre er auch viel lieber in der Bäckerei gewesen, aber er wollte um jeden Preis vermeiden, dort Anna in die Arme zu laufen. Daher war er in den letzten Tagen immer erst im Laufe des Vormittags dort aufgeschlagen, wenn er sicher sein konnte, dass sie in ihrer Praxis war. Doch an Samstagen war sie gerne auch mal später dran.

»Was kann ich dir bringen?«, erkundigte sich Jon, als Lennox seine Tasche unter einen Tisch geschoben und selbst Platz genommen hatte. »Eier? Speck? Würstchen?«

Lennox verzog das Gesicht. »Lieber Scones oder einen simplen Porridge«, bat er. »Und eine Kanne Tee, bitte.«

»Ich hab vorhin ganz frische Scones von Kristie zum Testen bekommen. Ihre Weihnachtsedition mit unterschiedlichen Gewürzen. Magst du die probieren?«

»Gerne.« Lennox merkte, wie eine weitere Welle schlechten Gewissens durch ihn schwappte. Er hatte Kristie eigentlich versprochen, dass er ihr bei den Weihnachtssachen helfen würde, aber irgendwie war die Musik in den letzten Tagen wichtiger gewesen. Er würde nachher bei ihr vorbeischauen und ihr anbieten, am Nachmittag weihnachtliches Shortbread mit ihr zu backen.

»Hast du eigentlich was von eurem Vater gehört?«, erkundigte sich Jon ganz lässig nebenbei, als er ein paar Minuten später das Frühstück servierte.

»Nein.« Legte es die Welt heute darauf an, ihm die Stimmung zu versauen? »Ich halte es auch für unwahrscheinlich, dass er sich ausgerechnet bei mir meldet«, fügte er noch säuerlich hinzu.

»Dünnes Eis, ich versteh schon«, sagte Jon, ohne dass sein Lächeln an Kraft verlor. »In diesem Punkt seid ihr Frasers euch verdammt ähnlich. Isla ist genauso stur und bockig, und wenn man Kendrick und Colleen zuhört, dann gilt das auch für Shona und Alex. Wir erwägen ernsthaft, eine Selbsthilfegruppe zu gründen. Vielleicht sollten wir auch Anna dazu einladen.«

Lennox würde gleich der Kragen platzen. »Das dürfte unnötig sein«, presste er hervor. »Sie hat rechtzeitig die Reißleine gezogen. Außerdem waren wir nie zusammen.« Er starrte seinen zukünftigen Schwager finster an und ärgerte sich, dass er sich zu dieser Bemerkung hatte hinreißen lassen.

Jons Lächeln erstarb und machte einem bedauernden Ausdruck Platz. »Das tut mir echt leid«, sagte er. »Guten Appetit.« Damit verschwand er in der Küche – zweifellos, um Isla anzurufen oder so. Großartig. Wirklich großartig.

Lustlos biss Lennox in einen der duftenden Scones. Der Appetit war ihm ziemlich vergangen, aber das Zimtaroma kitzelte verführerisch seinen Gaumen. Er bestrich den nächsten Bissen mit Butter und kleckste einen Löffel von dem Pflaumenmus drauf, das Jon mit der Marmeladenauswahl serviert hatte. Wow, das war eine wirklich göttliche Kombination. Er würde nachher auf jeden Fall bei Kristie in der Backstube vorbeischauen. Er zog sein Handy aus

der Hosentasche, machte ein Foto von seinem Frühstücks-
teller und schickte es an seine Cousine. *Die Zimtscones sind
der Knaller – vor allem in Kombi mit Pflaumenmus. Sollen
wir heute Nachmittag zusammen backen? Hab ein paar Ideen
für Shortbread.*

Die Antwort ließ nicht lange auf sich warten. Kristie
freute sich und erwartete ihn um spätestens drei Uhr. Das
passte ihm gut, denn so hatte er Zeit genug, sich um seine
Wäsche zu kümmern und in den Stall zu gehen.

Er aß in Ruhe zu Ende, trank seinen Tee aus und legte
einen passenden Geldschein auf den Tisch. »Bis später«,
rief er in Richtung Küche, wo er Jon vermutete, und
machte sich dann auf den Weg in Richtung von Islas
Restaurant.

»Du hast dich echt von Anna getrennt?«, rief sie ihm
entgegen, als er ihren Küchengarten betrat. Eigentlich
hatte er vorgehabt, durch die Garage in die Wohnung zu
huschen und nicht durch Islas Küche, aber ein großer Lieferwagen parkte so ungünstig, dass er da nicht reinkam.

»Anna hat sich von mir getrennt«, stellte er die Lage
klar. So war es ja auch gewesen, oder? Sie hatte gesagt, dass
sie offenbar unterschiedliche Vorstellungen hätten, und
ihn dann weggeschickt.

»Wann soll das gewesen sein?«, bohrte seine Schwester
nach.

»Am Dienstag. Nach der Yoga-Stunde und eurem gemeinsamen Pub-Besuch.« Lennox hatte nicht die geringste Lust, das alles jetzt mit seiner Schwester zu diskutieren – schon gar nicht vor ihrer Küchenmannschaft, die

mit zweifellos gespitzten Ohren an den Vorbereitungen fürs Mittagsgeschäft werkelte.

Isla sah ihn nachdenklich an. »Mist«, murmelte sie. »Das tut mir echt leid.«

»Muss es nicht«, brummte er. »Es hat sowieso nicht gepasst. Glaube ich.« Glaubte er nicht, redete er sich aber seit Tagen relativ erfolgreich ein. Denn die Alternative wäre deutlich niederschmetternder. Dann müsste er nämlich zugeben, dass er seit ihrer ersten Begegnung gewusst hatte, dass Anna die einzige Frau war, mit der er zusammen sein wollte. Eigentlich hatte er es schon gewusst, als er zum ersten Mal ihre Stimme im Podcast gehört hatte. Und warum um alles in der Welt kam ihm das jetzt alles in den Sinn? Ausgerechnet jetzt?

»Trotzdem ist es schade. Ich finde Anna toll – und sosehr ich dich liebe, du bist einfach nicht gut genug für sie.«

Was bitte schön sollte das jetzt heißen? Wieso war er nicht gut genug für Anna? »Was?«

»Du kannst ihr nicht das geben, was sie braucht.«

Das wurde ja immer besser, aber jetzt wollte er es genau wissen. »Wie meinst du das?«

»Anna ist der großherzigste und großzügigste Mensch, den ich kenne. Alles, was sie tut, macht sie voller Hingabe.«

»Ich würde mal behaupten, dass du das in der Küche auch so machst. Und ich mit meiner Musik ebenfalls.«

»Ja, mag sein. Aber bei Anna hat es eine andere Qualität. Ich koche aus Leidenschaft, du bist Musiker aus Leidenschaft – und wir beide wünschen uns, dass das Ergebnis unserer Bemühungen auch von anderen Menschen wertgeschätzt wird. Anna dagegen gibt einfach, ohne eine Gegenleistung einzufordern. Sie will, dass es ihrem Gegenüber gut geht. So eine Ärztin ist für jeden Patienten ein Traum. Sie gibt aber auch ihren Freunden großzügig von ihrer Energie und ihrem Optimismus ab. Sieh dich an. Seit du hier bist und Anna kennst, bist du derart aufgeblüht, und ich glaube, das ist dir gar nicht bewusst.«

»Doch, aber ich glaube eher, dass es an der Umgebung liegt. Die Quelle im Wald, mein neues Studio ...«

Isla lachte laut auf. »Du bist wirklich witzig. Natürlich liegt es auch an der Umgebung, aber die war all die Jahre auch da. Da hat sie dich nur nicht interessiert. Aber Anna hat dir die Augen geöffnet. Du bist doch überhaupt nur wegen ihr hierhergekommen, oder habe ich das falsch verstanden?«

»Hm.« Er hatte wohl mal erwähnt, dass ihn Annas Podcast nach Kirkby gelockt hatte.

»Anna hat dir ihre Energie geschenkt, hat deine Kreativität entfesselt, deine Wurzeln wieder wachsen lassen und dir eine neue Perspektive gegeben. Und wie hast du es ihr gedankt?« Sie formulierte es gerade so, als wäre es eine Tatsache.

Lennox fühlte sich auf unangenehme Art ertappt. Auch wenn er nicht alles, was Isla eben gesagt hatte, in dieser Form unterschreiben würde, so steckte doch ein großes Stück Wahrheit in ihren Worten. Anna hatte ihm tatsächlich sehr viel gegeben. Und er ihr?

»Komm mir jetzt bloß nicht mit gutem Sex und dem

Wochenende in London, das ja wohl der totale Rohrkrepierer war«, sprach Isla seine Gedanken aus. »Ich weiß nicht, ob es dir aufgefallen ist, aber während du immer mehr aufblühst, wirkt Anna immer matter und erschöpfter. Du bist ein echt krasser Energievampir.«

»Ich bin ein was?«

»Ein Energievampir. Du saugst ihre Lebensenergie auf und gibst ihr nichts zurück. Deshalb ist es auch besser, dass ihr nicht mehr zusammen seid.«

Lennox schüttelte den Kopf. Heute hatten sich wirklich alle gegen ihn verschworen, aber diese Unterstellung setzte dem Ganzen die Krone auf. »Hast du ihr diesen Floh etwa ins Ohr gesetzt?« War Isla daran schuld, dass Anna einen Schlussstrich gezogen hatte?

»Mit ähnlichen Worten. Du bist mein Lieblingsbruder, sie meine beste Freundin – ich könnte mir nichts Schöneres vorstellen, als dass ihr beide zusammen glücklich wärt. Doch daran glaube ich nicht.«

»Bei aller Liebe, Isla, du bist hier nicht diejenige, die so etwas zu entscheiden hat. Du weißt schließlich nicht alles!« Ärger flackerte in ihm auf. »Du hast keine Ahnung, was ich für Anna empfinde.«

»Stimmt, das weiß ich nicht. Aber nach großer Liebe sieht es für mich nicht aus. Wer liebt, gibt nämlich Energie zurück und nimmt sie nicht nur. Idealerweise ist es ein ausgeglichener Kreislauf aus Geben und Nehmen.« Sie verschränkte die Arme vor der Brust und funkelte ihn provozierend an.

»Ich glaube, ich will gar nicht so genau wissen, was du

Jon gibst, dass er es mit dir aushält«, knurrte Lennox, um davon abzulenken, wie sehr ihn die Worte seiner Schwester getroffen hatten. »Was immer es ist, richtig gut scheint es nicht zu wirken, denn er hat mir erst vorhin erzählt, dass er mit Colleen und Kendrick eine Selbsthilfegruppe der frustrierten Fraser-Partner gründen will. Wenn du mich jetzt entschuldigst, ich muss Wäsche waschen.« Damit rumpelte er an ihr vorbei, stiefelte grußlos durch die Küche und stapfte wütend die Treppe zur Wohnung hoch.

Energievampir? Was für eine unverschämte Bezeichnung. Aber eine kleine Stimme in ihm fand, dass ein Körnchen Wahrheit darin enthalten sein könnte. Anna war in der Tat großzügig und hatte ihn in vielerlei Hinsicht beflügelt. Er hatte aber nie den Eindruck gehabt, dass er egoistisch ihre positive Energie aufgesaugt und ihr nichts zurückgegeben hatte. Allerdings hatte er bis eben auch nicht darüber nachgedacht. Wieder kehrten seine Gedanken zu ihrem Streit am Dienstagabend zurück, bei dem sie seiner Wahrnehmung nach vor allem für seinen Vater Partei ergriffen und ihn selbst als verwöhnten Weichling bezeichnet hatte. Zumindest hatte er nichts anderes hören wollen. Vielleicht hätte er ihre Argumente zum Anlass nehmen sollen, sie nach ihrer Kindheit zu fragen. Nach ihren Erfahrungen. So wie sie sich gab, wirkte es, als stamme sie aus einer soliden, normalen Mittelschichtfamilie. Er wusste, dass sie keine leiblichen Geschwister hatte und früh in einer betreuten Jugend-WG gelebt hatte, dass ihr aber Linda und noch zwei weitere Freunde nahe standen wie Familienmitglieder.

Es war eigentlich immer nur um ihn gegangen. Um seine Vergangenheit, seine Probleme, seine Träume. Kein anderer Mensch hatte sich so sehr für ihn interessiert wie Anna. Niemand war so mitfühlend und gleichzeitig so scharfsichtig gewesen. Sie hatte ihm den Trost gespendet, nach dem er sich immer gesehnt hatte. Sie hatte ihm Zuversicht eingehaucht, wo bislang vor allem Mutlosigkeit gewesen war. Und er hatte sie kein einziges Mal danach gefragt, was sie vom Leben erwartete. Wo ihre Träume lagen und was sie noch erreichen wollte. Er war einfach davon ausgegangen, dass sie bereits am Ziel war. Eine eigene Praxis klang doch schon ziemlich nach einer Endstation – im besten Wortsinn zwar, aber was sollte dann noch kommen? Je länger er darüber nachdachte, desto mehr schämte er sich. Er hatte ihr auf der Rückfahrt von London versprochen, dass er »es« wiedergutmachen wollte. Dabei hatte er aber nur ein entspannteres Wochenende voller Zweisamkeit im Sinn gehabt, wo es jetzt doch so offensichtlich war, dass er noch nicht einmal die grundlegende Basis draufhatte: ihre wahren Bedürfnisse zu kennen.

Aber was, wenn Isla tatsächlich recht hatte? Wenn sein Egoismus und sein scheinbares Desinteresse daher rührten, dass er kein wirkliches Interesse an Anna hatte? Dass er sie vielleicht als Freundin ansah, aber nicht liebte? Seine Gedanken begannen wieder, wie rasend zu kreisen, und Anna war nicht da, um ihn zu beruhigen und zu fokussieren.

Er stöhnte frustriert und gequält auf. Dann stopfte er

seine schmutzigen Klamotten in die Waschmaschine, schlüpfte in die alte Reithose seines Vaters und lief zum Stall. Bewegung an der frischen Luft und Kontakt zu freundlichen großen Tieren mussten als Therapie reichen. Später würde er mit Kristie backen und sich dann wieder zu seiner Musik flüchten. Das würde helfen. Irgendwie.

• • •

Yoga und Meditation hatten ihr schon einmal das Leben gerettet – und würden es jetzt wieder tun. Am Montagabend saß Anna im Lotussitz auf ihrer Yoga-Matte und versuchte, ihren Kopf frei zu bekommen und sich zu zentrieren. Eigentlich ging sie montags gern zur Chorprobe in die Kirche, aber heute brauchte sie Abstand. Abstand von all den exzentrischen, aufdringlichen, neugierigen, herzlichen, anstrengenden Dorfbewohnern.

Fast den ganzen Samstag hatte sie bei Shona und den Alpakas verbracht, weil sie mit den Tieren üben wollten, brav am Halfter zu laufen. Ab dem nächsten Frühjahr wollten sie ja Alpakawanderungen und Alpakatherapie anbieten – was zumindest in Shonas Augen mehr oder weniger dasselbe war, schließlich fand sie Spaziergänge mit den flauschigen kleinen Kamelen immer irre entspannend. Anna wollte das doch noch recht vage Konzept gern etwas verfeinern und hatte sich vorgenommen, die langen dunklen Wintermonate dafür zu nutzen, sich schlauzumachen. Doch nun wollte Shona ihre Herde nicht nur beim Krippenspiel einsetzen, sondern am Tag des Christmas-Cèilidhs kleine Schnupperwanderungen anbieten.

Offenbar hatte Bürgermeister Collum große Pläne für diesen Tag. Glücklicherweise waren die Alpakas recht kooperativ und gutmütig, sodass es wohl irgendwie funktionieren würde. Gestern Nachmittag war Anna dann bei drei Familien zum Adventskaffee eingeladen gewesen, und weil sie es nicht übers Herz gebracht hatte, jemandem abzusagen, hatte sie alle drei besucht.

Wie jeden Montag war die Sprechstunde auch heute wieder besonders stark frequentiert gewesen. Am Morgen vorwiegend von lernunlustigen Jugendlichen und arbeitsunlustigen Büromenschen, die um eine Krankschreibung baten. Später waren dann die schwereren Fälle gekommen, und am Nachmittag war sie erneut bei zwei alten Patienten zu Hause gewesen, bei denen sie sich nicht sicher war, ob sie das diesjährige Weihnachtsfest noch erleben würden.

Das war alles Teil ihres Jobs, den sie so sehr liebte, aber sie stellte fest, dass die räumliche und persönliche Nähe es schwieriger machte, die nötige Distanz herzustellen. Sie ärgerte sich, dass die siebzehnjährige Siobhan heute das große Leiden gab und angeblich einen Anflug von Grippe vermutete, nachdem sie gestern beim Weihnachtspunsch im Wohnzimmer ihrer Eltern noch getönt hatte, dass ihr vor der Lateinklausur graute. Hielt das Mädel sie für so dämlich, dass sie den Zusammenhang nicht sah? Trotzdem hatte sie ihr ein Attest geschrieben, die Erziehung von Teenagern gehörte nämlich nicht zu ihrer Jobbeschreibung als Landärztin. Außerdem ging es ihr über Gebühr nahe, dass die siebenundachtzigjährige »Granny Sandkirk« so tapfer ihrem Ende entgegenlitt. Sie hatte Krebs im

Endstadium und war nur nach Hause überwiesen worden, weil Anna den Klinikärzten zugesichert hatte, dass sie sich um die palliative Versorgung der alten Frau kümmern würde. Die trug ihr Schicksal auch mit großer Gelassenheit, während ihr Ehemann von Tag zu Tag verzweifelter wurde.

All diese Dinge beschäftigten Anna mehr, als sie es für möglich gehalten hätte – und lenkten doch nur von ihrem viel größeren Problem ab. Lennox. Ihr Herz tat weh, wenn sie an ihn dachte. Ihre Seele brannte vor Sehnsucht, und ihr Verstand versuchte zu begreifen, was eigentlich geschehen war. War es ein Fehler gewesen, letzten Dienstag so mit ihm zu sprechen? Sie glaubte nicht, denn was wäre die Alternative gewesen? Sie hatte begriffen, dass sie mehr wollte. Eine richtige Beziehung. Aber sie hatte auch einsehen müssen, dass Lennox ihr nicht das geben konnte, was sie sich so sehr wünschte: Sicherheit und Geborgenheit in einem anderen Menschen zu finden und sich bedingungslos geliebt zu fühlen, mit all ihren Schwächen, Sorgen und Ängsten.

Lennox interessierte sich nicht einmal für diese Dinge. Er war auf unfassbar charmante Weise egozentrisch. Seine Gedanken, sein Fühlen und Sein drehten sich ausschließlich um ihn selbst. Es war aufregend gewesen, dabei für kurze Zeit Zaungast zu sein und ihm womöglich auch zu helfen, seinen eigenen Weg zum Glück zu finden. Sie sah ganz deutlich sein Potenzial und auch seine Fähigkeit zu lieben – aber er war augenscheinlich noch nicht bereit. Würde es womöglich nie sein. Vor allem aber war das alles erschöpfend und destruktiv für sie selbst. Nein, es war die richtige Entscheidung gewesen, einen Schlussstrich zu ziehen, bevor es ihr noch mehr wehtat.

Dank Yoga und Meditation hatte sie sich schon aus viel tieferer Verzweiflung herausgeholt. Sie hatte gelernt, dass sie nicht auf andere Menschen angewiesen war, wenn es darum ging, sich ausgeglichen und, ja, auch glücklich zu fühlen. Es lag bei ihr selbst und in ihr. Sobald sie wieder Kontakt zu ihrer inneren Glücksquelle aufnehmen konnte, würde es ihr garantiert auch besser gehen. Blöd nur, dass dieser Brunnen derzeit von ziemlich viel Gefühlsgeröll verschüttet war.

Elvis kletterte auf ihren Schoß und rollte sich dort schnurrend zusammen. Seit ein paar Tagen war er wieder fast ständig zu Hause und anschmiegsamer denn je. Wenigstens ihr Kater spürte, was sie brauchte, dachte sie und streichelte sein weiches Fell. Leider half er ihr nicht dabei, ihre Gedanken zu beruhigen und in die Meditation zu kommen. Sie atmete tief ein und aus und versuchte es mit jeder Technik, die sie bei Finlay gelernt hatte. Ohne Erfolg. Dann klingelte auch noch ihr Telefon.

Normalerweise schaltete sie ihr Handy lautlos, wenn sie Yoga machte, doch seit es Granny Sandkirk immer schlechter ging, wollte sie jederzeit ansprechbar sein. Sie schubste Elvis energisch zur Seite, faltete ihre Beine auseinander und stand strauchelnd auf. »Bitte lass es nicht Granny sein«, flehte sie leise zu niemand Konkretem.

Es war Linda, die anrief. »Bist du zu Hause?«, rief sie ins Telefon, ohne sich mit einer Begrüßungsfloskel aufzuhalten.

»Ja. Warum?«

»Weil du unbedingt den Fernseher anmachen und dir die Talkshow von Shane Harmon reinziehen solltest.«

»Und warum sollte ich das?« Eine langweilige Talkrunde im Fernsehen war so ziemlich das Letzte, wonach ihr der Sinn stand.

»Tu's einfach!«, beschwor Linda sie. »Danach ruf ich dich wieder an.«

Anna seufzte. Na schön, wenn es Linda so wichtig war, würde sie sich eben die Talkshow ansehen. Womöglich war einer ihrer gemeinsamen Freunde zu Gast. Sie schaltete den Fernseher an und goss sich eine Tasse von dem Kräutertee ein, den sie vorhin zubereitet und in eine Thermoskanne gefüllt hatte. Damit kuschelte sie sich auf ihr Sofa. Elvis war ebenfalls zur Stelle und kletterte wieder auf ihren Schoß.

Die Begrüßungsfanfare ertönte, und im nächsten Moment spuckte Anna fast eine Teefontäne aus, als der Moderator seine Gäste vorstellte. Neben zwei Politikern saßen dort nämlich Krimiautorin Betty Murray und Marlin Fraser. Anna hustete heftig und hätte dabei fast den Titel der Show verpasst: »Totgesagte leben länger!«

»Heilige Scheiße«, keuchte sie und wappnete sich innerlich für das, was gleich kommen würde.

Zunächst befragte Harmon die beiden Politiker, die vor Jahren in einen deftigen Skandal verwickelt gewesen waren, an den sich Anna nur noch vage erinnern konnte. Offensichtlich standen die beiden bei ihrer Partei jetzt aber wieder hoch im Kurs und waren wie Phoenix aus der

Asche aus ihrem selbst gemachten Elend aufgestiegen. Anna wippte nervös hin und her, sodass es sogar Elvis zu bunt wurde. Mit einem indignierten »Mau« sprang er von ihrem Schoß und verzog sich auf seinen Kratzbaum, von wo aus er sie mürrisch beobachtete, wie sie aus dem Augenwinkel wahrnahm. Doch sie hatte keinen Gedanken für ihr Haustier übrig. Wie gebannt starrte sie auf den Bildschirm und merkte, dass ihre Hände vor Aufregung feucht wurden, als die Politiker endlich zum Schluss ihrer fragwürdigen Heldengeschichte kamen und sich Harmon den anderen beiden Gästen zuwandte. Zunächst war Betty dran, die königlich und elegant wie immer auf ihrem Sesselchen thronte und mit einem leicht ironischen Lächeln in die Kamera blickte.

»Ms. Murray, in Ihrem neuen Roman geht es um einen Mordfall, der keiner war, weil das vermeintliche Opfer seinen Tod nur vorgetäuscht hat.« Er schaute in die Kamera und wandte sich direkt ans Publikum. »Das war übrigens kein Spoiler, das steht so schon im Klappentext. Worum es in der Geschichte wirklich geht, müssen wir alle selbst lesen. Wie kommt man auf so eine Idee?«

»Das habe ich mir nicht ausgedacht. So etwas passiert im wahren Leben.« Sie lächelte geheimnisvoll und warf einen vielsagenden Blick auf Marlin. Anna ahnte, dass das alles einstudiert war – zumindest zwischen den beiden –, hatte aber keine Ahnung, in welche Richtung es gleich gehen könnte.

»Was wollen Sie damit andeuten?«, bohrte Harmon prompt nach.

»Dass auch ich meinen Tod vorgetäuscht habe«, sprach Marlin an Bettys Stelle. »Ich schätze mal, dass sie mich mit ihrem Roman aus der Reserve locken wollte. Aber sorry, Betty, da waren andere schneller.«

Anna starrte fasziniert Marlins Gesicht an. Er sah gut aus, wirkte entspannt, und ein amüsiertes Lächeln spielte um seine Lippen.

»Das müssen Sie uns genauer erklären. In der Einführungsrunde haben wir Sie als Marlin Fraser, Hufschmied aus den Highlands, vorgestellt.« Wieder wandte sich Harmon zur Kamera und sprach das Publikum an: »Ein archaischer Job und zweifellos ein ehrenhaftes Leben, meine Damen und Herren, aber sicherlich fragen Sie sich wie ich, warum Mr. Fraser heute in meiner Show ist.«

»Das stimmt, ich bin Hufschmied«, entgegnete Marlin. »Aber ich hatte auch einmal ein anderes Leben.«

Es folgte ein Einspielfilmchen mit kurzen Sequenzen aus Songs und Interviews von und mit Starlight Lin, einer Szene, die den heutigen Marlin mit einer Gitarre zeigte, wie er seinen alten Hit *Another World* sang, und schließlich sogar noch mit einem Ausschnitt aus einem Video, in dem Lennox ebenfalls diesen Song performte. Über alldem erzählte eine bedeutungsschwangere Stimme aus dem Off, dass beim Flugzeugabsturz damals nur »Starlight« ums Leben gekommen war und »Lin« diesen Schicksalsschlag für einen Neustart genutzt hatte.

Anna starrte auf den Bildschirm und merkte, wie ihr Herz raste und ihre Ohren rauschten. Die Pause zwischen dem Ende des Einspielers und der nächsten Frage des

Moderators erschien ihr wie eine Ewigkeit, dabei waren es höchstens ein, zwei Sekunden.

»Warum?«, wollte Harmon wissen und stellte damit die alles entscheidende Frage. »Warum haben Sie das getan?«

Über Marlins Gesichtszüge huschte kurz ein dunkler Schatten, dann hatte er sich wieder gefangen und antwortete mit ruhiger Stimme: »Weil es für mich in diesem Moment die einzig erträgliche Möglichkeit war, mit der Situation umzugehen. Meine Existenz zwischen Band und Privatleben war kaum noch zu managen. Ich wusste seit Monaten, dass ich eine Entscheidung treffen musste, ich wusste nur nicht, welche. Dann lief die große Nordamerika-Tour durch Kanada, die USA und Mexiko. Es war ein Triumph – und eine einzige Qual. Nach dem letzten Konzert in Mexiko habe ich ein offenes Gespräch mit Starlight gesucht und ihr gesagt, dass ich aussteigen wollte. Sie hat es nicht so gut aufgenommen, wie ich gehofft hatte.« Er schluckte sichtbar. »Es kam zu einem großen Streit, und ich habe mich spontan entschlossen, einen Linienflug zu nehmen und nicht mit unserem Bandjet zu fliegen.«

»Sie nennen Ihre frühere Bandpartnerin immer nur Starlight. Wollen Sie nicht ihren wahren Namen offenbaren?«, fragte der Moderator in Marlins Sprechpause hinein.

»Nein. Das werde ich auch nicht. Wir haben gemeinsam entschieden, dass wir niemals unsere Gesichter und unsere richtigen Namen offenbaren würden – allein schon, um unsere Familien zu schützen. Starlight Lin ist an diesem Tag gestorben. Daran wird sich nichts ändern.«

»Aber Sie leben doch«, wies Harmon auf das Offensichtliche hin.

»Marlin Fraser lebt, Lin ist tot«, beharrte Marlin.

»Wie kam es dazu, dass Sie jetzt, nach all den Jahren, an die Öffentlichkeit gehen?«

Gute Frage, lobte ihn Anna in Gedanken. Vor zwei Wochen war Marlin unfähig gewesen, es gegenüber seiner Familie zuzugeben, und jetzt saß er in einer nationalen TV-Show?

»Sagen wir's so – es war keine freiwillige Entscheidung«, entgegnete er mit einem sparsamen Lächeln. »Mein jüngster Sohn Lennox ist ebenfalls Musiker und hat – ohne es zu wissen – ausgerechnet einige Songs seines Vaters performt. Irgendwelchen Fans ist die große stimmliche Ähnlichkeit aufgefallen, ein paar Menschen haben tiefer nachgebohrt und mich dann vor zwei Wochen mit ihrer Erkenntnis konfrontiert.« Er seufzte und wollte weitersprechen, doch Harmon grätschte dazwischen.

»Wollen Sie damit andeuten, dass Ihre Familie keine Ahnung von Ihrem Vorleben hatte?« Der Moderator riss in ziemlich überzeugend gespielter Überraschung die Augen auf.

»Meine Geschwister und ihre Partner wussten es natürlich schon, ein guter Freund ebenfalls, aber meine Kinder und alle anderen Menschen bei uns im Dorf hatten keine Ahnung«, gab Marlin zu. »Ich weiß, wie irre sich das anhören muss, aber damals schien es mir die beste und einfachste Lösung zu sein. Ich weiß nicht, ob Sie sich meinen Schock vorstellen können, als ich nach dem langen Flug von Mexiko aus in London gelandet bin. Das Erste, was ich sah, waren die Schlagzeilen, denen zufolge der Bandjet abgestürzt und alle Insassen gestorben waren. Ich war also offiziell tot – oder zumindest mein Musiker-Ich. Für meine Familie waren die Stunden, bis ich zu Hause war, die Hölle, und sie konnten es nicht fassen, dass ich doch noch lebte. Nach wenigen Tagen ist mir dann bewusst geworden, dass dieses schreckliche Unglück irgendwie auch ein Geschenk für mich war. Ich kam aus meinem Dilemma heraus. Ich konnte mich ins Privatleben zurückziehen, ohne vor den Fans in Erklärungsnot zu geraten und ohne die dauernde Angst, dass mein Doppelleben im Ort schließlich doch auffliegen könnte. Ich dachte, das wäre besser für alle Beteiligten.«

»Denken Sie das immer noch? Ich meine, ich will Ihnen nicht zu nahe treten, aber an der Stelle Ihrer Kinder würde ich mich ziemlich betrogen fühlen.«

Marlin zuckte bei diesen Worten leicht zusammen und presste die Lippen aufeinander. »Das habe ich inzwischen auch begriffen«, sagte er leise und räusperte sich dann vernehmlich. »Ich möchte nicht, dass es noch länger zwischen uns steht, weshalb ich mich auch dazu entschlossen habe, es hier in dieser Sendung öffentlich zu machen. Es soll keine Geheimnisse mehr geben.« Die Kamera hatte Marlins Gesicht voll in den Fokus genommen. »Alex, Isla, Lennox und Shona – es tut mir leid, was ich euch damit angetan habe. Ich werde euch alles erklären. Bitte verzeiht mir.«

VERZEIHUNG?!

IN LENNOX' OHREN RAUSCHTE es. Er saß mit all seinen Geschwistern, deren Partnern, seinen Onkeln und Tanten und seinem Neffen Aidan im Wohnzimmer von Harriswood House und starrte auf den Fernseher.

Sein Vater hatte den Weg in die Öffentlichkeit gesucht, um sein Vorleben offenzulegen und seine Familie um Verzeihung zu bitten. Lennox wusste nicht, ob er das für einen vollkommen idiotischen oder einen wahnsinnig mutigen Move halten sollte. Wenn er sich im Raum so umsah, schien es der restlichen Familie ähnlich zu gehen.

»Das ist so geil – jetzt weiß die ganze Schule, dass mein Grandpa ein cooler Popstar war!«, rief Aidan begeistert, und Lennox musste sein Urteil von eben wieder revidieren: Nicht die ganze Familie war geschockt.

Die Show ging derweil weiter, doch er nahm es zunächst nur am Rande wahr. Gerade erzählte Betty, dass sie schon seit vielen Jahren von Marlins früherer Karriere gewusst und lange überlegt habe, ob und wie sie ihn mit diesem Wissen konfrontieren sollte. Ihr neuer Roman sei ein Schritt in diese Richtung gewesen – weil Marlin all ihre Bücher las –, aber so sei es nun viel besser.

»Wie konnten Sie so viele Jahre lang ohne Ihre Musik

leben?«, fragte der Moderator Marlin und hatte damit wieder Lennox' volle Aufmerksamkeit.

»Wie kommen Sie darauf, dass ich ohne Musik gelebt habe?«, konterte sein Dad und hob mit einem ironischen Lächeln eine Braue. »Ich habe Hunderte Songs geschrieben.«

»Du hast was?«, platzte es laut aus Lennox heraus, so als könnte sein Vater den Ausbruch hören. Auch von seiner Familie nahm er ungläubiges Schnauben und fassungsloses Grunzen wahr.

»Werden wir die mal zu hören bekommen?«, erkundigte sich Shane Harmon.

»Unwahrscheinlich. Kein Mensch möchte die Lieder eines alten schottischen Hufschmieds hören. Und der Popstar Lin ist tot, schon vergessen?«

»Schade, aber vielleicht ändern Sie Ihre Meinung ja noch. Ich bin mir sicher, viele Fans würden sich freuen.«

Marlin zuckte mit den Schultern. »Ich habe zunächst mal ganz andere Herausforderungen vor mir, als mir über solche Dinge den Kopf zu zerbrechen«, sagte er und blickte auf eine Art in die Kamera, dass Lennox das Gefühl hatte, er spräche nur mit ihm. »Danach wird man weitersehen.«

Kurz darauf war die Talkshow beendet. Alex schaltete den Fernseher aus, und ein aufgeregtes Palaver begann. Außerdem klingelten plötzlich unzählige Handys, denn offensichtlich hatten noch mehr Leute die Talkshow verfolgt. Lennox schaute sich um. Alex hielt Colleen im Arm, Shona krallte sich erschüttert an ihren Kendrick, und Isla ließ sich von Jon sanft über den Rücken streicheln. Auch Dads Geschwister Heather und Rupert hatten mit Onkel George und Tante Alice Partner, die ihnen beistanden. Aidan hing bereits am Handy und textete zweifellos mit seinen Kumpels – und er selbst? Er verspürte eine schier unstillbare Sehnsucht nach Anna. Nach ihrem Trost, ihrer Nähe, ihren weisen Worten. In ihren Armen würde er klar denken, würde herausfinden können, was er wirklich fühlte. Doch Anna war nicht hier. Er hatte sie verloren.

Die Stimmung im Raum erschien ihm mit einem Mal unerträglich. Er musste raus, brauchte Abstand von allem. Hastig stand er auf und verließ grußlos und fast fluchtartig erst das Wohnzimmer, dann das Haus, mit dem er so viele ambivalente Erinnerungen verband. Fast tat es ihm leid, dass er Alex' Drängen zu diesem gemeinsamen Fernsehabend gefolgt war. Alex hatte am Nachmittag einen Anruf von Betty Murray erhalten, die ihn eindringlich aufgefordert hatte, sich mit der gesamten Familie diese Talkshow anzusehen. Wäre Lennox bloß in seinem Studio geblieben, dann hätte er noch ein paar Stunden länger seine glückliche Ignoranz genießen können.

Draußen war es stockdunkel und unangenehm nieselfeucht. Dicke Wolken verdeckten die Sterne, sodass ihn die Düsternis umfing wie eine schwere, erstickende, eiskalte Decke. Statt der erhofften Klarheit empfand er nur Beklemmung. Entschlossen machte er sich auf in Richtung Kirkby. Dort sorgte wenigstens die allgegenwärtige Weihnachtsbeleuchtung für einen kleinen Hoffnungsschimmer. Er stand auf dem Dorfplatz und musste sich entscheiden, ob er nach links in Richtung seines Studios gehen sollte oder nach rechts, zu Anna. Es drängte ihn zu ihr, aber er wusste nicht, ob er es überhaupt wagen sollte. Die Funkstille, die seit fast einer Woche zwischen ihnen herrschte, war vielsagend und schien unüberwindlich. Doch wenn er aus den Fehlern seines Vaters etwas lernen wollte, dann vielleicht dies: dass manches immer schwieriger wurde, je mehr Zeit ins Land ging.

Beherzt steuerte er also ihr Haus an, nur um festzustellen, dass dort alles dunkel war. Kein Licht brannte in ihrer Wohnung. Er überlegte, ob er klingeln sollte, aber wecken wollte er sie auch nicht. Es war zwar erst halb zehn, und er hielt es für unwahrscheinlich, dass sie schon schlief, aber sicher konnte er sich nicht sein. Ihr Auto stand ebenfalls nicht auf seinem angestammten Platz. Wo mochte sie sein? War sie am Ende zu seinem Studio gefahren? Sein Herz schlug bei diesem Gedanken schneller, und er machte sich mit raschen Schritten auf den Weg. Auf halber Strecke huschte Elvis an ihm vorbei.

»Was machst du denn hier?«, rief er dem Kater hinterher.

»Mau« war die einsilbige Antwort, doch immerhin blieb das Tier stehen und sah ihn unentschlossen an.

»Warst du bei mir? Etwa mit Anna?«, fragte er und kam sich nur minimal dämlich vor, weil er sich ernsthaft eine Antwort erhoffte.

»Mau.«

Tja, was hieß das jetzt? »Komm doch wieder mit«, bat er, aber Elvis warf ihm einen abschätzigen Blick zu, drehte sich um und lief dann zügig weiter in die andere Richtung.

»Dann halt nicht«, brummte Lennox, seltsam enttäuscht. Vielleicht war es besser, wenn der Kater nicht dabei war, sollte Anna auf ihn warten.

Doch Anna war nicht da. Seans Hof lag wie verlassen in der Dunkelheit. Nur im ersten Stock des Wohnhauses funzelte ein gelblicher Lichtschein, ansonsten war alles schwarz wie in einem Höllenschlund. Ohne die Taschenlampe an seinem Handy hätte er nicht einmal den Pfad zu seiner Remise gefunden, geschweige denn das Schlüsselloch an der Tür.

Auch drinnen fühlte sich alles kalt und abweisend an – aber das konnte auch eine Spiegelung seines eigenen Innenlebens sein. Was für ein verstörender Gedanke! Der leider auch dann nicht wegging, als er alle verfügbaren Lampen anknipste und den Elektrokamin anstellte. Er nahm seine Lieblingsgitarre zur Hand und schlug ein paar Akkorde an, doch sein Kopf war leer. Genau wie sein Herz. Keine Melodie wollte aus ihnen herauskommen – und das war vielleicht das gruseligste Gefühl des ganzen Abends.

● ● ●

»Noch einmal mein aufrichtiges Beileid«, murmelte Anna, als sie sich gegen Mitternacht auf dem etwas abgelegenen Hof der Sandkirks von Barbara, der Schwiegertochter, verabschiedete.

Ihr Telefon hatte just in dem Moment geklingelt, als Marlin seine Kinder im Fernsehen öffentlich um Verzeihung gebeten hatte. Barbara war am Apparat gewesen, um sie um ihr Kommen zu bitten. Mit Granny Sandkirk war es zu Ende gegangen. Natürlich war Anna sofort hingefahren, obwohl sie wusste, dass sie für die sterbende Frau nichts mehr würde tun können. Aber die Familie, insbesondere Altbauer Sandkirk, war ihr ans Herz gewachsen, und sie wollte ihnen beistehen. Zeitgleich mit ihr war auch Pfarrer Jack McTavish eingetroffen, und gemeinsam hatten sie mit den Angehörigen am Bett gewacht.

Anna war schon oft dabei gewesen, wenn ein Mensch seine letzten Atemzüge tat, doch in der Notaufnahme waren die Umstände meist sehr dramatisch. Dieses ruhige Abgleiten war etwas ganz anderes, schöner und trauriger zugleich. Sie war sehr beeindruckt und tief berührt davon, wie alle Familienmitglieder Abschied genommen hatten. Die meisten hatten gefasst gewirkt, nur der Ehemann der Toten war untröstlich. Es hatte ihr im Herzen wehgetan, die verzweifelten Tränen des alten Mannes zu sehen, der es nicht fassen konnte, dass ihn der Mensch, der über sechzig Jahre lang an seiner Seite gewesen war, verlassen musste.

Im Klinikalltag verabreichte man den geschockten Angehörigen oft ein Beruhigungsmittel, doch Anna wusste, dass das nicht angebracht war. Dieser Schmerz musste ausgehalten und ausgelebt werden. Sie war froh, dass Pfarrer Jack hier war, dessen zupackende, pragmatische Spiritualität, zusammen mit den vertrauten religiösen Ritualen, mehr Trost spenden konnte als ihre eigene Empathie und ihr medizinisches Know-how. Mit beidem war sie deutlich an ihre Grenzen gekommen, und die Erkenntnis, dass sie noch sehr viel zu lernen hatte und längst nicht so weit war, wie sie gedacht hatte, war überraschend und auch ein wenig schmerzhaft.

»Danke, dass du bei uns warst«, sagte Barbara und umarmte Anna herzlich.

»Ich konnte ja gar nichts machen«, fasste sie ihre Hilflosigkeit in Worte.

»Doch. Du warst da. Das hat uns mehr bedeutet, als du dir vielleicht vorstellen kannst«, beharrte die andere Frau resolut. »Danke, dass du es möglich gemacht hast, dass Granny in Frieden und ohne allzu große Schmerzen in ihrem eigenen Bett gehen durfte.«

Anna nickte und wandte sich dann rasch zu ihrem Auto. Sie wollte nicht, dass Barbara sah, wie ihr die Tränen in die Augen stiegen. Was für eine merkwürdige Nacht. Die tief hängenden, dichten Wolken schluckten jedes bisschen Helligkeit, das die Sterne sonst spendeten – es war in mehr als nur einer Hinsicht bedrückend und bot doch die perfekte Kulisse für ihren eigenen Gefühlshaushalt. Auch in ihr gab es in diesem Moment nur Düsternis und Leere. Sie schluckte heftig dagegen an und versuchte, sich auf die Straße zu konzentrieren. Nicht dass außer ihr noch jemand unterwegs war, aber man konnte nie wissen, ob nicht am Ende ein Tier auf die Fahrbahn sprang. Sie war sehr froh, als sie wenige Minuten später sicher vor ihrem Haus ankam, und bedauerte es sofort, dass sie kein Licht hatte brennen lassen.

Rasch erklomm sie die Stufen zu ihrer Wohnung und schaltete jede Lampe an, die sie hatte. Dann goss sie sich einen kleinen Whisky ein und ließ sich auf ihr Sofa fallen, auf dem Elvis sie erwartete. Der hatte seinen eigenen nächtlichen Ausflug offensichtlich schon hinter sich. Er war mit ihr zusammen aus der Wohnung gegangen und in der Dunkelheit verschwunden, ehe sie sich auch nur hatte fragen können, was das Tier wohl vorhatte. Doch nun war sie dankbar, dass er wieder zurück war. Sie trank einen Schluck, stellte das Glas beiseite und nahm den Kater hoch, um ihr tränennasses Gesicht in seinem weichen Fell zu vergraben. Eigentlich hasste er solche Übergriffigkeiten, aber heute schien er zu spüren, dass sie ihn brauchte, denn er ließ es stoisch über sich ergehen und fing schließlich sogar zu schnurren an.

»Dreiundsechzig Jahre«, schniefte sie nach einer Weile, als sie sich einigermaßen wieder beruhigt hatte. »Die beiden waren dreiundsechzig Jahre zusammen und haben sich bis zum Ende geliebt. Ist es wirklich so verwerflich, dass ich mir so etwas auch für mich wünsche?«

»Mau«, antwortete Elvis und rieb seinen Kopf an ihrem Kinn.

»Ich weiß, ich hab ja dich, und darüber bin ich auch sehr froh, aber du kannst keine dreiundsechzig Jahre an meiner Seite bleiben – selbst wenn du wolltest.«

Nun legte er ihr die Tatzen auf die Schulter und leckte mit seiner rauen Zunge die Tränen von ihren Wangen.

»Du bist ein wahrer Freund«, murmelte sie und fragte sich, ob es in ihrem Leben jemals einen Menschen geben würde, der sie so liebte, wie es dieses Fellbündel tat. Von Linda und Finlay vielleicht abgesehen. Die beiden waren ihre Familie, ihre Herzensgeschwister. Sie sollte dankbar sein, denn das Schicksal hätte es auch viel weniger gut mit ihr meinen können. Das Gefühl der Einsamkeit, das sie gerade umfing, war nur vorübergehend, das wusste sie genau. Sie hatte schon erheblich schlimmere Phasen hinter sich, und auch aus diesem Loch würde sie wieder herauskriechen. Sie drückte ihrem Kater einen Kuss auf den Kopf und ließ ihn dann wieder los. Mit einem Satz war Elvis auf der anderen Seite des Sofas und begann sich dort ausführlich zu putzen. Seine Erleichterung war offensichtlich. Unwillkürlich musste sie ein bisschen lächeln. Sie nahm ihr Whisky-Glas erneut zur Hand und trank es aus. »Auf Granny Sandkirk«, sagte sie leise.

Dass sich Minuten später, als sie erschöpft ins Bett kroch, Lennox in ihren Kopf schlich, hatte sicher nichts zu bedeuten.

● ● ●

Am übernächsten Tag stand Lennox vor dem Kühlschrank in seiner Miniteeküche. Wie lange würde ihn das Glas Gewürzgurken noch über Wasser halten, ehe er sich der Zivilisation stellen musste? Am Montagabend hatte er sein Handy ausgeschaltet und seitdem nicht wieder angemacht, denn er hatte nicht die geringste Lust, mit allen möglichen Leuten über seinen Vater zu sprechen. Mit ziemlicher Sicherheit hatten etliche seiner Musikerkumpels von Marlins Offenbarungen Wind bekommen und würden nun Details von ihm fordern. Nur dass er keine liefern konnte, weil er genauso wenig wusste wie der Rest der Welt.

Vermutlich würden sich auch noch irgendwelche Journalisten melden, und auf diese Form der Publicity hatte er noch weniger Lust. Warum nur hatte man auch ihn in diesem unseligen Einspielfilm zeigen müssen? Sosehr er die Unterstützung von seinem Vater jahrelang vermisst hatte, so sicher war er mit einem Mal, dass er auf gar keinen Fall als »Sohn von« gelten wollte. Diese Erkenntnis war so überraschend wie hart – doch dummerweise klebte dieses Label jetzt an ihm, ob er wollte oder nicht. Wieder einmal hatte sein Vater einfach so eine Entscheidung getroffen, die nicht nur sein eigenes Leben betraf, sondern auch Familienmitglieder – namentlich Lennox – in Mitleidenschaft zog. Vielen Dank auch!

Es klopfte laut und vernehmlich. Wer belästigte ihn in seiner Einsiedelei? Ärgerlich ließ er den Kühlschrank zuknallen und stapfte missmutig zur Flügeltür. Wer auch immer dahinter auf ihn wartete, konnte sich auf einiges gefasst machen.

»Hallo, Lennox.«

Vor der Türschwelle stand Marlin mit einem Korb in der Hand, aus dem es verführerisch duftete.

Lennox war einen Augenblick lang derart perplex, dass er nicht wusste, was er sagen oder wie er reagieren sollte. Mit allem Möglichen hätte er gerechnet, aber nicht damit, dass sein Vater hier auftauchen würde. In der Theorie hatte er noch Sekunden zuvor größte Lust gehabt, seinem Dad nach allen Regeln der Kunst die Meinung zu geigen, doch praktisch sah es jetzt ganz anders aus. Er war scheißwütend auf ihn und gleichzeitig tief verletzt – und seltsam verunsichert, wie immer, wenn er seinem Vater gegenüberstand.

»Ich habe Essen mitgebracht«, erklärte Marlin und deutete auf den Korb. »Shepherd's Pie von Alice.« Seine Stimme klang freundlich, aber seine Gesichtszüge waren unlesbar.

Einerseits wäre es Lennox ein Vergnügen gewesen, ihm die Tür vor der Nase zuzuknallen und ihn von innen anzubrüllen, andererseits war er aber auch hungrig – und obendrein viel zu gut erzogen. Also machte er einen Schritt zur Seite und ließ seinen Vater eintreten.

Der ging ein Stück weit in den großen Raum hinein und schaute sich prüfend um. Zumindest kam es Lennox so vor, und er war insgeheim froh, dass hier unten alles einigermaßen ordentlich war. Seine Klamottenhaufen und das zerwühlte Bett auf der Galerie konnte man von hier aus nicht sehen, die würde Marlin bestimmt mit einer spitzen Bemerkung kommentieren. Stattdessen stellte er nun den Korb auf einen der drei Beistelltische vor dem dunkelroten Sofa und steuerte auf die Instrumente zu. Lennox hatte fünf Gitarren – drei elektrische und zwei akustische – sowie zwei E-Bässe. Nach einer kurzen Musterung blickte Marlin, eindeutig bewundernd und zu Lennox' Überraschung auch mit unverkennbarer Sehnsucht, zu Mischpult und Computer.

»Es muss fantastisch sein, mit der neuen Technik zu arbeiten«, sagte er, und in seiner Stimme schwang etwas von dem Verlangen mit, das auch in seinen Augen zu erkennen war.

»Hm«, brummte Lennox unbestimmt, weil er nicht wusste, was er sonst antworten sollte. Was wollte sein Vater hier?

Marlin riss seinen Blick von all dem spannenden Equipment los und sah seinem Sohn ins Gesicht. »Du fragst dich sicher, warum ich hier bin.«

»Hm.«

»Wollen wir essen, und ich erkläre dir alles?«

»Ich bin mir nicht sicher«, brachte Lennox mühsam hervor.

»Weswegen? Wegen Alice' Shepherd's Pie oder meiner Erklärung?«

»Hm.«

Marlin deutete auf die Sitzecke neben dem Elektrokamin. »Wollen wir uns setzen? Da Alice nicht wusste, wie gut du mit Geschirr und Besteck ausgestattet bist, hat sie die Portionen in zwei Schüsseln gefüllt und mir Löffel mitgegeben.« Er lüpfte die Dämmschicht aus einer Filzdecke und zwei Geschirrhandtüchern von dem großen Korb und zog zwei Schalen heraus, die mit Alufolie verschlossen waren. Dann kramte er nach Besteck und holte auch noch eine Keksdose hervor. »Da ist Shortbread drin, das ich vorhin bei Kristie im Laden gekauft habe. Es ist die Sorte *Granny Fraser's*, und wenn ich es richtig verstanden habe, hast du das Rezept rekonstruiert, stimmt's? Es schmeckt tatsächlich wie bei meiner Mutter. Hätte nie gedacht, dass ich das noch mal erleben würde.«

Lennox fühlte sich zunehmend wie im falschen Film, war aber nach wie vor unfähig, sich zu artikulieren. Also ließ er sich in den blauen Ohrensessel plumpsen, schnappte sich eine der beiden Schüsseln, zupfte die Alufolie ab und genoss einen Moment lang mit geschlossenen Augen das vertraute reichhaltige Aroma des deftigen Hackfleisch-Kartoffelpüree-Auflaufs, den seine Tante so unvergleichlich gut zubereitete. »Trostessen« hatte sie es immer genannt, und er fragte sich, ob es Absicht oder Zufall war, dass sie Marlin ausgerechnet das mitgegeben hatte. Er nahm sich einen Löffel und gönnte sich eine erste Kostprobe. Wahnsinn, war das lecker! Dafür nahm er sogar die Anwesenheit seines Vaters in Kauf. Für den Moment jedenfalls.

Marlin griff sich die zweite Schüssel und platzierte sich damit auf dem Sofa. Schweigsam aß er ein paar Bissen, dann stellte er sein Essen zurück auf den Tisch.

»Darf ich das eine oder andere sagen, ohne dass du mich unterbrichst?«, bat er seinen Sohn. »Danach kannst du mir alle Fragen stellen, die dir auf der Seele brennen, mich beschimpfen oder mich rauswerfen, aber ich würde gerne einige Dinge loswerden, ohne mich währenddessen rechtfertigen zu müssen.« Er sah Lennox eindringlich an.

»Möchtest du vielleicht etwas trinken?«, fragte der, weil er sich in diesem Moment an seine Manieren erinnerte. »Ich hab aber nur Wasser. Aus der Leitung.« Er wartete nicht auf eine Antwort, sondern ging in seine Mikroküche, füllte kaltes Wasser in einen Krug und kehrte damit und mit zwei Gläsern zurück. Er goss sich und seinem Vater Wasser ein, trank einen Schluck und lehnte sich dann mit seiner Schüssel wieder zurück.

»Alle anderen haben mir zwar schon versichert, dass das der lahmste Einstieg überhaupt ist, aber mir ist es wichtig: Ich habe euch nichts von meiner Vergangenheit erzählt, weil ich dieses Kapitel ein für alle Mal abschließen wollte. Ich habe es für euch getan, weil ihr all meine Aufmerksamkeit und meine Liebe verdient habt. Meine Musikerkarriere und der wachsende Erfolg von Starlight Lin haben meine Ehe immer mehr belastet. Das berauschende Gefühl, von der halben Welt vergöttert zu werden, macht was mit einem, und es verändert einen nicht zum Besten. Zumindest bei mir war es so. Irgendwann war mir klar, dass ich mich entscheiden musste, und sosehr ich meine Musik liebe, deine Mutter und Alex liebte ich noch viel mehr. Ich hatte mir aber auch eingebildet, dass ich nicht so einfach aussteigen könnte, also habe ich die Chance ergriffen. Lin war offiziell tot, und so habe ich beschlossen, dass es auch für mich das Beste wäre, ein für alle Mal mit meinem alten Leben abzuschließen. In der irrigen Annahme, dass ein sauberer Schnitt nicht so wehtun würde.«

Marlin holte tief Luft und rieb sich mit der Hand über den Bart. »Du bist vermutlich der Einzige, der versteht, warum zumindest Letzteres nicht gut funktioniert hat. Ich habe es mir nicht ausgesucht, Musiker zu werden. Ich wurde als einer geboren. Das war in meinem Fall wahrscheinlich noch überraschender als in deinem, denn bis dahin gab es keinen Fraser, der durch besondere Musikalität aufgefallen wäre. Meine Eltern haben mich trotzdem gefördert, obwohl ich als ältester Sohn eigentlich einen ganz anderen Weg einschlagen sollte. Na ja, ich habe ja auch versucht, beides zu machen. Einerseits unser Land zu verwalten, das Bed & Breakfast aufzubauen und einen soliden Handwerksberuf auszuüben und andererseits ...« Er schüttelte den Kopf. »Versteh mich nicht falsch. Ich finde bis heute nichts Falsches daran, als Hufschmied zu arbeiten und das Familienerbe zu betreuen. Aber Musik ist mehr als das. Musik zu machen ist kein Hobby – es ist mein Leben.«

Lennox schnaubte leise in sein Essen, sagte jedoch nichts. Er nahm sich vor, das Gehörte auch in Gedanken nicht zu kommentieren, sondern erst mal alles aufzunehmen. Möglichst ohne Vorurteile.

»Dir ist sicher aufgefallen, dass ich im Präsens gesprochen habe. Musik ist immer noch mein Leben – und ich ahne, wie zynisch und verhöhnend sich dieser Satz in deinen Ohren anhören muss. Aber als ich damals die Entscheidung traf, habe ich wirklich geglaubt, es wäre die richtige. Das Musikbusiness ist knallhart – damals wie heute, nur mit dem Unterschied, dass man in den Achtzigerjahren noch ernsthaft Geld verdienen konnte. Heutzutage, mit all den Streamingdiensten, ist das ja beinahe unmöglich geworden. Als es bei mir mit der Musik ernster wurde, habe ich mit deiner Mutter verabredet, dass ich sie und die Familie immer außen vor halten würde. Caro – Starlight hieß im wahren Leben Carolyn Starling, wie Betty ja so scharfsinnig herausgefunden hat – wollte das für sich und ihre Familie genauso handhaben. Daher haben wir noch vor unserem ersten Gig und vor dem ersten Plattenvertrag diese Make-up-Nummer erfunden.

Niemand sollte jemals erfahren, wer wir in Wirklichkeit waren.

PR-technisch war das ein ziemlicher Knüller, denn mit diesem Geheimnis waren wir schnell in aller Munde. So habe ich jahrelang ein Doppelleben geführt. Zu Hause in Kirkby war ich der junge Gutsverwalter, Hufschmied und Hotelier. Außerdem liebender Ehemann, guter Sohn und noch besserer Vater. Zumindest habe ich mir das eingeredet. In Wahrheit war ich ungeduldig, gestresst und frustriert. Ich wollte Songs aufnehmen und nicht Windeln wechseln. Ich wollte von schönen Frauen umschwärmt werden und nicht mit deiner Mutter darüber streiten, wer das Geschirr in die Spülmaschine räumt. Wenn ich aber mit Caro unterwegs war, hatte ich es in kürzester Zeit satt, immer nur mit Make-up auftreten zu können, mir betrunkene Groupies vom Hals halten zu müssen und gegen gerissene und geldgierige Bosse von Plattenfirmen zu kämpfen, die mit allen Tricks versucht haben, uns Künstler über den Tisch zu ziehen. Mit vielen von uns hatten sie damals leichtes Spiel, weil sich keiner für den rechtlichen Kram interessiert hat. Glücklicherweise hat mir Heathers Schwiegervater immer geholfen.« Er winkte ab. »Aber mit diesen Details will ich dich gar nicht langweilen. Tatsache ist, dass die Schere zwischen meinen beiden Lebenswirklichkeiten immer weiter auseinanderging und ich keine Ahnung hatte, wie ich beiden Rollen auf Dauer gerecht werden sollte.«

Er nahm sein Glas und trank einen großen Schluck, dann sprach er weiter. »Es ging so weit, dass meine Ehe zu zerbrechen drohte. Bonnie hatte irgendwann die Nase voll davon, dass sie immer alles allein managen musste, wenn ich unterwegs war, und dann auch noch auf meine Bedürfnisse Rücksicht nehmen sollte, wenn ich da war. Ich war lange viel zu egozentrisch, um zu begreifen, dass ich nicht die Sonne war, um die sich in ihrem Universum alles drehte. Ich dachte wirklich, dass ich ihr doch eine Menge gab – mit meiner schillernden Persönlichkeit und der harten Arbeit im damals gar nicht so florierenden Pensionsgeschäft. Kurz, ich war ein wirklich krasses Arschloch, und in der Rückschau grenzt es beinahe an ein Wunder, dass eure Mutter überhaupt in der Lage war, mir zu verzeihen und mir eine zweite Chance zu geben.«

Lennox spürte den Blick seines Vaters auf sich, starrte aber stoisch in seine Schüssel. Bislang klappte es mit seinem Vorsatz, Marlin ohne Wertung zuzuhören. Wären sie nicht Vater und Sohn, sondern zwei Fremde, wäre er sicher noch viel faszinierter von der Geschichte.

»Ich wusste also nicht, was ich tun sollte. In Mexiko, nach dem letzten Konzert der großen Nordamerika-Tour, gab's dann auch noch einen Riesenstreit mit Caro. Ich würde gern behaupten, dass es nur um meinen Wunsch ging, auszusteigen, wie ich es in der Talkshow erzählt habe, doch das wäre eine Lüge. Und von Lügen habe ich nach all den Jahren restlos genug. Nein, Caro und ich hatten eine Affäre. Genau genommen war es mehr als das – zumindest in ihren Augen. Sie hatte sich zwei Monate zuvor von ihrem Mann getrennt und stritt mit ihm gerade um das Sorgerecht für die beiden Kinder. Wahrscheinlich hat sie gehofft, dass ich mich endlich ›ganz zu ihr bekenne‹.« Das Letzte setzte er in Luftgänsefüßchen und schüttelte traurig den Kopf.

»Carolyn war eine wunderbare Frau, und ich habe sie geliebt. Aber nicht so, wie ich Bonnie geliebt habe, sondern eher voller Bewunderung für ihr wahnsinniges Talent, ihre Bühnenpräsenz und ihre überbordende Kreativität. Ohne Caro wären wir nie aus den schottischen Pubs rausgekommen. Es war immer wahnsinnig intensiv mit ihr, hatte aber nicht im Ansatz die Innigkeit, die ich mit Bonnie hatte.« Er trank wieder einen Schluck und fuhr dann fort: »Ich habe ihr gesagt, dass ich niemals mit ihr zusammen sein würde – das war das Letzte, was sie von mir gehört hat. Ich bin nicht in den Bandflieger gestiegen, sondern habe eine Stunde später eine Linienmaschine genommen.«

»Krass«, entfuhr es Lennox leise. Langsam bekam er eine Ahnung davon, wie vielschichtig die Schuldgefühle seines Vaters sein mussten. Doch er wollte sich nicht vorschnell einlullen lassen.

»Nun ja, es war auch krass. Ich konnte nicht glauben, dass Caro und all unsere Musiker tot waren – und ich konnte nicht fassen, was für ein Glück ich gehabt hatte, weil ich nicht mit ihnen im Flugzeug gesessen hatte, wie es eigentlich geplant war. Das war für mich irgendwie ein Zeichen des Schicksals. Darum habe ich beschlossen, auch Lin offiziell tot sein zu lassen und mich vollständig aus dem Musikbusiness zurückzuziehen. Ich erspare dir die Details, denn es ist längst nicht so einfach gewesen, wie es klingt, aber Heathers Schwiegervater ist wirklich ein mehr als ausgefuchster Anwalt, der verdammt viele Strippen für mich gezogen hat. Ich war also wieder zu Hause und hatte nur noch ein Ziel: mich auf mein anderes Leben zu konzentrieren. Es ist mir geglückt. Irgendwie. Und ich bin dankbar für die schöne Zeit, die Bonnie und mir noch vergönnt war – und für die drei wunderbaren Kinder, die wir nach Alex noch bekommen haben. Doch die glückliche Zeit war viel zu schnell vorbei, und Bonnies Tod erschien mir wie eine Strafe, die ich provoziert hatte. Ich weiß, dass das völlig idiotisch und irrational klingt, und vermutlich ist es das auch, aber es hat sich für mich lange so angefühlt.«

Lennox hatte seine Portion Shepherd's Pie aufgegessen und schielte in Richtung von Marlins Schüssel. Sein Vater reichte sie ihm kommentarlos.

»Ich habe mir geschworen, euch der bestmögliche Vater zu sein, und habe mir wirklich alle Mühe gegeben. Aber recht bald kam dein musikalisches Talent zum Vorschein, und ich wusste nicht, ob ich mich freuen oder mich dafür verfluchen sollte.«

»Du hast dich für Letzteres entschieden«, sagte Lennox.

»Ja. Ich weiß. Und ich weiß bis heute nicht, ob es die richtige oder die falsche Entscheidung war.«

»Bitte?« Lennox konnte sein Schweigeversprechen nicht länger aufrechterhalten.

»Du bist mir wahnsinnig ähnlich – nur mit dem Unterschied, dass du viel talentierter bist und viel, viel sensibler. Ich hätte alles dafür getan, dich vor diesem Karriereweg zu bewahren, der so viel Unglück über mich und über unsere ganze Familie gebracht hat. Aber ich weiß jetzt auch, dass mir das nicht zustand. Ich hätte nicht versuchen dürfen, dein Talent zu unterdrücken, was ohnehin total sinnlos war. Vielmehr hätte ich dich fördern und gleichzeitig über die Branche aufklären müssen. Andererseits warst du an so vielen Dingen interessiert und hast alles so wahnsinnig schnell gelernt, dass ich mir eingeredet habe, du würdest bestimmt eine andere Lebensaufgabe finden, wenn ich dir die Musik nur madig genug mache.« Er schloss mit einem gequälten Gesichtsausdruck die Augen. »Ich bin tatsächlich der Narr, für den ihr mich haltet. Ich hätte es besser wissen müssen. Ich habe es besser gewusst – und trotzdem das Falsche getan.« Er schluckte ein paarmal.

Lennox ließ seinen Vater nicht mehr aus den Augen. Er wusste nicht, was er von dem Gehörten halten sollte, wie er sich damit fühlte.

»Ich bin mir relativ sicher, dass ich mir an deiner Stelle nicht verzeihen könnte«, fuhr Marlin fort. »Es ist einfach zu viel passiert. Aber andererseits bist du womöglich ein besserer Mensch als ich und schaffst es.«

Lennox starrte ihn wortlos an.

»Ich erwarte auch keine Antwort von dir, ich will nur, dass du Bescheid weißt. Und falls ich dich in irgendeiner Form unterstützen kann, will ich das gerne tun.« Marlin stellte sein leeres Wasserglas auf den Tisch und lehnte sich zurück.

Er wirkte erschöpft und wie ein Krieger, der aus einer verlorenen Schlacht zurückgekehrt war, schoss es Lennox durch den Kopf. Er hatte keine Ahnung, ob er seinem

Vater jemals würde verzeihen können, aber er respektierte die Größe, die er eben gezeigt hatte. Sein Versagen zuzugeben konnte für Marlin Fraser nicht einfach gewesen sein. »Du hast erzählt, dass Musik immer noch dein Leben ist«, hörte er sich zu seiner eigenen Überraschung sagen. »Wie hast du das in den letzten Jahrzehnten gemacht?«

»Du kennst doch meine Dachkammer«, entgegnete Marlin, und Lennox sah, wie sich ein verschmitztes und leicht hoffnungsvolles Lächeln auf die Lippen seines Vaters stahl.

»Keiner kennt deine Dachkammer«, gab er zurück. »Jeder *weiß* davon, aber keiner *kennt* sie.«

»Genau das war der Sinn der Übung. Ich mache dort oben Musik. Vermutlich habe ich in den letzten dreißig Jahren über tausend Songs geschrieben.«

»Über tausend Songs …«, wiederholte Lennox mit einem ungläubigen Kopfschütteln. Er konnte immer noch nicht fassen, was er in den letzten Wochen über seinen Vater erfahren hatte. Aber er konnte auch nicht verhindern, dass ein anderer Impuls in ihm das Ruder übernahm: überwältigende Neugier! »Die würde ich rasend gerne hören«, stellte er fest.

ALPAKATHERAPIE

DAS LEBEN GING WEITER. Egal, was geschah – am nächsten Tag ging die Sonne von Neuem auf und bot die Chance auf frische Entscheidungen, Richtungswechsel und überraschende Glücksmomente. Anna war Expertin in diesem Bereich. Sie wusste, dass eine optimistische Sichtweise irgendwann auch zu einem positiven Gefühl führte. Glück kam ihrer Erfahrung nach nie von außen, sondern war immer im Inneren zu suchen. Und zu finden! Mit dieser Einstellung war sie ihr ganzes Leben lang gut gefahren. Ohne diese feste Überzeugung wäre sie mit Sicherheit niemals so weit gekommen. Es ging ihr gut, sie hatte ein wunderbares Zuhause in Kirkby, sie hatte Freunde und einen Beruf, der sie ausfüllte und mit dem sie Gutes tat.

Das alles redete sie sich seit Tagen wie ein Mantra ein. Die Woche war turbulent gewesen, denn die Jahreszeit sorgte mit Erkältung und Grippe für ein konstant gut gefülltes Wartezimmer. Sie hatte jedoch nicht nur hustende und verschnupfte Patienten, sondern kümmerte sich neben Colleen auch noch um zwei weitere schwangere Frauen, die sich von ihr und Rosie Taylor, der erfahrenen Hebamme aus dem Nachbarort, betreuen lassen wollten.

Am gestrigen Freitag war sie mittags bei der Beerdigung

von Granny Sandkirk gewesen und hatte am Nachmittag bei einem jungen Paar die ersten Ultraschallaufnahmen von dessen Baby gemacht, das im Frühsommer des nächsten Jahres hoffentlich gesund zur Welt kommen würde. Es war das pralle Leben, das sie in Kirkby hatte, bei dem sich Tod und Geburt buchstäblich die Klinke in die Hand gaben – und Anna liebte jeden Aspekt davon. Nur leider war das warme, karamellartige Glücksgefühl, das sie hier in den ersten Monaten fast dauerhaft empfunden hatte, verschwunden. Für ein paar kurze, süße Tage war es von etwas noch viel Schönerem abgelöst worden: von Herzklopfen, Schmetterlingen im Bauch und einem unfassbar intensiven Prickeln eine Etage tiefer. Ihr Kopf war in dieser Zeit wie im Rausch gewesen und ihre Seele wie auf Zuckerwatte gebettet – kurz: Sie hatte sich rettungslos in Lennox Fraser verliebt.

Liebe war allerdings nur dann wirklich erfüllend und beglückend, wenn sie auch auf Gegenseitigkeit beruhte. Sosehr Lennox sie zweifellos begehrt hatte – körperlich, seelisch und vor allem was die Energie betraf –, Liebe war es auf seiner Seite wohl nicht gewesen. Sie wollte ihm das gern übel nehmen, doch das gelang ihr genauso wenig, wie ihn sich vollständig aus dem Kopf zu schlagen, wie Linda und Isla es ihr dringend empfahlen. Nie zuvor hatte sie in ihrem Leben so eine Liebe zu einem anderen Menschen empfunden, das konnte und wollte sie nicht einfach abstellen. Daher ertrug sie lieber den allerersten schweren Liebeskummer ihres Lebens.

Sie hatte von Lennox seit elf Tagen nichts mehr gehört,

aber natürlich ahnte sie, was mit ihm los war. Die Nachricht, dass Marlin der totgeglaubte Musiker Lin war, hatte sich in Windeseile verbreitet. Nicht nur in Kirkby – wahrscheinlich auf der ganzen Welt. Zahlreiche Journalisten waren in das Dörfchen eingefallen, um ein Interview zu ergattern oder wenigstens mit Weggefährten zu sprechen. Ein Reporter war sogar bei ihr in der Sprechstunde aufgetaucht, unter dem Vorwand, er habe sich den Fuß verstaucht. Von Isla wusste Anna, dass Marlin am Tag nach seinem Talkshow-Auftritt nach Kirkby zurückgekehrt war und eine Aussprache mit allen Familienmitgliedern gesucht hatte. Allem Anschein nach hatte man ihm großmütig verziehen. Selbst mit Lennox gab es wohl eine Annäherung, und Anna freute sich aufrichtig für alle. Wirklich!

»Weißt du inzwischen, wie die Alpakatherapie aussehen könnte?«, unterbrach Shona ihre Gedanken.

Nach ihrem Samstagsfrühstück war sie wie vereinbart zum Stall bei der Destillerie gekommen, um mit Shona und den Alpakas für den Weihnachtsmarkt am vierten Adventswochenende zu trainieren, bei dem es kleine Schnupperwanderungen geben sollte und einige der Tiere auch am Krippenspiel mitwirken würden. Im Augenblick bestand das Training vorwiegend daraus, dass sie die flauschigen Gesellen ausgiebig bekuschelten und mit ihnen spazieren gingen, damit sie sich an die Nähe von Menschen gewöhnen konnten. Das war eher unproblematisch, denn die Alpakas waren allesamt sehr freundlich und menschenbezogen, sodass Anna keine nennenswerten

Probleme erwartete. Beim Thema Alpakatherapie war sie allerdings noch immer nicht weiter.

»Hauptsächlich dreht es sich darum, dass Mensch und Tier engen Kontakt haben und sich die Gelassenheit des Alpakas auf den gestressten, kranken oder traumatisierten Menschen an seiner Seite überträgt«, wiederholte Anna das, was sie vor Wochen in einer Fachzeitschrift gelesen hatte. Im Herbst hatte das nach einem tollen Projekt für den Winter geklungen. Der Plan war, dass sie ihre üppige Freizeit für eine ausführliche Recherche und womöglich auch Weiterbildung im Bereich tiergestützter Therapieformen verwendete, sodass sie mit Shona im nächsten Jahr mit einem sinnvollen Konzept an den Start gehen konnte. Fast musste sie darüber lachen, dass sie damals in ihrer Naivität noch reichlich Freizeit erwartet hatte. Das war erst ein paar Wochen her, doch ihr Leben hatte sich seitdem grundlegend geändert. Genau wie ihre Arbeitszeiten.

»Wir sind also noch immer auf demselben Stand wie vor anderthalb Monaten«, fasste Shona grinsend zusammen.

»Wenn deine Recherchen nicht mehr erbracht haben, dann ist das wohl so«, sagte Anna und seufzte. Sie kraulte den schokoladenbraunen Ringo, dessen dunkle, sanfte Augen vor lauter Wonne halb geschlossen waren und der ein merkwürdiges Summgeräusch von sich gab, das bei Alpakas für Wohlbefinden stand, wie sie mittlerweile wusste. Ähnlich dem Schnurren von Katzen.

»Es beruhigt mich jedenfalls, dass du es auch nicht hinbekommen hast«, entgegnete Shona fröhlich. »Ich meine, du hast doch sonst immer alles so perfekt im Griff. Ich dagegen …«

»Du hast ja auch nicht gerade Langeweile«, tröstete Anna. »Ich meine, mit der Destillerie, deinen vielen Tieren, Kendrick und nun auch noch den neuesten Entwicklungen in deiner Familie.«

»Ja, schon, aber bei mir geht's nicht oft um Leben und Tod.«

»Bei mir glücklicherweise auch nicht. Aber zurück zur Alpakatherapie. Wenn wir das wirklich durchziehen wollen, brauchen wir ein sinnvolles Konzept und idealerweise auch einen qualifizierten Therapeuten. Solange die Leute einfach nur mit den Alpakas kuscheln und mit ihnen herumspazieren, ist es ja kein Problem, aber wenn Menschen mit Angststörungen und ähnlichen psychischen Problemen kommen, die sich wohl gut behandeln lassen, sind wir beide nicht dafür ausgebildet, angemessen damit umzugehen.«

»Also du doch ganz bestimmt«, sagte Shona im Brustton der Überzeugung. »So wie du Lennox in den Griff gekriegt hast.«

»Der hat keine psychische Störung, er war nur eine verlorene Seele. Oder vielmehr eine, die sich verlaufen hatte – verloren ist er natürlich auch nicht.« Sie merkte, wie ihr Farbe ins Gesicht schoss, und war sich gerade nicht sicher, ob Shona sie absichtlich aufs Glatteis geführt hatte oder ob es Zufall war.

»Dich hat's ganz schön erwischt mit meinem Bruder, was?« Shona schenkte ihr einen mitfühlenden Blick, und Anna schämte sich dafür, dass sie sich über die Empathiefähigkeit der temperamentvollen jüngsten Fraser-Tochter wunderte.

Statt zu antworten, zuckte sie nur mit den Schultern. Was sollte sie darauf auch erwidern, wenn es so offensichtlich war?

»Lenny ist ein Idiot, wenn er dich laufen lässt«, sprach Shona ungerührt weiter.

»Ist er nicht«, nahm Anna ihn in Schutz. »Er kann ja nichts dafür, dass er nicht das Gleiche empfindet wie ich.« Hm, jetzt hatte sie es ausgesprochen. Es tat weh, aber es war auch befreiend, und sie stellte fest, dass es an der Nähe der kleinen Flauschkamele lag, dass sie sich entspannt und sicher genug fühlte, um darüber zu reden. Ausgerechnet mit Shona darüber zu reden.

»Ich glaube, dass mein Trottelbruder gar nicht weiß, was er fühlt. Zumindest bei Themen, die nichts mit Musik und ihm selbst zu tun haben, ist er schrecklich ahnungslos.«

»Vielleicht ist das aber auch nur besonders konsequent? Musik ist sein Leben, da hat nichts anderes Platz.« Anna hatte den letzten Satz nur ganz leise in Ringos Ohr gemurmelt, doch Shona hatte es trotzdem gehört.

»Bullshit!«, entgegnete sie nur, als wäre damit alles gesagt.

»Oder ich bin einfach nicht die Richtige für ihn«, fuhr Anna mit ihrer Selbstzerfleischung fort und fragte sich, wohin das noch führen sollte und warum sie nicht einfach die Klappe hielt.

»Verdient hat er dich jedenfalls nicht.«

In diesem Punkt schienen sich ja alle einig zu sein.

Linda und Isla erzählten ihr das schon seit Tagen, aber dass nun auch noch Shona in dieses Horn stieß, löste in Anna etwas aus: Ärger! Sie merkte, dass sie wirklich sauer wurde. Nicht auf Lennox, sondern vor allem auf Lennox' Schwestern, die von ihrem Bruder offenbar eine verheerend schlechte Meinung hatten. Linda durfte so etwas sagen. Sie hatte keinerlei emotionale Bindung zu Lennox, sondern sorgte sich nur um das Seelenheil ihrer besten Freundin. Das war in Ordnung. »Warum habt ihr eigentlich ein so schrecklich negatives Bild von eurem Bruder?«, fragte sie etwas schroffer als beabsichtigt. »Er ist ein wunderbarer Mann, hochintelligent, sensibel und kreativ, und er hat es nicht verdient, dass seine eigenen Geschwister schlecht über ihn reden.«

Shona schien von Annas Ausbruch nicht beeindruckt zu sein – im Gegenteil. Sie grinste breit und befand: »Wie ich eben schon sagte, er verdient dich nicht.«

»Aber …«, plusterte sich Anna auf, doch Shona winkte ab.

»Lass es gut sein. Ich verspreche, ich misch mich nicht ein. Es geht mich auch nichts an. Ihr seid erwachsen und könnt euren Kram allein regeln. Ich würde mich freuen, wenn er zu Verstand käme, denn ich hätte dich gerne als Schwägerin. Was seine Intelligenz betrifft – zumindest die emotionale –, habe ich allerdings meine Zweifel. Aber womöglich fällt ihm demnächst ja mal auf, dass ihn eine Gitarre nicht so gut wärmt wie ein anderer Mensch.«

Anna seufzte. »Merkst du's? Die Alpakatherapie wirkt schon.«

»Stimmt. Vielleicht sollten sich Lennox und Dad mal aus Seans Geräteschuppen rauswagen und lieber eine Runde mit meinen Schnuffis schmusen. Wer weiß, zu welchen Erkenntnissen sie dann kämen?«

»Dein Dad und Lennox machen zusammen Musik?« Anna war so verblüfft, dass sie abrupt stehen blieb und dafür einen verwunderten Blick von Ringo kassierte.

»Ja. Seit Dad Lennox am Mittwochmittag heimgesucht hat, um sich mit ihm auszusprechen, ist er laut Tante Alice praktisch ununterbrochen da. Keine Ahnung, was sie machen. Kann ja auch sein, dass sie sich prügeln.«

Das hielt Anna für unwahrscheinlich. Sie nahm stark an, dass sie tatsächlich musizierten. Vermutlich war das die einzige Sprache, in der sie sich zurzeit miteinander unterhalten konnten. Bei dem Gedanken wurde ihr warm ums Herz – durchaus auf eine etwas wehmütige Art, aber im Grunde ihres Herzens freute sie sich für beide Männer, die sehr darunter gelitten haben mussten, dass ihre Leidenschaft so lange verstummt beziehungsweise mit einem scheinbaren Makel versehen gewesen war. »Vielleicht haben sie sich wirklich versöhnt? Das fände ich sehr schön. Für euch alle.«

Shona schüttelte den Kopf. »Ich kann das alles immer noch nicht so richtig fassen. Ich meine, mein Dad war ein Popstar! Das ist doch total irre, oder?«

»Schon ziemlich, das kann nicht jeder von sich behaupten.«

»Was macht dein Vater eigentlich?«, wollte Shona wissen, und Anna erstarrte innerlich.

Es war das erste Mal, dass ihr in Kirkby jemand eine so konkrete Frage zu ihrer Herkunft stellte. Das war für sich genommen schon ein mittleres Wunder, denn nichts liebten Schotten bekanntlich mehr, als über ihre weitläufigen Familien zu philosophieren und idealerweise irgendwelche entfernten Verwandtschaftsverhältnisse aufzudecken. Doch Anna hatte es in ihrem Leben zur Meisterschaft darin gebracht, zwar wie ein offenes Buch zu wirken, aber fast nichts von sich preiszugeben. Die allermeisten Dorfbewohner hatten sich damit zufriedengegeben, dass sie schlicht Annabel Campbell aus Edinburgh war. Isla und Lennox wussten lediglich, dass sie bereits als Jugendliche in eine betreute Wohngemeinschaft gezogen war und dass ihre damaligen Mitbewohner noch heute ihre besten Freunde waren.

»Ich habe keine Ahnung«, antwortete sie nach einer Pause wahrheitsgemäß. »Meine Mutter hat mich mit sechzehn bekommen, zwei Jahre später ist sie an einer Überdosis gestorben. Ich weiß nicht viel von ihr, und wer mein Vater ist, werde ich wohl nie erfahren.«

Nun war es Shona, die abrupt stehen blieb und Anna schockiert anstarrte. »Echt? Scheiße. Das ist ja krass. Hätte ich nie gedacht – du wirkst ja so kultiviert und …«

»Ich kenne es nicht anders«, unterbrach Anna sie lahm. Das war der Grund, warum sie nicht gern über ihre Herkunft sprach. Die Leute machten sich dann automatisch ein seltsames Bild. Im besten Fall hatten sie Mitleid, im schlimmsten kamen Vorurteile dazu.

»Sorry, das war blöd von mir«, ruderte Shona erstaunlich feinfühlig zurück. Vermutlich musste auch Anna gegen ein Vorurteil ankämpfen und Shona aus der Schublade holen, in die sie sie verfrachtet hatte.

»Schon gut. Ich weiß ja, wie es sich anhört. Nach totalem Unterschichtstrash und einer vorgezeichneten Zukunft als Sozialfall.«

»Ja, schon irgendwie«, gab Shona zu. »Aber es war trotzdem blöd von mir. Du hast dein Leben ganz offensichtlich besser im Griff als die meisten Leute, die ich kenne. Mich eingeschlossen. Vielleicht bist du ja auch adoptiert worden oder so. Ich hatte einfach immer angenommen, dass du aus einer etwas spießigen, aber total soliden Mittelschichtfamilie stammst – und ich frage mich gerade, warum ich überhaupt keine Ahnung von deiner Vergangenheit habe.« Sie schaute Anna halb zerknirscht, halb neugierig an.

»Weil ich damit nicht hausieren gehe. Aber ich will deine Neugier gern befriedigen. Ich wurde nicht adoptiert. Ich habe nach dem Tod meiner Mum erst bei meiner Tante gelebt, anschließend in diversen Pflegefamilien. Nirgendwo hat es richtig gepasst. Ich war wohl ein ziemlich anstrengendes Kind. Mit vierzehn bin ich dann in eine betreute Wohngruppe für verhaltensauffällige Jugendliche gekommen.«

»Ich kenn dich vielleicht nicht besonders gut, Anna, aber ich würde dich weder als anstrengend noch als verhaltensauffällig bezeichnen«, sagte Shona resolut. »Du bist warmherzig, hilfsbereit und einer der nettesten Menschen, die ich kenne.«

»Ich freu mich, wenn du mich so siehst, aber ich hatte

tatsächlich keinen besonders guten Start, und mein Lebensweg hätte mehrmals in ganz andere Richtungen führen können. Ich hatte Glück, dass ich schon sehr früh eine Kraft in mir gefunden habe, die es mir ermöglicht hat, die für mich beste Richtung zu wählen. Und ich habe Freunde gefunden, mit denen ich mich auf fast unheimliche Art ergänzt habe. Solche Wohnexperimente können ja auch gewaltig schiefgehen – für uns war es die Rettung.«

»Wow, mir wird gerade mal wieder bewusst, wie privilegiert ich eigentlich bin.« Shona war ganz nachdenklich geworden. »Ich bin zwar auch ohne Mutter aufgewachsen und mit der Bürde, dass ich nur am Leben bin, weil sich meine Mum für mich und gegen ihre Krebstherapie entschieden hat. Das war manchmal schon ziemlich hart, aber letztlich hatte ich eine total behütete und glückliche Kindheit, in der es mir an nichts gefehlt hat – am wenigsten an Liebe und Aufmerksamkeit. Ich glaube, ich habe das immer viel zu sehr als selbstverständlich betrachtet.«

»Es ist doch schön, wenn man so sorglos ins Leben starten kann«, entgegnete Anna. »Dafür muss man sich nicht schämen.«

»Nein, das nicht. Aber man könnte dankbarer sein, als ich es je war.« Sie waren bei ihrer Alpakarunde in Sichtweite von Seans Hof gekommen und sahen, dass auf dem Parkplatz vor der Remise ein Transporter von einer Klavierspedition parkte.

»Mir scheint, Lennox hat jetzt auch ein Klavier«, bemerkte Anna.

»Und mir scheint, Dad will in drei Tagen alles gutmachen, was er bei Lennox all die Jahre versäumt hat«, murmelte Shona. »Lass uns zurückgehen. Ich hab gerade keine Lust, mit einem der beiden Kerle zu sprechen.«

Das war Anna ganz recht. Einerseits war sie zwar neugierig, wie sich die Lage zwischen Lennox und Marlin entwickelte, aber andererseits fühlte sie sich der Situation nicht wirklich gewachsen. Als ahnte Ringo etwas von ihrer fragilen Stimmungslage, stupste er sie freundlich an der Schulter an.

»Weiß Lennox Bescheid?«, erkundigte sich Shona nach ein paar Minuten, in denen sie gedankenverloren und schweigend nebeneinander hergelaufen waren.

»Über meine traurige Herkunft?« Anna schüttelte den Kopf. »Nicht so richtig. Er hat nie gefragt, und ich habe es ihm nicht erzählt. Spielt aber auch keine Rolle.«

»Na ja«, kam es gedehnt von Shona, die es offensichtlich anders sah. »Ich meine, du weißt von unserer Familie fast alles, und er weiß von dir praktisch nichts.«

»Ich habe ihm nichts verschwiegen. Meine Geschichte ist kein Geheimnis, er hat mich schlicht nicht gefragt.«

»Irgendwas sagt mir, dass du auch niemanden nach unserer Geschichte gefragt hast, dass du aber trotzdem Bescheid weißt, weil du irgendwas an dir hast, wegen dem man dir unaufgefordert sein Innerstes offenbart.« Shona warf ihr einen herausfordernden Blick zu.

Anna lachte auf, vielleicht eine Spur zu laut. »Du übertreibst schamlos, so ist es nun auch wieder nicht. Und ich weiß sicher nichts über dein Innerstes.« Das stimmte, sie wusste nichts. Allerdings hatte sie eine ganz gute Vorstellung. Bei Lennox und Isla war sie sich sogar recht sicher, was sie bewegte und wie genau sie tickten. »Ich gebe aber zu, dass es praktisch ist, wenn mir die Menschen freiwillig von ihren Befindlichkeiten erzählen, das erleichtert meinen Job als Ärztin ungemein.«

»Lenk nicht ab. Es geht hier nicht um deinen Job, und wir sind keine Patienten. Aber ich finde, dass Partner schon auf einem ähnlichen Informationsniveau sein sollten, damit eine Beziehung eine Chance hat.«

»Da gebe ich dir vollkommen recht. Aber erstens wird sich an Lennox' Einstellung auch dann nichts ändern, wenn er weiß, dass ich elternlos und ziemlich prekär aufgewachsen bin, und zweitens steht eine Beziehung auch gar nicht zur Debatte.«

»Glaub du nur deine Wahrheit«, sagte Shona und lachte. »Ich diskutiere nicht mit Sturschädeln.«

»Sturschädel?« Anna schüttelte grinsend den Kopf. »Und das aus dem Mund einer Fraser. Ihr habt das Konzept Sturheit doch praktisch erfunden.«

»Mag sein. Und deshalb ist es auch so wichtig, dass andere, schlauere Menschen den ersten Schritt machen. Weißt du, was ich denke?«

»Ich bin mir nicht sicher, ob ich es überhaupt wissen will.«

»Ich denke, dass du meinen Bruder wirklich liebst, und ich weiß, dass du ihm guttun würdest. Ich denke weiter, dass er auch gut für dich sein könnte.«

»Vor ein paar Minuten hast du noch etwas anderes behauptet«, unterbrach Anna sie.

»Stimmt. Aber da kannte ich noch nicht alle Fakten«, behauptete Shona siegesgewiss. »Ich glaube, ihr seid euch in vielerlei Hinsicht sehr ähnlich und könntet zusammen ein ziemlich unschlagbares Team sein. Ich glaube aber auch, dass du Angst hast, verletzt zu werden, und dass du dir deshalb einredest, er würde sich nicht wirklich für dich interessieren und so.« Sie schaute Anna triumphierend an.

Anna hielt diese These für ziemlich steil, auch wenn möglicherweise mehr als ein Funken Wahrheit darin enthalten war. Vor allem in dem Teil, der sich auf ihre mutmaßliche Feigheit bezog. Dass Shona bei ihrer Einschätzung allerdings eine Hundertachtzig-Grad-Wende vollzogen hatte, nur weil sie jetzt von Annas trauriger Kindheit wusste, fand sie nicht nur kühn, sondern auch fragwürdig. »Das Letzte, was ich will, ist, dass jemand aus Mitleid mit mir zusammen ist«, platzte es aus ihr heraus.

»Mitleid? Nein. Ganz bestimmt nicht. Aber ich glaube, dass du eine ähnlich verlorene oder suchende Seele bist wie mein Bruderherz. Das könnte ein verdammt starker Kitt sein.«

Anna konnte das nicht so sehen. Oder wollte es nicht. Das käme ja einem Eingeständnis der eigenen Schwäche und Verletzlichkeit gleich. »Wie auch immer«, wechselte sie das Thema. »Was wir auf jeden Fall ganz sicher wissen, ist, dass Alpakatherapie funktioniert!«

Sie waren am Stall angekommen und brachten die beiden Tiere zu ihren Kollegen auf die Weide.

»Ja, meine Süßen sind wirklich unglaublich«, sagte Shona und zog ihr Handy hervor. Dann schlug sie sich mit einer ausgesprochen übertrieben wirkenden Geste die Hand vor den Mund. »Mir ist gerade eingefallen, dass ich dringend etwas in Inverness abholen muss. Ist es schlimm, wenn du noch ein bisschen allein weitermachst und auch noch mit Petunia, Alvarez und Hamish übst?«

Anna unterdrückte ein Lächeln. Es war offensichtlich, dass Shona andere Pläne hatte – welche auch immer, so genau wollte sie es gar nicht wissen. Sie selbst hatte jedenfalls nichts dagegen, noch etwas mehr Zeit mit den Alpakas zu verbringen, die anscheinend ziemlich gut das Denken anregten und ihr vielleicht sogar helfen konnten, ihre verwirrten Gefühle zu sortieren. »Klar, kein Problem. Viel Spaß in Inverness.«

• • •

»Es klingt fantastisch«, rief Lennox begeistert, nachdem er die ersten Töne auf dem Flügel angeschlagen hatte, der eben geliefert worden war. Sein Vater hatte eben mal so einen Bechstein-Konzertflügel bei einem Händler in London gekauft. Das Instrument war gebraucht, aber tadellos in Schuss und hatte sicher immer noch einen mittleren bis höheren fünfstelligen Pfundbetrag gekostet. Es war absolut dekadent – und absolut großartig. Er hatte schon immer ein richtiges Klavier haben wollen, das einfach einen ganz anderen Klang hatte als selbst das beste Keyboard oder E-Piano.

»Die Akustik hier ist wirklich bemerkenswert«, lobte Marlin und strahlte wie ein Fünfjähriger beim Anblick des Weihnachtsbaums.

»Sensationell«, bestätigte Lennox und überlegte schon, was er mit dem Flügel alles anstellen würde. Die letzten Tage waren ein einziger Rausch gewesen. Im positiven Sinn. Er wusste zwar immer noch nicht, ob er seinem Vater verzeihen konnte, aber das spielte im Moment auch keine Rolle. Die Musik war ein machtvolles gemeinsames Element, und wenigstens in dieser Sprache verstanden sie sich blind. Er war fasziniert von den Stücken und Fragmenten, die Marlin in den letzten Jahrzehnten geschrieben hatte, und sein Vater war beeindruckt von seinen Songs und handwerklichen Fähigkeiten.

Marlin war wie entfesselt, seit er seine Kunst nicht mehr buchstäblich im stillen Kämmerlein ausüben musste, sondern sie endlich wieder frei entfalten konnte. Wenn sie gemeinsam musizierten, verstanden sich Vater und Sohn auf eine Weise, wie Lennox es sich selbst in seinen kühnsten Träumen niemals ausgemalt hatte. Beide hatten sich nach einem richtig guten Klavier gesehnt. In Harriswood House gab es zwar einen alten Kasten, auf dem Lennox als Kind und Jugendlicher gespielt hatte – und Marlin noch früher –, aber dieses Instrument war seit ewigen Zeiten nicht mehr gestimmt worden und diente seit Jahren nur noch als eine Art Außenstelle der Hausbar. Doch hier, in der ehemaligen Remise, gab es Platz genug, und Marlin hatte nicht lange gefackelt.

Fühlte Lennox sich überrumpelt oder gar gekauft? Vielleicht, aber vor allem fühlte es sich gut an, sich auf diese Weise ausdrücken zu können und zum ersten Mal überhaupt vom eigenen Vater verstanden zu werden. Er beschloss, etwaige Problemgedanken zu verschieben. So viele Jahre hatte er mit Grübeleien verbracht, die zu nichts geführt hatten, außer zu Frust. Jetzt wollte er einfach mal ein bisschen genießen. Er wusste nicht, was genau in seinem Vater vor sich ging, aber er hatte das Gefühl, dass sie in diesem Punkt exakt gleich tickten.

»Huhu! Könnt ihr vielleicht mal aufhören mit dem Lärm?«

Lennox stoppte abrupt und sah sich seiner kleinen Schwester Shona gegenüber, die mit ausladenden Gesten und lautem Geschrei Aufmerksamkeit forderte. Er hatte sie nicht reinkommen gehört, und wenn das irritierte Stirnrunzeln seines Vaters ein Indiz war, dann galt das auch ihn.

»Das ist kein Lärm«, sagte Marlin indigniert. »Lennox testet unseren neuen Flügel. Wo hast du nur so fantastisch Klavier spielen gelernt?«

»Ich hatte ein paar Jahre Unterricht in der Schule, erinnerst du dich nicht mehr? Und dann habe ich mir von Kollegen einiges abgeschaut. Aber ich habe noch nie auf so einem tollen Instrument gespielt. Du musst das unbedingt mal ausprobieren.«

»Ich störe eure Bromance nur ungern, aber ich hätte ein Anliegen!«, mischte sich Shona wieder ein.

»Muss das wirklich jetzt sein?«, brummte Marlin.

»Ja, es muss jetzt sein«, beharrte sie. »Aber es betrifft eigentlich nur Lennox. Du kannst also ruhig weiterspielen.«

Lennox musste grinsen, weil seine Schwester sich anhörte wie eine Kindergärtnerin, die einem ihrer Schützlinge großzügig noch fünf Minuten mehr im Sandkasten zugestand. Er stand vom Hocker auf, um seinem Dad den Platz zu überlassen, und lotste Shona nach draußen. Denn es stimmte schon, wenn man volle Pulle in die Tasten haute, war es verdammt laut.

»Was ist los?«, fragte er.

»Es geht um Anna.«

»Um Anna?« Er spürte einen kleinen Stich in der Brust. Sehnsucht. Große Sehnsucht sogar. Und Sorge. »Ist was mit ihr? Ist etwas passiert?«

»Es geht ihr gut. Zumindest körperlich. Aber sie ist verdammt unglücklich wegen dir.« Shona blickte ihn eindringlich an, als wollte sie sicherstellen, dass er sie auch verstand.

»Wegen mir?« Er starrte sie verblüfft an. Warum sollte Anna unglücklich sein? Sie hatte doch mit ihm Schluss gemacht.

»Sie liebt dich, du Trottel!«

»Sie hat die Sache zwischen uns beendet.« Weil sie der Meinung gewesen war, dass er etwas anderes wollte als sie – oder umgekehrt. Vermutlich hatte sie damit sogar recht gehabt. Nur dass er weder so genau wusste, was sie wollte, noch wie seine Zukunftspläne aussehen könnten. Er hatte da nicht weiter gedacht als bis zu dem Punkt, an dem er jetzt war: ein eigenes Studio und die Möglichkeit, seine Musik zu machen. War da noch Platz für etwas anderes? Hatte sein Vater als Grund für seinen krassen Schnitt nicht die Erfahrung genannt, dass eine Musikerexistenz nicht mit einem Familienleben vereinbar war?

Shona starrte ihn an. Hatte sie etwa schon weitergeredet? »Wie gesagt, sie hat die Sache beendet«, wiederholte er noch einmal.

»Wie ebenfalls schon gesagt: Das hat sie nur aus Selbstschutz getan.« Shonas Augen flackerten. »Versuch doch mal, dich wenigstens fünf Minuten lang auf ein reales Gespräch zu konzentrieren und nicht nur auf das, was in deinem wirren Kopf abgeht.«

Da hatte sie eindeutig einen Treffer gelandet. Er versuchte, das wilde Rauschen seiner Gedanken zu ignorieren und sich ganz auf seine Schwester zu fokussieren. »Aus Selbstschutz also? Aber das macht doch keinen Sinn.«

»Natürlich macht es Sinn!«, beharrte Shona. »Damit hat sie verhindert, dass du eure Beziehung beendest. Am Ende noch mit den Worten: ›Sorry, meine Musik ist mir wichtiger!‹«

»So etwas würde ich nie sagen!«

»Tatsächlich?«

»Jedenfalls nicht zu Anna.«

»Ach, jetzt wird's interessant.«

Das wurde es tatsächlich. Lennox hörte tief in sich hinein. Er hatte immer gedacht, dass Musik das Allerwichtigste in seinem Leben wäre – und vor die Wahl gestellt, würde er jetzt deutlich lieber Klavier spielen, als mit Shona zu diskutieren. Und doch unterhielt er sich mit seiner Schwester. Noch lieber als bei einem Plauderstündchen unter Geschwistern oder einer Musiksession mit seinem Vater wäre er jetzt bei Anna. Diese Erkenntnis traf ihn wie ein Hammerschlag. Denn das bedeutete, dass es etwas gab, das ihm noch wichtiger war als seine Musik – oder vielmehr jemanden. »O«, murmelte er leise.

»O?«

»Ich glaube, ich muss dringend mit ihr reden«, erklärte er und spürte plötzlich eine Ungeduld in sich, die ihn umhaute.

»Das glaub ich auch.« Shona grinste und drückte ihm ein Küsschen auf die Wange. »Gern geschehen! Sie ist übrigens bei meinen Alpakas und trainiert mit ihnen. Ach ja, frag sie nach ihrer Vergangenheit.«

Zu Fuß waren es nur ein paar Minuten von Seans Hof und Lennox' Studio zu Shonas Alpakastall bei der Destillerie, und doch kam ihm der Weg endlos vor – was vermutlich daran lag, dass die Gespräche, die er im Kopf mit sich selbst führte, im realen Leben Stunden in Anspruch genommen hätten. Warum war es Shona so wichtig, dass er sich nach Annas Vergangenheit erkundigte? Und was konnte Anna von ihm wollen, das er nicht wollte? Ihm war gerade klar geworden, dass es nichts und niemand Wichtigeres in seinem Leben gab. Er wollte mit ihr zusammen sein, die Abenteuer angehen, die das Leben noch bereithielt. Er wollte ihr die Länder zeigen, die er auf seinen Reisen kennengelernt hatte, sich von ihr in die Geheimnisse des Yogas einführen lassen und geheime innere Welten entdecken. Er wollte von ihr hören, wie ihr Tag in der Praxis gewesen war, und ihr seine neuen Songs vorspielen. Er wollte mit ihr im Arm einschlafen und jeden Morgen davon aufwachen, dass ihre blonden Locken ihn im Gesicht kitzelten. Scheiße – er war rettungslos verliebt in sie und hatte es bis eben nicht begriffen.

Auf den letzten Metern rannte er fast. Auf der Weide standen einige Alpakas, doch von Anna war nichts zu sehen. Er ging in den Stall, und tatsächlich, da war sie, in der großen Laufstallbox, hielt eines der wolligen Tiere im Arm und sprach mit unnatürlich hoher Stimme mit ihm.

Er räusperte sich, weil er sie nicht erschrecken wollte, doch natürlich fuhr sie gleich herum.

»O mein Gott, du bist es«, keuchte sie, die Wangen vor Verlegenheit gerötet. »Ich bin total erschrocken.«

»Das tut mir leid. Was machst du denn da? Shona meinte, du trainierst?« Er schaute fragend zwischen ihr und dem Alpaka hin und her, das ihn mit großen, sanften Augen gelassen musterte.

»Ich habe versucht, ein übergriffiges Kind zu simulieren«, entgegnete sie und wurde womöglich noch röter. »In zwei Wochen sollen die Alpakas beim Weihnachtsmarkt für Schnupperwanderungen zur Verfügung stehen – also, wahrscheinlich nur für kurze Spaziergänge um den Dorfplatz herum –, und ich schätze, dass viele Kinder sich voller Begeisterung auf sie stürzen, sie umarmen und ihnen in die Ohren kreischen werden.«

»Verstehe.« Er konnte ein Grinsen nicht mehr unterdrücken. Sie sah so zauberhaft aus mit ihren flammend roten Wangen, den leicht verwuschelten blonden Locken, in denen ein paar Strohhalme steckten, und dem Blick, in dem eine unwiderstehliche Mischung aus Sehnsucht und Hoffnung schimmerte. »Mir scheint, dein Versuchs-objekt hat es gut überstanden. Wer ist das denn? Einer der Beatles?«

Anna lachte leise. »Nein, das ist Hamish. Mit den Beatles waren Shona und ich schon draußen.«

»Schade, die Jungs hätte ich gern näher kennengelernt.«

»Da ist doch nur ein Junge dabei – Ringo nämlich. Die anderen sind Mädchen«, klärte sie ihn lächelnd auf. »Joanna, Georgia und Paula. Und Paula ist die Mama von Fohlen Stella.«

Er erinnerte sich nun daran, wie ihm Shona ihre Biester vor ein paar Wochen vorgestellt und wie er seine ignorante kleine Schwester damit aufgezogen hatte. Doch im Grun-de war ihm das alles egal. Er wollte nicht über Alpakas sprechen, sondern einfach nur mit Anna zusammen sein. »Verstehe«, murmelte er daher wieder und streckte eine Hand aus. Am liebsten hätte er damit über Annas weiches Haar gestrichen, doch er wollte sie nicht überrumpeln. Stattdessen kraulte er Hamishs braun-weiß geschecktes Fell.

»Wenn du magst, können wir eine kleine Runde mit ihm, Petunia und Alvarez drehen«, sagte sie nun. »Und uns dabei unterhalten. Ich schätze mal, deswegen bist du hier, oder?«

»Hm.«

»Shona hat dich geschickt, was?« Sie lächelte, doch er meinte, etwas Wehmut darin zu erkennen. »Wenn du aber lieber wieder zurück in dein Studio willst, ist das okay. Ich komm hier auch allein zurecht.«

»Shona hat mich nicht geschickt«, stellte er klar. »Sie hat mir nur die Augen geöffnet. Und ich will sehr gerne mit dir und den kleinen Biestern spazieren gehen.«

Sie nickte nur und drückte ihm wortlos den Führstrick von Hamish in die Hand. Dann klickte sie bei zwei weiteren Tieren, von denen er annahm, dass es sich dabei um Petunia und Alvarez handelte, Zügel an die Halfter und führte sie aus dem Stall. »Was hat Shona denn gesagt, das dir die Augen geöffnet hat?«, erkundigte sie sich schließlich.

»Sie hat mir gesagt, dass du nur aus Selbstschutz mit mir Schluss gemacht hast, aus Angst davor, von mir zu hören, dass mir meine Musik wichtiger wäre als du«, fasste er ohne weiteres Federlesen zusammen.

»Mit dieser Idee hat sie mich auch konfrontiert«, gab Anna zurück – und das war nicht die Reaktion, mit der er gerechnet hatte.

»Stimmt es nicht?«

»Erstens habe ich nicht mit dir Schluss gemacht …«

»Hast du wohl! Du hast gesagt, dass wir nicht dasselbe wollen und dass ich gehen soll. Das klingt in meiner Welt eindeutig nach Trennung.«

»In meiner Welt ist das eher ein Streitgespräch gewesen. Ich war müde, gekränkt und, ja, auch ziemlich genervt von deiner Ignoranz. Und ich hatte keine Lust, auf diesem Niveau weiterzureden.« Sie zuckte mit den Schultern. »Aber ich bin keine Expertin im Schlussmachen oder Streiten. Bislang habe ich beides eher vermieden.«

»Dann habe ich das wohl falsch verstanden«, brummte

Lennox und fühlte sich massiv aus dem Konzept gebracht. »Aber was hast du denn damit gemeint, dass wir nicht dasselbe wollen? Was genau willst du?«

Anna antwortete nicht sofort, sondern stapfte, flankiert von den zwei Alpakas, weiter den Weg entlang und starrte in die Ferne. Als er schon fast damit rechnete, dass er keine Antwort bekommen würde, sagte sie schließlich: »Ich weiß es nicht ganz genau, weil ich damit nicht wirklich Erfahrung habe, aber ich glaube, ich will eine richtige Beziehung. Ich will Teil eines Paares sein, vielleicht irgendwann sogar selbst eine Familie gründen. Und ich bin mir nicht sicher, ob das der richtige Weg für dich ist. Oder überhaupt ein wünschenswerter. Und falls doch, ob ich dann die passende Begleiterin für diesen Weg wäre. Ich meine, du bist im Vergleich zu mir so kosmopolitisch, warst schon in der halben Welt unterwegs, während ich in meiner Nische zufrieden bin. Ich weiß nicht, ob ich Spaß daran hätte, herumzugondeln. Außerdem ist da noch deine Musik. Ich merke doch, wie glücklich sie dich macht und wie sehr sie dich ausfüllt. Ist da noch Platz für mehr?«

»Ich will das jedenfalls sehr hoffen«, entgegnete er mit fester Stimme. »Mein Vater hat mir gesagt, dass es für ihn fast unmöglich war, seine beiden Leben miteinander zu vereinbaren. Auf der einen Seite der erfolgreiche, weit gereiste Musiker, auf der anderen der bodenständige Familienvater. Das war der Grund, warum er einen großen Teil seiner Persönlichkeit buchstäblich beerdigt hat. Ich glaube nicht, dass er mit dieser Entscheidung glücklich war. Nein, ich *weiß* inzwischen, dass er es nicht war.«

»Ihr habt euch also ausgesprochen? Das freut mich sehr«, nutzte sie seine kurze Atempause.

»Ja, aber dazu komme ich später. Ich wollte erst etwas anderes sagen: Ich denke, dass es ein Fehler von Dad war, die beiden Bereiche seines Lebens so strikt zu trennen. Ich weiß, dass er es getan hat, um seine Familie zu schützen und uns aus den Medien rauszuhalten und so, aber für ihn muss es sich trotzdem immer wie eine unerträgliche Entscheidung angefühlt haben. Entweder Musiker oder Familienvater. Dabei hätte er doch beides sein können.« Er seufzte.

»Hinterher ist man häufig schlauer.«

»Vielleicht. Aber man kann auch aus Fehlern lernen. Aus seinen eigenen und aus denen anderer Menschen.« Lennox blieb stehen und wartete, bis Anna ebenfalls anhielt und ihn erwartungsvoll ansah. »Ich will jedenfalls beides. Musik und Liebe.«

NEUANFÄNGE ...

»VERSUCHT, GANZ IM HIER und Jetzt zu sein. Schiebt eure Sorgen beiseite – die dürfen sich nachher wieder melden, hier haben sie jetzt nichts zu suchen. Denkt nicht daran, wie viele Geschenke ihr noch kaufen müsst oder ob ihr alles für den Weihnachtsmarkt vorbereitet habt. Konzentriert euch auf das reine weiße Licht, das aus dem dritten Auge scheint und euch auch im Inneren völlig ausleuchtet. Wenn unerwünschte Gedanken kommen, dann betrachtet sie einfach, aber bewertet sie nicht. Vielleicht gehen sie von ganz allein wieder weg. Beobachtet euch selbst und haltet es aus, während der nächsten Viertelstunde nichts zu tun.« Mit diesen Worten stimmte Anna ihre Yogagruppe auf die Abschlussmeditation ein.

Sie ließ den Blick über die sieben Teilnehmer schweifen, die mit geschlossenen Augen im Schneidersitz auf dicken Meditationskissen saßen, die Hände locker auf den Oberschenkeln abgelegt und mit den unterschiedlichsten Ausdrücken auf den Gesichtern. Die meisten wirkten tatsächlich einigermaßen entspannt, nur Betty Murray, die heute zum ersten Mal mit dabei war, zeigte steile Falten auf der Stirn. Offenbar waren Nichtstun und Nichtsdenken eine riesengroße Herausforderung für sie.

Anna lächelte still und schloss dann selbst die Augen. Allerdings wollte es ihr heute nicht gelingen, ihre eigenen Anweisungen zu befolgen. Es waren jedoch weniger Sorgen, die sie beschäftigten, als vielmehr ein unbeschreibliches Glücksgefühl. Während der letzten zehn Tage nämlich hatte Lennox seiner Ankündigung, Musik *und* Liebe zu wollen, Taten folgen lassen – wenn auch anders, als sie es sich vorgestellt oder vielleicht sogar erhofft hatte.

»Ich glaube, wir sind beide keine Beziehungsexperten«, hatte er gesagt. »Aber so, wie wir damit angefangen haben, war es nicht richtig. Ich finde, wir sind es uns schuldig, uns richtig kennenzulernen und uns in Ruhe ineinander zu verlieben.«

Anna hatte zwar keine Ahnung, ob und wie sie ihren Verliebtheitszustand dafür kurzfristig eindämmen konnte, aber für ein richtiges Kennenlernen war sie auf jeden Fall zu haben. Sie trafen sich nun wieder häufig beim Frühstück in der *Old Bakery*, waren dreimal beim Abendessen gewesen – einmal sogar bei Isla im Restaurant – und redeten über alles. Natürlich hatte er sich als Erstes nach ihrer Kindheit erkundigt, und sie hatte ihm ungeschönt von ihren schwierigen ersten Jahren berichtet, von der Einsamkeit und Verzweiflung, die sie oft fast überwältigt hatten, aber auch von ihrem unbedingten Willen, ihren Weg zu gehen. Auch Lennox kannte diesen Gefühlsmix, der bei ihm jedoch ganz andere Gründe hatte, längst nicht so existenziell wie bei ihr, sondern eher ideell. Doch schmerzhaft war es in beiden Fällen gewesen. Bei diesen intensiven Gesprächen fanden sie viele Parallelen, und selbst einige scheinbar grundlegende Unterschiede waren bei näherer Betrachtung nicht so unüberwindbar, wie sie gedacht hatten.

Insbesondere galt das für ihre Sorge, dass sie sich in zwei völlig verschiedenen Lebensphasen befanden. Ihr großer Kampf war ausgestanden. Sie hatte ihr Ziel erreicht – war finanziell und emotional unabhängig. Er dagegen hatte erst jetzt seine wirkliche Berufung gefunden und war damit in ihren Augen an einem Punkt, an dem sie schon in ihrer späten Teenagerzeit gewesen war. Das konnte doch nicht zusammenpassen – zumindest nicht ohne schmerzhafte Kompromisse. Diese tiefe, aber offensichtlich falsche Gewissheit hatte er nachhaltig zerstreut. »Verstehst du es denn nicht? Wir sind beide nach Kirkby gekommen, um einen neuen Abschnitt zu starten. Für mich ist das keine Verlegenheitslösung, sondern ein echter Wendepunkt. Auch wenn ich da nicht so überlegt ans Werk gegangen bin wie du. Aber das heißt doch nicht, dass es nicht stimmt. Ich war fast mein halbes Leben lang auf Achse und habe nicht gemerkt, dass ich vor allem eines brauche: Wurzeln! Die will ich hier wachsen lassen – am liebsten mit dir zusammen.«

Sie konnte es immer noch nicht fassen, dass das Leben einmal nicht schwer, anstrengend und fordernd war, sondern gelegentlich auch ganz einfach, federleicht und wunderschön. Das helle Licht der Zuversicht füllte sie so aus, wie sie es ihren Meditationseleven vorhin ans Herz gelegt hatte. Vielleicht war sie trotz allem in einem meditativen Zustand? Wobei das dann ihre erste Meditation wäre, in der es auch um schnöde, monetäre Dinge ging, aber sie konnte nicht anders, als den Geschäftssinn der Frasers zu bewundern. Mutmaßlich auf Anregung von Marlin hatte Lennox für *Granny Fraser's Shortbread* Markenschutz beantragt und plante dasselbe für seine Pferdeleckerlis, für die es aber noch keinen endgültigen Namen gab. Für den Weihnachtsmarkt am kommenden Wochenende hatten Kristie und er einen gemeinsamen Stand gebucht, an dem sie die neuen Köstlichkeiten für Mensch und Tier verkaufen wollten, ebenso wie einige noch geheim gehaltene andere Leckereien.

Bürgermeister Collum verstieg sich bereits zu Fantasien, in denen Shortbread »made in Kirkby« in die ganze Welt verschickt wurde, ähnlich wie die Sachertorte aus Wien. Auch Shona hatte Nägel mit Köpfen gemacht und einen erstaunlichen Partner für die Alpakatouren mit ins Boot geholt: Pfarrer Jack McTavish, der Annas Diagnose zufolge dringend mehr Bewegung brauchte, hatte angeboten, die »Touren zu den spirituellen Kraftorten Kirkbys« höchstpersönlich durchzuführen. Laut Collum lagen dafür bereits fünf Buchungen für das nächste Frühjahr vor – drei Tage nachdem er das Angebot auf die Website des Ortes gestellt hatte.

Es sah also alles gut aus für Kirkby und die Familie Fraser. Anna hatte damit gerechnet, dass nach Marlins TV-Offenbarung größere Unruhe im Dorf ausbrechen würde, und zunächst waren ja auch einige Journalisten und Fernsehteams da gewesen, doch die Bewohner zeigten sich erstaunlich nonchalant. Marlin Fraser war einer von ihnen, das war er schon immer gewesen und würde es immer bleiben. Alles andere war nicht so wichtig. Natürlich wurde getuschelt und spekuliert, aber auf eine ähnliche Art, wie man sonst über die Potenz des neuen Schafbocks der Griffiths diskutierte oder sich über die üppige Weihnachtsdeko im Ortszentrum lustig machte. Ein bisschen frech vielleicht, aber im Kern gutmütig und freundlich. Besonders freute sich Anna, dass der Fraser'sche Familienfrieden wiederhergestellt war. Offensichtlich war Marlin bei all seinen Lieben überzeugend zu Kreuze gekrochen – und alle hatten ihm verziehen.

Sie sah auf die Uhr, die Viertelstunde war fast vorbei. »Kommt nun wieder im Hier und Jetzt an«, sagte sie leise und drehte den Dimmer für die Beleuchtung ein bisschen auf, sodass der Raum wieder etwas heller erstrahlte. »Beendet langsam eure Meditation, atmet einige Male tief durch, und öffnet dann die Augen.«

»Mir sind beide Beine eingeschlafen«, beklagte sich Betty, wirkte aber insgesamt ganz zufrieden und hatte ihre generelle Skepsis gegen Yoga und Meditation offenbar abgelegt.

»Die wachen schon wieder auf«, entgegnete Isla fröhlich, die munter aufgesprungen war und ihre Matte aufrollte. »Wer geht noch mit in den Pub? Es war ja unsere letzte Yoga-Stunde vor den Feiertagen und für mich bis mindestens Mitte Februar.«

»Ich kann nicht, ich muss noch backen«, erklärte Kristie, und auch zwei weitere Frauen schüttelten den Kopf.

Anna ging zu Betty und reichte ihr die Hand, um ihr

beim Aufstehen zu helfen. »Wie sieht's aus? Wie hat dir die erste Yoga-Stunde der Neuzeit gefallen?«

»Nicht frech werden«, tadelte Betty grinsend. »Nur weil mein erster und bislang einziger Yoga-Versuch vor deiner Geburt stattgefunden hat, musst du mir nicht das Gefühl geben, ich sei bereits antik.«

»Nichts läge mir ferner«, beteuerte Anna. »Ich bin tatsächlich sehr beeindruckt. So gelenkig wie du wären einige andere Teilnehmer hier im Kurs gerne.« Sie warf einen vielsagenden Seitenblick in Richtung Isla, die aber nur lachte.

»Es war eine interessante Erfahrung«, stellte Betty hoheitsvoll fest. »Womöglich komme ich nächstes Jahr wieder.« Dann wandte sie sich an Isla. »Habt ihr euch jetzt endlich auf ein Ferienziel geeinigt?«

»Also ich will nach Indien und werde auf jeden Fall auch hinfliegen. Jon sucht noch tausend Ausreden, warum das keine gute Idee ist.« Isla grinste, doch Anna konnte Jon gut verstehen. In diesem Punkt waren sie sich ähnlich. Jon war ähnlich glücklich darüber wie sie selbst, hier in Kirkby angekommen zu sein, sodass ihn nichts in die weite Welt trieb. Isla dagegen hatte viele Jahre lang im Ausland gelebt und tat auch heutzutage nichts lieber, als im Winter, wenn ihr Restaurant geschlossen war, ein paar Wochen lang kulinarisch aufregende und vor allem warme Orte zu besuchen.

»Sind ein paar gute Ausreden dabei?«, erkundigte sich Anna. Vielleicht konnte sie selbst mal welche brauchen.

»O, einige, aber keine, die mich überzeugen würde.

Wenn er nicht möchte, muss er nicht mitkommen, aber ich werde diese Reise auf jeden Fall machen. Kann ja gut sein, dass es auf absehbare Zeit die letzte dieser Art sein wird.«

»Sag bloß, du bist schwanger?«, platzte Betty neugierig heraus.

»Nein, noch nicht. Aber das Zeitfenster öffnet sich bald. Wenn ich die Winterpause nächstes Jahr nutzen will, dann müssen wir in spätestens zwei Monaten loslegen. Noch ein Argument meinerseits, warum Jon unbedingt mitfahren sollte.« Isla lachte fröhlich, und Anna schüttelte über die frei herausposaunte Familienplanung ihrer Freundin nur lächelnd den Kopf. Das war so typisch für alle Frasers. Sie fassten einen Entschluss, und dann zogen sie es auch durch – koste es, was es wolle.

»Ich merke schon, bei so einem ausgefuchsten Plan hat der arme Jon keine andere Chance, als sich zu ergeben«, sprach Betty lächelnd aus, was Anna dachte.

Isla zuckte nur mit den Schultern. »Was ist nun, Mädels, wer kommt jetzt noch mit?«

»Ich bin dabei«, sagte Anna. Es war schließlich nicht so, als ob zu Hause außer Elvis jemand auf sie wartete – und bei dem Kater war es auch mehr als fraglich. Das war der einzige Nachteil an Lennox' »Kennenlernen und verlieben«-Plan: Körperliche Nähe war tabu, denn laut Lennox lenkte ihn der Endorphinrausch nach dem Sex zu sehr von seiner eigentlichen Mission ab. Kuscheln und mehr würde es erst dann wieder geben, wenn »die Sache« eindeutig geklärt war. Eine weitere bescheuerte Fraser-Regel, die mindestens auf demselben Irrsinnsniveau rangierte wie

Islas Urlaub-und-Kinderwunsch-Projekt. Trotzdem hatte Anna nachgegeben, weil sie gemerkt hatte, wie wichtig Lennox diese künstliche – und in ihren Augen vollkommen unnötige – Abstinenz war. Genauso wie Jon nachgeben und mit Isla nach Indien fliegen würde. Und wie Colleen und Kendrick zweifellos auch bei Alex und Shona ständig nachgaben.

Nur bei Betty war sich Anna nicht sicher. Waren sie und Marlin denn jetzt ein Paar? Es war sonnenklar, dass irgendwas zwischen den beiden vorgefallen war, denn sonst wären sie sicher niemals gemeinsam in dieser Talkshow aufgetreten. Aber Anna hatte noch keine offizielle Bestätigung dafür gehört, dass es mehr als nur Freundschaft war. Eins war jedoch sicher: Betty Murray wäre auf jeden Fall ein würdiger Gegenpart für den Fraser-Patriarchen.

»Ich komm auch mit«, stimmte Betty zu, und so schlugen die drei wenige Minuten später im *Wise Pelican* auf.

»Ob Jon heute wohl wieder die sensationelle Fischsuppe im Angebot hat?«, fragte Anna und dachte an den Abend neulich, als sie und Isla nach der Yoga-Stunde ebenfalls im Pub gewesen waren und genau wie heute die Kaminecke in Beschlag genommen hatten. Danach war es zu der vermeintlichen Trennung von Lennox gekommen – doch dafür konnte der Fischeintopf ganz sicher nichts.

»Ich schau mal nach«, versprach Isla und verschwand in der Küche.

Betty und Anna machten es sich in zweien der Ohrensessel gemütlich und wärmten sich am behaglich knisternden Feuer.

»Wie läuft's mit Marlin?«, fragte Anna ohne Umschweife – absolut zeitgleich mit Bettys fast identischer Frage: »Wie läuft's mit Lennox?«

Anna lachte. »Du zuerst«, bat sie.

»Nein, du zuerst. Ich bestehe darauf«, beharrte Betty.

»Ich genieße mein Gefühl der grenzenlosen Verliebtheit und unsere vielen tiefschürfenden Gespräche, und ansonsten übe ich mich in Geduld.« Anna seufzte, musste aber gleich wieder lachen. »Im Vergleich zu der Geduld, die du für Marlin aufbringen musstest, dürfte das aber ein lächerlicher Fliegenschiss sein. Ich weiß ja nicht, ob ich so lange durchgehalten hätte.« Anna ließ die weißhaarige Frau nicht aus den Augen. Es war eine kühne Behauptung, die sie da in den Raum gestellt hatte, denn sie wusste ja überhaupt nicht sicher, ob zwischen der Autorin und dem Expopstar was lief oder nicht.

»Das ist auch eindeutig nicht empfehlenswert«, konterte Betty mit einem leicht ironischen Lächeln. »Jedenfalls dann nicht, wenn man noch so jung ist wie du. Aber ich gehe davon aus, dass Lennox schlauer ist als sein Vater.«

»Zumindest hat er das versprochen. Aber ich bin froh, dass die beiden eine Ebene gefunden haben, auf der sie miteinander kommunizieren können.«

»Ich wage stark zu bezweifeln, dass sie auf zwischenmenschlicher Ebene weiter in die Tiefe gehen als nach ihrer ersten Aussprache. So wie ich die Lage einschätze, machen sie ausschließlich Musik zusammen. Das aber exzessiv.«

»Musik ist auch eine Sprache«, hielt Anna dagegen, die das nicht ganz so nüchtern und tendenziell negativ betrachten wollte. »Ich bin mir sicher, damit sagen sie sich eine Menge, und ich finde es gut, dass sie eine gemeinsame Sprache entdeckt haben.«

»Solange sie die wirklich wichtigen Themen nicht völlig aussparen, will ich mich nicht beklagen.« Betty streckte ihre langen Beine aus und stöhnte leise. »Dieses Yoga ist ein Teufelszeug.«

»Du gewöhnst dich dran, und es ist lange nicht so teuflisch wie die Fraser-Männer.«

»Geht's um meinen Bruder und meinen Vater?«, erkundigte sich Isla, die in diesem Moment mit einem Tablett und Jon im Schlepptau in die Kaminecke kam.

»Ist euch das nicht zu unbequem? Mit den Schüsseln und all den Gläsern?«, erkundigte er sich und half Isla, das Essen und die Getränke auf den kleinen Beistelltischen zu arrangieren. »Ihr könntet auch einen richtigen Tisch haben.«

»Das ist super hier«, beharrte Isla. »Da sind wir auch ein bisschen mehr unter uns. Die Mädels haben gerade von meinem Vater und meinem Bruder gesprochen, und ich erhoffe mir jetzt ein paar saftige Details.«

»Verstehe. Dann will ich nicht stören. Guten Appetit.« Er grinste und zwinkerte Anna zu. »Das Angebot mit der Selbsthilfegruppe steht übrigens noch. Kendrick hat den Donnerstagabend in den Raum gestellt. Betty, du bist natürlich auch herzlich eingeladen.«

»Überspann den Bogen bloß nicht, mein Schatz!« Isla

versuchte sich an einem grimmigen Gesichtsausdruck, der aber völlig misslang, und warf dann eine Serviette nach ihm.

»Mir ist nur die seelische Gesundheit meiner ... ähm ... Peergroup wichtig«, entgegnete er vergnügt, hob die Serviette auf und verschwand fröhlich pfeifend im Gastraum.

»Unmöglicher Kerl«, schimpfte Isla, doch ihre Stimme war zärtlich und voller Liebe. »Peergroup. Dass ich nicht lache!« Damit nahm sie die Weißweinflasche aus dem Kühler und schenkte drei Gläser ein.

»Sei froh, dass er nicht ›Fraser-Opfer‹ gesagt hat«, warf Betty mit einem Lachen ein und probierte dann einen Löffel von der dampfenden Suppe.

»Jon hat jedenfalls keinen Grund, sich zu beklagen. Genauso wenig wie Alex«, behauptete Isla. »Bei Kendrick bin ich mir nicht ganz sicher, Shona ist manchmal schon sehr anstrengend. Und was dich und Dad betrifft, will ich jetzt endlich Details. Die Gerüchteküche ist zwar aktiv, aber recht uneindeutig.«

»Dann schätzt die Gerüchteküche das akkurat ein«, erwiderte Betty und nahm Isla das angebotene Weinglas ab. »Dein Vater ist jedenfalls auch noch sehr uneindeutig.«

Anna nahm ebenfalls ein Glas entgegen und prostete den beiden Frauen zu. »Auf einen schönen Abend und uneindeutige Männer.« Sie trank einen Schluck von dem wirklich sehr süffigen Tropfen und bemerkte dann: »Kennt ihr eigentlich diesen Feminismustest für Bücher und Filme?« Isla schüttelte den Kopf, doch Betty nickte. »Ich kann den genauen Wortlaut jetzt auch nicht wiedergeben«, fuhr Anna fort. »Aber ein entscheidendes Kriterium ist wohl, dass es mindestens eine bedeutungsvolle Szene geben muss, in der sich zwei Frauen über einen gewissen Zeitraum miteinander unterhalten, und in diesem Gespräch darf es nicht um Männer gehen.«

»Das ist der Bechdel-Test«, erläuterte Betty. »Mit dem soll die Stereotypisierung von Frauenfiguren geprüft werden.«

»Verzeiht, wenn ich gerade nicht ganz mitkomme, aber ich bin ja nur eine schlichte Köchin. Was hat das jetzt mit uns zu tun?«, wollte Isla wissen und wirkte ziemlich verwirrt.

»Als Film- oder Buchfiguren wären wir gerade durchgefallen. Drei intelligente Frauen sitzen zusammen, trinken Wein, essen Suppe und könnten über alles Mögliche reden – den Weltfrieden, neue Wirtschaftssysteme, Gesundheitspolitik. Doch was tun wir?« Anna machte eine hilflose Geste.

»Wenn du keine Lust hast, mit mir über dein Liebesleben zu diskutieren, dann kannst du es auch einfach sagen«, meinte Isla mit einem Stirnrunzeln. »Auch wenn ich es schade fände, denn es interessiert mich wirklich brennend. Aber wenn es dir lieber ist, können wir gerne über was anderes quatschen.«

»Ach was«, wehrte Anna mit einem Lachen ab. »Es ist mir eben gerade in den Sinn gekommen. Ich habe kein Problem damit, über mein Liebesleben zu sprechen, denn es gibt keines.«

»Was? Jetzt veräppelst du mich aber!«, rief Isla. »Dafür

strahlst du viel zu sehr – und mein Bruder übrigens auch. Außerdem seid ihr doch ständig zusammen beim Frühstücken, und am Samstag bei mir im Restaurant saht ihr auch extrem turtelig aus.«

»Dann kommt es wohl auf die Definition von ›Liebesleben‹ an. Lennox fährt derzeit nämlich eine strikte No-Sex-Policy.«

»Ist der bekloppt?« Isla schüttelte den Kopf.

»Er will keine hormongesteuerten Entscheidungen treffen«, erklärte Anna mit kaum verhohlenem Sarkasmus.

»Und ich dachte, mein Bruder wäre so clever. Von Biologie hat er jedenfalls keine Ahnung.«

Anna zuckte mit den Schultern. »Was soll ich sagen? Er ist davon überzeugt, und ich lass ihm den Spaß – solange er es nicht zu weit treibt.«

»Okay, du darfst dich mit Kendrick treffen und ganz offiziell mit ihm über Lennox und Shona jammern.« Isla verdrehte die Augen.

»Darf ich das so verstehen, dass du nichts mehr dagegen hättest, wenn ich mit Lennox zusammenkäme?«, erkundigte sich Anna sicherheitshalber.

»Ich hatte nie etwas dagegen. Ich war nur der Meinung, dass du zu gut für ihn bist – und ganz ehrlich, dieser Eindruck verstärkt sich gerade wieder massiv. Aber da du das ja offensichtlich anders siehst, bin ich entzückt, dich als Schwester zu haben.« Bei den letzten Worten wurde Islas Stimme ganz weich. »Darf ich mich denn über weiteren Familienzuwachs freuen?«, wollte sie dann von Betty wissen.

»Meine letzte Eizelle hat sich vor ungefähr zwanzig Jahren verabschiedet«, entgegnete Betty trocken, und Anna musste so lachen, dass sie sich an der Suppe verschluckte.

»Großartig«, japste sie, als sie wieder Luft bekam, und wischte sich ein paar Lachtränen aus den Augenwinkeln. »Darauf trinke ich!«

»An weitere Geschwister habe ich auch nicht unbedingt gedacht«, fuhr Isla grinsend fort. »Davon habe ich wirklich genug. Aber eine neue Mutter wäre nicht schlecht.«

»Du brauchst keine neue Mutter«, widersprach Betty mit einem Gesichtsausdruck, aus dem jede Heiterkeit gewichen war. »Keiner von euch braucht das.«

»Das weiß ich doch, Betty. Es war auch nur ein Scherz«, ruderte Isla zurück. »Was ich damit sagen wollte, ist, dass ich mich wahnsinnig für Dad freuen würde, wenn es wieder eine Liebe in seinem Leben gäbe. Und wenn dieser besondere Mensch du wärst. Ich glaube, da kann ich im Namen all meiner Geschwister sprechen.«

»Lieb von dir, dass du das sagst.« In Bettys Augen begann es verdächtig zu schimmern, und Anna streckte instinktiv die Hand nach der älteren, immer so stabil und souverän wirkenden Frau aus.

»Aber?«, erkundigte sich Isla und klang mit einem Mal regelrecht besorgt.

Betty ergriff Annas Hand – als wollte sie gleichzeitig Halt suchen und welchen anbieten. Vermutlich war beides auch nötig.

»Dein Vater ist ein sehr komplizierter Mann, aber da

erzähle ich dir sicher nichts Neues«, begann Betty, nachdem sie sich geräuspert und ihre Fassung wiedergefunden hatte. »Nach dem großen Eklat ist er ja kommentarlos abgereist. Wie er meinte, brauchte er Abstand, um sich eine Strategie dafür auszudenken, wie er mit der Situation umgehen sollte. Dann hat er mich angerufen und um Hilfe gebeten. Natürlich bin ich sofort zu ihm gefahren, und wir haben überlegt, was er tun kann. Er wollte eine große Geste, um seiner Familie zu beweisen, dass er nicht das schreckliche Monster ist, für das ihr ihn hieltet. Mir wollte er es auch beweisen, dabei war mir das schon immer klar.« Sie lächelte traurig. »Wir hatten ein sehr intensives Wochenende – auf vielen Ebenen intensiv. Und ich dachte – hoffte –, dass es so weitergehen würde.« Sie nahm ihr Weinglas wieder zur Hand und trank es leer.

Anna nahm die Flasche und schenkte nach. »Aber er hat Zweifel?«, mutmaßte sie.

»Keine Ahnung. Ich schätze, er denkt gar nicht darüber nach. Er surft auf einer Glückswelle und ist besser gelaunt als je zuvor, aber ...« Betty schüttelte den Kopf. »Das ist albern von mir, ich weiß. Für Marlin waren das lebensverändernde Momente. Erst dass sein Geheimnis rausgekommen ist, dann die Talkshow und die öffentlichen Reaktionen, schließlich die Versöhnung mit seiner Familie und vor allem die Tatsache, dass seine Musik nicht mehr verstecken muss. Das muss überwältigend sein. Da ist natürlich kein Platz für so etwas Prosaisches wie eine neue Liebe.« Sie klang erschreckend bitter, und Anna konnte es ihr gut nachfühlen.

»Ich ahne, wie du dich fühlst«, sagte sie. »Aber unterschätz Marlin nicht. Natürlich war und ist das alles überwältigend für ihn, doch du bist zweifellos ein Teil davon. Du warst der einzige Mensch, den er angerufen und um Hilfe gebeten hat. Wahrscheinlich will er jetzt die ›Kennenlernen und verlieben‹-Phase mit dir zelebrieren, ähnlich wie sein Sohn mit mir.«

»Wir werden sehen.« Betty seufzte und trank noch einen Schluck. »Wann soll die Selbsthilfegruppe noch gleich tagen?«

... UND COMEBACKS

LENNOX HATTE MIT VIELEM gerechnet, aber nicht damit, dass das Weihnachts-Cèilidh in Kirkby so eine große Nummer werden würde. Als Collum ihn vor ein paar Wochen gefragt hatte, ob er beim Dorffest einen kleinen Gig spielen wollte, hatte er mit einer eher überschaubaren familiären Veranstaltung gerechnet. Es war nicht so, dass er an übermäßigem Lampenfieber litt, schließlich hatte er Erfahrung und war schon oft vor weit mehr Menschen aufgetreten. Allerdings in der Regel vor Menschen, die er nicht gekannt hatte und die ihm im Grunde auch egal gewesen waren. Aber noch nie hatte er zusammen mit seinem Vater auf der Bühne gestanden!

Doch davon wusste noch keiner im Ort, das war ihr Geheimnis. Marlin hatte Bedenken geäußert, dass die Ankündigung seines Comebacks für zu viel Wirbel sorgen könnte, weil Collum vermutlich eine entsprechende Pressemitteilung rausgeschickt hätte. Medienvertreter schienen heute Abend tatsächlich nicht hier zu sein, wenn man von Lila Harper absah. Lila war eine entfernte Verwandte von ihnen, eine Großnichte von Tante Heathers Mann George oder so, und arbeitete für eine Pferdefachzeitschrift. Von dieser Seite war also keine Gefahr zu befürchten.

Der große Saal in der alten Schule war kaum wiederzuerkennen. Er war wunderbar weihnachtlich dekoriert, mit viel Tannengrün und noch mehr Tartanmustern. Alle Männer trugen Kilt – egal, wie alt sie waren –, und die meisten Frauen hatten zumindest ein bisschen Karomuster am Leib. Lennox konnte sich kaum erinnern, wann er das letzte Mal einen Kilt angehabt hatte – das musste in seinen Teenagerjahren gewesen sein –, aber erstaunlicherweise passte ihm sein »Rock« von damals immer noch. Sein Dad hatte ihn gestern vorbeigebracht, in Seidenpapier eingeschlagen und entfernt nach Lavendel duftend, was den Stoff wahrscheinlich vor Mottenbefall schützen sollte.

Lennox hatte kurz überlegt, ob er sich der Tradition beugen und auch noch ein klassisches Hemd und Kniestrümpfe dazu tragen sollte, doch er hatte sich dagegen entschieden. Er war Schotte und stolz auf seine Herkunft, aber vor allem war er ein cooler Musiker und hatte keine Lust, sich zu verkleiden. Daher hatte er seinen im typischen rot-grün-blauen Fraser-Muster gehaltenen Kilt mit einem alten und ziemlich verwaschenen grauen Tourshirt von einer obskuren thailändischen Rockband kombiniert und seine schwarze Lederjacke darübergezogen. Seine Füße steckten in seinen knöchelhohen Schnürboots. Er war gespannt, wie sein Vater auf die Bühne kommen würde. Den bisherigen Abend über hatte Marlin wie der respektable schottische Landjunker ausgesehen, der er ja war: Kilt, Sporran, gestrickte Kniestrümpfe, weißes Rüschenhemd und Tartanweste. Vor ein paar Minuten jedoch war er verschwunden, und Lennox schätzte, dass er sich umziehen wollte.

Die Party hatte bereits am späten Nachmittag angefangen, mit einigen Musik-, Gesangs- und Tanzaufführungen der jüngsten Dorfbewohner. Inzwischen war es kurz nach elf, und es war immer noch gerammelt voll. Kirkby schien mit Mann und Maus anwesend zu sein, dazu etliche Gäste aus den Nachbargemeinden und eine Handvoll versprengter Touristen, die von dem Getümmel ebenso begeistert waren wie alle anderen. Das Buffet war fantastisch und wurde genau wie die Bar von Jons Pub bestückt und betreut. Es wurde reichlich getanzt, und zwischendurch gab es immer wieder kleine Vorführungen. Gerade wirbelten Kristie und Kendrick in einer atemberaubenden Choreografie auf der Bühne herum. Lennox selbst hatte mit dem traditionellen Highland Dancing nie viel am Hut gehabt, aber selbst er konnte sich kaum von dem Anblick losreißen, den seine Cousine und der Freund seiner kleinen Schwester boten. Das war wirklich außerordentlich virtuos, was die beiden da ablieferten. Kein Wunder, dass Shona mit glänzenden Augen und geröteten Wangen vor der Bühne stand und ihren Tierarzt anhimmelte.

»Nervös?«, wollte Anna wissen, die gerade an seiner Seite aufgetaucht war. Sie sah zauberhaft aus in ihrem Kleid aus blau-grün kariertem Stoff, offensichtlich das Campbell-Muster. Jedenfalls brachte es ihre blauen Augen zum Leuchten, und wäre er ihr nicht längst rettungslos verfallen gewesen, wäre es spätestens heute Abend passiert.

»Nervös? Ich?« Er lachte und wusste doch ganz genau, dass sie ihm kein Wort glaubte. Zu Recht übrigens, denn ihm ging in diesem Moment ganz gewaltig die Düse, doch das hatte andere Gründe, als Anna mutmaßlich annahm.

»Du wirst eine Sensation sein«, behauptete sie und strahlte ihn mit ihrem warmherzigen Lächeln an, das auch die dunkelsten Winkel in ihm zum Vibrieren brachte. »Genau wie schon deine Kekse auf dem Weihnachtsmarkt heute Nachmittag. Ich freu mich so, dich endlich mal live auf der Bühne zu erleben.« Sie schlang unter seiner Jacke den Arm um seine Taille und strich ihm mit den Fingernägeln leicht über die Seite. Das dünne T-Shirt war keine besonders wirkungsvolle Barriere, und so breitete sich eine Gänsehaut über seinen ganzen Körper aus. Sie wusste genau, wie sie ihn heißmachen konnte, und langsam verfluchte er sich selbst für seine idiotische Abstinenzregel. Nun ja, die würde nach diesem Abend hoffentlich Geschichte sein.

»Hab ich deinen Auftritt verpasst?«, rief in diesem Moment Isla, die außer Atem und noch in voller Küchenmontur zu ihnen gestürmt kam.

»Nein, keine Sorge. Wir … ähm … also, ich und die Band sind erst kurz vor Mitternacht dran«, sagte Lennox und ärgerte sich, dass er sich um ein Haar verplappert hätte. »Vielleicht sogar noch später, wenn Kristie und Kendrick noch eine Zugabe liefern müssen.« Er deutete zur Bühne.

»Die sind wirklich ein Phänomen«, stellte Isla lächelnd fest. »Wenn ich gewusst hätte, dass es noch dauert mit deinem Auftritt, hätte ich mich schnell umgezogen, aber ich bin losgerannt, als die letzten Gäste noch beim Zahlen waren. Hoffentlich haben die mich nicht gesehen.«

»Das gäbe eine hübsche Schlagzeile: ›Sterneköchin flieht aus eigener Küche‹.« Anna kicherte.

»Hör bloß auf.« Isla schüttelte den Kopf und befreite ihre rote Mähne von dem schwarzen Tuch, das sie beim Kochen immer trug. »Hab ich was verpasst? Irgendwelche Skandale?«

»Nichts, außer dass dein Bruder Alex seine Colleen vorhin beinahe mit Gewalt auf einen Stuhl gedrückt hat, damit sie eine Tanzpause macht.« Anna deutete auf eine Sitzecke etwas abseits im Saal, wo vor allem die Dorfältesten ein Päuschen einlegten. Colleen war mit ihrer riesigen Babykugel zwischen Pfarrer Jack und Betty eingekeilt und warf dem Vater ihres zukünftigen Kindes mordlustige Blicke zu.

»Auwcia. Arme Colleen«, befand Isla und winkte ihrer Schwägerin fröhlich zu, die daraufhin prompt aufstehen wollte, von Betty und Jack aber resolut daran gehindert wurde. »Wo ist Dad?«, erkundigte sich Isla dann. »Ich hatte ja gehofft, dass er heute endlich mal mit einer großen Geste Betty betört, aber er zieht wohl wieder den Schwanz ein.« Sie sah sich finster um. »Und von dir hätte ich so was auch erwartet«, wandte sie sich an Lennox und stieß ihren ausgestreckten Zeigefinger gegen seine Brust.

»Dad war bis eben hier«, lenkte er ab. »Er hat sogar ausführlich mit Betty getanzt.«

»Hat er«, bestätigte Anna lächelnd, als Isla ihr einen

fragenden Blick zuwarf. »Vermutlich ist er einfach nur auf die Toilette gegangen und hat sich mit ein paar Leuten verquatscht.«

Tosender Applaus brandete auf, als Kristie und Kendrick schwer atmend ihre Show beendeten. Collum schnappte sich das Mikrofon und kündigte eine weitere Runde Tanzen für alle an, bevor gleich »Kirkbys neuer Stern am Popmusikhimmel« für einen exklusiven Gig auf der Bühne erwartet würde.

»Das ist mein Stichwort«, sagte Lennox mit einem leicht verlegenen Grinsen. »Ich mach mich dann langsam mal bereit.«

»Toi, toi, toi«, wünschte ihm Isla, und Anna nahm ihn kurz in den Arm.

»Du wirst der absolute Hit sein – für mich bist du es jetzt schon«, raunte sie ihm ins Ohr und küsste ihn. »Viel Erfolg.«

Lennox schlängelte sich durch die feiernde Masse bis zur Bühne. Dahinter gab es einen kleinen Bereich, der mit mobilen Stellwänden abgetrennt war und wo er seine Gitarre deponiert hatte. Marlin und er hatten überlegt, ob sie die Band, die jetzt routiniert zum Tanz aufspielte, mit einbeziehen sollten, und vermutlich wäre das kein Problem gewesen, denn es waren alles versierte Musiker. Doch letztlich hatten sie sich dafür entschieden, einfach nur mit ihren Gitarren aufzutreten. Je weniger Mitwisser, desto besser.

Sie hatten vereinbart, dass Lennox insgesamt fünf Songs spielen würde. Die ersten beiden allein, als dritter würde dann *Another World* folgen, einer der größten Hits von Starlight Lin und der Song, durch den alles rausgekommen war. Bei diesem Lied sollte Marlin nach der ersten Strophe auf der Bühne erscheinen und übernehmen. Das vierte Stück war eine schwungvolle, etwas abgedrehte kleine Nummer aus Marlins riesigem Dachkammerfundus, bei der Lennox lediglich die begleitende zweite Stimme geben wollte, ehe mit *Magic Spring* die mitreißende Ballade folgte, die sie bei einem Ausflug zu ihrer Lieblingsquelle im Wald gemeinsam komponiert hatten. Darin ging es schön mehrdeutig um magische Wasserquellen, Neubeginne und blaue Augen, die den Betrachter an die geheimnisvollen Tiefen eines Zauberbrunnens erinnerten. Alles verdammt kitschig – aber auch wunderschön und aus tiefster Seele kommend. Bei den blauen Augen durften sich dann auch gleich zwei Frauen angesprochen fühlen: Anna und Betty!

Das war die große Geste, auf die gewisse Frauen offensichtlich schon lange warteten. Lennox lächelte in sich hinein, denn er wagte zu bezweifeln, dass irgendjemand im Saal genau damit rechnete – schon gar nicht die beiden Angesprochenen. Marlin und er hatten den Song vor einer guten Woche geschrieben – als perfekte und absolut gleichberechtigte Koproduktion bei Musik und Text. Er war schon wahnsinnig gespannt auf die Resonanz. Wie würde das Publikum reagieren, wie die beiden Angesungenen auf ihren Song – und wie würde das überraschende Bühnen-Comeback von Lin aufgenommen werden?

Doch dafür sollte Marlin jetzt langsam mal aufkreuzen.

Sie hatten vereinbart, sich im improvisierten Backstage-Bereich zu treffen, aber bislang fehlte jede Spur von seinem Vater. Lennox spürte, wie sich seine Nervosität verstärkte, und er zog sein Handy aus der Lederjacke. Keine Nachricht. Er versuchte es seinerseits mit einem Anruf, aber bei Marlin sprang sofort die Mailbox an. Wo war er bloß? Die Gitarren waren beide da. Zwischen dem Weihnachtsmarkt und dem Beginn der Party war Lennox kurz in sein Studio gegangen, wo Marlin die Instrumente bereits ein letztes Mal gestimmt hatte und gerade dabei gewesen war, sie in Gitarrenkoffer zu packen. Sie hatten keine Zeit für einen weiteren Probedurchgang gehabt, aber noch einmal den Ablauf durchgesprochen. Und zu dem gehörte eindeutig ein Treffen *hinter* der Bühne *vor* dem Auftritt! Nicht etwa *vor* der Bühne *nach* dem Auftritt.

Die Band kündigte gerade den letzten Tanz für dieses Set an. In spätestens fünf Minuten musste er loslegen. Wo? War? Sein? Vater? Der würde doch bitte schön keine kalten Füße bekommen haben?

»Alles in Ordnung?«

»Was?« Lennox fuhr herum und fand sich einem grinsenden Collum gegenüber. »Ähm, ja. Alles bestens. Warum?«

»Weil du so wild rumgefuchtelt und vor dich hin gemurmelt hast«, sagte Collum. »Waren wahrscheinlich Einsingübungen vorm Auftritt, was?«

»So ungefähr.«

»Du musst nicht nervös sein, die Leute werden dich lieben.«

»Hm.« Lennox schielte am Bürgermeister vorbei. Hatte er da gerade einen rot gemusterten Kilt gesehen? Selbst wenn – das musste nicht der seines Vaters gewesen sein, denn alle Männer trugen Röcke, und die meisten hatten reichlich Rot im Stoff.

»Ich will dann auch gar nicht länger deine Konzentration stören«, sprach Collum weiter, als von Lennox keine nennenswerte Reaktion kam. »Die Jungs von der Band wissen Bescheid, dass du sie nicht brauchst?«

»Wissen sie«, brummte Lennox. Notfalls würde er den Gig eben allein durchziehen, statt *Quirky*, der Solonummer seines Vaters, einen weiteren Song von sich spielen oder gleich mit dem letzten Song weitermachen. Darauf würde er auf keinen Fall verzichten, denn Anna musste heute offiziell und vor Zeugen erfahren, was er für sie empfand. »Ich stöpsle meine Gitarre an ihren Verstärker und nehme mir das Mikro«, fuhr er fort, weil Collum offensichtlich noch einen weiteren Kommentar erwartete.

»Gut. Angekündigt habe ich dich ja schon vorhin, und die Begrüßung wolltest du selbst übernehmen, stimmt's?«

»Ganz genau.« Lennox versuchte, verbindlich und entspannt zu lächeln, damit Collum endlich abzog. Es konnte ja gut sein, dass Marlin nur deshalb nicht hinter die Bühne kam, weil er keine Lust auf eine Begegnung mit dem Bürgermeister hatte. Wobei das auch Unsinn war, denn sie hatten sich ja schon den ganzen Abend über gesehen, und wieso sollte Collum Verdacht schöpfen, wenn ein Vater seinem Sohn vor dem Auftritt Glück wünschen wollte? Nein, es wäre vollkommen normal, wenn Marlin hier wäre.

Lennox musste sich wohl endgültig mit dem Gedanken anfreunden, dass er bei diesem Auftritt auf sich allein gestellt war. Das war er ja auch gewohnt – aber trotzdem tat es überraschend weh, mal wieder hängen gelassen zu werden.

Die letzten Takte verklangen, das Publikum applaudierte enthusiastisch, und der Gitarrist der Band kündigte gerade »ein ganz besonderes Talent« an. »Dann werde ich wohl mal«, bemerkte Lennox und packte seine Gitarre aus.

»Viel Erfolg«, wünschte ihm Collum noch und verschwand dann wieder im Saal.

»Toi, toi, toi, Len«, sagte der Drummer, der als Erster von der Bühne kam. »Wir haben die Truppe für dich angeheizt.«

»Ich hab's gehört. Vielen Dank.« Lennox klatschte die Musiker ab, die ihm zuzwinkerten oder ihm auf die Schulter klopften, dann aber ohne weitere Verzögerung in Richtung Bar abzogen. Er schloss kurz die Augen und atmete ein paarmal tief durch, ehe er entschlossen auf die Bühne sprang. Dort stöpselte er seine Gitarre an den Verstärker und trat lächelnd ans Mikro, das er noch auf die richtige Höhe justierte.

»Hallo, Kirkby!«, rief er, als stünde er nicht in der alten Schulaula eines Nests in den Highlands, sondern mindestens im Wembley-Stadion. »Für alle, die mich nicht kennen – kleiner Scherz! –, ich bin der verlorene Sohn, aber ihr dürft mich gerne Len nennen. Ich habe ein paar Songs für euch dabei. Die ersten beiden sind brandneu und erst in den letzten Wochen hier in Kirkby entstanden.« Er schlug die ersten Akkorde an. »Der nächste Song heißt *Treesome* – und das darf gern doppeldeutig verstanden werden.«

Undeutlich nahm er Gelächter und freundlichen Applaus wahr, doch das war jetzt nicht mehr wichtig. Entscheidend waren nur noch seine Musik und er selbst. Die Nervosität war verflogen, stattdessen spürte er wieder die Freude, die er empfunden hatte, als ihm die Melodie und die ersten Zeilen zu diesem Song eingefallen waren. Es war ein fröhlicher, unkomplizierter Popsong, der ihn an warmen Sommerregen auf erhitzter Haut, an duftende Wälder und an Anna erinnerte. Während der ersten zwei Strophen hatte er die Augen geschlossen, aber als er sie öffnete und sich vor einem restlos begeisterten Publikum wiederfand, riss ihn die Energie regelrecht mit. So befreit und glücklich hatte er sich auf einer Bühne selten gefühlt. Das Lied war der perfekte Opener und löste beim Publikum eine Reaktion aus, wie er sie kaum je erlebt hatte.

Der Übergang zum bluesigen *Hail the Whale* klappte ohne Probleme, und auch bei diesem Song gingen die Leute engagiert mit. Es machte richtig großen Spaß, und Lennox genoss die Erfahrung von Minute zu Minute mehr. Wenige Meter von der Bühne entfernt tanzten Anna und Isla ausgelassen zu seiner Musik. Alex hielt Colleen von hinten umschlungen und hinderte sie daran, zu sehr herumzuhampeln, Shona und Kendrick knutschten, und sein Neffe Aidan filmte alles mit seinem Handy. Hailey und Kristie jubelten ihm enthusiastisch zu, genau wie Alice, Heather, Rupert und George. Von der Bar ganz hinten winkte ihm Jon enthusiastisch zu, und sogar Betty und der Pfarrer wippten recht angeregt im Takt. Seine ganze Familie war da, um ihn zu unterstützen und zu feiern – nur sein Vater fehlte. Mal wieder. Doch Lennox ignorierte den dumpfen Schmerz.

Als die letzten Töne verklungen waren, trat er wieder näher ans Mikro. »Den nächsten Song kennt ihr alle. Es ist einer der größten Hits von Starlight Lin – und ich habe dieses Lied schon mein ganzes Leben lang geliebt, ohne zu wissen, dass mein eigener Vater dahintersteckte. Ladies and Gentlemen, *Another World*!«

Die ersten Takte wurden vom Jubel fast übertönt. Wenn das sein Vater sehen könnte, dachte Lennox, dann würde ihm bestimmt das Herz aufgehen, denn Kirkby liebte den Song und liebte zweifellos auch den Mann dahinter. Doch Marlin war mal wieder zu feige. Egal. Energisch schob er diese destruktiven Gedanken beiseite, das war nicht sein Problem. Er wollte sich bei den Menschen hier mit der bestmöglichen Performance für ihre Unterstützung bedanken. Die erste Strophe schmetterte er derart eindringlich und voller Inbrunst, dass er selbst ganz ergriffen davon war und das Publikum schier ausrastete. Vielstimmig schallte ihm der Refrain entgegen. Alle hier im Saal – egal, wie alt oder jung – kannten das Lied und sangen aus voller Kehle mit.

Lennox merkte an den Reaktionen der Zuschauer, dass hinter ihm etwas geschah. Ungläubiges Raunen und vereinzelte Jubelrufe erklangen. Er schaute sich um. Sein Vater war auf die Bühne gekommen – die Gitarre umgeschnallt, mit blitzenden Augen und in einem wirklich unfassbaren Outfit: Zu seinem Kilt trug er ein altes Band-shirt von Starlight Lin. Allein dieses Oberteil verwandelte seinen Vater wieder in den supercoolen Popstar von früher.

Lennox war gleichzeitig überrascht und erleichtert – und hätte fast den Übergang zur nächsten Strophe ver-bockt. Doch sein Musikerinstinkt war stark genug, dass er ein paar passende Akkorde anschlug, während Marlin sei-ne Gitarre ebenfalls an einen Verstärker anschloss. »Und hier ist der Meister selbst!«, rief Lennox ins Publikum, als sei es genau so abgesprochen gewesen. War es ja auch – doch anscheinend hatte er immer noch ein gewisses Ver-trauensproblem.

Während Marlin sang – die Stimme etwas rau und hör-bar aus der Übung, aber immer noch mit diesem fast hyp-notischen Timbre, das alle Fans so sehr liebten –, merkte Lennox, wie sich in ihm etwas veränderte. Sein Dad hatte ihn nicht hängen lassen, hatte sein Wort gehalten und stand nun mit ihm auf dieser Bühne. Es fühlte sich gut und richtig an und machte ihn unsagbar glücklich. Die Strophe war vorbei, und er stimmte in den Refrain mit ein. Die nächste Strophe sangen sie gemeinsam.

»Vielen Dank«, rief Marlin ins Mikrofon, als der frene-tische Applaus etwas abgeklungen war. »Ich bin wirklich dankbar, dass ihr mich nicht mit Tomaten beworfen habt, denn bei Gott, ich hätte es verdient.«

Gelächter aus dem Publikum und vereinzelte Zwischen-rufe, dass sein Gesang so schlecht nun auch nicht sei, doch Lennox wusste, dass sein Vater etwas anderes meinte.

»Ich habe meine Lektion gelernt«, fuhr Marlin fort. »Es ist nicht gut, seine wahre Bestimmung zu verleugnen und seiner Familie und seinen Freunden eine Wahrheit vorzuspielen, die nur die halbe ist. Ich bin Musiker. War es immer und werde es immer sein – vielleicht nicht mehr auf der Bühne, aber doch in meinem Herzen. Und ich bin dankbar, dass ich meine Musik nach so vielen Jahren aus meiner Dachkammer herausholen konnte und mit meinem unglaublich talentierten Sohn spielen kann, der in fast jeder Hinsicht besser ist als ich, wie ihr schon feststellen konntet.«

Lennox fing einen kurzen Seitenblick seines Vaters auf und spürte, wie ernst es Marlin mit diesen Worten war.

»Ehe wir zu dem Song kommen, den wir gemeinsam geschrieben haben, gibt's noch eine kleine Dachkammer-Nummer von mir für euch. Viel Spaß mit *Quirky*!«

• • •

Anna konnte den Blick nicht von der Bühne lassen. Lennox war eine Sensation. Sie hatte das schon immer geahnt, aber es live zu erleben war noch mal etwas anderes. Er strahlte so viel Lebensfreude aus, dass selbst dem ignorantesten Zuschauer klar sein musste, dass die Bühne das natürliche Habitat von Lennox Fraser war. Ignorant war hier im Saal jedoch niemand.

»Scheiße, ist der gut«, hatte Shona nach dem ersten Song einigermaßen fassungslos gejapst, und Isla hatte Tränen in den Augen, auch wenn sie das zweifellos abstreiten würde.

Anna war sich selbst nicht sicher, ob sie all ihre Körperfunktionen unter Kontrolle hatte, aber das war ihr auch vollkommen egal. Lennox' Glück war fühl- und greifbar und schloss sie auf kaum erklärbare Weise mit ein. Dabei tat er im Moment gar nicht viel, sondern hatte seinem Vater die Führung überlassen. Marlin stand tatsächlich auf der Bühne! Für seine Kinder und Kirkbys Bewohner musste das ein Highlight sein – und es war zweifellos sehr beeindruckend –, doch Anna war weiterhin ausschließlich auf Lennox fixiert, der seinen Vater gerade bei diesem witzigen kleinen Song begleitete.

Seine Reaktion, als Marlin die Bühne betreten hatte, war überraschend gewesen. Fast war es ihr so erschienen, als hätte er nicht damit gerechnet – was ja wohl kaum sein konnte. Nun ja, sie würde später herausfinden, was dahintersteckte. Jetzt erfreute sie sich einfach daran, den Mann, den sie so liebte, dass es fast schon wehtat, so glücklich zu erleben.

Die Melodie änderte sich, und Lennox positionierte sich wieder direkt neben seinem Vater. Das musste der gemeinsam komponierte Song sein, den Marlin vorhin angekündigt hatte. Anna sah, dass sich die beiden Männer einen vielsagenden Blick zuwarfen, und sie spürte, wie sich die Dynamik zwischen ihnen erneut änderte. Bei *Another World* waren sie zwei starke, unabhängige Individuen gewesen, die Freude daran hatten, gemeinsam zu spielen, aber jeder hatte doch für sich glänzen wollen. Bei *Quirky* hatte der Fokus zwangsläufig komplett auf Marlin gelegen. Doch nun schienen sie zu einer Einheit zu verschmelzen.

Anna verstand nicht wirklich viel von Musik, aber selbst sie erkannte, wie kunstvoll und filigran die Melodie war, die bislang nur von den Gitarren gespielt wurde. Ihr Kopf begann zu kribbeln, ihr Herz zu flattern, und sie konnte sich diese Empfindungen nicht erklären. Isla ging es wohl ähnlich, denn sie tastete nach ihrer Hand. Anna schaute kurz zu ihr und merkte, wie überwältigt ihre Freundin war. Ihren Vater und ihren Lieblingsbruder gemeinsam auf der Bühne stehen zu sehen musste sie fast umhauen.

Dann ertönten die ersten Textzeilen des Songs, abwechselnd von Lennox und Marlin gesungen. Ihre Stimmen ähnelten sich sehr, doch wo Lennox kraftvoll und jugendlich klang, hörte man bei Marlin Lebensweisheit heraus, gewürzt mit einer Spur Unsicherheit. Aber vielleicht bildete sie sich das auch nur ein. Überhaupt sollte sie langsam mit dem ständigen Interpretieren aufhören und besser auf den Text achten, dachte sie. Der hatte es nämlich in sich. Es ging um eine Quelle, die scheinbar magische Fähigkeiten hatte und mit der zweifellos der Ort im Wald gemeint war, an dem sie Lennox zum ersten Mal hatte singen hören. Eine Frau wurde angesungen, die die schönsten blauen Augen hatte, die man sich vorstellen konnte. In ihnen fand der Icherzähler im Song Glück, Liebe und Erfüllung gespiegelt, nach denen er sich so lange gesehnt hatte.

»Er meint dich«, raunte ihr Isla plötzlich leicht heiser ins Ohr. »Und Betty«, fügte sie kurz danach hinzu.

Das Kribbeln und Herzflattern verstärkte sich noch und wurde von einem warmen, berauschenden Glücksgefühl ergänzt. Das war sie, die große Geste, die Isla von Bruder und Vater gefordert hatte, und sie war einerseits offensichtlich und natürlich und anderseits unglaublich überraschend. Anna wusste, dass jedes einzelne Wort an sie gerichtet war, spürte, dass Lennox all seine Gefühle in diesen Text hineingelegt hatte, der mehr als nur eine Liebeserklärung und ein Versprechen war. Es war ein Fundament, die Sicherheit, die sie sich ersehnt und doch nie erwartet hatte. Sie bekam nicht mehr viel davon mit, was um sie herum geschah. Ihr Fokus war ganz eng geworden und nur auf Lennox ausgerichtet, der sie nicht nur mit seinem Gesang, sondern auch mit seinem Blick gefangen hielt. *Ich meine jedes Wort so*, sagten seine Augen und baten gleichzeitig um Verzeihung für sein Verhalten in den letzten Wochen. Sie hoffte, dass ihre stumme Antwort genauso eindeutig war.

Undeutlich nahm sie wahr, dass der Song zu Ende ging. Nach dem letzten Akkord warfen sich Marlin und Lennox einen kurzen Blick zu, dann ergriff Marlin noch während des lauten Schlussapplauses das Wort: »Dieser Song heißt *Magic Spring*, und ihr habt sicher gemerkt, wie persönlich er ist. Lennox und ich waren uns lange völlig fremd, dabei ticken wir doch sehr ähnlich. Die Parallelen sind so eng, dass die Liedzeilen, die wir gemeinsam geschrieben haben, auch für jeden Einzelnen von uns gelten könnten. Es ist meine Wahrheit – und es ist seine Wahrheit. Ohne Wenn und Aber. Vielleicht fragen sich einige von euch, wer die blauäugige Frau ist, von der die Nummer handelt. Es sind zwei – und glücklicherweise sind beide heute Abend hier.«

»Ich weiß nicht, was mit deiner Herzensdame ist«, übernahm Lennox. »Aber ich glaube, meine weiß Bescheid. Wenn ihr mich jetzt bitte entschuldigen würdet.« Er legte seine Gitarre ab und sprang mit einem schwungvollen Satz von der Bühne. Einen Wimpernschlag später stand er vor Anna und zog sie in seine Arme.

Er sagte irgendwas zu ihr, wahrscheinlich, wie sehr er sie liebte, doch Worte hatten für Anna keine Bedeutung mehr. Es war, als bliebe die Zeit um sie herum stehen. Seine Lippen auf den ihren waren ein Versprechen, sein heftiger Herzschlag polterte gegen ihre Brust und vermischte sich mit ihrem. Seine Hand auf ihrem Rücken, die andere in ihrem Haar. Sein Duft, sein kratziges, unrasiertes Kinn – sein ganzes Sein. Ihr Ein und Alles. In diesem Moment wusste sie ganz sicher, dass sie ihr Zuhause gefunden hatte.

WEIHNACHTSWUNDER

»ES SCHNEIT!« ANNA HATTE sich nur mit Mühe aus dem
Bett geschält und stand nun mit einem einigermaßen fas-
sungslosen Gesichtsausdruck am Fenster. Der Dezember
war in Kirkby bislang eine ziemlich nasskalte, graue An-
gelegenheit gewesen. Zumindest, was das Wetter betraf. In
ihrem Herzen herrschte spätestens seit dem Weihnachts-
Cèilidh vor einer knappen Woche Dauersonnenschein.
Doch jetzt schneite es in dichten, dicken Flocken, und die
Straßen und alle Häuser lagen bereits unter einer weißen
Decke.

»Noch ein Grund mehr, wieder ins Bett zu kommen«,
brummte Lennox gähnend und streckte lockend einen
Arm nach ihr aus. »Es ist Weihnachten.«

»Ich weiß, aber für mich erst ab nachmittags. Es kommen bestimmt noch einige Patienten in die Praxis, und für
mittags habe ich zwei Hausbesuche auf meiner Liste.« Sie
öffnete das Fenster und fröstelte, als ein eisiger Wind-
hauch in ihr Schlafzimmer fuhr.

»Du bist einfach zu gut für diese Welt.« Lennox rekelte
sich, dann stand er resigniert ebenfalls auf und küsste die
Gänsehaut an ihrem Hals, was nicht dafür sorgte, dass sie
besser wurde. Ganz im Gegenteil.

»Ich mach nur meinen Job«, murmelte sie in seinen Kuss hinein, der inzwischen ihren Mund erreicht hatte und deutlich drängender wurde.

»Ich auch«, behauptete er und ließ seine Hand unter ihr Schlafanzugoberteil gleiten – mit dem vorhersehbaren Ergebnis, dass sie eine halbe Stunde später wirklich Zeitdruck hatte.

»Geh du ins Bad, ich füttere Elvis und flitze dann zu Kristie, um dir ein Frühstück zu besorgen«, versprach er, als sie sich zum zweiten Mal an diesem Morgen aus dem Bett schwangen.

Sie war gerade die Treppe herunter- und in ihre Praxis gekommen, als Lennox zurückkehrte – mit einem großen Korb in der Hand. Am Empfangstresen packte er drei Thermobecher mit Kaffee für Anna, Maggie und sich selbst sowie einige Tüten mit süßen Teilchen aus.

»Arbeitsteilung am frühen Morgen?«, kommentierte Maggie mit einem Augenzwinkern. »Aber ich will mich ganz sicher nicht beklagen, wenn mir ein gut aussehender junger Mann ein zweites Frühstück bringt.« Sie trank einen Schluck von ihrem Kaffee und biss in ein Schokocroissant. »Heute wird nicht viel los sein«, prophezeite sie Anna. »Die Leute sind mit ihren Weihnachtsvorbereitungen beschäftigt oder haben keine Lust, bei dem Schneefall das Haus zu verlassen.«

»Warten wir's ab«, entgegnete Anna, die hungrig ihr eigenes Croissant verschlang. Elvis kam maunzend heranscharwenzelt und strich ihr um die Beine. »Was hast du für Pläne?«, fragte sie ihren Kater.

»Ich bin mit Dad, Shona, Isla und Aidan im Stall verabredet«, antwortete stattdessen Lennox. »Eigentlich wollten wir ausreiten, aber ich weiß nicht, ob das Wetter mitmacht. Elvis kann mich gerne begleiten.«

»Ich stelle mir einen Ausritt im Schnee wildromantisch vor«, schmatzte Anna.

»Ist es auch, aber es ist ziemlich windig, und es macht nicht den Eindruck, als würde der Schneefall nachlassen. Das kann dann ziemlich schnell zu größeren Schneeverwehungen führen und zu verdammt schlechter Sicht.« Er kratzte sich stirnrunzelnd am Kinn. »Pass bei deinen Hausbesuchen nachher bitte auf«, bat er besorgt.

»Versprochen.« Sie drückte ihm einen Kuss auf die Wange. »Wann sollen wir eigentlich heute in Harriswood House aufschlagen?« Sie hoffte insgeheim, dass zwischen ihren Hausbesuchen und der Weihnachtsparty bei Familie Fraser noch ein bisschen Zeit für einen Mittagsschlaf sein würde, denn das war eindeutig ein Nachteil an der Versöhnung mit Lennox: Schlaf kam zu kurz – und das nicht nur, weil sie nach ihrer lächerlichen Abstinenzphase aufholen mussten, sondern weil sie fast jeden Abend in seinem Studio verbrachten, wo er mit Marlin an Songs feilte. Anna hätte nie gedacht, dass ihr das so viel Freude bereiten könnte. Gestern hatte sie mit den beiden ein Doppelinterview für ihren Podcast gemacht, das Anfang Januar on air gehen sollte.

»Colleen hat gesagt, dass wir ab vier Uhr nachmittags mit Eggnog, Hot Toddies, Tee und Kinderpunsch starten. Dinner gibt's ab halb acht, und dann feiern wir, solange wir können.« Er grinste verschmitzt. »Und wenn mich meine Erinnerung nicht täuscht, können die Frasers immer sehr lange …«

»Besonders die Fraser-Männer, was?«, ging Maggie kichernd dazwischen. »Jetzt sieh mal zu, dass du in den Stall kommst, oder wohin auch immer es dich treibt, und lass die hart arbeitende Bevölkerung mit ihrem Tagwerk beginnen.«

»Jawohl, Ma'am«, entgegnete Lennox artig und deutete eine Verbeugung an. Dann schickte er Anna noch einen Luftkuss und ging zur Tür, Kater Elvis an den Hacken.

Anna schaute den beiden lächelnd hinterher. »Dann wollen wir mal«, sagte sie dann zu Maggie.

»Zurück zu den Fraser-Männern und ihrem Durchhaltevermögen?«, hob Maggie mit einem sensationslüsternen Grinsen an.

»Da habe ich alles unter Kontrolle. Und jetzt sorge ich noch dafür, dass Kirkby gesund und munter in die Weihnachtstage startet, damit ich mir auch ein paar freie Tage gönnen kann.« Sie schnappte sich die bereitgelegten Patientenakten und ging, fröhlich *Last Christmas* summend, in ihr Sprechzimmer.

Aus dem Mittagsschläfchen war nichts geworden, doch trotzdem war Anna voller Vorfreude, als sie um kurz nach halb fünf in Richtung des festlich erleuchteten Harriswood House stapfte. Der Vormittag in der Praxis war tatsächlich sehr ruhig gewesen, dafür hatten sie die Hausbesuche deutlich mehr als erwartet gefordert – auch weil die Ver-

442

kehrsverhältnisse auf den Straßen von Stunde zu Stunde abenteuerlicher wurden und ihr Auto Mühe gehabt hatte, sich durch die Schneemassen zu kämpfen. Wenn das so weiterging, musste sie wohl Schneeketten aufziehen. Doch sie hoffte darauf, dass in den nächsten Tagen alle friedlich und einigermaßen bei Gesundheit bleiben würden. Zu Hause hatte sie noch einmal kurz geduscht, sich in ein weiches Strickkleid geworfen und war dann mit ihren warmen, gefütterten Stiefeln und dem dicken Steppmantel in Richtung Bed & Breakfast losmarschiert.

Alex hatte seine letzten Gäste für dieses Jahr bereits am vergangenen Wochenende verabschiedet. Normalerweise machte er über Weihnachten und Neujahr ganz gute Umsätze, aber angesichts der nahenden Geburt seines zweiten Kindes wollte er sich ein bisschen Luft und Freiraum verschaffen, wie er ihr kürzlich berichtet hatte. Wobei Entspannung in ihren Augen trotzdem anders aussah. Heute Abend würde sich nämlich die ganze Familie in Harriswood House versammeln. Marlins Schwester Heather hatte angeboten, die Feier auf Monroe Manor auszurichten, doch davon hatte Marlin nichts wissen wollen: Dieses Weihnachtsfest sollte eine wahre Fraser-Party werden und daher auch im Stammhaus der Familie stattfinden.

Anna musste sich ziemlich konzentrieren, um zusammenzubekommen, wer alles da sein würde, und nicht völlig den Überblick zu verlieren. Neben dem harten Kern, bestehend aus Lennox, seinen Geschwistern und deren Partnern, waren Marlins Geschwister mit erweitertem Anhang eingeladen – darunter auch Heathers und Georges Kinder

Robin und Ian, die normalerweise in San Francisco lebten, aber schon vorgestern mit ihren Partnern, Kindern und der Großmutter von Robins Ehemann Sky angekommen waren. Nach einer kleinen familiären Zusammenkunft hörte sich das in Annas Ohren nicht an. Ebenfalls mit von der Partie waren natürlich Pfarrer Jack, der bereits angekündigt hatte, die versammelte Meute am späten Abend zur Christmette zu scheuchen, und Betty Murray, die Marlins »großer Geste« beim Weihnachts-Cèilidh genauso erlegen war wie sie selbst der von Lennox.

Als sie das Haus betrat, fand sie sich umgehend von einer Meute Riesenhunde umringt, verstärkt von Aidans kleinem weißen Terrier Tito – klar, denn natürlich mussten die Vierbeiner mitfeiern. Ein indigniertes Maunzen von der Hutablage an der Garderobe zeigte ihr, dass auch Elvis den Weg zu Kirkbys Partyzentrale gefunden hatte. Die hündische Übermacht schien ihm jedoch ein wenig aufs Gemüt zu schlagen. »Ich schätze, da müssen wir jetzt beide durch«, sagte sie zu dem Kater und versuchte, ihre nassen Stiefel gegen die mitgebrachten Schuhe zu tauschen und ihren Mantel aufzuhängen. Was sich komplizierter gestaltete als gedacht, denn sechs gigantische Hundeschnauzen versuchten ihre Taschen nach Leckereien abzusuchen. Bis auf ein besonders großes, sabberndes Exemplar kannte sie alle Vierbeiner: die beiden Irischen Wolfshunde von Shona und Kendrick, die Airedale-Terrier-Hündinnen von Heather und George und natürlich Polly, die Neufundländerin von Isla und Jon. Der sechste Monsterköter war besonders aufdringlich.

»Drake, sei ein lieber Junge«, hörte sie eine tadelnde Stimme mit amerikanischem Singsang und erspähte gleich darauf die passende Frau dazu, die mit einem kleinen Jungen auf dem Arm in ihre Richtung geeilt kam. »Du brauchst keine Angst zu haben, Drake ist ganz lieb«, sagte sie und reichte Anna die Hand. »Hi, ich bin Luci, Ians Frau. Und da du die Einzige in der Runde bist, die ich noch nicht kenne, gehe ich schwer davon aus, dass du Anna sein musst. Hach, ich freu mich so! Schade, dass du letztes Jahr noch nicht hier warst, da haben Ian und ich nämlich auf Monroe Manor geheiratet. Auch an Weihnachten – auch bei Schnee. Das war soooo romantisch. So gesehen ist heute nicht nur Weihnachten, sondern auch unser erster Hochzeitstag, und natürlich mussten wir dafür wieder nach Schottland kommen. Ich glaube, das könnte jetzt zur Tradition werden. Vor zwei Jahren war ich nämlich das erste Mal hier – auch an Weihnachten.« Sie holte kurz Luft, und Anna nutzte die Mini-Unterbrechung ihres Redeschwalls.

»Hallo, freut mich wirklich, dich kennenzulernen.«

»Du bist noch viel hübscher, als alle erzählt haben«, befand Luci, und der kleine Junge, den Anna auf ungefähr anderthalb schätzte, streckte seine dicken Ärmchen nach ihr aus. »Er steht auf Blondinen«, erklärte Luci und zuckte entschuldigend mit den Schultern. »Die sind in dieser Familie ja Mangelware. Wow, deine Haare sind wirklich toll«, fuhr sie fort, nachdem sie andächtig über eine blonde Locke gestrichen hatte.

Anna fühlte sich etwas überrumpelt und überfordert.

»Ähm, danke«, erwiderte sie lahm. »Deine Haare sind auch ganz toll.« Das stimmte. Die braunen Locken reichten der jungen Frau fast bis zum Po. Kurz fragte sich Anna, ob der restliche Abend so weitergehen würde.

»Entschuldige bitte, ich wollte dich nicht so überfahren«, sagte Luci mit erstaunlicher Empathie und fast ein wenig zerknirscht. »Ich habe nur mitbekommen, wie die Hunde rausgeflitzt sind, und da wollte ich nachschauen, damit Drake nichts anstellt.«

»Alles gut, er ist ja genauso freundlich wie die anderen. Nur Elvis scheint sich etwas unwohl zu fühlen.« Sie deutete auf die Hutablage und erhaschte einen leicht genervten Blick aus funkelnden Bernsteinaugen.

»O, das ist deiner?«, jubelte Luci begeistert und drückte Anna umstandslos ihren kleinen Sohn in den Arm, um dann den Kater anzulocken. »Komm zu mir, du Hübscher! Ich beschütze dich vor den bösen Hundis.«

»Ich schätze, das ist vergebliche Liebesmüh.« Anna konnte ein Grinsen nicht unterdrücken. Wenn dieser absurde Auftakt ein Indiz für den weiteren Verlauf des Nachmittags und Abends war, würde es sicher sehr vergnüglich werden. »Er wird nachher bestimmt runterkommen. Spätestens dann, wenn sein Magen knurrt. Jetzt muss er einfach ein Weilchen die beleidigte Diva geben. Und wer bist denn du, du süßer Schatz?«, fragte sie den kleinen Jungen, der fasziniert, aber leider auch ein bisschen grob seine Patschhändchen in ihren blonden Locken vergrub.

»Das ist Nicky. Unser Sohn«, stellte Luci ihn vor und gab die Lockversuche auf.

Die Hunde hatten inzwischen festgestellt, dass von Anna nichts zu erwarten war, und trollten sich in Richtung Salon, wo normalerweise die Bed-&-Breakfast-Gäste gemütliche Stunden am Kamin verbrachten, heute aber der Weihnachtstee der Familie gereicht wurde. Luci und Anna folgten ihnen.

Anna stoppte kurz im Türrahmen, um das Bild, das sich ihr bot, auf sich wirken zu lassen. So viele fröhliche Menschen waren da, die in Grüppchen zusammensaßen oder -standen und mit Tassen in der Hand ausgelassen miteinander scherzten. Ein kleines Mädchen, wohl eine Enkelin von Heather und George, umarmte enthusiastisch und unerschrocken die zurückgekehrten Hunde, die aus ihrer Perspektive ja noch viel monströser wirken mussten.

Marlin und Lennox, der tatsächlich eine Weihnachtsmannmütze trug, befreiten gerade das Klavier von den vielen Flaschen und Gläsern, die darauf standen, und hatten offensichtlich vor, das alte Instrument seiner ursprünglichen Bestimmung zuzuführen. Kristie kam mit einem Tablett voller Keksschalen aus der Küche und wurde mit großem Hallo von Pfarrer Jack begrüßt, der sich sofort einen der Plätzchenteller schnappte und seine Beute zu einer Gruppe Sessel brachte, wo er mit Rupert, George und dessen Vater Angus offensichtlich eine Altherren-Runde gegründet hatte.

Colleen saß mit ihrem riesigen Babybauch strahlend in einem gemütlichen Sessel direkt am Kamin, umringt von Hailey, Shona und einer eleganten schwarzhaarigen Frau, die wahrscheinlich Heathers Tochter Robin war. Alex stand mit Kendrick und einem rothaarigen Mann zusammen, der ihm wahnsinnig ähnlich sah und sein Cousin Ian und damit Lucis Ehemann sein musste. Der Vierte im Bunde war ein dunkelblonder Mann, der ein Baby auf dem Arm hielt. Anna schätzte, dass dies Sky war, der Mann von Robin. Heather unterhielt sich mit ihrer Schwägerin Alice, einer strahlenden Betty und einer zauberhaften, grauhaarigen alten Dame, zweifellos Skys Oma. Nur von Aidan, Isla und Jon war nichts zu sehen.

Diese Momentaufnahme – es konnten kaum mehr als zwei, drei Herzschläge vergangen sein – löste in Anna eine fast überwältigende Gefühlslawine aus. So etwas hatte sie noch nie erlebt. Weihnachten war für sie früher fast immer eine ziemlich traurige Angelegenheit gewesen. Aus der Zeit, die sie in Pflegefamilien verbracht hatte, konnte sie sich vielleicht an zwei Feste erinnern, die halbwegs heimelig gewesen waren. Auch in ihrer Wohngemeinschaft hatten sie aus dem Fest der Liebe keine große Sache gemacht – wohl um nicht noch mehr darauf herumzureiten, dass es in Wirklichkeit vor allem ein Fest der Familie war – genau der Faktor, der allen fehlte. In den letzten Jahren hatte sie eigentlich immer gearbeitet. Feiertagsdienste im Krankenhaus waren nicht sehr beliebt, und sie hatte diese Schichten gern übernommen, damit die Kollegen, die Familie hatten, mit ihren Lieben feiern konnten. Doch jetzt, wo sie diese große, laute, fröhliche Truppe sah, merkte sie, wie sehr sie sich in Wirklichkeit immer nach genau so etwas gesehnt hatte. Teil einer Gemeinschaft zu sein, die nicht nur von Freundschaft, sondern von familiären Banden zusammengehalten wurde. Natürlich gab es in jeder Familie Probleme – da bildeten die Frasers wahrlich keine Ausnahme –, aber trotzdem war man eine Einheit.

»Worauf wartest du?«, fragte Luci, die Annas Innehalten wohl falsch interpretierte. »Rein ins Getümmel unserer großen, irren Familie.« Sie lächelte ihr aufmunternd zu und schlenderte dann erst zu ihrem Mann und schließlich zu Colleen.

Anna wurde in diesem Moment eins klar: Sie gehörte wirklich dazu.

Einen Augenblick später war sie umringt von den Menschen, die jetzt ihre Familie waren, wurde umarmt, geküsst und den bislang Unbekannten vorgestellt. Irgendwann strampelte der kleine Kerl auf ihrem Arm ungeduldig und wollte auf den Boden – um sich zusammen mit seiner Cousine den Hunden zu widmen. Sie hatte plötzlich eine Tasse dampfenden Eggnog in der Hand, der ein starkes Whisky-Aroma ausdünstete.

»Trink das, dann geht's dir besser«, sagte Lennox mit einem breiten Lächeln. »Du wirkst einigermaßen überwältigt.«

»Ich freu mich einfach«, antwortete sie leise, und noch mehr als das sahnige heiße Getränk gab ihr der Mann Sicherheit, der sie jetzt in seine Arme zog. »Aber dass du mir Alkohol verabreichst, damit ich deine Familie besser verkrafte, finde ich schon erstaunlich«, fügte sie mit einem Augenzwinkern hinzu.

»Nicht jeder ist so stark wie ich und hält die versammelte Fraser-und-Stewart-Übermacht ohne Alkohol aus«, gab er grinsend zurück, doch Anna merkte, wie sehr er das hier genoss. Jahrelang hatte er sich von Familienfesten aller Art ferngehalten, aber nun schien er alles nachholen zu wollen.

»Ich glaube, das wird ein wundervoller Nachmittag und Abend.«

»Jedenfalls dann, wenn das Klavier noch einigermaßen klingt. Ansonsten könnte es ziemlich scheußlich werden«, entgegnete er. »Auf die Idee, einen Klavierstimmer zu bestellen, hätten wir auch vor ein paar Tagen mal kommen können.«

»Quatsch, das fällt höchstens dir und deinem Dad auf, wenn es etwas verstimmt ist. Außerdem könnt ihr immer noch eure Gitarren holen«, beruhigte sie ihn. »Wo sind eigentlich Aidan, Isla und Jon?«

»Aidan ist noch mit ein paar Freunden unterwegs, sollte aber gleich aufkreuzen, und Isla und Jon bereiten das Abendessen vor.«

»Wow, dann gibt es also ein Weihnachtsdinner auf Sterneküchenniveau?«

»So sieht's wohl aus.« Lennox drückte ihr einen Kuss auf den Mundwinkel. »Ich muss zum Soundcheck«, erklärte er und deutete auf das Klavier. »Kommst du klar?«

»Natürlich«, sagte sie und nahm aus dem Augenwinkel wahr, dass der riesige Christbaum plötzlich verdächtig wackelte. »Ach du Scheiße«, rief sie, drückte Lennox ihre Tasse in die Hand und rannte zum Baum, von dem nun einige Strohsterne herabrieselten. Ein wohlbekannter buschiger Schwanz lugte als eher unweihnachtliche Dekoration zwischen den dichten Ästen hervor.

»Das, mein Freund, ist keine gute Idee«, bemerkte sie streng und zog Elvis mit einiger Mühe und so vorsichtig wie möglich aus seinem nadeligen Versteck.

»Mau«, kam die patzige Antwort.

»Keine Widerworte. Der Baum ist tabu!« Sie hoffte, dass diese Ansage den Katzendickschädel erreichte. Gleichzeitig verstand sie seine Faszination – es war auch für Elvis das erste Weihnachtsfest mit Baum und allen Schikanen. Vielleicht hätte sie besser dafür sorgen sollen, dass er allein in ihrer Wohnung blieb?

»Schimpf nicht mit ihm, er hat es bestimmt nicht böse gemeint«, bat Colleen, die neben ihr aufgetaucht war und versuchte, die abgestürzten Strohsterne aufzuheben.

»Ich schimpfe gleich mit dir«, entgegnete Anna und setzte den Kater auf den Boden. »Ich glaube nicht, dass du dich jetzt noch um die Reparatur der Weihnachtsdeko kümmern solltest. Die du vermutlich im Alleingang angebracht hast, oder? Als deine Ärztin hätte ich dir von diesem Riesen-Event dringend abgeraten.«

»Fang du nicht auch noch an«, seufzte Colleen. »Zu deiner Info: Ich durfte gar nichts machen! Nicht einen einzigen Stern an den Baum hängen, keinen Tisch decken, nicht beim Kochen oder Backen helfen – ich muss schon dankbar sein, wenn man mich allein aufs Klo lässt. Ich bin nicht krank, ich bin nur schwanger.«

»Ja, genau – und gerade leistet dein Körper sensationelle und wahnsinnig anstrengende Arbeit, da kannst du es ihm schon ein bisschen leichter machen.« Anna hob die Sterne auf und verteilte sie wieder an den Ästen. »Hab ich's richtig gemacht?«, erkundigte sie sich, und Colleen nickte ergeben.

Dann erklang das Klavier – in Annas Ohren wunderbar volltönend, doch sie sah, wie Lennox und Marlin die Gesichter verzogen.

»Es hört sich zwar furchtbar an, aber da in dieser Familie außer Lennox und mir sowieso keiner singen kann ...«, setzte Marlin an und löste damit sofort eine Protestwelle aus – mit seiner Schwägerin Alice an vorderster Front, die immerhin seit einigen Monaten den Kirchenchor leitete. Doch es blieb alles auf einer fröhlichen, freundschaftlichen Ebene, flankiert von reichlich Gelächter.

Mitten in den Trubel platzten Isla, Jon und Aidan.

»Wir haben es geschafft«, kündigte Isla an.

»Aber buchstäblich in letzter Minute«, fügte Jon ominös hinzu.

»Sonst müssten wir den Abend bei Porridge und Keksen verbringen«, warf Aidan noch ein.

»Was habt ihr geschafft?«, erkundigte sich Pfarrer Jack.

»Das vorbereitete Essen aus meiner Restaurantküche nach Harriswood House zu bringen«, erklärte Isla. »Der Schneesturm hat noch mal ein paar Umdrehungen zugelegt. Wenn das so weitergeht, kannst du deine Christmette nachher vergessen.«

»Auf keinen Fall!« Jack schüttelte energisch den Kopf. »Der Herr ist mein Hirte und wird mich sicher zu meiner Kirche leiten – und ihr kommt mit!«

»Nachdem nun alle hier sind«, ergriff Marlin wieder das Wort, »und die kulinarische und spirituelle Versorgung als sichergestellt gelten darf, würde ich gern ein paar Worte verlieren. Ehe ihr alle zu betrunken seid, um mir noch folgen zu können.« Das fröhliche Gemurmel und Scherzen verstummte. Sogar die Hunde sahen aufmerksam zu ihm.

»Ich könnt euch gar nicht vorstellen, wie glücklich es mich macht, euch heute Abend alle hier in meinem Haus zu haben. Die ganze Familie, friedlich vereint und mit einigen wunderbaren Neuzugängen.« Er winkte Betty herbei, die sich an seine Seite stellte und so verliebt strahlte, dass sie um Jahre jünger wirkte.

»Die zwei sind echt der Knaller«, flüsterte Lennox Anna ins Ohr, der plötzlich wieder an ihrer Seite stand und seinen Arm um ihre Taille geschlungen hatte.

Sie musste ihm recht geben. Die imposante Betty war mindestens einen halben Kopf größer als der vergleichsweise schmale Marlin, aber trotzdem wirkten die beiden wie eine absolut harmonische Einheit – so als wären sie schon immer füreinander bestimmt gewesen.

»Wir haben ein aufregendes Jahr hinter uns, in dem all meine Kinder und ich selbst das große Glück finden durften. Dafür bin ich unendlich dankbar. Auch dafür, dass mein Geheimnis endlich keins mehr sein muss. Freiwillig hätte ich es wohl niemals offenbart, aber ich bin glücklich, dass du, liebe Anna, und deine unerschrockene Freundin Linda diesen Felsbrocken von meiner Brust genommen habt. Und ja, ich weiß, dass es nicht einfach gewesen sein kann. Ich danke euch allen, dass ihr mir so großherzig verziehen habt – ich weiß nicht, ob ich es wirklich verdient habe, aber ich verspreche euch, dass ich von nun an keine Geheimnisse mehr vor euch haben werde. Mit am glücklichsten machen mich zwei Dinge: die wundervolle Frau an meiner Seite, die mir tatsächlich eine Chance geben will, und die Tatsache, dass ich meinen Sohn wiedergefunden habe.« Marlin räusperte sich heftig, und Anna konnte es ihm nicht verdenken.

Sie selbst kämpfte gegen eine große Welle der Rührung an – und drohte zu verlieren. Unauffällig schaute sie sich im Raum um und sah einige heftig zwinkern oder sich verstohlen die eine oder andere Träne abtupfen. Sie ahnte, was für ein enormer Schritt es für Marlin sein musste, das alles auch vor der versammelten Familie zuzugeben.

»Ehe das jetzt aber in eine große Heulerei mündet, schlage ich vor, dass wir dieses Weihnachtsfest endlich auf den Weg bringen und ein paar Lieder singen.«

Hätte jemand Anna nach dem bislang glücklichsten Tag ihres Lebens gefragt, dann hätte dieses Weihnachtsfest zweifellos einen der vordersten Plätze eingenommen, da war sie sich ein paar Stunden später sicher. Genauso sicher war sie sich aber, dass sie auf keinen Fall auch noch ein Dessert schaffen würde. Das Weihnachtsmenü, das Isla und Jon gezaubert hatten, war derart köstlich und reichhaltig gewesen, dass sich nun eine satte Schläfrigkeit im Raum ausbreitete.

»Vielleicht sollten wir die Nachspeise erst nach der Kirche essen?«, schlug Alice pragmatisch vor und tätschelte ihren runden Bauch.

Anna war froh, dass sie ein elastisches Strickkleid trug, den eigentlich geplanten Minirock hätte sie zweifellos gesprengt.

»Gute Idee«, brummte Rupert und stand auf, um ans Fenster zu treten. »Ich schätze mal, vor allem sollten wir mit dem Schneepflug eine Schneise freiräumen, damit unser Hirte überhaupt in seinen Stall kommt, um seine Schäfchen zu begrüßen.«

Alle standen auf und eilten zu den Fenstern. Anna war bezaubert von der dicken Zuckerschicht, die alles bedeckte. Es hatte zu schneien aufgehört – für den Moment zumindest –, und das Mondlicht ließ die weiße Landschaft noch unwirklicher und märchenhafter erscheinen. Wo die Straße war, konnte man jedoch höchstens erahnen. Aber sie fühlte sich hier so wohl und geborgen, dass sie sich keine übermäßigen Sorgen machte.

Rupert und Marlin schickten sich sofort an, nach draußen zu gehen, gefolgt von Alex, Lennox, Kendrick, Sky und Ian. Anna half gerade, das Geschirr in die Küche zu tragen, als sie hinter sich das Geräusch von zerberstendem Porzellan und ein erschrockenes Aufkeuchen hörte. Sie hatte keine Ahnung, woher ihre Gewissheit kam, aber ihr war im selben Moment klar, dass es sich nicht um eine simple Ungeschicklichkeit handelte. Sie drückte ihren Tellerstapel in das nächstbeste Paar Hände und wandte sich um. Colleen stand zwei Meter hinter ihr, gekrümmt, mit entsetzt aufgerissenen Augen und einer unverkennbaren Pfütze zu ihren Füßen. Ihre Fruchtblase war geplatzt.

»Na, wenn das keine weitere Weihnachtsüberraschung ist«, sagte Anna betont munter zu Colleen, die völlig geschockt wirkte. Ihre eigene Panik schob sie rasch beiseite, denn die war eindeutig nicht hilfreich. Es war klar, dass Colleens großer Wunsch, ihr Baby zu Hause zu bekommen, in Erfüllung gehen würde, denn bei diesem Wetter war eine Fahrt nach Inverness praktisch ausgeschlossen. Leider galt das wohl auch für die Anfahrt der Hebamme aus dem Nachbarort.

»Aber es ist doch viel zu früh«, jammerte Colleen.

»Nein, alles ist gut«, beruhigte Anna. »Der errechnete Termin wäre Anfang Januar, aber daran halten sich Babys so gut wie nie. Komm, lass uns hochgehen.«

Im Handumdrehen brachten sie und Alice Colleen nach oben ins Schlafzimmer. Minuten später hatten Alice, Heather und Hailey mit erstaunlicher Effizienz und Ruhe das Bett hergerichtet – mit einer Plastikfolie, einer alten Decke darüber und zwei saugfähigen Laken. Es waren stapelweise frische Handtücher da, zwei mobile Radiatoren heizten zusätzlich und wärmten den Raum bald angenehm auf. Das alles war so schnell und generalstabsmäßig geschehen, dass Anna den Verdacht hatte, dass man schon gut vorbereitet gewesen war – was sicher stimmte, denn die Hebamme hatte garantiert entsprechende Anweisungen hinterlassen.

»Ihr seid wirklich toll«, lobte sie die drei Frauen. »Ich würde Colleen jetzt mal untersuchen und schauen, wie die Lage ist. Sagt ihr Alex Bescheid?«

»Bekomme ich wirklich heute noch mein Baby«, fragte

Colleen ein paar Minuten später und sah sie halb ängstlich, halb hoffnungsvoll an.

»Vielleicht nicht mehr heute, es ist ja schon halb zehn, aber sicher in den nächsten paar Stunden. Der Muttermund ist schon ziemlich weit geöffnet. Hast du denn bisher keine Wehen gehabt?«

»Geht's wirklich los?«, rief Alex, der in diesem Moment ins Zimmer platzte. »Ich hab ja schon heute früh gedacht, dass es so weit ist«, behauptete er und warf Colleen einen leicht anklagenden Blick zu. »Aber du hast behauptet, es wären nur normale Rückenschmerzen.«

»Na ja, woher sollte ich denn wissen, dass es nicht nur normale Rückenschmerzen waren?«, entgegnete Colleen kläglich und krümmte sich, als eine Wehe sie heimsuchte. »So hat sich das jedenfalls nicht angefühlt.«

»Das spielt ja auch gar keine Rolle mehr«, beschwichtigte Anna. »Tatsache ist, dass euer Kind jetzt ausziehen möchte, und darauf sollten wir uns konzentrieren. Ich rufe gleich mal Rosie an und gebe ihr Bescheid, dass es bei dir losgeht.«

»Die wird keine Chance haben, herzukommen«, bemerkte Alex.

»Ich weiß, aber ich hab ihr versprochen, sie in jedem Fall zu informieren«, sagte Anna ruhig. Sie wollte unbedingt mit der erfahrenen Geburtshelferin sprechen, die notfalls auch per Telefon mit guten Ratschlägen helfen konnte. Nicht dass sie Komplikationen erwartete – das Baby lag gut, und sobald sie ihren Arztkoffer dahatte, würde sie die Herztöne und die Wehentätigkeit besser überprüfen können. »Ich brauche meine Tasche. Vielleicht kann ich schnell mit dem Schneepflug mitfahren und sie aus der Praxis holen.«

»Ich will nicht, dass du gehst«, rief Colleen und klang nun ernsthaft alarmiert.

»Es sind ja nur ein paar Minuten«, beruhigte Anna. »Wir sind hier noch länger beschäftigt.«

»Bitte bleib«, flehte Colleen jedoch.

Anna nahm ihre Hand und sah ihr eindringlich in die Augen. »Okay, ich bleibe. Ich laufe nur kurz runter und bitte Lennox, dass er mir die Tasche und den Wehenschreiber bringt. Du brauchst keine Angst zu haben, alles wird gut. Ja?«

»Okay. Aber du kommst bestimmt gleich wieder?«

»Versprochen!«

Sie schlüpfte aus dem Schlafzimmer und atmete ein paarmal tief durch, um die Zuversicht, die sie verbreitet hatte, auch selbst zu fühlen. Dann huschte sie die Treppe hinunter, wo sie von einer aufgeregten Menschenschar umringt wurde. Sie hob kurz die Hände, um das Geschnatter zu unterbrechen. »Colleen geht's gut, und es wird sicher noch ein paar Stunden dauern, bis wir uns über das neue Familienmitglied freuen dürfen. Ich würde vorschlagen, dass ihr jetzt alle wie geplant in die Kirche geht. Mit Ausnahme von Lennox, für den ich einen Auftrag habe.«

»Ich kann auch bleiben«, bot Alice an. »Ich kann euch helfen.«

»Du musst dafür sorgen, dass der Chor ordentlich

singt«, sagte Anna lächelnd. »Und in den nächsten zwei, drei Stunden wird sicher nichts Aufregendes passieren. Dein Moment wird dann schon noch kommen.«

»Was kann ich tun?«, wollte Lennox wissen.

»Du müsstest bitte meine Arzttasche aus der Praxis holen und das mobile CTG.« Sie beschrieb ihm, wo er die Sachen finden würde, und nach einem Kuss war er auch schon verschwunden.

»Ich finde, wir sollten alle hierbleiben – zur Sicherheit«, meldete sich Marlin. »Was, wenn es Komplikationen gibt und Colleen ins Krankenhaus muss?«

»Dann würde ich sie definitiv nicht von alkoholisierten Familienangehörigen durch den Schneesturm fahren lassen«, erwiderte Anna freundlich, aber bestimmt. »Sollte es tatsächlich Schwierigkeiten geben – wovon ich nicht ausgehe –, müssen wir einen Rettungshubschrauber rufen. Aber das steht nicht zu befürchten. Also geht bitte in die Kirche und betet. Damit helft ihr uns mehr. Wenn ihr mich jetzt bitte entschuldigt.« Damit drehte sie sich um und stieg die Treppe wieder rauf. Klare Anweisungen zu geben hatte sie selbst beruhigt, und sie fühlte sich gleich viel zuversichtlicher. Sie würde jetzt noch Rosie anrufen und dann dafür sorgen, dass der neue Erdenbürger sicher zur Welt kam.

● ● ●

Wenn ihn jemand fragen würde, was der bisher schönste Tag in seinem Leben gewesen war, dann würde das diesjährige Weihnachtsfest garantiert eine Topplatzierung erzielen, dachte Lennox am nächsten Vormittag. Wieder saßen sie alle zusammen im Salon von Harriswood House, alle ein wenig erschöpft, weil niemand außer den Kleinsten genügend Schlaf gefunden hatte. Es war noch eine aufregende Nacht gewesen – obwohl er wie die meisten anderen von der eigentlichen Action eine Etage höher nicht viel mitbekommen hatte, von Colleens vereinzelten gruseligen Schmerzensschreien mal abgesehen. Letztlich war wohl alles unkompliziert und bilderbuchmäßig abgelaufen, wie Anna um kurz nach drei Uhr morgens glücklich verkündet hatte. Wenige Minuten zuvor hatte Roya Vika Fraser das Licht der Welt erblickt und die Geburt genauso gut überstanden wie ihre Mutter.

Colleen ging es blendend, und sie saß selig lächelnd mit ihrer Tochter im Arm vor dem Kamin und hatte bereits jede Menge Witze über die verkaterte Gesellschaft gerissen. Denn natürlich hatte die neue Erdenbürgerin letzte Nacht noch ausgiebig gefeiert werden müssen – auf schottische Art mit reichlich Whisky. Vermutlich waren Colleen, Anna und er selbst die einzigen volljährigen Familienmitglieder, die heute keinen Brummschädel hatten.

Doch der Stimmung tat das keinen Abbruch, auch wenn einige schmerzhaft die Gesichter verzogen, sobald eins der Kinder laut quietschte oder einer der Hunde bellte. Für die Kinder und Tiere war die Bescherung vorhin das absolute Highlight gewesen, und Lennox musste immer noch lachen, wenn er an die glänzenden Augen von Nicky und Ayana dachte, die die vielen Geschenke fassungslos angestarrt und sich dann mit ihrem coolen älteren Cousin Aidan ans Auspacken gemacht hatten. Unterstützt von sämtlichen Vierbeinern, die von den raschelnden Papierverpackungen ebenfalls fasziniert waren.

Wenn Lennox einen Blick in die Zukunft wagte, sah er voraus, dass in den nächsten Jahren immer mehr Kinder dazukommen würden. Er wettete auf Isla und Jon für den nächsten Streich, hielt aber auch Shona und Kendrick als Kandidaten nicht für abwegig. Die beiden waren vorhin noch mit ihrem Hochzeitstermin vorgeprescht: Bereits in wenigen Tagen, an Silvester, würden sie sich das Jawort geben.

»Woran denkst du?«, fragte Anna leise, die auf seinem Schoß saß und sich an ihn kuschelte.

»Daran, dass Shona und Kendrick alle überholt haben und nun als Erste heiraten«, entgegnete er wahrheitsgemäß.

»Ich schätze mal, das wird der Auftakt zu einer Reihe von Fraser-Hochzeiten im neuen Jahr werden, wobei ich fast damit rechne, dass Isla und Jon es heimlich in ihrem Urlaub machen«, mutmaßte sie, und insgeheim musste er ihr recht geben. »Und bei Alex und Colleen tippe ich auf April – vielleicht als Doppelhochzeit mit deinem Dad und Betty«, fuhr sie fort.

»Dann könnten wir ja im Herbst…«, hörte er sich zu seiner eigenen Überraschung in ihr Ohr raunen.

»Ist das etwa ein Antrag?«, flüsterte sie ebenso diskret zurück.

»Nein, den würde ich nie so zwischen Tür und Angel und vor so vielen Menschen machen. Eher eine… Ab-

sichtserklärung. Ich habe mir nie darüber Gedanken gemacht, ob ich selbst mal heiraten und eine Familie gründen will, aber mit dir kommt es mir total logisch vor.«

»Total«, gab sie zu und klang ziemlich amüsiert. Aber
der Pulsschlag an ihrem Hals, den er an seiner Wange
spürte, hatte sich deutlich erhöht. »Familie auch?«

»Roya ist wirklich zauberhaft, und ich könnte kein stol-
zerer Onkel sein, aber ich glaube, wir würden noch viel
hübschere Babys machen.«

»Bäh, jetzt wird's eklig«, plärrte Aidan, der unbemerkt
hinter Lennox' Sessel gekauert und das ganze geflüsterte
Gespräch offensichtlich mitbekommen hatte. »Die zwei
wollen auch heiraten und Kinder kriegen«, posaunte er in
einer Lautstärke heraus, dass man es vermutlich noch am
anderen Ende von Kirkby hören konnte.

»Vor allem hätten wir das gerne noch ein bisschen für
uns behalten«, brummte Lennox in den aufkommenden
Jubel hinein.

»Privatleben kann man sich in dieser Familie abschmin-
ken, das solltest du wissen, Bruderherz«, rief Isla lachend
und warf Jon einen leidgeprüften Blick zu.

»Dann noch mal herzlich willkommen in der Familie«,
sagte Marlin mit einem warmherzigen Lächeln zu Anna.
»Mit oder ohne Trauschein, mit oder ohne Lennox – du
gehörst zu uns.«

»Ich danke euch, dass ihr mich in eure Familie und eure
Herzen aufgenommen habt«, sprach Anna nun die ganze
Runde an. »Das macht mich sehr glücklich. Einen Trau-
schein brauche ich nicht unbedingt, aber ohne Lennox zu

sein ist für mich keine Option.« Damit beugte sie sich zu Lennox und besiegelte mit einem Kuss offiziell den bislang glücklichsten Tag in seinem Leben.

– E N D E –

Oder vielleicht nicht ganz, denn …

Ein energisches Klopfen an der Tür, gefolgt von vielstimmigem Hundegebell, riss Lennox aus seiner Glückseligkeit. Irgendjemand ging nach draußen, um den unerwarteten Gast hereinzubitten.

»Marlin, Besuch für dich«, kündigte Alice kurz darauf mit einem seltsamen Gesichtsausdruck an und deutete auf den dunkelhaarigen Mann, der ihr in den Salon gefolgt war und sich nun mit einem herausfordernden Blick aus blaugrauen Augen im Raum umsah.

»Wie kann ich Ihnen helfen?«, fragte Marlin, der aufgestanden war und sich mit ausgestreckter Hand dem Gast näherte.

»Mein Name ist Paul Starling. Caro Starlings Sohn. Und nach allem, was ich in den letzten Wochen herausgefunden habe, bist du mein Vater.«

FIGURENREGISTER

Menschen:

Lennox Fraser: 29, schmal und drahtig, kinnlange schwarze Haare, Mehrtagebart, graue Augen. Zweitjüngster Fraser-Spross, mit zahlreichen Talenten gesegnet und trotzdem das schwarze Schaf der Familie, denn für ihn gibt es nur eine Leidenschaft: Musik! Und das ist etwas, was sein Vater Marlin nicht erträgt.

Annabel »Anna« Campbell: 32, zierliche, lebensbejahende Ärztin mit engelsgleichen blonden Locken und blauen Augen. Liebt ihren neuen Job als Landärztin von Kirkby und bezaubert die schrulligen Dorfbewohner so mit ihrer großen Empathie, dass sie ihr sogar ihre leicht esoterischen Züge verzeihen.

Shona Fraser: Lennox' jüngere Schwester und Chefin der *Golden Alpaca Distillery* sowie der dazugehörigen Alpakaherde.

Kendrick McIntosh: stattlicher Tierarzt und Shonas Herzensmann.

Isla Fraser: Lennox' ältere Schwester – wurde endlich mit dem zweiten Michelin-Stern ausgezeichnet und hat nun andere Pläne im Leben.

Jon Grant: Islas Verlobter und Wirt des Dorfpubs *The Wise Pelican.*

Alexander Fraser: Lennox' ältester Bruder. Betreibt das Bed & Breakfast *The Cosy Thistle* und lebt mit seiner Familie in Harriswood House, dem Stammsitz der Frasers.

Colleen Murray: Alex' schwangere Verlobte.

Aidan Fraser: Alex' Sohn und Lennox' Neffe.

Marlin Fraser: Familienpatriarch, Hufschmied, vermeintlicher Musikhasser und immer im Clinch mit seinem jüngsten Sohn Lennox. Außerdem verbirgt er ein großes Geheimnis.

Betty Murray: Schriftstellerin und ehemalige Investigativjournalistin, kennt (fast) alle Geheimnisse von Kirkby – erstaunlicherweise auch das von Marlin.

Rupert Fraser: Marlins jüngerer Bruder und schweigsamer Pferdeflüsterer.

Alice Fraser: Ruperts Ehefrau und gute Seele von Harriswood House.

Kristie Fraser: Tochter von Rupert und Alice und Betreiberin von *Kristie's Old Bakery*. Zusammen mit Lennox entwickelt sie die besten Shortbread-Rezepte.

Hailey Fraser: Kristies ältere Schwester und drauf und dran, auf dem Pferdehof ihres Vaters einzusteigen.

Linda: Annas Herzensschwester und beste Freundin aus Edinburgh. Macht eine erstaunliche Entdeckung, die ganz Kirkby in Aufregung versetzt.

Maggie: Annas Praxishelferin. Die ehemalige Krankenschwester hält Anna den Rücken frei.

Sean Gordon: Zurückgezogen lebender Keramikkünstler, vermietet Lennox eine ehemalige Remise als Musikstudio.

Collum McDonald: Ehrgeiziger Bürgermeister von Kirkby, der sich über den musikalischen Zuwachs im Dorf wahnsinnig freut und große Pläne hat.

Jack McTavish: Dorfpfarrer und bester Freund von Marlin.

Tiere:

Elvis: Annas dreijähriger, grau getigerter Maine-Coon-Kater. Interpretiert seine Jobbeschreibung als »Haustier«

sehr frei und erobert Kirkby auf eigenwillige, aber samt-pfotige Art.

Außerdem haben (fast) alle anderen Tiere aus den vor-herigen Bänden einen Auftritt: viele Pferde, Alpakas und Hunde.

GRANNY FRASER'S
FAMOUS SHORTBREAD

LENNOX IST BESESSEN VON Shortbread, was ich absolut nachvollziehen kann (leider!), und jagte jahrelang dem Geschmack der Kekse seiner Großmutter hinterher. Das Grundrezept ist wirklich supersimpel – ein Mürbeteig aus Butter, Zucker und Mehl –, aber wie immer bei den vermeintlich einfachen Dingen sind es die Kleinigkeiten, die den Unterschied ausmachen. Puderzucker funktioniert meiner Meinung nach besser als Kristallzucker, und Rosenwasser gibt dem Shortbread eine subtile Note. Mit etwas Orangenabrieb im Teig bekommt man einen (je nach Dosis) frischen bis weihnachtlichen Hauch hinein. Und um Betty Murray zu zitieren: Liebe darf nicht fehlen! Wer mit Liebe backt… Aber probiert es einfach mal selbst.

Zutaten:

125 g weiche Butter
50 g Puderzucker
225 g Mehl

1 Prise Salz
1 EL Rosenwasser (und ggf. andere Aromen zum Verfeinern)
Zucker zum Bestreuen

Zubereitung:

Butter mit dem Zucker cremig rühren, dann die restlichen
Zutaten dazugeben und zu einem Mürbeteig verarbeiten.
Auf einem mit Backpapier ausgelegten Backblech ausrol-
len (circa 1 bis 1,5 cm dick) und mit einem Messer die
späteren Schnittkanten vorzeichnen (nicht ganz durchschneiden). Als Formen eignen sich vor allem lange Recht-
ecke (die klassischen »Shortbread Fingers«), Dreiecke oder
Quadrate. Mit einer Gabel ein paarmal einstechen (für das
typische Muster).

Bei 160 Grad (Ober-/Unterhitze, vorgeheizt) etwa 30 Minuten backen (das Shortbread soll nicht dunkel werden!),
sofort mit etwas Zucker bestreuen und noch warm an den
vorgezeichneten Schnittkanten komplett durchschneiden.
Abkühlen lassen und genießen!

Wer eine andere Form ausprobieren möchte, kann den
Mürbeteig auch zu einer Rolle von circa 5 cm Durchmes-
ser formen. Diese dann in Folie packen und für mindestens
eine Stunde in den Kühlschrank legen, damit sie sich besser schneiden lässt. Anschließend die Rolle in circa 1 cm

dicke Kreise schneiden und auf einem Backblech auslegen. Diese Plätzchen kann man dann entweder wieder mit einer Gabel verzieren oder vorsichtig einen Motivplätzchenstempel draufdrücken.

CÈILIDH, HIGHLAND GAMES
UND YOGA

LIEGT'S AM WHISKY, AN der rauen Landschaft oder der Einsamkeit in den Highlands, dass die Schotten so wahnsinnig gerne feiern? Vermutlich ist es eine Mischung aus all diesen Faktoren oder schlicht die Tatsache, dass die meisten richtige »Party Animals« sind. Jedenfalls wird selbst der nichtigste Anlass für ein »Cèilidh« (wird etwa »Kheili« ausgesprochen) genutzt. Dieses gälische Wort bedeutet eigentlich »Besuch« oder »Treffen«, doch die Verwendung hat sich fast vollständig in Richtung »Party« verschoben.

Wichtigste Zutaten bei jedem Cèilidh sind Musik und Tanz – und es wird erwartet, dass jeder Gast mitmacht und das Tanzbein schwingt. Verschämte Ausreden à la »Ich kann nicht tanzen« werden schlicht nicht akzeptiert. Als absolute Tanzlegasthenikerin kann ich jedoch versichern, dass die simplen Grundschritte wirklich jeder hinbekommt. Übrigens ist es auch völlig egal, wenn man ein bisschen grobmotorisch herumstolpert (ich hebe mal wieder die Hand), denn beim Cèilidh geht es vor allem um eines: Spaß.

Die Musik, die bei diesen Tanzpartys gespielt wird – übrigens in der Regel live! –, ist im Kern traditionelle schottische Folkmusik, die aber trotzdem Jung und Alt, Einheimische wie Gäste kollektiv zum Ausflippen bringt. Es geht wild, manchmal etwas chaotisch, aber immer sagenhaft fröhlich zu. Wer Schottland besucht, sollte unbedingt zu einem Cèilidh gehen (die finden häufig auch in Pubs statt) und wird es garantiert nicht bereuen!

Auch wenn im Grunde alles als Anlass für eine Party herhalten kann, ist das größte Happening im Jahr immer Silvester. Die Schotten sagen dazu »Hogmanay«, und ohne Cèilidh kann weder das alte Jahr angemessen beendet noch das neue begrüßt werden. Es ist also absolut obligatorisch.

Ähnlich stolz wie auf ihre Partytradition sind die Schotten auf ihre typischen Sportarten, in denen sie sich bei den sogenannten »Highland Games« messen. Da werden Baumstämme geschmissen, Frauen getragen und ähnlich fragwürdige Dinge angestellt, über die man ganze Romane verfassen könnte (kommt auf meine lange To-write-Liste). Jetzt, wo ich darüber nachdenke, ist es doch eigentlich verwunderlich, dass Bürgermeister Collum noch nicht auf die Idee gekommen ist, auch in Kirkby Kilt tragende Muskelprotze gegeneinander antreten zu lassen ... Wäre auf jeden Fall auch wieder ein Anlass für ein gepflegtes Cèilidh im Anschluss, denn ohne Party sind auch Highland Games nicht vollständig. Ich denk darüber nach ...

Da diese urschottischen Sportarten aber in keinem meiner »Highland Hope«-Romane eine Rolle spielen, will ich an dieser Stelle auch nicht weiter darauf eingehen. Stattdessen müssen wir über Yoga sprechen! Zugegeben, man könnte argumentieren, dass Yoga streng genommen nichts mit Schottland zu tun hat, doch wer das denkt, hat noch nie ein Video der »Kilted Yogis« gesehen. Mich haben die Clips von Finlay Wilson jedenfalls schon häufig sehr inspiriert. Einfach mal die Begriffe »Kilted Yoga« oder »Kilted Yogis« in die Suchmaschine des Vertrauens eingeben, zurücklehnen und Spaß haben. So schottisch hat man Yoga definitiv noch nie gesehen.

DANKE

Liebe Leserin,
die Danksagung am Ende eines Romans ist für mich der allerletzte Handgriff, ehe ich das Buch in die Freiheit entlasse. Was danach passiert, habe ich nicht mehr in der Hand. Daher ist es immer ein bittersüßer Moment, wenn ich diese Zeilen schreibe. Diesmal trifft das sogar doppelt zu.

Beendet habe ich diese Geschichte nämlich ziemlich genau ein Jahr vor der Veröffentlichung, also im Januar 2021. Da steckten wir alle mitten in der zweiten Corona-Welle (oder war's schon die dritte?), und es gab nicht viele Gründe, das Haus zu verlassen. In meinem Fall gab es vorwiegend einen: meinen Airedale Terrier Toni. Er hat zuverlässig dafür gesorgt, dass ich Bewegung hatte, frische Luft geschnappt habe und auch sonst nicht vollkommen wunderlich geworden bin. Toni hat mich fast meine komplette bisherige Autorinnenkarriere über begleitet (nur mein Debüt habe ich noch ohne ihn geschrieben) und den zahllosen Tieren, die meine Geschichten bevölkern, Leben und Persönlichkeit eingehaucht. Er war diesbezüglich sehr, sehr einfallsreich ... Leider muss ich die Vergangenheitsform wählen, denn er hat uns am 29. Juni 2021 mit knapp dreizehn Jahren verlassen. Ich schreibe diese Zeilen einen guten Monat später voller Dankbarkeit und Liebe, aber auch mit gebrochenem Herzen und mit tränenverhangenem Blick auf sein verwaistes Hundebett.

Normalerweise danke ich Toni und meinem Mann Jan immer ganz am Ende, doch heute haben sie sich die Poleposition verdient: Danke für eure bedingungslose Liebe und eure guten Nerven.

Der zweite Grund, warum mir gerade etwas bittersüß zumute ist, ist, dass mit diesen Zeilen die »Highland Hope«-Reihe ihr (vorläufiges?) Ende gefunden hat. Ich danke meiner wunderbaren Agentin Eva Semitzidou von ganzem Herzen dafür, dass sie für Kirkby und Familie Fraser eine so großartige und engagierte Verlagsheimat gefunden hat. Tausend Dank auch an Nora Haller und alle Mitarbeitenden bei Heyne für eure fantastische Unterstützung während der gesamten Zeit. Ich glaube, wir würden alle gern ein paar Wochen in Kirkby Ferien machen, oder? Da packen wir dann aber unbedingt auch noch Julia Funcke ein, die seit so vielen Jahren meine Stilredakteurin und mein ausgelagertes Gehirn ist. Ich glaube, dass sich Julia in meinen Geschichten inzwischen besser auskennt als ich selbst. Es gibt kaum angemessene Worte dafür, wie dankbar ich dir bin.

Schreiben ist längst nicht so einsam, wie man es sich vielleicht vorstellt – auch wenn das Klischee der verlotterten Autorin am Laptop in meinem Fall zweifellos zutrifft. Zahllose brillante Frauen standen mir zur Seite (auch wenn es einigen sicher nicht bewusst war): Allen voran möchte ich meiner dienstältesten Freundin Tanja danken, die mir im Sommer 2019 als Sparringspartner diente, während ich die ersten Ideen für Kirkby zusammengezimmert habe. Ich danke den Venedig-Ladys, meinen Kolleginnen Laura Gambrinus, Anja Saskia Beyer, Sabine Landgräber und Katharina Burkhardt, für euren wertvollen Input im Januar 2020. Ohne die anfeuernden (virtuellen) gegenseitigen Peitschenhiebe meiner WhatsApp-Schreibgruppe wäre ich vermutlich immer noch beim ersten Kapitel. Danke dafür – und ich bin immer wieder fassungslos, wie viel wir schaffen, wenn wir gemeinsam schreiben. Im Frühsommer 2021 haben sich dann die #WritingSassenachs gefunden – alles Autorinnen, die Schottland-Romane schreiben. Gemeinsam haben wir dafür gesorgt, dass die sozialen Medien recht schottisch wurden. Vielen Dank für diesen wundervollen Teamgeist.

An letzter Stelle hier im Text, aber an vorderster Front in meinem Herzen, danke ich dir, liebe Leserin, die du dieses Buch gekauft hast und hoffentlich so liebst wie ich. Schreib mir oder dem Verlag gerne, wenn du dir weitere Schottland-Abenteuer aus meiner Feder wünschst.

Herzliche Grüße,
Charlotte McGregor

PS: Ich bin mir ganz sicher, dass ich auch diesmal wieder jemanden vergessen habe. Sei versichert – nur hier in diesen Zeilen, nicht in meinem Herzen!

PPS: Ich freue mich übrigens wahnsinnig, wenn meine

LeserInnen mit mir Kontakt aufnehmen. Besucht mich doch auf meiner Website www.carinmueller.de – da findet ihr Infos zu all meinen anderen Namen, Büchern und Abenteuern und habt außerdem reichlich Gelegenheit zur Kontaktaufnahme. Per Mail oder über die diversen Social-Media-Kanäle. Wer meinen Newsletter abonniert, bleibt immer auf dem Laufenden. Und wer von Kirkby nicht genug bekommen kann, freut sich vielleicht über meine »Letters from Kirkby« – was genau dahintersteckt, erfahrt ihr auf www.charlottemcgregor.de.